Selma J. Spieweg

Boris & Olga

Tod dem Zaren

Inhalt

Was bedeutet Qindie

Qindie steht für qualitativ hochwertige Indie-Publikationen. Achten Sie also künftig auf das Qindie-Siegel! Für weitere Informationen, News und Veranstaltungen besuchen Sie unsere Website: http://www.qindie.de/

Impressum

Boris und Olga – Tod dem Zaren Überarbeitete Neuauflage

Autorin: Selma J. Spieweg • Johannisbergerstr. 42 •14197 Berlin

Umschlaggestaltung: FarbRaum4.de • Illustration Schmutztitel: Horus W. Odenthal •
Illustrtationen innen: Jacqueline Selma Spieweg •

Der Blaue Krieger

Boris

Boris Sergejewitsch hatte den Fehler begangen, nicht beizeiten auf dem Schlachtfeld zu bleiben, wie es sich für einen anständigen Soldaten gehörte. Scharmützel und Grabenkämpfe zu überleben, galt nur in den ersten Jahren als Tugend, danach wurde man den Kameraden suspekt. Die meisten durften kaum hoffen, ihr fünftes Dienstjahr zu erleben, und nur Glückskinder erlitten rechtzeitig eine schwere Verwundung und schieden ehrenhaft aus, um ein Dasein als verarmter Krüppel zu fristen.

Boris' unfreiwilliger Armee-Eintritt lag 44 Jahre zurück und fiel auf jenen Oktobertag im Jahr 1853, als der Krieg zwischen Russland und dem Osmanischen Reich seinen Anfang genommen hatte. Von da an tat er treu und klaglos seinen Dienst, was im Augenblick bedeutete, in einer verlassenen Einöde einen Hügel hinaufzurennen, auf der kopflosen Flucht vor einer erdrückenden Übermacht.

Der Schnee lag meterhoch. Eiskristalle fegten von den Bergspitzen des Ural und der Sturm schleuderte sie den Flüchtenden mit einer Gnadenlosigkeit entgegen, als wäre er mit dem Feind im Bunde. Kiefern und Lärchen bogen sich ächzend. Boris kratzte Eis von seinem künstlichen Arm und versuchte, in dem undurchdringlichen Schneegestöber einen geeigneten Fluchtweg auszumachen.

»Endlich erwischt es dich, Glücksfresser!«, schrie ein Kamerad gegen das Brausen an und stolperte an ihm vorbei.

»Glücksfresser!«, knurrte Boris und versuchte erfolglos, ein Ölklümpchen geschmeidig zu kneten.

Dem schadenfrohen Soldaten blieb nicht viel Zeit, sich über Boris' Schwierigkeiten zu freuen. Die Osmanen hatten ihre Tesla-Artillerie in Stellung gebracht, ein blauer Blitz schoss über die Baumwipfel hinweg und schlug in den Mann ein. Das Wasser in seinem Körper verdampfte augenblicklich, der Rest ging in Flammen auf. Heiße Luft blies Boris entgegen, sie verflüssigte das Öl und die Zahnräder rotierten wieder. Es würde nicht von Dauer sein.

Du bist Russlands größtes Militärgeheimnis, sagte eine Stimme, die keinem seiner Kameraden gehörte, sondern einzig und allein seinem Kopf entsprang, *du darfst dem Feind nicht in die Hände fallen.* Boris war an Stimmen gewöhnt und wusste, dass er den Verstand verloren hatte.

»Ich sauge niemandem das Glück aus«, murmelte er, als er sich an dem verbrannten Leichnam vorbeikämpfte. Er mochte es weder Glücksfresser genannt zu werden noch dass man behauptete, er sauge seinen Kameraden das Glück aus, um es sich einzuverleiben. Sein Leben lang hatte er kein Glück erfahren. Und zu guter Letzt würde er seinen Zaren verraten, indem er dem Feind in die Hände fiel.

»Yegor!«, schrie jemand hinter ihm. »Lass endlich die verdammte Kiste zurück!«

Boris warf einen Blick über die Schulter, sah zwei verschwommene Schemen in diesem tosenden Weiß. Die einzigen Kameraden, die ihn noch nicht überholt hatten. Vor einigen Tagen war ihrer Einheit eine Kiste überantwortet worden. Unter Androhung einer standrechtlichen Erschießung war ihnen verboten worden, untereinander über die Kiste zu reden, den Versuch zu unternehmen, sie zu öffnen, oder darüber nachzudenken, was sich in ihr befand. Unfreiwillig hatte Boris gegen diesen Befehl verstoßen, was ihn belastete. Schließlich waren Treue und Ergebenheit das Einzige, was ihm an Menschlichkeit geblieben war. Es hatte ihn nicht danach verlangt, zu einem *Blauen Krieger* umgebaut zu werden. Trotz des Schneesturms und der Entfernung konnte er den Atem eines Menschen in der Kiste hören. Um seinen Ungehorsam nicht noch weiterzutreiben, wandte er sich eilig ab. Die Soldaten ließen den Schlitten mit der Kiste los, sofort sauste sie hangabwärts, bis ein Hindernis ihre Fahrt stoppte. Die Kiste flog durch die Luft, prallte gegen einen Baum und versank im Schnee.

Ihr Insasse rief um Hilfe und ... er rief Boris' Namen.

Boris kämpfte darum, schneller voranzukommen. Er durfte weder von dem Kisteninhalt wissen noch selbst in Gefangenschaft geraten. *Du bist Russlands größtes Militärgeheimnis,* schärfte ihm die Stimme ein und er antwortete: »Zu Befehl, Major.«

Von ihrer Last befreit, waren die beiden Soldaten schneller als er. Überraschend blieb einer stehen und drehte sich um.

»Yegor, ich habe eine Idee.«

Der andere hielt inne, um herauszufinden, was sein Kamerad meinte.

»Danilo, lass das«, warnte er ihn. »Es bringt Unglück, mit dem Glücksfresser zu reden. Gleich saugt er dich aus.«

»Ach was. Unser Idiot ist eindeutig am Ende. Weißt du, was ich denke? Sein Glück wird einen neuen Besitzer brauchen. Komm her, Fortuna, mein Schätzchen, ich weiß, du bist eine Hure, aber bei mir wirst du es gut haben.«

Boris ignorierte sie, wie er es jedes Mal tat, und versuchte stattdessen voranzukommen. Das Öl hatte sich wieder verhärtet und drohte, ihn bewegungsunfähig zu machen. Vor Anstrengung knirschte er mit den Zähnen. Danilo deutete die gefletschten Zähne falsch und wurde für einen Moment schreckensbleich. Sollte der alte Dämon erneut davonkommen? Verunsichert warf der junge Kerl einen Blick zu seinem Freund.

Yegor war neu in ihrer Einheit. Man munkelte, er verdanke die Strafversetzung dem Umstand, dass der Offizier, dem er unterstellt gewesen war, einen anderen gefunden hatte, der ihm nachts die Laken anwärmte. Binnen kürzester Zeit hatte Yegor sich einen besseren Platz in der Hackordnung erkämpft, indem er sich darauf spezialisiert hatte, Boris nachzuäffen.

»Los, gib es ihm!«, feuerte Yegor seinen Kameraden an. »Der ist fertig, hat zum letzten Mal seine Kameraden ausgesaugt.«

Derart ermutigt, stürmte Danilo mit aufgesetztem Bajonett auf Boris zu. Vielleicht vertraute er nicht darauf, dass eine Kugel ihn töten konnte oder brachte nicht die Geduld auf, zu warten, bis sein Gewehr geladen war. So oder so, Boris stellte ein Ziel dar, das man unmöglich verfehlen konnte. Der Kerl grinste, als er hangabwärts auf ihn zustürmte.

Wahrscheinlich grinste er noch, als sein Kopf, den die Detonation vom Rumpf getrennt hatte, durch die Luft flog. Diesmal war es kein Tesla-Blitz, der die Einheit dezimierte, es war seine eigene Waffe. Die Energiekammer des Gewehrs war explodiert. Kein ungewöhnliches Ereignis. Die Waffen der russischen Armee waren veraltet und schlecht gewartet. Yegor starrte Boris einen Moment lang an, dann machte er auf dem Absatz kehrt und rannte um sein Leben. Er kam nicht weit. Weiter oben mussten ein paar Kameraden die Vergeblichkeit einer Flucht eingesehen haben. Sie lagen unter schwerem Beschuss der Tesla-Artillerie und eröffneten ihrerseits mit Gewehren das Feuer auf einen Feind, der sich nicht annähernd in Schussweite befand. Stattdessen trafen sie einen der ihren. Yegor schrie auf, versank im Schnee und gab keinen Laut mehr von sich.

Boris zog sich den Riemen seines Gewehrs über den Kopf. Der Tod seines Angreifers hatte ihn auf eine Idee gebracht. Als Feuerwaffe war das Gewehr in seinen Händen nutzlos. Ein quantenmagisches Monstrum zu sein, wirkte sich nicht auf seine mangelhafte Zielgenauigkeit aus und die Konstrukteure der *Blauen Krieger* hatten nicht bedacht, dass metallische Finger weiterhin durch die Abzugsbügel passen mussten. Er nahm die Energiekammer heraus und warf den Rest der nutzlosen Waffe fort. Der Zylinder in seiner Hand glühte rot und strahlte Wärme aus. Letzteres wäre unter anderen Umständen ein schlechtes Zeichen gewesen. Wärme deutete auf einen Defekt hin und erhöhte das Risiko einer Fehlfunktion. Im entscheidenden Moment würde die Energiekammer entweder nicht genügend Druck für den Schuss aufbauen oder ohne Vorwarnung explodieren. *Du darfst dem Feind nicht in die Hände fallen,* sagte die Stimme. Er war froh, dass es nicht eine der anderen Stimmen war. Diese appellierte an sein Pflichtgefühl und wusste, dass er der treueste Soldat seines Zaren war.

»Lang lebe der Zar!«, sagte er und schloss seine mechanische Hand um die Energiekammer. Ein letztes Mal holte er Luft. War es angebracht, einen letzten Wunsch zu äußern oder in Gedanken bei einer freudvollen Erinnerung zu verweilen? Er horchte in sich hinein und fand nur Leere. Keinen Wunsch, nur Bilder vom Krieg, von Schlachten. Sein kranker Verstand gab ihm nur verschwommene Einblicke in seine Erinnerungen. Hatte er einmal gewusst, was das Wort Glück bedeutete? Es kam einzig und allein darauf an, seine Pflicht zu erfüllen und nicht dem Feind in die Hände zu fallen. Er zerdrückte die Energiekammer. Nichts geschah. Keine Explosion. Die Energiekammer zerbrach zu kleinen Splittern, ihr Inhalt tropfte in den Schnee.

Die Tesla-Artillerie verstummte. Ein Zeichen, das die nächste Phase einleitete. Boris wunderte sich, warum sich die Feinde mit diesem jämmerlichen Trupp Soldaten abgaben. Seine Einheit war unbedeutend. In ihr landeten Versager, Aufrührer und … er. Eben alle, die kein Offizier in seiner Kompanie haben wollte. Die Idioteneinheit. Warum Munition verschwenden? Boris blieb keine Wahl, er kratzte das Eis von den metallenen Teilen seines Körpers und schaffte einen weiteren Schritt.

Nach drei beschwerlichen Schritten tauchten Kriegsluftschiffe auf. Nicht die kleinen, wendigen Späher, sondern jene, deren einzige Aufgabe darin bestand, so viele Bomben wie möglich über feindlichem Gebiet abzuwerfen. Sie verdunkelten den Himmel, als sie über Boris hinwegzogen. Er machte eine Bewegung, als zielte er mit einem Granatwerfer auf sie, in der Hoffnung, sie ließen eine Bombe auf ihn fallen, doch die Ungetüme flogen unbeirrt weiter. Vielleicht wussten die Osmanen, dass diese Einheit nicht über die Ausrüstung verfügte, diese schwerfälligen Kolosse abzuschießen.

Die Luftschiffe entschwanden seinem Blickfeld. Er hörte das Brummen der Motoren, das Aufklappen der Sicherheitsriegel und das Sirren der Geschosse, bis ohrenbetäubende Explosionen alle anderen Geräusche auslöschten. Nur die Schreie seiner Kameraden übertönten diesen Lärm. Boris' einzige Hoffnung war, das Blutbad zu erreichen, bevor den Osmanen die Bomben ausgingen. Und am Ende fand er tief in seinem Inneren einen Wunsch: seinen Zaren nicht zu enttäuschen, nach einem Leben voller Leid und Entbehrungen in Erfüllung seines Dienstes zu sterben. Selbst dieser Wunsch wurde ihm versagt. Es war zu spät. Der Kampf gegen die Kälte war verloren, das Öl verwandelte sich in eine klumpige Masse, die alle Gelenke, Scharniere und Zahnräder blockierte. Aussichtslos, einen Fuß zu heben oder einen Finger zu rühren. Sogar das Schließen der Augen war ihm unmöglich. Er hörte seine Kameraden ohne ihn sterben und harrte der Schmach, von Feinden des Zaren auseinandergebaut zu werden.

Wusstest du, das blaue Zeug prickelt, wenn man ihm zu nahe kommt.

Nein! Nicht *diese* Stimme! Sie beschwor ein Grauen, gegen das er keinen Schutz fand. Ein Klang, der ihn wieder in die Hölle zog. *Geh weg!,* hätte er gefleht, wenn er seine Lippen bewegen könnte. Sein Herz raste. Panik brach über ihn herein. Es fühlte sich an, als würde die Seele mit Pech und Schwefel ausgetrieben. Zur Strafe, weil er einen Wunsch geäußert hatte.

Ein Donnern holte ihn für einen Moment in die Realität zurück. Mit ihren Bomben hatten die Osmanen eine Lawine ausgelöst. Der halbe Berg geriet in Bewegung. Die Wand aus Eis und Schnee brach Kiefern wie Strohhalme, zermalmte Felsen. Sie hielt direkt auf ihn zu. *Lang lebe der Zar,* dachte er erleichtert. Die Lawine würde die Technik seines Körpers vor dem Zugriff des Feindes bewahren.

Olga

Olga erkannte, dass es eine schlechte Idee gewesen war, ausgerechnet *diesem* Bauer Rüben zu stehlen. Nicht genug, dass er ihr keine abgeben wollte, er besaß auch noch Hunde und befahl ihnen, sie zu beißen – vielleicht sogar zu fressen. Jedenfalls sahen die Hunde so aus, als würden sie sie gern fressen. Olga war davongerannt, bis sie die Kräfte verließen. Erschöpft ließ sie sich fallen. Sofort versank sie im hohen Schnee. Vorsichtig schaute sie über den Rand. Waren die Hunde noch hinter ihr her? Sie konnte sie nicht entdecken. Auch den Bauern nicht. Oder den Bauernhof. Dafür Berge. Wo kamen die auf einmal her? Waren sie vorhin schon da gewesen? Und Bäume. Große Bäume. Über ihr zogen sich dunkle Wolken zusammen, es wurde kälter und der Wind nahm zu.

Bei solchem Wetter jagt man keinen Hund vor die Tür, hatte ihr Papa oft gesagt, wenn sich ein Sturm anbahnte. Sie hatte nie verstanden, was er damit meinte. Sie hatten keinen Hund – niemand im Dorf hatte einen. Dafür hatte er sie oft vor die Tür gejagt, besonders gern, wenn es stürmte, schneite oder Mama was zu essen gekocht hatte. Das war gemein, Eltern sollten Essen mit ihren Kindern teilen. Alle sollten teilen. Auch der Bauer mit den Rüben hätte ihr welche abgeben können. Er hatte eine ganze Kammer voller Rüben. Und Körbe voller Eier, Säcke mit Mehl und Kannen voller Milch.

»Es waren bloß zwei Rüben«, beschwerte sie sich. »Wenn Menschen teilen würden, müsste keiner Hunger haben und Proletati ... Prolalati ... äh ... die Prolata-Tiere aller Länder vereinigt euch. Wassilisa hat das auch gesagt.«

Sie zog an den langen Ohrenklappen ihrer Mütze, um sich so gut wie möglich zu wärmen. Ihre Jacke hatte sie den Hunden überlassen müssen, als sie sich in ihr verbissen hatten. Sie fragte sich, ob sie es wagen könne, morgen zurückzuschleichen. Vielleicht hatten die Hunde etwas von ihrer Jacke übrig gelassen. Wenn sie den Weg zurückfand.

Sie begann, ihre Schneekuhle zu vergrößern, um es für die Nacht behaglicher zu haben. Sie klopfte die Wände glatt, baute aus Schnee ein kleines Lagerfeuer nach, kuschelte sich in eine Ecke und schlief ein.

Eine Reihe von Geräuschen weckte sie auf. Über ihrer Höhle tobte ein Schneesturm mit Gewitter. Der Wind heulte, Bäume und Äste krachten und ein Donner nach dem anderen erschütterte die Erde. Sie folgten so dicht aufeinander, dass das Grollen nicht mehr abriss. Plötzlich hörte sie menschliche Stimmen. Hatte der Bauer sie gefunden? Vorsichtig streckte sie den Kopf ins Freie. Im ersten Moment konnte sie nichts erkennen, dazu war das Schneetreiben zu dicht. Dann sah sie graue Uniformen, die sich auf sie zubewegten: Soldaten. Olga erschrak. Der Bauer hatte die Soldaten auf sie gehetzt? Wegen zwei Rüben? Es waren nur ganz kleine. Und verschrumpelte.

»Tod dem Zaren!« rief sie vor Empörung und reckte die Faust in den Sturm. »Lang lebe die Rewostion!« Als keiner der Soldaten reagierte, merkte sie, dass man sie nicht entdeckt hatte und es mit Glück so bliebe. Sie müsste sich in ihrer Kuhle nur ganz klein machen und keinen Laut von sich geben.

Olga mochte keine Soldaten. Sie machten Menschen tot. Meistens andere Soldaten. Außer sie hatten Hunger, dann gingen sie zu Bauern und Leibeigenen, nahmen ihnen alles Essen weg, machten sie tot und manchmal machten sie Babys – ohne Küssen. Soldaten schienen ständig Hunger zu haben. Genau wie sie.

Ein Soldat rannte an ihr vorbei. Ein zweiter tauchte auf, ohne sie zu beachten. Und plötzlich waren es ganz viele Soldaten. Sie rannten links und rechts an ihrem Versteck vorbei, manche sahen sie und liefen trotzdem weiter. Waren sie gar nicht hinter ihr her? Sie schaute den Soldaten hinterher.

»Was ist denn da oben?«, fragte sie. Könnte es sein, dass es dort etwas zu essen gab? Sie war auch immer hungrig.

»Lauf, Kind!«, rief ein Soldat im Vorbeieilen.

Kind?

»Ich bin kein Kind«, bescherte sie sich, »ich bin zwölf!«

Wer zwölf war, galt als groß und konnte für sich selbst sorgen. Olga sorgte für sich selbst – also war sie zwölf. Sogar zwölfiger als andere Kinder. Die hatten vorher elf sein müssen.

Schlagartig waren die Blitze ganz nah, und Olga begriff, dass Schreckliches geschah. Die Soldaten rannten nicht einer Mahlzeit entgegen – sie flohen. Vor Dämonen. Sie sprang aus ihrem Versteck, schloss sich der Flucht der Soldaten an.

»Welche sind es? Welche sind es?«, fragte sie rennend. Es gab viele Arten von Dämonen. Zwar lebten sie alle im Ausland und alles, was nicht Russland hieß, war Ausland, aber es gab unterschiedliche Dämonenreiche. Es gab Franzosen-Dämonen und Deutsch-Dämonen, das waren die harmlosesten, die brachten einen nur um. Und zogen einem die Haut ab – um sie anzuziehen. So tarnten sich Dämonen, wenn sie ihr Ausland verließen. Wie ein Dämon ohne Menschenhaut aussah, hatte noch keiner gesehen. Trotzdem waren sie leicht zu erkennen. Sie redeten nur in ihrer Dämonensprache. Das war überhaupt keine richtige Sprache, sondern eine Aneinanderreihung der schrecklichsten Zischlaute.

»Die Osmanen kommen!«, schrie ein Soldat.

Oh nein! Das waren die Schlimmsten. Osmanen-Dämonen fraßen die Menschen nicht einfach, sie teilten sie sich in kleine Portionen auf. Das nannten sie Vierteilen. Wenngleich es genau genommen fünf Teile waren. Olga rannte noch schneller. Über ihren Köpfen tauchen riesige, fliegende Ungeheuer auf, schnitten ihnen den Fluchtweg ab. Gleich darauf warfen sie mit schwarzen Rohren nach ihnen. Die Rohre explodierten. Abgetrennte Körperteile flogen durch die Luft. Das Vierteilen hatte begonnen. Jetzt brach endgültig Panik unter den Soldaten aus. Sie flohen in alle Richtungen, rannten sich gegenseitig über den Haufen. Einer stolperte über Olga und riss ihr dabei die Mütze vom Kopf. Der Wind erfasste die Mütze und trieb sie hangabwärts, den Dämonen entgegen.

Olga zögerte einen Augenblick und verdeckte ihre Narbe an der Schläfe mit der Hand. Was sollte sie machen? Ihre Mütze verlieren? Sie war ein Geschenk gewesen, von Wassilisa, ihr erstes und einziges Geschenk. Sie rannte ihrer Mütze hinterher. Sie wäre lieber tot als ohne Mütze. Die Dämonen spien Feuer, brachten den Berg zum Beben. Ein tiefes Grollen kündigte größeres Unheil an. Der Schnee fing an sich zu bewegen, als versuchte er ebenfalls zu fliehen. Mit einem Hechtsprung bekam Olga die Mütze zu fassen, dann wälzte sich der Berg über sie.

Als Olga zu sich kam, hatte sie keine Ahnung, wo sie war, sie befand sich in einer kleinen runden Höhle. Er war windstill, das Tosen des Sturms kaum zu hören und über die glatten Wände tanzte blaues Licht. So ein Blau hatte sie schon einmal gesehen, aber da hatte sie es nicht so hübsch gefunden. Woher kam es? Sie rutschte zur Seite und entdeckte ein Metallgebilde. Zwischen den Zahnrädern steckte ein durchsichtiger Zylinder, in dem sich eine blaue Flüssigkeit bewegte. Was das auch ein Quantenakulu… Kwatenaquamu… so ein Ding, das sie den Anarchisten geschenkt hatte? Was würde passieren, wenn sie das Glas anstupste? Sie schob ihre Hand an den Zahnrädern vorbei und berührte die Kartusche mit dem Zeigefinger. Die Flüssigkeit änderte ihre Bewegung und strömte ihrem Zeigefinger entgegen. Olga kicherte, bewegte den Finger, die Flüssigkeit folgte. Das machte Spaß.

»Hallo, ich bin Olga«, sagte sie zu dem Quakenallumator und gluckste vor Vergnügen.

Ihr Magen knurrte und erinnerte sie daran, dass sie

groß war, für sich selbst sorgen musste und nicht spielen durfte. Wo war sie? Und wo waren die Dämonen und Soldaten abgeblieben? Sie schaute sich um und erschrak. Sie teilte die Höhle mit einem toten Soldaten. Er lag auf dem Rücken und starrte blicklos ins Leere. Das Streben- und Zahnradding wuchs aus seiner Schulter. Nein, das war kein Ding, das war sein Arm. Lag sie auf einem Dämon, der sich die Haut eines Soldaten angezogen hatte? Mutig griff sie nach dem kurzen, stoppeligen Bart und zupfte daran. Hm ... die Haut saß fest. Über die rechte Gesichtshälfte zog sich von der Stirn bis zum Kinn eine Narbe. Sie betastete die Narbe. Sie schien echt zu sein, sie ließ sich nicht auseinanderschieben. Kein Dämon darunter.

»Haben die Dämonen dich totgemacht?«, fragte sie, ohne eine Antwort zu erwarten. »Haben die das mit deinem Arm gemacht? Hat es wehgetan, als du noch gelebt hast?«

Ihr Magen knurrte erneut.

»Hast du was zu essen dabei? Willst du es mit mir teilen? Du kannst ja keinen Hunger haben.«

Sie suchte die Taschen des Toten ab, fand einen halben Brotkanten, fast nicht verschimmelt, und aß ihn auf.

»Glaubst du, die Dämonen sind weg?«, fragte sie. »Ist es weit bis ins Tal? Ich habe mich verlaufen, weißt du? Wo kommt der ganze Schnee her? Wir haben Glück, dass er eine Höhle für uns gemacht hat. Ob der Bauer noch nach mir sucht? Besser, ich gehe in ein anderes Tal, nicht in das, wo der Bauer ist. Der hat Hunde, wusstest du das? Die haben meine Jacke gefressen. Darf ich ein paar von deinen Zahnrädern mitnehmen? Du hast ganz viele und ich keine. Ich könnte sie gegen Brot tauschen. Oder Rüben. Aber nicht bei dem Bauern mit den Hunden. Der nähme sie mir weg, ohne mir Essen dafür zu geben. Das ist ein ganz gemeiner Bauer. Darf ich auch den blauen Quallenmulator mitnehmen, ja? Ich hatte schon mal einen, der war silbern. Ich habe ihn den Anarchisten geschenkt. Dafür haben sie eine Maschine gekauft und ich durfte Genosse sein.«

Vom Toten kam kein Widerspruch. Olga schob die Hand wieder in den Arm und versuchte, die Kartusche herauszubekommen. Sie zerrte, schob und drückte, doch erst als sie die Kartusche mit viel Kraft drehte, bewegte sie sich.

»Tod dem Zaren!«, rief sie aus.

»Nieder mit den Anarchisten!«

Olga schrie. Der Tote hatte gesprochen! Sie sprang auf, vergaß die Kartusche loszulassen. In der Halterung knirschte es, Funken sprühten und zischend entwich blauer Nebel. Die Schneedecke über ihr brach zusammen, sie kämpfte sich ins Freie und floh.

Boris

Die Schneewalze riss Boris von den Beinen. Es fühlte sich an, als wäre er zwischen Mühlsteine geraten. Die Energiekartusche pulsierte, trieb ihren Inhalt durch seine Adern und seinen künstlichen Arm. Er hörte seine Knochen brechen. Sein Kopf schlug gegen einen mitgerissenen Felsbrocken, seine Sinne schwankten und ließen verschwommene Erinnerungen frei. Eine Gestalt sagte: »Du meinst, außer abgeschnitten? Auf den Müll geworfen.« Boris lag im Versuchslazarett. Mit Ledermanschetten ans Bett gefesselt. Unfähig, sich zu bewegen. Nein, nicht ganz. Sein rechter Arm. Dort spürte er keine Fesseln. Er hob ihn ... aber ... da war kein Arm! Nur ein Stumpf. Fachmännisch verbunden. *Das Zeug prickelt, wenn man ihm zu nahe kommt. Soll so eine Art Strahlung sein.*

»Geh weg!«, hätte er geschrien, wenn nicht der Schnee jeden Laut erstickt hätte, Er hustete, bekam den Mund frei und konnte wieder Luft holen. Da prallte etwas Kleines und Weiches gegen ihn. Automatisch wollte er es festhalten ... mit einem Arm, den er nicht hatte. Stattdessen reagierte der künstliche Arm, schirmte das kleine Etwas gegen die Schneewalze ab und drückte es gegen seine Brust.

Die Gewalt der Lawine ließ nach. Langsamer werdend schob sie Schichten aus Eis und Schnee über Boris und drohte, ihn zu zerquetschen. Um die Energiekartusche formte sich eine Kugel aus blauem Licht. Sie wies die Naturgewalt in ihre Schranken, ließ gebrochene Knochen zusammenwachsen.

Hallo, ich bin Olga.

Eine unbekannte Stimme durchbrach das Gefängnis seines Bewusstseins. Langsam kehrten seine Sinne zurück. *Ich darf dem Feind nicht in die Hände fallen,* war sein erster Gedanke. Er versuchte aufzustehen. Vergebens. Kein Muskel, kein Zahnrad reagierte.

Haben die Dämonen dich totgemacht?

Seltsam, diese Stimme war noch nie in seinem Kopf erklungen. Sie stellte merkwürdige Fragen. War er denn tot? Er hätte angenommen, er sei noch am Leben. Eine Kinderhand tauchte in seinem Blickfeld auf. Sie strich vorsichtig über die Narbe in seinem Gesicht. Diese begleitete ihn sein ganzes Leben und er erinnerte sich nicht, woher sie stammte. Nicht aus dem Versuchslazarett, sie war viel älter. Allerdings war es im Lazarett gewesen, wo er Dämonen begegnet war, Dämonen, die sich Wissenschaftler oder Quantenmagier nannten.

Ihm kam ein schrecklicher Gedanke: War er tatsächlich tot, doch nicht durch die Lawine umgekommen, sondern auf dem Operationstisch gestorben, und der Tod bedeutete nicht das Ende des Leidens, sondern seine Fortsetzung ... bis in alle Ewigkeit?

Haben die das mit deinem Arm gemacht?

Ja, hätte er geantwortet, wenn er dazu in der Lage gewesen wäre. *Sie haben einen gesunden Arm abgeschnitten und in den Müll geworfen, um dieses schreckliche Ding aus Metall anzuschrauben. Ich wollte kein Blauer Krieger werden.*

Im Versuchslazarett hatte er den Tastsinn verloren. Es hatte nur wenige Freuden in seinem Leben gegeben. Eine davon war, Dinge zu fühlen. Andere zogen Genuss aus Sachen, die sie betrachteten, oder Klängen, die ihnen gefielen. Für Boris unverständlich, er machte sich nichts aus Musik und für seine Augen war nichts schön oder hässlich, dagegen liebte er es, Dinge anzufassen, ihre Beschaffenheit zu fühlen.

Hat es wehgetan, als du noch gelebt hast?

Es war nicht gerecht. Wenn der Tod kein Nichts war, wollte er seinen Tastsinn zurück und seinen eigenen Arm.

Lang lebe der Zar, versuchte er zu rufen.

Stattdessen sagte die Stimme: *Tod dem Zaren!*

Ausgeschlossen, sein Verstand, so krank und verwirrt er auch sein mochte, egal welche Stimmen er erschuf, um ihn zu quälen, niemals hätte er den Kampfruf der Anarchisten wiederholt. Sein Herz raste vor Empörung. Nein, er war nicht tot! Die Stimme war nicht in seinem Kopf, sie gehörte einem kleinen Mädchen. Es lag auf seiner Brust und schob seine Hand in diesem Augenblick in seinen künstlichen Arm und machte sich an der Kartusche zu schaffen. *Du bist Russlands größtes Militärgeheimnis. Du darfst dem Feind nicht in die Hände fallen.*

Die Feindin der Monarchie versuchte, die Energiekartusche aus der Verankerung zu brechen.

»Nieder mit den Anarchisten!«

Die diebische Anarchistin sprang schreiend auf, in der Halterung zischte es und ein Blitz durchzuckte Boris' Körper.

Die Aasgeier

Olga

Olga hatte noch nie einen Toten reden hören, dementsprechend lange dauerte es, bis sie sich von dem Schreck so weit erholt hatte, dass sie über einen Plan nachdenken konnte. Sie hielt an und schaute sich um: Berge streckten ihre Gipfel in die Wolken, Bäume kauerten sich bedrohlich an den Hängen und selbst Felsbrocken wirkten hinterhältig. Nirgends schien es ins sichere Tal zu gehen. Frierend und ängstlich kauerte sie sich unter eine kleine Birke. Die Birke stand abseits, als hätten die anderen Bäume sie aus dem Wald gejagt. So, als hätte niemand die Birke lieb. Nicht einmal die Mamma-Birke. Olgas Mama hatte sie nicht gern, weil sie kein echtes Kind war. Ihr Papa hatte behauptet, sie wäre nicht sein Kind, weil sie ein Soldatenbastard sei. Früher, als sie klein gewesen war, hatte sie nicht verstanden, was das war, inzwischen wusste sie, wenn Erwachsene sich beim Babymachen nicht küssten, bekamen sie keine echten Kinder, sondern Soldatenbastarde. Olga wollte nach den Ohrenklappen ihrer Mütze greifen und stellte fest, dass sie fort war. Sie schluchzte auf. Sie musste ihre Mütze unbedingt wiederfinden. Sie hatte sie zu fassen bekommen, daran erinnerte sie sich. Wenn sie Glück hatte, lag sie bei dem toten Soldaten. Sie hatte sich erschrocken, als er zu reden angefangen hatte. War er vielleicht ein verkleideter Dämon? Sie fürchtete sich vor Dämonen, doch die Angst, ihre Mütze verloren zu haben, war größer. Zum Glück war es nicht so schwer, den Weg zurück zu finden, sie musste nur ihren Spuren im Schnee folgen.

»Ich glaube nicht, dass er ein Dämon ist«, sagte sie zu sich, um Furcht und Kälte zu vertreiben. »Schließlich hat er mich nicht gefressen. Wahrscheinlich war er nur verwundet und hat sich erschreckt, als er aufgewacht ist und mich gesehen hat. *Nieder mit den Anarchisten* … wahrscheinlich hat er gemeint: *Runter mit dir, Anarchistin*. Ja, er war verwundet und es hat ihm wehgetan, dass ich auf der Wunde gelegen habe. Papa hätte mich gehauen.«

Boris

Dem Schicksal hilflos ausgeliefert, wartete Boris darauf, gefunden und ausgeschlachtet zu werden. Er hatte versagt; weder war es ihm gelungen, die kleine Anarchistin ihrer gerechten Strafe zuzuführen, noch die Technik zu zerstören.

Der Sturm hatte sich gelegt, große Schneeflocken fielen vom Himmel und schlossen das Loch, durch das die Anarchistin geflohen war, und verwischten alle Spuren. Wenn ihn keine Tiere auf der Suche nach Aas ausgruben, konnte er hoffen, erst in einigen Monaten gefunden zu werden, wenn die Schneeschmelze einsetzte. Bis dahin wäre er längst erfroren oder verhungert und müsste nicht miterleben, wie sein Körper zerfleddert wurde.

Die Kartusche saß schief in der Verankerung. Es knisterte an den Kontaktstellen und verursachte unangenehme Empfindungen. Er hätte sie gern ganz herausgerissen, um den Prozess des Sterbens zu beschleunigen

Nachdem die Anarchistin geflohen war, hatte er lange hören können, wie sie sich durch den Schnee kämpfte. Weit entfernt ertönten die Schmerzensschreie seiner verwundeten Kameraden. Einzelne Schreie verstummten abrupt. Die Osmanen beendeten ihr Werk und entledigten sich der Verwundeten. Sie schwärmten aus, suchten das Schlachtfeld ab und töteten die Überlebenden mit dem Bajonett. Sie machten keine Gefangenen. Ein Rudel Wölfe zog umher, ohne sich Boris' Position zu nähern. Nicht verwunderlich, schließlich bereiteten die Osmanen ihnen einen reich gedeckten Tisch. Ein paar Stunden vor Mitternacht frischte der Wind auf, peitschte Schnee von den Bäumen und trieb ihn vor sich her. Die Osmanen brachen ihr Tun ab. Sie mochten die Kälte nicht. Die strengen Winter hatten Russland bisher vor der Eroberung gerettet und mehr Feinde getötet als die Armee des Zaren. Ein paar Verwundete wimmerten oder riefen nach ihren Müttern. Ihre fernen Rufe vermischten sich mit dem Brausen des Windes, dem Knurren der Wölfe. Ein paar Stunden später waren die letzten Schreie verstummt. Boris hatte mit diesen Männern gedient, konnte sich dennoch nicht an ihre Gesichter oder Namen erinnern.

Die Nacht ging vorüber, der Tag brach an und Boris war noch am Leben. Der Wind flaute ab und vereinzelte Sonnenstrahlen bahnten sich einen Weg durch die Wolkendecke.

»Oh Mann! Sieh dir diese Scheiße an!«

Jemand sprach Deutsch. Die Sprache der Wissenschaftler im Versuchslazarett.

»Was hast du gesagt?«

Es wurde auf Russisch wiederholt. »Ich könnte diese Osmanen echt ... An den Eiern aufhängen sollte man sie!«

»Ja, sie haben nichts übrig gelassen. Die sind pervers. Johann kriegt einen Wutanfall, wenn wir ohne Nachschub aufkreuzen.«

»Und Habenichtse sind es außerdem! Bezahlt die russische Armee keinen Sold, oder was?«

Das waren Aasgeier. Leichenfledderer. Boris wäre es lieber, von Osmanen gefunden zu werden, weil sie wie er Soldaten waren, weil sie keine Gefangenen machten und ihn töten würden.

»Lass es uns da unten versuchen«, schlug ein Aasgeier vor. »Abseits vom Schuss haben die vielleicht welche übersehen.«

Der andere grunzte Zustimmung. Verharschter Schnee knirschte, als sie sich Boris' Position näherten.

Olga

Olga erreichte den Ort, den sie in der Nacht fluchtartig verlassen hatte. Zu ihrem Schreck sah sie, dass noch andere den Weg hierher gefunden hatten. Zwei Männer stapften genau auf die Stelle zu, wo sie ihre Mütze vermutete. Und den armen Soldaten. Bestimmt war er seinen Verletzungen erlegen und gestorben. Sie fühlte sich schuldig. Wenn sie nicht weggerannt wäre, hätte sie ihn gesund machen können. Bei Wassilisa hatte sie gesehen, wie man Leute gesund machte: Man wickelte Verbände um die Stellen, die wehtaten, und kochte ihnen Suppe. Wassilisa mochte keine Soldaten, trotzdem hatte sie welche gesund gemacht. Radik zum Beispiel. Und danach war er kein Soldat mehr gewesen und hatte aufgehört, Menschen totzumachen.

»Es tut mir leid, dass ich dich zurückgelassen habe«, flüsterte sie schuldbewusst, denn vielleicht war der Soldat gestorben, weil sie auf einer Wunde gelegen hatte. »Ich habe mich erschreckt, weißt du? Und dann habe ich mich verlaufen. Dafür mache ich dir ein Grab aus Schnee, ja? Wenn die Männer weg sind. Mit Blumen, ja? Sie werden aus Schnee sein. Ist das schlimm?«

»Hier ist eine Lawine runtergegangen«, sagte einer der Männer. »Könnte unser Glück sein. Hat bestimmt ein paar mitgerissen. Die könnten noch leben.«

»Besser als nichts«, sagte der andere, wollte weiterreden und brach in diesem Moment durch die Schneedecke.

»Aldin!«

»Mirkan, hier unten! Komm, hilf mir raus … nein, warte. Mensch, Mirkan, komm schnell her, ich habe etwas gefunden. Das musst du dir ansehen. Heute ist unser Glückstag.«

Der Mann namens Mirkan fand seinen Freund in einem Loch, beugte sich über die Kante und schaute hinein.

»Wahnsinn!«, rief er. »Allein das Metall ist einen Haufen wert. kannst du den hochheben? Dann ziehe ich ihn raus.«

Eine kurze Pause. In dem Loch ächzte es.

»Unmöglich. Viel zu schwer. Wir müssen ihn ausgraben.«

Mirkans Kopf tauchte aus dem Loch auf.

»Der Schnee muss weg. Dann kommen wir ran.«

Er kletterte nach draußen, begann damit, den Schnee wegzuschaufeln. »He, hilf mir, du Sack.«

Olga blieb nichts anderes übrig, als abzuwarten und zu hoffen, dass die Männer kein Interesse an ihrer Mütze hätten.

Als die Männer das Loch so weit vergrößert hatten, dass sie beide hineinpassten, unternahmen sie einen weiteren Versuch, den toten Soldaten aus dem Loch zu bekommen.

»Au, mein Fuß!«

Unter dem Schnee rumorte es plötzlich. Einige Meter den Hang hinab durchbrach der tote Soldat die Schneedecke, sauste ein kurzes Stück durch die Luft, bevor er auf dem Boden aufschlug und liegen blieb. Er landete auf seinem künstlichen Arm, das Gesicht im Schnee.

Einer der Männer kletterte aus dem Loch, rannte dem toten Soldaten hinterher. »Mirkan, komm endlich«, schnauzte er.

»Leck mich, Aldin! Das Ding hat mir die Zehen gebrochen!« Er kletterte dennoch ebenfalls hinaus und folgte humpelnd.

»Der hat 'ne Tätowierung im Nacken, der Kerl ist ein Homunkel«, sagte Aldin. »*BK 1/403*.«

»Ist vielleicht eine von Karels Züchtungen«, sagte Mirkan. »Könnte mit Johann gekommen sein.« Er schaute sich um. »Ob die Lawine Johann und die Ware erwischt hat? Wenn ja, was machen wir dann? Übernehmen wir den Laden?«

»Träum weiter! Und dieser Homunkel ist nicht von Karel. Seine Homunkel taugen höchstens fürs Blausteinlager. Der muss ein Armeeprojekt sein. Und schau mal hier.« Mit einigem Kraftaufwand drehte er den toten Soldaten auf den Rücken und deutete auf die Kartusche. »Der hat sogar eine eigene Energieversorgung. Leuchtet blau, muss also Ætherkram sein.«

Mirkan griff an seine Brust und umklammerte etwas, was er unter seinem Mantel trug. Aldin sah die Bewegung, zögerte einen Moment und zog sich ein Stück vom Toten zurück, ohne die Kartusche oder eine der pulsierenden Leitungen berührt zu haben.

»Scheiße«, fluchte Mirkan, »ich hasse dieses blaue Leuchten. Johann sollte sich beeilen. Wenn er wieder ohne Homunkel ankommt, dann bin ich weg. Ich schieb keine weitere Schicht im Blausteinlager.«

Stirnrunzelnd griff Aldin in seinen Kragen, holte eine faustgroße Kugel hervor, die er an einer Kette um den Hals trug, und betrachtete sie nachdenklich.

»Zeigt keine Strahlung an«, murmelte er.

»Klar«, spottete Mirkan. »Als ob die Dinger was taugen würden.«

Olga verstand nicht, wovon die beiden Männer redeten. Was waren Homunkel? Was ein Blausteinlager? Einige Meter abseits lag ihre Mütze im Schnee.

»Mist, ich sehe keine Schrauben«, fluchte Aldin. »Wir brauchen eine Säge.«

»Und ich dachte, eine fette Rothaarige«, sagte Mirkan.

»Gib mir deine Garotte.«

Mirkan holte einen Draht mit Griffen an den Enden aus einer Tasche und reichte ihn Aldin, der legte den Draht dicht am Stumpf um das Metall und versuchte, den Arm auf diese Art abzusägen. Das war Olgas Chance. Sie verließ ihr Versteck und robbte so leise wie möglich auf die Mütze zu. Es klappte, die Leichenfledderer bemerkten sie nicht. Sie bekam die Mütze mit den Fingerspitzen zu fassen, zog sie zu sich heran und setzte sie sich auf. Sie war so erleichtert, dass sie einen Moment lang vergaß, in welcher Gefahr sie sich befand.

»Scheiße!«, fluchte Aldin. Hastig sprang Olga in das

Loch, in dem der tote Soldat gelegen hatte, und spähte vorsichtig über die Kante. »Die Garotte ist gerissen.«

»Hm«, brummte Mirkan und kratzte sich geistesabwesend am Kinn. »Wir könnten ihn im Ganzen verkaufen. Johann muss nichts von unserem Fund wissen. Es sind eh wir, die das Risiko eingehen. Der hat noch nie Wache beim Blausteinlager geschoben.«

»An wen verkaufen? Hier ist niemand. Und im Ganzen kriegen wir den nicht weg.«

»Die Osmanen bezahlen einen guten Preis. Sie lagern nicht weit weg. Sie bezahlen uns, wir sagen ihnen, wo er liegt und dann ist er ihr Problem.«

«Ja, und uns verkaufen sie auf dem Sklavenmarkt.«

»Wenn du meinst«, sagte Mirkan grinsend, »dann gehe ich allein.« Er beugte sich über den künstlichen Arm, quetschte seine Hand an den Zahnrädern vorbei. »ich brauche nur einen Beweis, damit sie mir glauben.«

»Du wirst auf dem Sklavenmarkt enden.«

»Quatsch, was soll passieren? Schlimmer als Wacheschieben im Blausteinlager kann es nicht sein. Vielleicht machen sie uns zu Haremswächtern, das könnte mir gefallen. Die Osmanen sollen eine Schwäche für rothaarige Weiber haben.«

»Du weißt schon, dass sie den Haaremswächtern die Eier abschneiden?«

Aldin zog das kugelförmige Ding hervor und ließ es vor dem Gesicht seines Verbrecherkumpans hin und her baumeln.

»Schnipp, schnapp«, sagte er, ahmte mit den Fingern eine Schere nach.

»Du mit deinen ...«, setzte Mirkan zu einer Erwiderung an. Weiter kam er nicht. Er schrie, wollte zurückspringen, konnte es nicht: Seine Hand klemmte zwischen den Zahnrädern fest.

»Mein Finger! Mein Finger! Das Arschloch hat mir einen Finger abgeschnitten.«

Blut spritzte. Mit der freien Hand hämmerte Mirkan auf den künstlichen Arm ein, in dem daraufhin tausend kleine Blitze zuckten. Der tote Soldat zitterte, Arme und Beine bebten, aus seinem Mund quoll Schaum.

»Ein Kurzschluss«, sagte Aldin, ohne überzeugt zu klingen, und steckte schnell die Metallkugel weg, um Mirkan zu helfen. Der Körper des toten Soldaten erschlaffte.

»Ein Kurzschluss«, wiederholte Aldin deutlich erleichtert.

»Ich bringe euch um!«

Alle erstarrten. Mirkan, Aldin, sogar Olga in ihrem Versteck. Der tote Soldat hatte gesprochen.

Boris

Boris bekam mit, was um ihn herum geschah, und konnte nichts dagegen unternehmen. Aasgeier würden ihn bei lebendigem Leib auseinanderbauen, die wertvolle Technik an die Osmanen verkaufen, und eine Anarchistin war Zeuge, um ihren aufrührerischen Genossen davon zu erzählen. Elender konnte er den Zaren nicht enttäuschen. Einer der Aasgeier schob seine Hand ins Innere seines künstlichen Armes und Boris fühlte sich zutiefst gedemütigt. Er versuchte, sich zu wehren.

»Schnipp, schnapp«, sagte der eine Aasgeier und betätigte einen kleinen Schalter auf einem der Objekte, die sie als Energiefresser bezeichneten. Von einem Moment zum anderen explodierte Boris' Verstand. Die Quantenmagie der Kartusche schoss in alle Richtungen und schien ihn auseinandersprengen zu wollen. Und so unerwartet, wie dieser Anfall gekommen war, endete er.

»Ein Kurzschluss«, sagte ein Aasgeier.

Der andere kämpfte gegen Schmerzen an. Seine Hand steckte in Boris' Arm fest. Ein Finger klemmte zwischen zwei Zahnrädern.

»Ich bringe euch um!«

Der Drohung folgten einige Sekunden Schweigen, dann dämmerte den Leichenfledderern, dass er nicht in der Verfassung war, seine Drohung in die Tat umzusetzen. Er konnte sie nicht einmal wiederholen. Zunge und Lippen gehorchten nicht. Der eine bekam seine Hand frei. Der andere sagte:

»Wahnsinn! Der Homunkel funktioniert. Wir werden reich und haben ausgesorgt. Nur ... wie kriegen wir den hier weg?«

»Das ist mir gerade so was von scheißegal!« schnauzte ihn der Verstümmelte an. »Los, geh, hol mir was zum Verbinden. Oder willst du, dass ich verblute?«

Der Unverletzte setzte sich in Bewegung. Die Anarchistin rutschte unruhig in ihrem Versteck hin und her.

»Es tut mir leid, dass ich dich für tot gehalten habe«, flüsterte sie.

Der Verstümmelte wartete, bis sein Kumpan sich weit genug entfernt hatte.

»Du Arschloch«, zischte der Aasgeier und trat ihm ins Gesicht. Die Anarchistin gab einen erstickten Laut von sich.

»Mit dir gehe ich kein Risiko ein. Ich will nicht noch einen Finger verlieren.« Er zog ein Messer. Die Anarchistin hätte beinahe aufgeschrien.

»Soll ich dir die Kehle durchschneiden? Wie würde dir das gefallen?«

Es gefiele Boris besser, als die erniedrigende Demontage mitzuerleben. Die Anarchistin verließ ihr Versteck. Sie begann durch die Röhre zu kriechen, die er durch den Schnee gepflügt hatte. Anstatt zu fliehen, kam sie näher. Warum tat sie das? Er konnte es sich nicht erklären. Anarchisten und Aasgeier waren gleichermaßen Feinde des Zaren, aber sie machten niemals gemeinsame Sache.

»Das ist viel zu nett«, kam der Leichenfledderer zu der Erkenntnis, dass ein schneller Tod Boris willkommen sein könnte, und steckte das Messer weg. Er verlegte sich darauf, Boris wieder ins Gesicht zu treten. Es waren kraftlose Tritte. Beim Versuch, Boris aus dem Schnee zu hieven, hatte er sich tatsächlich einen Zeh gebrochen. Boris wusste, welchen. Sein Gehör war in diesen Dingen unfehlbar.

»Mirkan!«, schrie der andere. »Hier sind Spuren im Schnee.«

»Was? Das kann nicht sein. Hier ist niemand außer uns.«

»Sieh es dir an.«

Der Mirkan-Leichenfledderer entfernte sich. Die Anarchistin kam näher und robbte die letzten Meter. Ihr Gesicht tauchte vor seinem auf, ihre Hand stich über die Stelle, wo ihn der Stiefel getroffen hatte.

»Kannst du laufen?«, fragte sie.

Als ob er hier liegen würde, wenn er laufen könnte. Und warum wollte sie das wissen?

»Keine Angst«, flüsterte sie, »ich hole dich hier raus.«

Hier rausholen? Ihre Worte klangen, als wollte sie ihm zur Flucht verhelfen. Welches Interesse könnte sie daran haben? Ihn dem Zugriff der Aasgeier zu entziehen, um ihn selbst auszuschlachten? Es war nicht der geeignete Zeitpunkt, darüber nachzudenken. Säße die Kartusche korrekt in der Verankerung, könnte er möglicherweise seine Beine bewegen.

Boris war nicht in der Lage zu sprechen, darum versuchte er, ihr mit den Augen Zeichen zu geben. Sie verstand, streckte die Hand aus und schob sie in seinen Arm.

Als der Energiespeicher mit einem leisen Klacken einrastete, erstarb das unerträgliche Brummen und die Blitze hörten auf, in seinem Hirn zu zucken. Erleichtert entwich seiner Kehle ein tiefer Seufzer.

»Was ist …? Verdammter Mist!«

Die Aasgeier hatten bemerkt, dass man ihnen die Beute streitig machte. Der Unverletzte kam angerannt und packte die Anarchistin an der Kehle. Boris' Arme waren zu steif, dafür verfügten seine Beine über ausreichend Bewegungsspielraum. Er stieß sich vom Boden ab, vollführte

eine Rolle über die Schulter. Er traf mit einem Stiefel den Aasgeier an der Schläfe und Knochen splitterten. Boris landete auf den Füßen. Jetzt hieß es, den anderen Leichenfledderer zu eliminieren. Dieser ließ es nicht auf einen Kampf ankommen und floh.

»Oh«, japste das Mädchen, »die sind wir los.«

Stimmen

Boris

Dankbarkeit war Boris fremd. Es gab nichts, wofür er dankbar sein könnte. Die Anarchistin hatte ihm das Leben gerettet, um sich an ihm zu bereichern. Wenn man ihn gefragt hätte, in wessen Hände die geheime Technik auf keinen Fall landen dürfe – Osmanen, Leichenfledderer oder Anarchisten –, hätte er *Anarchisten* geantwortet. Die Aasgeier waren nur Verbrecher, die Osmanen Feinde Russlands, die Anarchisten jedoch die Feinde seines Zaren. Diese Anarchistin war jedoch ein kleines Kind, wie konnte es glauben, es mit ihm ausnehmen zu können. Andererseits – der Hauptstreitmacht der osmanischen Armee und den Leichenfledderern war es nicht gelungen, seiner habhaft zu werden ... dieses Kind hingegen war erfolgreich gewesen.

Boris hatte keine Zeit, weiter darüber nachzudenken. Die quantenmagische Technik musste in Sicherheit gebracht werden. Es galt, einen Unterschlupf zu finden. Zunächst musste er so weit weg vom Heer des Feindes wie möglich. Er rannte los. Die Anarchistin folgte ihm. Weshalb? Es wäre klüger gewesen zu fliehen, solange er keine Zeit hatte, sich mit ihr zu beschäftigen. Sie konnte unmöglich glauben, ihn jetzt noch auseinanderbauen zu können. Dennoch folgte sie ihm beharrlich und ließ sich nicht abschütteln, nutzte die breite Spur, die er durch den Schnee pflügte.

Verdammt! Das Öl fing an, sich zu verfestigen. Er käme nicht mehr weit. Ihm blieben nur Minuten bis zur Erstarrung. Zu wenig, um auf die Ankunft des überlebenden Aasgeiers zu warten und ihn zu töten. Genug, um die Anarchistin ihrer Strafe zuzuführen. Er blieb stehen, drehte sich um und streckte eine Hand nach ihr aus. Er würde es schnell und schmerzlos machen. Diese Gnade hatte sie für seine Rettung verdient.

Olga

Als der Soldat hangabwärts floh, rannte Olga ihm hinterher, zum einen, weil er sie vor den Aasgeiern beschützen könnte, und zum anderen, weil sie erst *sein* Leben gerettet hatte, er dann *ihres* und so etwas verbindet. Der Soldat war schnell und Olga konnte ihm kaum folgen. Er musste es bemerkt haben, denn er blieb überraschend stehen, drehte sich nach ihr um und versuchte, eine Hand nach ihr auszustrecken, damit sie nicht zurückfiel. Gerührt seufzte Olga und ergriff die angebotene Hilfe. Die Hand des Soldaten schloss sich fest und schützend um ihre Finger.

In diesem Augenblick ging hinter ihnen ein Schuss los, die Kugel traf ihren Soldaten, er fiel hin und riss Olga mit sich. Sie merkte sofort, er würde nicht aufstehen können und ein hastiger Blick über die Schulter verriet, sie bekämen bald Gesellschaft.

»So nicht!«, rief Aldin. »Mit mir habt ihr euch den Falschen ausgesucht.«

Olga packte Boris' Stiefel, stemmte sich in den Schnee und schob mit aller Kraft. Zu ihrem Glück wurde der Hang an dieser Stelle steil und der Schnee war hart wie Eis. Ihr Soldat begann zu schlittern, Olga schob weiter und er nahm Fahrt auf. Mit einem Sprung rettete sie sich auf seinen Bauch und sie glitten in rasendem Tempo bergab.

»Tod den Aasgeiern!«, rief sie triumphierend dem Leichenfledderer zu.

Ihre Flucht dauerte nicht lange, vor ihnen tauchten Steinbrocken auf und die Felsmassive des Ural erschienen auf einmal bedrohlich nah. Die ersten Brocken konnte Olga umfahren. Zu guter Letzt stoppte einer sie. Sie hatte noch versucht, scharf nach rechts zu lenken, doch der Körper des Soldaten prallte mit der Seite gegen den Felsen. Die Wucht des Aufpralls schleuderte Olga durch die Luft, sie landete im Schnee, überschlug sich ein paar Mal, bis sie schließlich gegen einen Stein stieß und benommen liegen blieb.

Boris

Boris' Metallskelett schepperte wie eine misslungene Glocke. Er wusste, er hatte sich dabei verletzt, auch wenn er den Schmerz nur wie ein lästiges Vibrieren empfand. Das Mädchen, das ihn als Schlitten missbraucht hatte, war fortgeschleudert worden. Die Kugel des Aasgeiers hatte sein Kniegelenk getroffen und steckte zwischen Metall und Knochen fest. Unter anderen Umständen wäre das kein Problem, er hätte sie einfach entfernt. Nur dafür musste er die Arme bewegen. Vorläufig brauchte er die Anarchistin.

Boris lauschte. Verfolgte der Aasgeier sie? Er hörte nichts.

Leider war es in der anderen Richtung ebenfalls still. Lebte die kleine Vaterlandsverräterin? Sollte er nach ihr rufen?

»Anarchistin, lebst du?«

Ein Stöhnen, an die zwanzig Meter entfernt. Boris testete die Beweglichkeit seiner Beine. Sein linkes Knie war durch die Kugel blockiert, das rechte spielte mit. Er rollte sich auf den Bauch, stand auf und humpelte in Richtung des Stöhnens.

Die Sonne stieg höher, gewann an Kraft. Das war gut, sie würde ihm seine Einsatzfähigkeit zurückgeben. Wenn er wartete, könnte er sein Knie ohne Hilfe reparieren. Andererseits läge in ein paar Stunden diese Seite des Gebirges im Schatten. Das bedeutete Kälte. Er brauchte Feuerholz. Die Anarchistin könnte es suchen. Es könnte als Akt der Zarentreue gewertet werden, eine Art mildernde Umstände. Es wäre nicht länger seine Pflicht, sie zu exekutieren. Er erreichte die Anarchisten. Sie lag im Schnee und rührte sich nicht. Bei genauerer Betrachtung war sie keine Widerstandskämpferin, sondern nur ein kleines Kind. Eine vage Erinnerung tauchte in seinem Geist auf. Früher einmal hatte man keine Kinder exekutiert, selbst wenn sie

Anarchisten waren. Er wusste nicht, ob diese Regel weiterhin Gültigkeit besaß – oder ob sie jemals existiert hatte. Sein Verstand stellte keine vertrauenswürdige Informationsquelle dar. Die Anarchistin – die er fortan *das Kind* nennen würde; oder besser: *das Mädchen –,* atmete. Unter ihrer Mütze sickerte Blut hervor. Sein echter Arm hatte einen Teil seiner Bewegungsfähigkeit zurückerlangt, mit ihm hob er sie auf und setzte sie sich auf seinen künstlichen. Ihr Körper strahlte Wärme aus. Wärme verflüssigte Öl. Bald wäre er wieder einsatzbereit. Es war Zeit, das weitere Vorgehen zu planen. Der Gedanke behagte ihm nicht, sein ganzes Leben hatten andere das Planen übernommen, bestimmt, wohin er zu gehen hatte, wann zu töten, wann zu essen oder zu schlafen. Das machte das Dasein eines Soldaten aus und er war nie etwas anderes als ein Soldat gewesen. Er wünschte, es wäre jemand da, der die Entscheidung für ihn treffen könnte. Er war allein, alle Vorgesetzten und Offiziere von den Osmanen getötet, da war nur das Mädchen, das bewusstlos auf seinem Arm saß und dessen Kopf an seiner Schulter ruhte. Ein Soldat des Zaren konnte unmöglich einer Anarchistin die Planung überlassen.

»Welchen Befehl?«, fragte er.

Er sprach mit der vereisten, unwirklichen Landschaft um sich herum, mit den Berggipfeln des Ural, ja, sogar mit den Stimmen in seinem Kopf, und hoffte, die, die ihn an seine Pflicht erinnerte, würde sich melden. Er wartete, niemand antwortete. Die Sonne hatte ihren höchsten Stand erreicht, in weniger als einer Stunde würde sie hinter den Bergen verschwinden. Er konnte hier nicht länger stehen bleiben.

Schlag dich zu irgendeiner unserer Einheiten durch.

Boris drehte sich um. Für einen kurzen Moment glaubte er, den im Sterben liegenden General zu sehen, dann begriff er, dass eine seiner Stimmen den Befehl erteilt hatte. Die Stimme hatte recht, er musste eine russische

Armee-Einheit finden, sich ihr anschließen und neue Befehle erhalten.

»Können wir ein wenig ausruhen?«, fragte das Mädchen benommen. »Ich bin müde und mein Kopf tut weh.«

Rasten. Gut. Erst rasten, dann sich zu den eigenen Truppen durchschlagen. Es wäre vorteilhaft, eine Höhle, eine Felsspalte oder einen anderen Unterschlupf zu finden. Das ließe ihm Zeit, auf das Funktionieren seines Armes zu warten, seine Wunden könnten heilen und vielleicht würde sich eine Stimme melden, die genauere Befehle für ihn hätte.

Olga

Olgas Kopf tat weh, als sie aufwachte, und sie hatte schrecklichen Hunger. Dafür war ihr fast gar nicht kalt. Sie blinzelte verwundert und riss gleich darauf überrascht die Augen auf. Sie lag auf dem Boden einer kleinen Höhle, ihr Soldat schlafend lag neben ihr und hielt sie im Arm. Und nicht nur das, auf ihrer anderen Seite waren die Reste eines kleinen, längst erloschenen Lagerfeuers. Das alles hatte er gemacht, um sie zu wärmen? So viel Fürsorge war Olga weder gewohnt noch ihr gewachsen. Tränen sammelten sich in ihren Augen, sie presste ihr Gesicht gegen seine Schulter und ihr Soldat gab einen tiefen Atemzug von sich.

»Es tut mir leid, dass ich dein Brot aufgegessen und dir nichts übrig gelassen habe«, schniefte sie. »Weißt du, ich könnte uns Nacktschnecken suchen gehen. Du darfst die großen haben. Ich muss nur ein Wäldchen finden, dann bringe ich Holz mit und wir können die Schnecken auf Spieße machen und sie über dem Feuer braten, ja?«

Ein weiterer tiefer Atemzug. Es klang wie ein Brummen, war aber bestimmt ein Seufzer. Er drückte sie fester an sich. Jetzt seufzte Olga. Er wollte sie nicht loslassen, er wollte sie eine Weile im Arm halten. So etwas Schönes hatte sie noch nie erlebt. Nicht einmal bei Wassilisa.

»Ich passe auf dich auf und du auf mich, ja?«, redete sie leise weiter. »Ich kann mich um das Essen kümmern. Wusstest du, dass man Schecken kochen kann? Dann schmekken sie gar nicht so garstig. Nur braucht man dazu einen Kochtopf. Hast du einen? Manchmal finde ich Pilze. Aber nicht im Winter. Im Winter sind sogar Schnecken schwer zu finden. Wir könnten Bauern fragen, ob sie uns was abgeben. Zwei Rüben sind nicht viel, wenn man eine ganze Kammer voll Essen hat, nicht wahr? Bauern teilen nicht gern. Wusstest du, dass Vierteilen was ganz Schlimmes ist? So machen Osmanen Menschen tot. Früher habe ich gedacht, Vierteilen ist was Nettes. Mein Papa hat oft gesagt, er möchte das Schwein vierteilen. Dabei hatten wir gar kein Schweinchen. Einmal habe ich gefragt, ob er eines vom Markt mitbringen würde. Da ist er sehr böse geworden und hat mich gehauen. Er meinte kein Schwein, sondern ein Soldatenschwein. Die bekommt man anscheinend nicht auf dem Markt. Was ist an Soldatenschweinen besonders? Papa sagte, Soldatenschweine hätten Mamma einen Braten in die Röhre geschoben. Wir haben nie Braten gegessen und ... und dann geben sie mir nichts ab?«

Olga schnaufte vor Empörung.

»Das ist gemein! Das habe ich Papa gesagt und da hat er geschrien, dass Vierteilen viel zu gut für das Schwein wäre. Und dann ...«, sie schauderte, rückte näher an ihren Soldaten heran, »dann hat er erzählt, was Vierteilen wirklich ist. Da binden sie Stricke an Arme und Beine und reißen die aus. Die anderen Kinder haben danach wochenlang Vierteilen gespielt. Und ich musste das Schweinchen sein.«

Boris

Das Feuer brannte, das Mädchen wärmte seinen Arm und Boris fragte sich, ob er wohl schlafen könne, ohne den Befehl dazu erhalten zu haben, ohne zwischen anderen Soldaten im Dreck, im Regen, Schnee oder glühender

Hitze, unter freiem Himmel oder einem Stall zusammengepfercht zu liegen. Als Soldat war man nie allein, ständig von Lärm und Gestank umgeben und die Menge an Schlaf immer unzureichend. Es musste ein militärischer Vorteil darin liegen, Soldaten am Rande der Erschöpfung zu halten. Vielleicht um eine Revolte zu unterbinden. Seltsam, solche Gedanken waren ihm unbekannt. Galt das schon als Verrat? War es Verrat, wenn er die Anarchistin ... das Mädchen nicht unschädlich machte? *Mein Kopf ist krank*, sagte er sich, *er ist voller Stimmen. Es war eine Stimme die ... die ...* Nein, nicht einmal in Gedanken war es ihm möglich, den Kampfruf der Anarchisten zu widerholen. »Lang lebe der Zar«, sagte er stattdessen und schlief ein.

Als das Mädchen erwachte, ging sein traumloser Schlaf in einen leichten Schlummer über. Es redete leise vor sich hin, seine Worte umplätscherten seine Seele wie ein kleiner, friedlicher Bach, weckten die einzige Stimme, die er gern hörte. *Weil es alles ist, was ich für dich tun kann.*

»Schlaf noch ein bisschen«, flüsterte das Mädchen, »ich mache uns Frühstück, ja?«

Damit du eine Erinnerung hast, in der du Trost findest, fügte die Stimme hinzu. Boris seufzte und schlief wieder ein.

Das Licht der aufgehenden Sonne fiel durch den Eingang, ein leichter Windstoß wirbelte herein und verteilte die Asche des Lagerfeuers. Boris stand auf, seine Gelenke waren zäh, dennoch ausreichend beweglich. Er erinnerte sich an die Kugel in seinem Knie. Sie war von selbst herausgefallen und die Wunde vollkommen verheilt. Er sah sich um, die Höhle war leer, er war allein. Fehlte nicht etwas? Müsste nicht noch jemand hier sein? Er glaubte, sich an ein Mädchen zu erinnern. Es hatte ihn vor den Aasgeiern gerettet und er hatte es auf dem Arm getragen. Er befühlte das Metall. Seinen Tastsinn hatte er eingebüßt, allerdings war er durch Informationsübermittlung ersetzt worden.

Das Metall hatte exakt die Temperatur, die man erwarten durfte. Keine Restwärme eines Kindes.

»Olga«, murmelte und ihm war, als müsste ihm dieser Name etwas sagen.

Ein Hoch auf Olga!, rief eine Stimme.

Du bist Russlands größtes Militärgeheimnis.

Schlag dich zu irgendeiner unserer Einheiten durch. Das ist unser Notfallplan. Einen Stock versteckt man im Wald und einen Soldaten in der Armee.

»Zu Befehl«, sagte Boris und trat aus der Höhle.

In der Nacht war frischer Schnee gefallen, Die Schneise, die er ... gestern? ... vorgestern? gepflügt hatte, war als schwache Mulde zu erahnen. Andere Spuren gab es nicht. Er marschierte los.

Blauer Dämon, rief ihm jemand hinterher. Ein anderer fluchte: *Glücksfresser! Idiot!*

»Schnauze!«, knurrte Boris zwischen den Zähnen hervor. »Ihr seid tot!«

Der Ether ist alle, aber der 403er fühlt ja eh nichts. Sie lachten.

Der Zar

Olga

»Schlaf noch ein bisschen«, flüsterte das Mädchen, »ich mache uns Frühstück, ja?«

Ihr Soldat brummte und sie sprang eifrig auf, um Essbares aufzutreiben. Sie entdeckte zu ihrer Freude bald darauf in einer Senke ein Wäldchen. Hoffentlich gab es Schnekken. Sie beeilte sich, das Wäldchen zu erreichen. Bei einer Kiefer fing sie an, sich durch den Schnee zu graben, bis sie auf Erde stieß. Es kostete einige Anstrengung, die Steine vom Boden zu lösen und umzudrehen. Sie waren am Boden festgefroren und leider hatten sich unter ihnen keine Schnecken versteckt. Nur ein paar Schneckeneier. Behutsam pickte sie die kleinen Kügelchen auf und sammelte sie in der hohlen Hand. Als sie unter diesem Baum alles umgedreht und eingesammelt hatte, was sich umdrehen und einsammeln ließ, wollte sie es beim nächsten versuchen. Bevor sie ihn erreichte, gab der Boden unter ihr nach und sie fiel in ein Loch. Vor Scheck hätte sie beinahe die Eier verloren.

»Wer bist du?«

Olga wirbelte herum. Sie war nicht allein in dem Loch. Da saß ein bärtiger Mann, der sie feindselig anstarrte.

»Ich habe keine Rüben geklaut!«, rief sie aus.

»Wie hast du Uns gefunden? Wer ist bei dir?«

Olga hatte die Überraschung und den Schreck noch nicht überwunden.

»Ich habe Schnecken gesucht!« Sie hielt dem schimpfenden Fremden die Schneckeneiner hin. Die meisten waren zerquetscht und klebten an ihren Fingern. »Ich habe meinem Soldaten versprochen, Frühstück zu sammeln. Ich kann dir was abgeben.«

Mit einer herrischen Geste schlug er ihre Hand weg. Die letzten, nicht zerdrückten Eier flogen durch die Luft.

»Nein!«, schrie Olga und versuchte, das kostbare Essen zu retten. Der Fremde schubste sie von sich, Olga stürzte in den Schnee.

»Wedel Uns nicht vor dem Gesicht rum, dreckiges Gesindel.«

Olga rappelte sich auf und starrte den bösen Mann grimmig an. Sie hatte jetzt jemanden, der aus sie aufpasste, da durfte man sie nicht mehr herumschubsen.

»Ausbeuter«, schimpfte sie und trumpfte mit dem schlimmsten Schimpfwort auf, das sie kannte: »Zar!«

Das hatte gesessen. Der Fremde erbleichte.

»Was hast du …?«

»Ich habe alles Essen verloren!«, machte sie ihrem Unmut Luft. »Weist du, wie schwer es ist, was zu finden? Jetzt muss ich wieder von vorne anfangen.« Sie stand auf, begann aus dem Loch zu klettern. »Diesmal frag ich dich nicht, ob du was abhaben willst. Du kannst deine Schnekken allein suchen.«

Sie hatte es zur Hälfte geschafft herauszukommen, als sie am Fuß gepackt und zurückgezogen wurde. Eine Hand presste ihr Mund und Nase zu. Voller Panik schlug und trat sie wild um sich.

»Sei versichert«, raunte ihr der böse Mann ins Ohr. »Wir bedauern durchaus, zu diesem Mitteln greifen zu müssen.«

Sie schaffte es, den Mund ein wenig zu öffnen, bekam ein kleines Stück Haut zwischen die Zähne und biss zu. Der Mann stöhnte vor Schmerz, ohne den Griff zu lockern, hielt sie fest, sogar als sie ihm das Stückchen Haut abgebissen hatte. Olga begann die Luft auszugehen. Der Fremde gab sie unverhofft frei.

»Wir kennen dich«, sagte er.

»Na und?«, schrie Olga ihn an. »Dann habe ich halt die Rüben geklaut!«

Der Mann fasste sich an die Schläfen, verzog das Gesicht.

»Hast du dir den Kopf angeschlagen?«

»Sag mir, woher kennen Wir dich? Wir wissen, man

hielt Uns in einer Kiste gefangen.«

»Wir saßen in einer Kiste?«, fragte Olga ungläubig. »Du und ich?«

»Nein!«, sagte er scharf und wiederholte eine Spur freundlicher: »Nein, ich ... ich saß in einer Kiste. Wir«, er deutete auf sie, dann auf sich, »wir versteckten uns in einem Schornstein.«

Olga beugte sich vorsichtig vor.

»Hast du Fieber?«, fragte sie.

Der Fremde bewegte sich, dabei verrutschte der alte Armeemantel und Olga sah, dass er darunter noch einen Mantel trug. Er hatte zwei Mäntel – und sie keinen. Der zweite Mantel sah sehr vornehm aus: glitzernder Stoff, mit goldenen Kordeln und Knöpfen. Auf den Knöpfen waren Vögel abgebildet. Ein Vogelfuß hielt einen kurzen Stock, der andere eine Kugel. Der Vogel hatte aus einem unerklärlichen Grund zwei Köpfe.

»Papa hat jemanden gekannt, der mal ein Kälbchen mit zwei Köpfen gesehen hat«, sagte sie. »Und dann sind alle in dem Dorf gestorben.«

Der Fremde zog hastig den Armeemantel zu und versteckte die Knöpfe wieder.

»Ziehen sich Dämonen auch Tiere an?«, fragte sie nachdenklich. »Und wenn ein Vogel zu klein war, hat sich der Dämon zwei angezogen? Wenn du keinen Mantel haben möchtest, auf dem Dämonenvögel sind, kannst du ihn mir geben, weißt du? Mir ist so kalt, da macht mir das nichts aus.«

Der Fremde machte eine ablehnende Handbewegung, so als wollte er sie verscheuchen.

Olga fing an, sich aus dem Loch zu kämpfen. Es war nicht leicht, die Schneedecke zu hoch und zu weich, sie fand nichts zum Festhalten und ihre Füße rutschten immer wieder von den Wänden ab. Plötzlich wurde sie unterm Arm gepackt und aus dem Loch gezogen. Prustend landete sie im Schnee und blickte auf dicke Winterstiefel. Vor dem Loch standen Männer.

»Wen haben wir denn da?«, fragte der größte von ihnen. Er trug einen Mantel aus Pelz, seine Mütze war ebenfalls aus Fell und er grinste von Ohr zu Ohr. Ein Grinsen, das Olga Angst machte.

»Ich habe Schnecken gesucht«, sagte sie und erkannte in diesem Augenblick den Mann, der hinter dem Pelzmantelmann stand: Aldin, der Aasgeier. Erschrocken hielt sie die Luft an. Und es wurde noch schlimmer: Weiter warteten noch drei Männer, aber es waren keine echten. Ihr Körperbau war eigentümlich gedrungen, ihre Arme reichten fast bis zu den Knien und ihre Köpfe sahen aus, als hätte man Luft aus ihnen gelassen. Das mussten Dämonen sein. Dämonen, die sich Menschen angezogen hatten.

»Ich schmecke ganz schrecklich!«, sagte sie. »Und ich bin viel zu klein. Ich passe keinem.«

Der Pelzmann lachte, Aldin stimmte mit ein. Die Dämonen standen nur da.

»Soso, Schnecken gesucht. Und hast du welche gefunden?«

Pelzmann beugte sich über das Loch und spähte hinein.

»Nein, nur Eier. Und die habe ich verloren.«

Pelzmann lachte wieder auf, Aldin wollte erneut einstimmen, als Pelzmann abrupt verstummte, Olga am Arm fasste und auf die Beine zerrte.

»Genug gescherzt. Du da«, er zeigte auf Zweimantelmann, »raus da!«

Der Fremde gehorchte. Als er draußen war, versuchte er sein Gesicht abzuwenden, doch Pelzmann fasste ihn an der Schulter, drehte ihn nach links, drehte ihn nach rechts und musterte ihn von oben bis unten.

»Johann«, sagte Aldin zum Pelzmann, »mir ist, als hätte ich das Gesicht von dem Kerl schon mal gesehen.«

»Klar«, sagte Johann, der Pelzmann, »auf jedem einzelnen Rubel, den du je versoffen hast.«

Olga schaute den Fremden an. Einen Rubel hatte sie nie zu Gesicht bekommen, aber schon einmal eine halbe

Kopeke besessen. Auf der einen Seite waren Kringel, auf der anderen Buchstaben. Der Fremde sah der Kopeke überhaupt nicht ähnlich.

»Du denkst also auch, er ist es … der Zar?«

Johann lachte laut und ließ, wie man es sich nur als Anführer einem Untergebenen gegenüber erlauben konnte, Aldin im Unklaren, ob er seine Vermutung lächerlich fand oder sich darüber lustig machte, dass er den Zaren erst so spät erkannte.

Olga riss die Augen auf und sah sich den Fremden genauer an. Aldin hatte recht. Wassilisa hatte den Zaren gezeichnet und auf Flugblätter gedruckt. Der Fremde mit den zwei Mänteln sah genauso aus wie auf den Flugblättern.

»Tod dem Zaren!« sagte sie verblüfft, was ihr einen bösen Blick von Zweimantelmannzar einbrachte.

»Weißt du, was das bedeutet?«, fragte Aldin. »Wir haben für den Rest unseres Lebens ausgesorgt. Was meinst du, wer zahlt mehr? Die Russen oder der Sultan? Ich glaube, der Sultan. Du, wir könnten Kalifen werden. Mit einem eigenen Harem. In meinem will ich nur Rothaarige. Und Ländereien. Vielleicht werden wir sogar Vize-Sultane von Russland. Oh Mann, Johann. Ist das zu fassen, was für ein Glück wir haben?«

»Zweifelsohne sind Wir … bin ich nicht seine Majestät Zar Nikolaus II. von Russland!«, sagte Zweimantelmannzar. »Glaubt ihr, der Zar versteckt sich in einem Loch im Wald?«

Im ersten Moment wirkte Aldin beleidigt und schob seine Unterlippe vor.

»Du siehst aber genauso aus wie der Zar.«

»Es ist beabsichtigt, dass Wir … ich wie seine Majestät aussehe. Ich bin ein Doppelgänger! Oder, um genauer zu sein, ich bin *einer* der Doppelgänger.«

Aldin dachte nach.

»Egal«, sagte er. »Wenn wir den Unterschied nicht sehen, dann fällt er den Osmanen ebenfalls nicht auf.«

»Kretin«, sagte Zweimantelmanndoppel... sagte der Doppelgänger-Zar und so, wie er das Wort aussprach, musste *Kräh-Tin* eine Beleidigung sein. »Wir ... ich kann dir versichern, die Osmanen vermögen einen Doppelgänger vom echten Zaren zu unterscheiden.«

Aldin runzelte die Stirn.

»Gut, dann handeln wir irgendwas mit einem General von denen aus. Der erkennt bestimmt keinen Unterschied.«

Olga könnte es egal sein, was die Aasgeier mit dem Doppelgänger-Zaren vorhatten, schließlich hatte er erst ihr Essen weggeworfen, dann versucht sie zu ersticken und am Ende nicht mal einen Mantel abgeben wollen, aber niemand verdiente es, den Dämonen ausgeliefert zu werden. Dieses Schicksal wünschte sie nicht einmal dem echten Zaren. Außerdem fürchtete sie, sie könnte eine Rolle bei dem Handel spielen. Als kleine *Beigabe*. Sie musste sich etwas einfallen lassen.

»Die machen euch auf ganz schlimme Art tot«, sagte sie. »Die vierteilen euch.«

Für einen Moment verschwand sogar von Johanns Gesicht das Grinsen. Er schien zu wissen, dass *Vierteilen* alles andere als eine nette Sache war.

»So wie man das mit Schweinchen macht. Dann ziehen sie die Arme als Handschuhe an und die Beine als Stiefel.«

»Das Vierteilen?«, fragte Aldin.

»Schnauze!«, unterbrach Johann, klang jedoch verunsichert.

Einen Moment lang herrschte Schweigen. Aldin schien mit sich zu ringen.

»Und wenn der uns was vormacht und doch der echte Zar ist?«

»Wir können ... ich kann beweisen, dass ich nicht der Zar bin!«, sagte der Fremde mit einer gewissen – *zarenhaften* – Würde.

»Wie?«, fragte Johann.

»Der Zar ist kein Dummkopf. Niemand mit Verstand

nähme an, Ihre Majestät träfe keine Vorkehrungen für den Fall, jemand plane, einen Doppelgänger an seine Stelle zu setzen.«

»Wie?«

In Johanns Stimme klang das erste Anzeichen von Ungeduld mit. Seine Augen verengten sich und Olga erkannte, ihn zu verärgern wäre eine schlechte Idee.

»Der Zar hat all seine Doppelgänger tätowieren lassen.«

»Er ist ein Homunkel!«, rief Aldin aus. »Tolle Arbeit. Solche Qualität bekommt man nicht mal in Cöln zu kaufen.«

Johann warf ihm einen Seitenblick zu und Aldin verstummte. Olga begriff, sogar seine Untergebenen hatten Angst vor ihm und wussten, man war gut beraten, ihn nicht zu reizen. Dem angeblichen Zarendoppelgänger war entweder der Blick entgangen oder er war ein Dummkopf.

»Ich bin kein künstlicher Mensch«, sagte er entrüstet, »ich bin ...«

»Zeig deine Tätowierung«, sagte Johann leise und drohend.

Olga reckte neugierig den Kopf. Was war eine Tätowierung?

»Wie, unverzüglich? Vor dem Mädchen?«

»Zeigen!«

Das zweite Anzeichen von Ungeduld.

Langsam wurde sich selbst der Doppelgänger-Zar der bedrohlichen Lage bewusst, stand zögernd auf, schlug beide Mäntel zurück, griff an seinen Hosenbund und sah widerwillig zu Olga.

»Dreh dich gefälligst um.«

Vielleicht waren Tätowierungen nur etwas, was Erwachsene sehen durften.

»Ich bin zwölf«, sagte sie.

Der Fremde presste die Lippen aufeinander, zog seine Hose herunter und zeigte sein nacktes Hinterteil. Quer über seine linke Pobacke stand etwas geschrieben. Das war eine Tätowierung?

»Andrej Andrejewitsch Sacharow«, las Johann.

»Das ist mein Name«, sagte der Doppelgänger-Zar und zog, sichtlich um Würde bemüht, seine Hose wieder hoch.

Enttäuscht schob Aldin die Unterlippe vor.

»Und, was machen wir mit ihm?«

»Wir nehmen ihn mit«, erklärte Johann. »Dann sehen wir weiter. Uns fällt schon etwas ein, wie wir Gewinn aus einem Zarendouble schlagen können. Und wenn er nichts weiter tut, als unsere Arbeiter bei Laune zu halten. Können wir brauchen, zumindest, bis Karel ausreichend Homunkel liefert. Also los«, er wandte sich an den falschen Zaren, »beweg dich.«

Olga versuchte, so unsichtbar wie möglich zu sein und rührte sich nicht. Wer einen Zarendoppelgänger hatte, der vergaß darüber vielleicht ein kleines Mädchen.

»Los, du ebenfalls!«, befahl Johann.

»Was passiert jetzt?«, fragte der falsche Zar.

»Erfährst du früh genug. Und jetzt vorwärts.«

Johann nickte den drei Dämonen zu, die sich bis dahin nicht vom Fleck gerührt hatten. Auf seinen Befehl hin setzten sie sich in Bewegung, nahmen den Doppelgänger in ihre Mitte und einer stieß ihm den Gewehrkolben in den Rücken.

»Laufen«, sagte er und es klang, als spräche er mit einer Zunge, deren Größe und Konsistenz einer weich gekochten Kartoffel entsprach. Der kleine Trupp setzte sich in Bewegung. Olga sah sich verstohlen um. Es könnte sein, dass sich ihr Soldat inzwischen auf die Suche nach ihr gemacht hatte. Die Höhle lag nicht in Sichtweite, aber wenn sie laut rief, könnte er sie vielleicht hören. Sie drehte sich zu Johann um, der als Letzter ging, um so abzuschätzen, ob sie es wagen könnte, hinzufallen und laut *Aua* zu schreien. Mit Erschrecken stellte sie fest, dass Johann sie beobachtete. Sie schauderte und nahm sofort Abstand von allen Plänen, Aufmerksamkeit zu erregen. Sie würde lieber unauffällig zurückbleiben; und sollte das nicht gelingen, darauf hoffen, dass *ihr* Soldat der Spur folgte, die sie hinterließen. Sie zwang sich zu einem Lächeln und wandte sich wieder nach vorne.

»Ach ja«, rief Johann. Die drei Deformierten hielten an. Johann grinste genüsslich: »Majestät, gib dem Mädchen einen Mantel.«

Yegor

Olga

Der Marsch des kleinen Trupps dauerte Stunden und führte sie tiefer ins Gebirge. Olga warf bei jeder Gelegenheit einen Blick zurück, ohne ihren Soldaten zu entdecken, und ihre Hoffnungen schwanden. Mit Sorge beobachtete sie, wie der einsetzende Schneefall ihre Spuren unter sich begrub. Wenn sich ihr Soldat nicht beeilte, würde er sie nicht finden. Johann und Aldin bildeten die Nachhut, was bedeutete, es gab keine Möglichkeit, sich unauffällig zurückfallen zu lassen. Einmal wagte sie es dennoch; eine Ohrfeige, die sie fast von den Beinen riss, machte ihr klar, es war besser, es bei diesem einen Versuch zu belassen. So blieb ihr nichts anderes übrig, als eingekeilt zwischen Johann und Aldin und den drei Dämonen mit dem falschen Zaren ihrem Schicksal entgegenzutrotten. Johann und Aldin nannten die Dämonen *Homunkel* und Olga fragte sich, ob *Homunkel* das Land war, aus dem sie kamen, so wie die Osmanen-Dämonen aus Osmanien stammten. Oder *Homunkel* war ein Begriff für Dämonen-Söldner, denn Johann beschwerte sich, dass sie ihn viele Blausteine gekostet hätten. *Blausteine* waren Olga genauso unbekannt wie *Homunkel*, möglicherweise stellten sie das Geld der Dämonen dar.

Am frühen Abend erreichten die Aasgeier ihr vorläufiges Ziel. In einer Senke verborgen befand sich ein Lager. In der Mitte standen Zelte, um sie herum kauerten Menschen.

»Ganz ordentlich«, hörte Olga Johann sagen. Er war auf dem Hügelkamm stehen geblieben und musterte zufrieden das Lager.

Olga war ebenfalls stehen geblieben, obwohl die Homunkel-Ausländer vor ihr stoisch auf das Lager zuhielten und sie sich vor denen weniger fürchtete als vor Johann.

Als sie weiterlaufen wollte, spürte sie Johanns Hand auf ihrer Schulter. Olga schluckte. Aldin sah seinen Anführer fragend an, der befahl mit einem Nicken, weiterzugehen.

»Soso. *Tod dem Zaren*«, sagte Johann leise, als Aldin außer Hörweite war.

Olga starrte ihn an und bemühte sich, nicht allzu ängstlich zu wirken. Johann grinste.

»Was für ein Glückskind du bist. Ich habe eine Schwäche für euch Aufrührer. Wäre vielleicht selbst einer geworden, wenn sich meine Geschäfte nicht so gut entwickelt hätten. Pech für uns beide, dass er nur ein Doppelgänger ist. Doch ...«, seine Stimme wurde drohend, »wenn wir im Lager sind, hältst du deine Klappe, was den Doppelgänger betrifft. Für die da unten wird er der Zar sein. Dann spuren die besser. Hast du mich verstanden?«

Olga hatte einen gewaltigen Kloß im Hals, schluckte und nickte.

»Braves Mädchen.« Er tätschelte ihre Wange. »Mach, was ich dir sage und dir bleibt das Blausteinlager erspart.«

»Ja«, antwortete sie eingeschüchtert.

»Ich sehe, wir verstehen uns.«

Olga und Johann schlossen zum Rest auf und erreichten kurz darauf das Lager. Die kauernden Menschen reagierten nicht, nur wenige hoben die Köpfe, um einen Blick auf die Neuankömmlinge zu werfen. Sie waren mit Eisenketten aneinandergefesselt.

Aus einem der Zelte kam ein Mann, er erkannte Johann, lächelte im ersten Augenblick, doch das Lächeln verschwand sofort.

»Wie, nur drei Homunkel?«, rief er.

»Schnauze, Wolfgang!«, erwiderte Johann. »Ich war sechs Wochen unterwegs, begrüßt man da so seinen Bruder?«

Wolfgang zuckte zusammen und krümmte demütig die Schultern.

»Tut mir leid. Du hast recht. Willkommen zurück.

Dennoch, nur drei? Es war von zehn die Rede. Wir sollen wir mit nur drei Homunkel den Laden am Laufen halten?«

Johann zog die Oberlippe hoch und versetzte einem der Kauernden einen Tritt.

»Du hast Angst vor denen hier?«

Wolfgang schnaubte. »Wir sollten das nicht hier besprechen. Wo sind Mirkan und Yussuf? Und wer sind die beiden?«

»Beide tot« antwortete Johann. »Yussuf hat es bei einem Zwischenfall in Karels Werkstatt erledigt und Mirkan hat es gestern erwischt, als er mit Aldin neues Personal eingesammelte. Und die beiden ...«, Johann wies mit einer ausschweifenden Geste auf den falschen Zaren und Olga. »Darf ich vorstellen: Zar Nikolaus II. Majestät, das ist mein Bruder Wolfgang. Wenn ich nicht da bin, hat er das Sagen. Und wenn ich da bin, haben alle anderen die Schnauze zu halten. Ich hoffe, Eure Majestät finden diese einfachen Regeln verständlich.«

Der Doppelgänger-Zar zwang sich zu einem Lächeln.

»Er wird uns helfen, unsere Personalprobleme zu überbrücken. Und das Mädchen ist die Dreingabe zum Zaren: eine Anarchistin. Aldin, bring sie zu den anderen. Unsere Majestät wird selbstverständlich nicht beim gemeinen Volk übernachten und ich denke, Majestät weiß sich zu benehmen, sodass Ketten nicht nötig sind, oder?«

Der Doppelgänger-Zar nickte. Aldin stieß Olga in den Rücken und suchte zwischen den Gefangenen nach leeren Fußfesseln. Dabei riss er den Menschen die Decken oder Mützen vom Kopf und jedes Mal danach brummte er ärgerlich.

»Verdammt, Wolfgang«, rief er in Richtung Zelt. »Habt ihr nichts Rothaariges dabei?«

»Fick, was da ist!«, brüllte Johann.

»Arschloch«, fluchte Aldin leise.

Schließlich fand der Aasgeier einen Platz mit freien Fesseln und kettete sie an.

»Was haben die mit uns vor?«, sprach Olga einen ihrer Mitgefangenen an und hielt sich furchtsam mit beiden Händen an den Ohrenklappen ihrer Mütze fest.

Der Mann rührte sich nicht und für einen Moment fürchtete sie, er könnte in den Fesseln gestorben sein.

»Hallo?« Olga stupste zaghaft gegen seine Schulter. Er rückte ein Stück weg. Olga kroch auf einen anderen Gefangenen zu.

»Was passiert hier? Werden Dämonen kommen und uns auffressen?«

Auch er rückte ein Stück von ihr weg.

»Dürfen wir nicht reden?«, fragte sie flüsternd einen dritten und sah sich um, ob sie beobachtet wurden.

»Halt den Mund.«

Olga versuchte herauszufinden, wer gesprochen hatte und wurde in dem Augenblick von einem Stein an der Schläfe getroffen. Erschrocken sah sie sich um. Warum warf man mit Steinen nach ihr? Hier konnte niemand wissen, dass sie kein echtes Kind war.

Kurz vor Einbruch der Dunkelheit tat sich etwas im Lager. Eine größere Gruppe Menschen kam den Hang herunter und Olga erkannte die grauen Uniformen der russischen Armee.

Sie freute sich, die Soldaten zu sehen. Bestimmt war einer der Soldaten *ihr* Soldat. Er hatte nach ihr gesucht und andere Soldaten mitgebracht, um sie zu retten.

Sie sprang auf. »Hier bin ich! Hier bin ich!«

»Wolfgang?«, rief jemand aus der Gruppe der Neuankömmlinge. Er trug keine graue Uniform. Er hatte ein Gewehr. Die Soldaten nicht. Olga ahne Schlimmes. Die Soldaten sahen nicht aus, als ob es ihnen gut gehen würde. Manche von ihnen konnten sich nur schwer auf den Beinen halten. Sie kamen nicht als Retter. Sie waren Gefangene der Aasgeier.

Sie setzte sich schnell wieder hin.

Johann, Wolfgang und Aldin kamen aus dem Zelt, um zu sehen, was los war. Sie waren beim Essen unterbrochen worden. Aldin pulte sich ein Stück Fleisch aus seinen Zähnen und Johann hielt eine saftige Hühnerkeule. Olgas Magen krampfte sich zusammen. Sie hatte schrecklichen Hunger.

»Francis!« rief Johann, »Jean-Claude! Reiche Ernte, wie ich sehe.«

»He, Johann! Du bist zurück. Wie ist es gelaufen?«

Die Gruppe erreichte das Lager. Die Gefangenen sahen jämmerlich aus, nicht einer war unverletzt und einige würden sicherlich die nächsten Stunden nicht überleben. Ihr Soldat war nicht unter den Gefangenen. Ein Aasgeier griff hinter sich und zog eine Frau mit roten Haaren nach vorne.

»He, Aldin, wir haben dir eine Kleinigkeit mitgebracht. Dafür schuldest du mir was.«

Aldins Miene hellte sich auf.

»Na, wen haben wir denn da?«

»Ich bin Uljana«, erwiderte sie und drückte ihre Hüfte gegen sein Becken. »Ich weiß schon, wer du bist. Francis hat mir von dir erzählt. He, da ist aber einer groß und stark.«

»Pass auf mit der«, warnte Francis ihn grinsend. »Die hat die Syphilis.«

»Keine Sorge.« Aldin holte ein Amulett hervor. Eine Hasenpfote, in der blinkende Lämpchen steckten. »Ich bin geschützt. Habe ich in Perm gekauft. Hat mich ein Vermögen gekostet.«

»Schnauze!«, ging Johann dazwischen. »Francis, was habt ihr uns da für einen Mist mitgebracht?« Mit deutlichem Unmut musterte er die Soldaten.

»Das war das Beste, was wir auftreiben konnten«, verteidigte sich der Aasgeier. »Die Osmanen machen kurzen Prozess mit den Überlebenden.«

»Und du meinst, *wir* können es uns leisten, die durchzufüttern?«

»Was ist?«, fragte Aldin. »Ich kette die an, oder was?«

»Wenn die fürs Bergwerk nicht taugen, kommen sie halt gleich ins Blausteinlager«, sagte Francis.

Da Johann nicht widersprach, stieß Aldin die Soldaten in Olgas Richtung, hin zu den freien Fesseln. Uljana trippelte neben ihm her, ihre Arme um seinen Hals, und leckte an seinem Ohrläppchen.

»Mich wirst du nicht fesseln, oder stehst du darauf?«

»Ich steh auf vieles.« Er lachte.

Als Aldin die Männer in Ketten legte, kam Johann zu ihnen, musterte jeden erneut und nagte dabei das Fleisch von der Hühnerkeule. Olga war nicht die Einzige, die das Hühnerbein hungrig anstarrte. Verstohlen drehten die anderen Gefangenen die Köpfe. Nur der Soldat, den Aldin grade neben ihr angekettet hatte, hob nicht den Kopf. Er sank stöhnend zu Boden, besaß nicht die Kraft, zu sitzen. Mit der Linken presste er seinen rechten Arm gegen die Brust, er war an mindestens zwei Stellen gebrochen. Um den Kopf trug er einen blutverkrusteten Verband. Johann blickte auf ihn herab und trat dem Soldaten prüfend in die Seite.

Der wimmerte, sein glasiger, abwesender Blick wurde für einen Moment klar und sein Gesicht zeigte einen Ausdruck puren Entsetzens.

»Die kriegen wir unmöglich über den Pass«, stellte Johann fest. »Auch wenn sie es bis ins Blausteinlager schaffen, die halten nicht bis zur Ernte durch.«

»Und was schlägst du vor?«, fragte Francis beleidigt.

»Bringt sie um. Das spart uns Essen. Aber schau sie dir vorher genau an. Vielleicht sind ein oder zwei Brauchbare dabei.«

Er wandte sich zum Gehen und warf dabei den abgenagten Hühnerknochen Olga in den Schoß. Augenblicklich kam Leben in die Gefangenen in ihrer Nähe. Sie stürzten sich, soweit es ihre Ketten erlaubten, auf den Knochen und Olga drohte erdrückt zu werden. Sie wollte treten und um sich schlagen, konnte sich jedoch nicht bewegen. Das Gewicht der Menschen presste ihr die Luft aus der Lunge, jemand schlang eine Eisenkette um ihren Hals und drückte ihr die Kehle zu.

»Verdammte Bande!«

Ein Körper nach dem anderen wurde gepackt und zur Seite geschleudert. Johann vertrieb die Gefangenen mit Tritten und sie verwandelten sich zurück in apathische Wesen. Olga lag auf dem Boden, neben ihr der Soldat mit dem gebrochenen Arm. Seine Augen weit aufgerissen, die Lippen bewegten sich murmelnd.

Johann bückte sich nach dem abgenagten Hühnerknochen, hob ihn auf und sah Olga mit einem breiten Lächeln an.

»Der war für dich«, sagte er und hielt ihr den Knochen hin. Das Lächeln noch im Gesicht, so als erwartete er eine Erwiderung. Eingeschüchtert zwang Olga ihre Mundwinkel, sich nach oben zu bewegen. Sie hatte schreckliche Angst und wünschte sich mehr denn je, *ihr* Soldat käme, um sie zu retten. Ihre Hand zitterte, als sie den angebotenen Knochen nahm.

»Danke«, murmelte sie leise.

Johann zwinkerte ihr zu, stand auf und wandte sich an seine Leute.

»Gut, schauen wir mal, ob Verwertbares dabei ist.«

Olga starrte auf den Knochen in ihren Händen. Der Soldat neben ihr wurde von Francis vom Boden hochgezerrt.

»Sitz aufrecht, du Arsch«, schnauzte er. »Ich will mir nicht nachsagen lassen, dass ich Schrott anschleppe.« Der Soldat sackte zur Seite, bis Francis aufgab und ihn gegen Olga lehnte. Danach schloss sich der Aasgeier Johann an. Dieser musterte einen blassen Soldaten. Auf der Stirn des Mannes perlte Schweiß, die aufgesprungenen Lippen schimmerten violett und er bemühte sich, strammzustehen, eine militärische Haltung einzunehmen. Über den Kameraden zu seiner rechten Seite hatte Johann bereits sein Urteil gefällt. Unter dessen geschlossenen Lidern quollen Tränen hervor, als Jean-Claude ihm eine Waffe an den Kopf hielt und abdrückte. Der Knall ließ Olga zusammenzucken. Der Soldat murmelte: »Ich schaffe es nicht. Sie werden mich töten.«

Olga wusste nicht, was sie sagen oder tun könnte. Schüchtern legte sie die Hühnerkeule in seine unverletzte Hand. Vielleicht half es ihm, dass wenigstens ein Mensch nett zu ihm war. Es würde nichts ändern, Johann nicht davon abhalten, ein Todesurteil zu fällen, ihn aber vielleicht trösten. Sie hätte es getröstet.

Der verletzte Soldat starrte das Geschenk an und begann zu weinen.

»Nicht traurig sein«, sagte sie hilflos. »Deine Mamma hat dich bestimmt lieb.«

Laut schluchzend hob der Soldat die Hand, öffnete den Mund, um von den Resten zu essen.

Ein Schuss krachte. Der Soldat fiel er vornüber und sein aufgeplatzte Schädel landete in Olgas Schoß. Sie schrie aus Leibeskräften.

»Wenn ich *dir* Essen gebe, dann *behalt* es!«

Sie hatte Johann nicht kommen sehen. Er baute sich vor ihr auf, ragte groß und erbarmungslos in den Nachthimmel. Johann drehte sich um, setzte die Musterung fort. Weitere Schüsse zerrissen die Nacht und Olga wusste nicht, ob das Töten tatsächlich kein Ende nehmen wollte oder ihre Angst diesen Klang immer und immer wieder wiederholte.

»He, Kleine. Alles in Ordnung?«

Olga wusste nicht, wo sie sich befand oder wie viel Zeit seit dem letzten Schuss vergangen war. Dass Echo hallte in ihren Ohren nach. Sie blickte an sich herunter, getrocknetes Blut auf ihrem Mantel. Die Leiche des Soldaten war verschwunden. Ohne Vorwarnung traf etwas sie an der Stirn, prallte ab und fiel zu Boden. Zuerst dachte sie, jemand hätte wieder einen Stein nach ihr geworfen. Aus ihrem Dorf hatte man sie auch mit Steinen gejagt. Der Werfer schien Aldin zu sein, er holte etwas aus einem Sack und warf damit nach den Gefangenen. Dies stürzten sich gierig drauf.

»Pass auf, dass sie es dir nicht wegnehmen.«

Vor Angst konnte sie keinen klaren Gedanken fassen, begriff nicht, was das Werfen zu bedeuten hatte. Der Gefangene neben ihr griff nach dem Geschoss, das sie an der Stirn getroffen hatte, und reichte es ihr. Es war eine Scheibe Brot.

»Du solltest es essen«, sagte er. »Wer weiß, wann wir das nächste Mal was bekommen, und ich habe gehört, dass wir heute aufbrechen und einen langen Marsch vor uns haben.«

Olga zog die Schultern hoch, begann an dem Stück Brot zu kauen und warf dem Mann einen vorsichtigen Seitenblick zu. Sie erkannte in ihm den blassen Soldaten, der versucht hatte, vor Johann strammzustehen. Es war nett, dass er ihr das Essen nicht weggenommen hatte.

»Alle mal herhören!« Johanns Stimme hallte über ihre Köpfe. Er baute sich vor den Gefangenen auf, zwischen ihm und seinem Bruder stand der falsche Zar; Aldin, Francis und Jean-Claude sowie Homunkel-Dämonen hatten sich hinter den dreien aufgebaut.

»Das hier ist Zar Nikolaus II. und ihr seid brave Untertanen, oder?«

»Sechs«, murmelte der blasse Soldat, »und drei Homunkel. Nur Handfeuerwaffen. Und wir sind …« Er schaute sich um. Seine Augen wirkten dabei so glasig, dass es ein Wunder wäre, wenn er seine Umgebung überhaut wahrnahm. »Wir sind … wir sind …«

Olga fürchtete, er würde jeden Moment bewusstlos zur Seite sinken und von Johann erschossen werden.

»Zwölf!«, half sie ihm.

»Zwölf?«, fragte er. »So wenig?«

»Bis zwölf kann ich zählen«, sagte sie.

»Pst!«, wurden sie angezischt. »Der Zar redet.«

Es stimmte, inzwischen hatte der Doppelgänger-Zar das Wort ergriffen.

»Wenn wir alle zusammenstehen, wenn jeder seinen Beitrag leistet, werden wir das Blatt wenden. Wir werden arbeiten, bis wir umfallen, wir werden arbeiten, bis wir sterben, dadurch werden wir unsere geliebte Heimat retten.«

»*Das* ist der Zar?«, fragte der blasse Soldat ungläubig.

»Wir brechen heute zu einem Bergwerk auf«, fuhr der Doppelgänger fort, »in dem ein kriegswichtiges Erz abgebaut wird. Wir brauchen es für eine neue Art von Waffe, die unsere Feinde zurückschlägt. Ihr werdet es abbauen. Ihr werdet Russland retten. Wir werden es mit unserem Leben verteidigen, egal, was es uns kostet, egal, ob wir des Hungers sterben. Sogar Queen Victoria von England streckt ihre Finger danach aus, um ihr eigenes Reich wiederaufzubauen. Wir alle erinnern uns an den Verrat des Empires, als es zu Beginn des Krimkrieges auf Seiten unserer Feinde in den Kampf eingriff.«

Johann warf dem Doppelgänger einen amüsierten Seitenblick zu. Die Ansprache zeigte Wirkung.

»Lang lebe der Zar!«, ertönte es vereinzelt aus der Menge.

Nach dem Ende der Ansprache wurden die Zelte abgebaut und der Trupp aus Aasgeiern, Homunkel-Dämonen, falschem Zar und Gefangenen brach auf.

Dic Aasgeier führten sie über gewundene Wege immer höher in die Berge. Neben Olga ging der blasse Soldat. Er humpelte. Sein linker Fuß steckte in einem Verband, flekkig von Schmutz, altem und neuem Blut. Trotz der vielen Stofflagen erkannte Olga, es war nicht viel Fuß unter dem Verband vorhanden.

»Es war ein Dämon«, sagte er, als er ihren Blick bemerkte. »Er hat mich den halben Fuß gekostet. Ein anderer hatte weniger Glück, er hat den Kopf verloren.«

»Ein Dämon?«, fragte Olga erschrocken. »Hat er die Haut eines Menschen angehabt?«

»Ja«, antwortete er, »so kann man es nennen.« Er verzog den Mund, Olga wusste nicht, ob er lächeln wollte oder ob es an den Schmerzen lag.

»Tut es sehr weh?«, fragte sie.

»Ich versuche mir nichts anmerken zu lassen«, erwiderte er und die Worte waren nahezu unverständlich. »Ich fürchte, es gelingt mir nicht besonders gut.«

Olga schaute sich hastig um. Beobachtete Johann sie? Würde er auch diesen Soldaten erschießen, wenn sie nett zu ihm wäre? Heimlich legte sie seine Hand auf ihre Schulter. Er verstand die Geste und stützte sich auf ihr ab.

Nach einer Weile fragte Olga schüchtern: »Kennst du viele Soldaten? Ich habe meinen verloren. Er sucht bestimmt nach mir. Vielleicht hast du ihn gesehen?«

Er murmelte Unverständliches.

Beunruhigt schaute sie zu ihm hoch. Seine halb geöffneten Augenlider waren geschwollen, lila und zuckten, die Augen dahinter gelb und glasig. Er wirkte, als nähme er seine Umwelt nicht wahr.

»Was?«, fragte sie.

»Yegor«, wiederholte er. »Ich will nicht einfach so zurückgelassen werden. Ich will einen Grabstein. Es reicht ein Kiesel. Es soll mein Name draufstehen. Ich will nicht zurückgelassen und vergessen werden. Würdest du das für mich machen? Schreib meinen Namen auf einen Stein. Yegor.«

Olga wusste nicht, was sie erwidern sollte. Wie alle in ihrem Dorf konnte sie weder lesen noch schreiben, aber sie brachte es nicht übers Herz, es ihm zu sagen.

»Du musst nur noch ein bisschen durchhalten«, sagte sie. »Du kannst dich bald ausruhen, ja?«

Seine Blicke irrten hektisch umher.

»Siehst du sie auch?«, fragte er.

»Was? Dämonen?«

Olga lief ein Schauer über den Rücken.

»Mein Bein fängt an zu faulen. Sie wollen ihre Eier darin ablegen.«

Erst am Abend gönnten ihnen die Aasgeier Rast und Olga war erleichtert, dass Yegor durchgehalten hatte. Sobald sie saßen, sank er bewusstlos zur Seite.

Yegor überlebte die Nacht, obwohl der Verband einen unheilvollen fauligen Geruch verströmte. Mit Olgas Hilfe schaffte er es aufzustehen, und der Marsch ging weiter. Sie waren noch nicht lange unterwegs, als Johann neben ihnen auftauchte. Yegor bemerkte ihn nicht und Olga starrte zitternd den Rücken des Gefangenen vor ihr an. *Bitte, Yegor,* flehte Olga stumm, *seh gesund aus.* Johann zog eine Pistole und drückte die Mündung an Yegors Schläfe. Dieser merkte nicht einmal das, wenigstens murmelte er nicht im Wahn vor sich hin. Dafür bekam er einen Hustenanfall, schlimmer als seine bisherigen. Spuckte Blut. Olga schloss die Augen, wartete auf den Schuss. Der Schuss kam nicht. Als Olga es wagte, die Augen wieder zu öffnen, war Johann wieder an der Spitze der Kolonne.

Die Aasgeier kannten einen Weg über den Ural. Sie führten ihre Gefangenen über einen Pass und auf der Westseite der Gebirgskette ging es wieder bergab, bis sie ihr Ziel erreichten. Vor dem Eingang einer Mine standen dicht zusammengedrängt einige Holzbaracken. Aus dem Stollen drang monotones Hämmern. Als sie den kleinen Platz zwischen Baracken und Mineneingang erreichten, wartete dort ein Aasgeier auf sie.

»Willkommen«, begrüßte er Johann. »Wurde Zeit, dass ihr zurückkommt.«

»Wo sind Ismael und Hinrich?«, fragte Johann barsch.

»Ismael behält das Pack im Auge«, antwortete der Aasgeier und nickte in Richtung Mine. »Hinrich ist tot. Es hat letzte Woche einen Aufstand gegeben. Ich sag dir, drei Mann sind zu wenig, um den Laden am Laufen zu halten. Wie viele Homunkel hast du bekommen? Und wo sind Mirkan und Yussuf?«

»Schnauze! Trommel das Pack zusammen. Keine Auswahl diesmal. Für den versuchten Aufstand kommen alle ins Blausteinlager. Ich will nicht, dass die unter den Neuen Unruhe verbreiten.«

Während der Aasgeier in der Mine verschwand, wandte sich Johann an den Doppelgänger-Zaren.

»Du ziehst deine Nummer durch, *Majestät*. Ist ein weiter Weg bis ins Blausteinlager, besser für dich, wenn die brav wie Lämmer sind.«

Die Menschen, die aus der Mine kamen, sahen geschwächter aus als die Neuankömmlinge.

»So, Leute«, sagte Johann zu der Menge. »Gute Nachrichten. Eure Ablösung ist eingetroffen. Ihr kommt in ein Erholungslager und danach dürft ihr nach Hause.«

»Das Blausteinlager«, murmelte Yegor entsetzt.

»Und hier ist jemand, der euch was sagen möchte.« Er packte den falschen Zaren am Arm und zog ihn an seine Seite. Der schluckte unbehaglich, als er die ausgemergelten Gestalten sah. »Streng dich an«, raunte Johann ihm zu, »oder du gehst mit ihnen.«

»Meine lieben Untertanen«, begann er stockend. »Ihr ...«

»Verdammtes Gesindel!«, schrie Johann dazwischen. »Erkennt ihr euren eigenen Zaren nicht? Wie wäre es mit niederknien?«

Stumm gehorchten sie, senkten die Köpfe. Der Doppelgänger atmete tief durch.

»Ihr habt eure Pflicht redlich und klaglos erfüllt und jedermann weiß, Wir, der Zar von Russland, vergessen die nicht, die treu gedient haben. Man wird jeden von euch dafür entlohnen.«

»Das reicht«, Johann stieß ihm in die Rippen. »Das muss besser werden.« Er winkte Aldin herbei. »Pack deinen

Kram gar nicht erst aus, du wirst mitgehen!«

»Was?«, schrie der Aasgeier. »Ins Blausteinlager?«

»Ja«, sagte Johann leise und drohend. »Und wenn du das noch mal so laut ausposaunst und unterwegs nicht mehr Begeisterung für unser Erholungslager zeigst, dann sitzt du unten bei denen und nicht oben.«

»Wie ... allein, ohne Verstärkung? Siehst du, wie viele das sind? Die machen mich kalt.«

»Ich gebe dir die Homunkel mit. Und nun: Abmarsch.«

»Kann ich nicht zumindest ...«

»Abmarsch! Sofort!«

Aldin fügte sich, rief die Homunkel-Dämonen und sah sich suchend unter den neu angekommenen Gefangenen um. Als er Uljana entdeckte, zerrte er sie aus der Menge und zog sie mit sich. Johann schritt die Reihen ab und suchte die Schwächsten heraus.

»Du auch!«, sagte er und zeigte auf Yegor.

»Ich will nicht ins Blausteinlager!«, wisperte er.

»Versuch zu fliehen«, flüsterte Olga ihm zu.

»Wie denn?« Er blickte auf seinen Fuß. »Soll ich fliegen?«

Der Bogatyr

Olga

Am nächsten Morgen wurden alle vor Sonnenaufgang in den Stollen zur Arbeit getrieben. Man drückte ihnen Spitzhacken in die Hände und befahl, damit auf die Wände zu hauen. Die herausgehauenen Steine mussten in einen Karren auf Schienen. Wenn man nicht genügend Steine aus der Wand schlug, wurden die Aufseher-Aasgeier böse und hauten einen. Olga gab sich alle Mühe, jedoch war ihre Wand mit Sicherheit viel härter als die anderen und kein Steinchen wollte abbröckeln. Leider blieb das nicht unbemerkt: Der Aufseher-Aasgeier Ismael ließ sie nur aus den Augen, wenn er einen anderen Gefangenen haute. Als Olga nach Stunden und trotz aller Anstrengungen nur ein kleines Häufchen Steine vor sich hatte, kam ihr die Idee, auf eine andere Art zu zeigen, dass sie viel zu nützlich war, um als Dämonen-Kleidung zu enden. Der Mann neben ihr hatte viele Steine geschafft, aber es fiel ihm schwer, sich zu bücken. Wenn sie ihm half, hätten beide etwas davon. Sie fing an, seine Steine aufzusammeln und in den Karren zu legen.

»Dreckige kleine Diebin!« Er schubste sie grob und Olga stürzte zu Boden. »Hau deine eigenen Steine, du Schmarotzerin!«

»Aber ...«, begann sie, brach ab, weil Ismael sie unterm Arm griff und nach draußen schleifte.

»Ich habe nicht gestohlen!«, schrie sie. »Ich bin kein unnützer Esser. Ich will nicht zu Dämonen-Kleidung werden und ich will nicht ins Blausteinlager! Ich kann ganz viele Steine hauen.«

Ismael schleifte sie unbeirrt aus der Mine, brachte sie zu Johann, der zusammen mit seinem Bruder Wolfgang neben einer Baracke stand.

»Die schafft nichts«, sagte Ismael. »Und dann versucht

sie, die anderen zu beklauen.«

»Gar nicht wahr!«

Johann sah sie mit einem Blick an, der jede Gegenwehr erstickte. Als er anfing zu grinsen, hielt sie vor Angst den Atem an.

»Aha, so eine bist du also.«

Johan hob eine Augenbraue. Wartete auf eine Erwiderung.

»Was für eine?«, fragte Olga kleinlaut. Sie hatte keine Ahnung, was sie sagen musste, um nicht gefressen zu werden.

»Eine ganz Ausgekochte. Du wirst es weit bringen – wenn du überlebst.«

»Weit?« Bis ins Blausteinlager? Bis ins Ausland zu den Dämonen?

»Ha, ha!«, machte er, schlug seinem Bruder vor die Brust. »Ganz nach meinem Geschmack. Wer weiß, vielleicht mache ich die zu meiner Nachfolgerin, wenn ich mich in ein paar Jahren zur Ruhe setze.«

»In ein paar Jahren?«, fragte Wolfgang spöttisch. »Wenn sie ... *acht* ist?«

»Ich bin zwölf!«

Johann lachte schallend. »Ich sag es ja, eine ganz Ausgekochte.«

Immer noch lachend drehte er sich um und ließ sie mit Wolfgang und Ismael zurück.

»Schick sie zum Küchendienst!«, rief er im Gehen, ohne sich umzudrehen. »Das Pack wird sie dafür ... lieben!«

Olga merkte schnell, dass die anderen Gefangen sie nicht im Geringsten dafür lieb hatten, dass sie Wolfgang beim Essenkochen half oder die Hütten der Aasgeier-Dämonen putzte. Im Gegenteil, sie mochten sie noch viel weniger. Die anderen sagten, sie würde sich den Bauch vollschlagen, während sie hungerten. Dabei passte Wolfgang in der Küche sehr genau auf, dass sie nicht einmal die leeren

Eierschalen ausleckte. Nur ganz selten gelang es ihr, mal eine Kartoffelschale in der Manteltasche verschwinden zu lassen. Und da es jetzt sie war, die mehr besaß, gehörte es sich, die Kartoffelschale zu teilen. Nicht einmal damit hatte sie Erfolg. *Hühnerbein*, zischten die Gefangenen und gaben Olga die Schuld, dass Johann den Soldaten mit dem gebrochenen Arm erschossen hatte. Nur ganz selten, wenn weit und breit kein Aasgeier oder Mitgefangener in der Nähe war, wurde das Essen von ihr angenommen.

Auch das Verhalten des falschen Zaren sorgte dafür, dass man ihr feindselig begegnete. Die meiste Zeit verhielt er sich normal, eben wie ein Doppelgänger, der des Zaren. Doch gab es Momente, in denen er sie anstarrte, als würde er sie kennen und wüsste nicht woher. Einmal am Tag, abends nach der Schicht, bekamen alle Gefangenen zu essen. Dabei saßen sie an langen Tischen in der größten Baracke, Johann und Wolfgang thronten erhöht an der Stirnseite und zwischen ihnen der Doppelgänger. Von Zeit zu Zeit musste Olga ihnen das Essen servieren. Einmal hatte der falsche Zar sich geweigert, den Teller anzunehmen, den sie ihm reichte, und laut geschrien, sie wolle ihn vergiften, ein andermal wollte er wissen, wo das Bild aus der Zukunft sei und beschuldigte sie, gegenüber Queen Victoria behauptet zu haben, sie sei seine Tochter – Prinzessin Olga. Johann lachte und Olga wusste nicht, wie sie sich gegen die Anschuldigungen verteidigen könnte. Sie hatte nie ein Bild besessen und würde sich niemals als Zarentochter ausgeben.

Boris

Boris wusste nicht, wie lange er unterwegs war. Er setzte einen Fuß vor den anderen und hatte nur die vage Idee, dass Petersburg sein Ziel wäre. Dort residierte der Zar, dort hatte er einmal den Großvater des jetzigen Zaren von Angesicht zu Angesicht gesehen, und in Petersburg würde er eine Einheit finden, der er sich anschließen könnte. Die Energiekartusche funktionierte nicht, wie sie sollte. Vielleicht war sie beschädigt worden, als das Mädchen sie berührte, vielleicht hatte sie ihre Energie verbraucht. Muskeln und Gelenke versorgte sie, ließ ihn Tag und Nacht marschieren, aber ich seinem Kopf herrschte Nebel. Die Welt verschwamm, erschien unscharf, wie hinter einem blauen Vorhang verborgen.

Einige Male griff er in seine Uniformjacke, um den Marschbefehl hervorzuholen. Er erinnerte sich, einen erhalten zu haben, doch da war keiner. Bisweilen hörte er das Lazarett hinter sich explodieren. Und unablässig redeten die Stimmen auf ihn ein.

Du bist Russlands größtes Militärgeheimnis.

Das Zeug prickelt, wenn man ihm zu nahe kommt.

Böse bis ins Mark.

Gib zu, du bist gern bei mir.

Was kommst du Idiot mit einem Kind an! Ja, da war einmal ein Kind gewesen. Er hatte es getragen. Aber warum? Boris sah zu seinem rechten Arm, da saß kein Mädchen.

Er erinnerte sich an die Energiewand nach der Explosion des Lazaretts. Sie hatte Soldaten und ein Luftschiff verschlungen und die Energiekartusche aufgeladen, sodass sie kurz vorm Explodieren gewesen war. Jetzt erlosch sie. Ein tröstlicher Gedanke, das Werk der Teufel würde vor ihm sterben, vor dem, was an Mensch übrig war. Er würde auf der Suche nach einer Armee-Einheit, in Erfüllung seiner Pflicht sterben. In einer Einöde, in der ihm seit Ewigkeiten kein Mensch begegnet war. Sein Körper würde verrotten und die Technik mit der Zeit im Erdreich versinken. Die Dichtungen der Kartusche würden sich auflösen, der aussickernde Æther den Boden tränken, die kleinen Pflanzen vergiften, die gerade erst begonnen hatten, sich von seinen sterblichen Überresten zu nähren. Nichts bliebe von ihm übrig, keiner, der um ihn trauerte. Nur ein toter Flecken Erde, bar jeden Lebens ... vielleicht von einem blauen Schein umgeben. Was wäre, wenn er aufgäbe? Sich hier hinsetzen würde und nicht wieder aufstünde? Einfach auf den Tod warten. Nein, er musste zurück zur Armee. Er war Soldat, war es sein Leben lang gewesen. Der Zar wartete auf ihn. Er griff nach dem Marschbefehl.

Der Geruch von Essen riss ihn aus dem Dämmerzustand, zog den Vorhang beiseite und gab den Blick auf eine kleine Bergbausiedlung frei. Boris konnte nicht sagen, ob er seit Beginn seiner Wanderung gegessen hatte. Der Hunger meldete sich unvermittelt und mit solcher Macht, dass seine Knie nachgaben. Er versuchte aufzustehen. Seine Beine wollten gehorchen, aber ihnen fehlte die Kraft. Er würde vor einem gedeckten Tisch verhungern. Von wegen, Glücksfresser. Er hatte niemals im Leben Glück gehabt. Das Glück war eine Hure und er ein Freier ohne Geld – ein Soldat, der seit Ewigkeiten keinen Sold bekommen hatte. Das Glück ging nur mit denen, die es bezahlten.

Hinter Boris' Rücken lachten sie. *He, Soldat, wenn du ganz lange sparst, reicht das Geld vielleicht, dass du einen Blick drauf werfen kannst.* Boris versuchte sie zu ignorieren. *He, Soldat, stimmt es, du bist der Idiot in deiner Einheit?*

»Treibt es nicht zu weit!«, schrie Boris und fuhr herum. Niemand stand hinter ihm, da war nur felsige Einöde, auf die sich die Abenddämmerung herabsenkte. Er fletschte die Zähne, spannte die Muskeln an. Mehr stolpernd als laufend marschierte er weiter und gewann den Kampf gegen die Schwäche, so wie er die Kämpfe auf den Schlachtfeldern gewonnen hatte.

Vor der Tür der Baracke, aus der der Essensduft drang, blieb er stehen. Er lauschte. Nur eine Wache, direkt neben der Tür. Viele Menschen beim Essen. Diesmal würde er sich nicht vom Glück an der Nase herumführen lassen. Er trat die Tür ein, ein Ellenbogenhieb nach links, die Wache war tot, bevor sie wusste, wie ihr geschah. Boris sah zwei lange Tischreihen, etwa achtzig Gefangene. Alle starrten ihn an. Alle schwiegen. Alle mit einer Schüssel Essen vor sich. Ein Brei aus Gerste, Kartoffeln und Sägemehl. Den Inhalt der ersten drei Schüsseln schlang er wie im Wahn hinunter und hätte weitergemacht, wenn nicht ...

»Olga?«

Vor Überraschung vergaß er den Hunger. Vor ihm saß das Mädchen, das ihm bei den Aasgeiern geholfen hatte und verschwunden war, als es Essen besorgen wollte. Er hielt gerade ihre Schüssel in den Händen.

Drei Wachen stürmten herein. Einer von ihnen legte sein Gewehr an und zielte auf ihn. Boris war schneller. Er packte die Waffe am Lauf, ein kräftiger Ruck und der Kolben brach dem Kerl den Schädel. Dem zweiten Angreifer schlug er die Pistole aus der Hand und zertrümmerte ihm gleichzeitig den Arm. Der letzte wich einen Schritt zurück, was ihm nichts nützte, Boris packte ihn an der Kehle und dieser Kampf wäre ebenso schnell vorbei gewesen, wenn nicht drei weitere Männer den Raum betreten hätten. Boris erstarrte, als er den mittleren der drei erkannte. Betrogen ihn seine Sinne? War er in Petersburg und sein kranker Verstand ließ es ihn nicht sehen? Verstört blickte er sich um. Für ihn sah es unverändert nach einer Bergarbeitersiedlung mit Sklavenarbeitern aus. Wie kam der Zar hierher? Wie das Mädchen? Warum erinnerte er sich an ihren Namen?

Boris schüttelte den Kopf, das waren Hirngespinste, er musste sie loswerden, einen klaren Kopf bekommen.

»Was ist denn hier los?«, rief der rechte Mann mit befehlsgewohnter Stimme, eindeutig der Anführer. Im Gürtel steckte eine der teuren dampfmagischen Pistolen, die sonst nur Offiziere benutzten.

»Johann«, keuchte die Wache und versuchte, seine Finger zu lösen. »Der Homunkel ist plötzlich reingestürmt, wir ...«

Der Rest des Satzes ging im Röcheln unter. Boris drückte ihm die Luft ab. Man sprach nicht in Gegenwart des

Zaren – nur wenn man dazu aufgefordert wurde. Der Mann wand sich verzweifelt und schnappte nach Luft. Boris fiel auf die Knie und verbeugte sich vor dem Zaren. Für ein paar Sekunden herrschte Stille. Die einzigen Geräusche stammten vom Strampeln der Wache kurz vorm Ersticken.

»Johann, erschieß ihn!«, forderte der Linke den Anführer auf.

»Nein!«, schrie Olga.

Boris atmete so tief und ruhig wie möglich, er musste die Bilder um sich herum ordnen und verstehen. Der Zar in einem Bergwerk? Und warum schrie das Mädchen *Nein*!? Was, *Nein*? *Frag die Rothaarige nicht um Hilfe*! *Nein, geh nicht mit auf die Station, wo sie dir den Arm abschneiden werden!* Es war nicht leicht, sich ohne Befehle zurechtzufinden.

»Johann, mach schon«, drängte der Linke.

Der Zar schwieg. Der Anführer Johann zog seine Pistole, richtete sie auf Boris und spannte den Hahn. Boris wartete auf den tödlichen Schuss.

»Wehr dich!«, rief Olga.

Wehren? Wogegen? Und wie? Man hatte ihn ans Bett gefesselt. Er konnte nichts tun. Die Rothaarige wusste das genau. Nein, wieder ein Erinnerungsfetzen. Er war nicht im Lazarett. Das hier war ein Bergwerk. Und er kniete vor dem Zaren. Verunsichert schielte er zu dem Mädchen. Wo hatte er es schon mal gesehen? Wieso wusste er, dass ihr Name *Olga* war? Sie klang beinahe, als würde sie sich Sorgen machen ... um *ihn*.

»Jetzt wissen Wir es!«, rief der Zar. »Die beiden gehören zusammen! Erschießt beide, dann kann das Unglück verhindert werden!«

Boris drehte sich wieder zu Olga um. Sie schaute ihn mit großen Augen an. Die Wache mit dem gebrochenen Arm hielt ihr eine Waffe an die Schläfe. Der Hunger und die Fehlfunktion der Kartusche hatten ihn zu sehr geschwächt, anderenfalls wäre der Kerl nicht mehr am Leben. Er war zu langsam gewesen. Warum störte es ihn, dass das Mädchen bedroht wurde? Was meinte der Zar mit: *Die beiden gehören zusammen!*? Vielleicht, weil er sie nicht exekutiert hatte, wie es seine Pflicht gewesen wäre. Jetzt verurteilte der Zar sie beide – vollkommen zu Recht – zum Tode.

»Warte!«, sagte der, den Boris zuerst für den Anführer gehalten hatte, bevor er den Zaren gesehen hatte. Was war sein Rang? Er gehörte nicht dem Militär an. Sollte er Hauptmann der Leibgarde des Zaren sein? Er sah aus wie ein Lump, benahm sich wie ein Lump und sprach wie ein Lump. Er hatte einen Befehl des Zaren aufgehoben.

»Weißt du, wer das ist?«, fragte der Lump mit ungeklärtem Dienstrang und deutete auf den Zaren.

Boris senkte demütig den Kopf.

»Majestät, ich bin Euer untertänigster Diener.«

Die beiden Lumpen tuschelten mit dem Zaren.

»Was ist das denn für ein Idiot? Kann das ein Transhumaner sein? Oder ein Homunkel? Wenn, dann nicht aus Karels Werkstatt.«

Der Anführer der Lumpen kratzte sich am Kinn.

»In der Armee gibt es keine Homunkel«, sprach der Zar. »Zu teuer. Zu uneffektiv. Und es herrscht kein Mangel an Rekruten.«

»Na, dann sag mir, was das für einer ist, wenn du schon so viel weißt ... *Eure Majestät.*«

Der Zar presste die Lippen aufeinander.

»Wir haben ... es vergessen«, sagte er.

»Dann sollte *Eure durchlauchigste Majestät* ihn fragen.«

Zar Nikolaus II. warf dem Lumpen einen bösen Blick zu. Boris hatte es sich nicht ausgesucht, ein verbessertes Gehör zu erhalten, es quälte ihn, eine Unterhaltung des Zaren belauschen zu müssen – ein Gespräch, das nicht für seine Ohren gedacht war. Verräter taten dergleichen, ehrloses Pack und Anarchisten.

»Wie heißt du?«, erkundigte sich der Zar.

Wie konnten diese Lumpen es wagen, den Zaren

aufzufordern, das Wort an ihn zu richten?

»Boris Sergejewitsch, mein Herr«, sagte er leise, als würde seine Zunge sich weigern, sich an der Demütigung zu beteiligen.

»Und du bist Soldat?«

Erleichtert schloss Boris kurz die Augen. Ja, das war er: ein Soldat. »Ich diene Euch seit meinem sechsten Lebensjahr.« Seine Lippen bebten. Er hatte niemals für Ruhm oder Ehre gekämpft, stets für den Zaren, dessen Recht es war, nichts von ihm und seinen Qualen zu wissen. »Solange ich mich erinnern kann, habe ich Euch gedient«, wisperte er und fügte demütig hinzu: »Zuletzt in einer Einheit, die von den Osmanen aufgerieben wurde.«

»Ich sag es ja: ein *Idiot*!«, flüsterte der eine Lump und grinste gehässig.

»Einer, der locker meine Leute ausgeschaltet hat«, knurrte der Anführer.

»Wir sollten ihn erschießen, Johann.«

»Und das Mädchen!«, sagte der Zar.

»Schnauze! Alle beide. Wenn der vier Männer außer Gefecht setzen kann, dann kann der für vier arbeiten.«

»Hm«, brummte der, der für das Erschießen plädierte. »Du meinst fürs Blausteinlager? Du hast recht, wer weiß, wann die nächste Lieferung von Karel kommt.«

»Du denkst wie ein Anfänger, Wolfgang. Der ist viel zu wertvoll, um ihn im Blausteinlager zu verheizen. Wenn der wirklich so versessen darauf ist, unserem Niki zu dienen, dann können wir das Bergwerk mit ihm allein betreiben und den Rest der Schmarotzer ins Blausteinlager schicken.«

Der Anführer der Lumpen wandte sich an den Zaren.

»Mir scheint, Seine hochwohlgeborene Durchlaucht hat sich soeben die Mahlzeiten verdient, mit denen Er sich hier den Wanst füllt.«

Die Muskeln im Gesicht des Zaren zuckten.

»Na los«, raunte der Anführer. »Tu was für dein Essen.

Finde heraus, was das für einer ist. Warum der mit meinen Leuten umspringen kann, als wären sie ausgestopfte Strohpuppen.«

Der Zar räusperte sich.

»Du bist ziemlich stark«, sagte er zu Boris.

»Majestät beliebte es, aus mir einen *Blauen Krieger* zu machen.«

»Gibt es mehr von deiner Sorte?«

»Nein, mein Herr. Ich bin der Einzige, der überlebte.«

Es wurde erneut getuschelt.

»*Blauer Krieger*? Was ist das?«

»Egal«, sagte der Anführer und wandte sich an Boris. »Du kannst dem Zaren wieder zu Diensten sein. Wir haben hier ein kleines Bergwerk. Jemanden mit deiner Kraft können wir gebrauchen.«

Also war es ein Bergwerk und nicht Petersburg oder das Lazarett. War der Zar hier, um den Einsatz für das Vaterland durch seine Anwesenheit zu ehren? Der Major hatte gesagt, der Zar sei in Petersbug, ein anderer hingegen hatte vom Empire gesprochen und dass Boris dort auf keinen Fall hindürfe. Er rieb sich die Schläfen. Er musste dringend klar im Kopf werden. Einer der Lumpen ging nach draußen, kam mit Fußketten zurück.

»Boris!«, rief Olga, als sich der Kerl daranmachte, ihm die Ketten anzulegen. »Nicht! Lass das nicht zu.«

Was meinte sie? Alles geschah mit Billigung des Zaren. Was bliebe von ihm übrig, wenn er seine Treue verlöre? Sie war das Einzige, was ihn ausmachte.

Der Anführer gab der Wache ein Zeichen und diese schlug dem Mädchen mit einem Pistolengriff gegen die Schläfe. Olga sank zu Boden.

Boris runzelte die Stirn und die Ketten schlossen sich um seine Fußknöchel.

Im Bergwerk

Olga

Es verging kein Tag, an dem Olga nicht Ausschau nach ihrem Soldaten hielt. Bei jeder Gelegenheit schaute sie zu dem Pfad, auf dem die Dämonen-Aasgeier sie hergeführt hatten. Ihr Soldat, ihr Bogatyr, der russische Ritter, tauchte nicht auf. Vielleicht hatte er sich verlaufen oder – bei diesem Gedanken fing sie an zu weinen – hatte sie einfach vergessen.

Als Olga alle Hoffnungen aufgegeben hatte, geschah das Wunder. Die Tür brach aus den Angeln und ihr Soldat stürmte in die Essensbaracke. Bevor sie begriff, was geschah, stand er vor ihr und hielt ihre Suppenschüssel in den Händen.

»Olga!«, sagte er überglücklich.

Er hatte sie nicht vergessen und wusste sogar, dass sie versprochen hatte, für Frühstück zu sorgen.

Sie wäre ihm um den Hals gefallen, wenn nicht die drei Aasgeier gekommen wären.

Doch ihr Soldat war schnell und stark. Ibrahim legte das Gewehr an und zielte. Ihr Bogatyr packte den Lauf und rammte Ibrahim den Gewehrkolben ins Gesicht. Etwas knackte und Ibrahim fiel zu Boden. Jean-Claude zog eine Pistole, ihr Held schlug sie weg, brach ihm den Arm und legte gleichzeitig seine rechte Hand um Francis' Kehle. Olga jauchzte vor Freude und verstummte gleich wieder. Johann, Wolfgang und der falsche Zar kamen herein.

»Was ist hier los?«, donnerte Johann, der nicht so aussah, als hätte er Angst. Seine Hand wanderte in Richtung Pistole.

»Johann«, röchelte Francis, »der Homunkel ist hier plötzlich reingestürmt, wir ...«

Für den Rest des Satzes fehlte ihm die Luft. Olga rutschte auf dem Hocker hin und her. Wie konnte man einen Ritter mit einem Homunkel-Dämon verwechseln? Sie dachte zunächst, ihr Bogatyr würde sich ebenfalls wundern, denn er sah Johann, Wolfgang und den falschen Zaren an und erstarrte. Kurz verharrte er in dieser Erstarrung und ging dann, zu Olgas Entsetzen, in die Knie und senkte den Kopf.

Was war los? Tat ihm was weh? War er erschöpft von der langen Suche nach ihr?

»Johann, erschieß ihn!«, rief Wolfgang, der im Gegensatz zu seinem Bruder Angst hatte.

»Nein!«, schrie sie.

Ihr Bogatyr warf ihr einen kurzen Blick zu. War das ein Zeichen? Sie bräuchte sich keine Sorgen zu machen, er wüsste, was er tat? Wenn das Teil eines Plans war, dann verstand sie nicht, warum er Francis losließ. Welchen Vorteil versprach er sich davon? Beide Hände frei zu haben? Johann in Sicherheit zu wiegen? Letzteres war nicht nötig, Johann spannte seine Waffe und richtete sie genau auf den Kopf des Soldaten. Johann fühlte sich bereits sicher. Und ihr Ritter hatte eher verwirrt, beinahe unsicher ausgesehen. Er bewegte unmerklich den Kopf, als wollte er etwas abschütteln.

»Johann, mach schon«, drängte Wolfgang.

Ihr Soldat kniete und erwartete den Todesschuss.

Wollte er sich opfern, war das sein Plan? Nein, er sollte sich nicht opfern.

»Wehr dich!«, rief Olga.

»Jetzt wissen Wir es!«, rief der falsche Zar und er hatte wieder diesen fiebrigen Blick. »Die beiden gehören zusammen! Erschießt beide, dann kann das Unglück verhindert werden!«

Sie und Boris gehören zusammen? Olga wollte aufspringen, zu ihrem Soldaten eilen. Johann sollte sie auch erschießen. Francis stand mit einem Mal hinter ihr, stellte sich auf ihre Ketten und hielt ihr eine Pistole an den Kopf.

»Erschießt das Mädchen gleich mit!«, forderte der falsche Zar.

Der Plan ihres Bogatyrs wurde ihr immer unverständlicher. Er warf ihr einen Blick zu. Sollte sie nicht die Nerven verlieren? Wie wollte er sie retten, wenn Francis sie vorher erschoss?

»Warte«, sagte Johann und wandte sich an ihren Soldaten. »Weißt du, wer das ist?« Er zeigte auf den falschen Zaren.

»Majestät, ich bin Euer untertänigster Diener«, erwiderte er leise. Seine Stimme zitterte. War er durch die entbehrungsreiche Suche nach ihr zu entkräftet, um zu kämpfen? Er hatte sich auf das Essen gestürzt, bevor er glücklich ihren Namen seufzen konnte – so schwach war er.

Oder hielt er tatsächlich den Doppelgänger für den echten Zaren? Das wäre erst recht ein Grund, sich zu wehren. Sie musste irgendetwas unternehmen, um ihm zu helfen. Warum machte denn niemand einen Aufstand? Sie waren viel mehr als die Aasgeier-Dämonen. Francis hielt ihr unbeirrt die Pistole an die Schläfe und schaute zu ihrem Bogatyr. Zu ihrer Linken saß ein Mann. Sie sah ihn eindringlich an und formte stumm die Worte: *Greif ihn an!* Der Mann wandte sich ab. Rechts saß einer der übrig gebliebenen Soldaten. Der starrte ihren Helden blass und mit versteinerter Miene an. Unter dem Tisch stieß Olga ihn mit dem Fuß an, um seine Aufmerksamkeit zu erregen.

»Wie heißt du?«, fragte der gemeine Lügner-Schummel-Zar.

»Boris Sergejewitsch, mein Herr«, antwortete ihr Held.

Boris. *Boris!* Endlich wusste sie seinen Namen. Sie schniefte, wischte sich Tränen von der Wange. Sie schaute vorsichtig zu ihren Mitgefangenen. Wenn Olga die Revoluto … Revulion ausrufen würde, würden sie mitmachen? *Die Prola-Tiere haben nichts zu verlieren, außer ihre Ketten.* Wassilisa hatte das gesagt und langsam verstand Olga, was sie damit gemeint hatte. Die Gefangenen trugen Ketten, mussten wie Tiere arbeiten und würden bald von Dämonen aufgefressen werden. Jedoch verlor an diesem Abend niemand seine Ketten. Im Gegenteil. Jean-Claude hatte ein paar Fußfesseln gefunden und legte sie ihrem Helden an.

»Boris!«, schrie sie. »Nicht! Lass das nicht zu.«

Dann wurde ihr schwarz vor Augen.

Boris

Boris musterte das Blutrinnsal, das aus einer Platzwunde sickerte. Woher kannte er das Mädchen?

»Gibt es ein Problem?«, fragte der Anführer.

Nicht, wenn man die Wunde verbindet und aufpasst, dass sie sich nicht infiziert, dachte er und sagte laut: »Nein.«

Der Handlanger, der ihm die Ketten angelegt hatte, beeilte sich, aus seiner Reichweite zu kommen. Boris warf einen Blick auf die Ketten. Falls der Zar sich entscheiden sollte, sich dieser Lumpen zu entledigen, und seine Dienste zu beanspruchen wünschte, könnte er das Schloss mit einem Griff knacken.

Die Lumpen berieten sich, wie sie weiter mit ihm verfahren sollten.

»Und was machen wir mit ihm?«, flüsterte Wolfgang.

»Erst mal in den Stollen«, entschied Johann. »Der wird mehr schaffen als all die anderen zusammen und wir können testen, wie weit es mit seiner Treue wirklich her ist, nicht wahr, Niki?«

Der Zweifel an seiner Ergebenheit kränkte ihn.

»Erheb dich, du wirst gleich mit der Arbeit beginnen«, sagte der Zar.

Boris gehorchte. Er wünschte sich, vorher zu essen, sich auszuruhen oder den Dienst, den der Zar für ihn vorsah, ohne die Fesseln verrichten zu dürfen. Er behielt den Wunsch für sich.

»Folge Francis, er wird dir alles zeigen«, sagte Johann.

Der Mann mit dem Gewehr machte ihm ein Zeichen, er solle sich in Bewegung setzen. Boris ging voraus, verließ die Baracke und in einem lange unbenutzten Winkel seines

Gehirns erwachte eine bange Frage: Würde jemand daran denken, die Kopfwunde des Mädchens zu versorgen?

Der Lump brachte ihn zum Bergwerk und führte ihn in einen engen Stollen. Dort bekam er eine Spitzhacke in die Hand gedrückt und begann, erzhaltiges Gestein herauszuschlagen. Er arbeitete wie ihm befohlen, denn der Zar hatte keinen Widerspruch eingelegt. Der Lump setzte sich hinter ihm auf einen Felsen und ließ ihn nicht aus den Augen, zumindest am Anfang. Boris brauchte sich nicht umzudrehen, um zu wissen, dass er schnell eingeschlafen war. Das Ganze ergab keinen Sinn. Sie legten ihn in Fesseln, die er loswerden konnte, schickten einen Mann zu seiner Bewachung mit, den er jederzeit ausschalten könnte – sogar, wenn er nicht schlafen würde. Hatte der Zar tatsächlich das Projekt *Blauer Krieger* vergessen? Es konnte nur eine Erklärung geben: Der Zar gab vor, nichts zu wissen. Das ganze Experiment war streng geheim gewesen, die Soldaten, die als Freiwillige herhalten mussten, wurden in abgedunkelten Wagen dorthin gekarrt, damit sie nicht verraten konnten, wo die Anlage stand. Die Lumpen durften nichts von der Technik, die in ihm steckte, erfahren. Und er Idiot musste ihnen verraten, dass er ein *Blauer Krieger* war. Da blieb dem Zaren nichts anderes übrig, als gleichgültig zu sagen, er könne sich nicht erinnern.

Gern hätte er die Spitzhacke beiseitegelegt und sich ausgeruht, aber ein Befehl war ein Befehl. Immerhin hatte er von dem Brei abbekommen. Er dachte an das Mädchen, Olga. Ein paar der anderen Gefangenen kannte er ebenfalls, es waren Soldaten aus seiner Einheit – vermutlich. Boris tat sich schwer, Gesichter wiederzuerkennen oder auseinanderzuhalten. Neben Olga könnte der gesessen haben, der ihm einst ins Trinkwasser gepinkelt hatte. Nach einem Zwischenfall mit einem Munitionskarren hatte er damit aufgehört. Im Morast war der Karren außer Kontrolle geraten, weggerutscht und hatte seinen Fuß gebrochen. Boris war direkt hinter ihm marschiert, als es geschehen war. Seitdem machte er das Zeichen gegen den Bösen Blick, wenn er Boris sah. Er musste den Osmanen entkommen sein, aber warum war er hier? Auf Geheiß des Zaren, heimlich eingeschleust? War er Teil eines Plans?

Unerwartet zerriss ein Pfeifen seinen Körper. Er hatte das Gefühl, etwas saugte mit Gewalt die letzte Energie aus der Kartusche. Alle Energieleitungen vibrierten. Sein Körper bebte, die Hacke entglitt seinen Händen und er krümmte sich. Es war, als stünde der quantenmagische Teil seines Körpers kurz vorm Implodieren.

»He! Keiner hat was von Aufhören gesagt!«, brüllte die Wache und steckte schnell eine faustgroße Metallkugel weg, um sein Gewehr zu greifen und auf Boris zu zielen. Boris japste nach Luft und stand schwankend auf. Der Anfall war so plötzlich verschwunden, wie er gekommen war. Er hob die Hacke auf und arbeitete weiter, ohne zu wissen, wie lange er durchhalten würde, das Leuchten der Kartusche war schwächer geworden. Wenn der Zar sich nicht beeilte, würde Boris ihm nicht mehr von Nutzen sein.

Ein paar Stunden nach seinem Anfall wurden die Gefangenen in die Stollen getrieben und in der Mine wurde es laut. Das Hämmern und Hacken begann, ächzend und schwitzend wurde Gestein aus der Ader gehauen, in eine Lore verfrachtet und nach draußen geschoben. Er wartete darauf, dass einer zu ihm käme, um ihm eine Nachricht des Zaren zu übermitteln, aber jeder machte einen Bogen um ihn.

Boris arbeitete den ganzen Tag. Erst am Abend, als die anderen zum Essen gingen, legte er die Hacke nieder und folgte ihnen in die Essensbaracke. Der menschliche Teil seines Körpers war zu Tode erschöpft, müde und hungrig. Seine mechanische Hälfte verlangte danach, aufgeladen, vom Staub befreit und geölt zu werden.

Von den anderen Arbeitern erntete er misstrauische Blicke, als er sich mit ihnen an den langen Tisch setzte. An der Tür stand eine Wache, einen Arm in einer Schlinge, in der anderen Hand hielt sie nervös eine Pistole. Der Zar war nirgends zu sehen. Boris brauchte neue Befehle. War der Zar ein Gefangener? Eine Geisel? Seine Blicke wanderten durch den Raum, und er stellte überrascht fest, dass er in Wirklichkeit nach dem Mädchen Ausschau hielt. Er konnte es nicht entdecken. Wahrscheinlich war ihre Verletzung schlimmer gewesen und niemand hatte sich um die Wunde gekümmert, oder der Zar hatte ihre Erschießung erneut angeordnet und diesmal war der Befehl ausgeführt worden.

»Olga«, murmelte er. Vielleicht sollte er sich langsam an Namen gewöhnen, obwohl es in ihrem Fall zu spät war. Sie war tot.

»Du kennst Olga?«, fragte der Mann neben ihm so leise, dass jemand, der nicht Boris' Gehör besaß, es für einen rasselnden Atemzug gehalten hätte.

Es verging einige Zeit, bis er merkte, dass man ihm eine Frage gestellt hatte und der Fragesteller ihm wahrscheinlich sagen könnte, ob die Wunde versorgt worden war oder ob man das Mädchen hinter der Baracke exekutiert hatte.

»Ja«, antwortete Boris, genau in der richtigen Lautstärke, sodass nur sein Tischnachbar ihn verstehen konnte.

»Sie ist nicht sehr beliebt«, sagte der Mann vorsichtig.

Boris musste eine Weile über diese Worte nachdenken, nicht nur, weil der geflüsterte Wortwechsel den Charakter einer Unterhaltung annahm, sondern weil sich weitaus Ungewohnteres regte: Empfindungen. Und als wäre das nicht schlimm genug: Es waren entgegengesetzte Gefühle. Das Mädchen war eine Anarchistin, die *Tod dem Zaren* forderte. Jeder treue Untertan musste dieses Verhalten verabscheuen. Andererseits schien sie sich gefreut zu haben, ihn zu sehen. Boris' Erscheinen rief Gefühlsregungen hervor, aber er konnte sich nicht erinnern, dass sich jemals ein Mensch gefreut hätte, wenn er ihn sah.

Erneut suchte er den Raum nach Olga ab, wenngleich er wusste, wie unsinnig es war. Hoffentlich war es schnell gegangen, ein sauberer Kopfschuss. Es hätte ihm gefallen, wenn sie ein Begräbnis bekommen hätte, anstatt ihre Leiche, wie bei Verrätern üblich, öffentlich zur Schau zu stellen. Als abschreckendes Beispiel für andere. Nein, es war unwahrscheinlich, dass man sie begraben hatte. Vermutlich baumelte ihr Körper von einem Stützbalken im Stollen oder man spießte in diesem Augenblick ihren Kopf auf einen Pfahl und stellte diesen auf dem kleinen Platz vorm Stolleneingang auf.

Der Mann neben Boris wandte sich ab, zog die Schultern hoch und gab vor, kein Wort gesagt zu haben. Boris starrte auf seine leere Schüssel. Er war kein Unruhestifter. Er bekämpfte Unruhestifter, jagte sie oder brachte sie um. Er war ein Soldat des Zaren. Warum wäre es ihm lieber, das Mädchen würde leben?

Nach dem Essen trotteten die Arbeiter nach draußen. Boris schloss sich ihnen an und niemand hielt ihn auf.

Die Arbeiter verteilten sich auf zwei Baracken, er folgte dem Mann, der ihn angesprochen hatte, fand ein leeres Bett und streckte seine erschöpften Glieder aus. Der Bettrahmen war morsch und ächzte bedenklich unter seinem Gewicht. Eine Matratze gab es nicht, er lag auf mürben Seilen, die an mehreren Stellen gerissen und verknotet worden waren, die dünne Decke enthielt mehr Löcher als Gewebe und verströmte den durchdringenden Geruch, den Dinge annahmen, wenn Menschen in ihnen gestorben waren. Boris war Schlimmeres gewohnt. Als Soldat genoss man selten den Luxus, in einem Bett zu schlafen. Schützengräben und Schlamm stellten das gängige Nachtlager dar. Sogar die Verpflegung hier war besser als in der Armee. Die Suppe hatte aus Kartoffelschalen bestanden. Nur der Tod des Mädchens trübte seine Stimmung.

Natürlich konnte Boris es sich nicht erlauben, seiner Erschöpfung und dem bescheidenen Luxus seiner neuen Umgebung nachzugeben. Der Zar brauchte ihn. Darum reinigte er, so gut es ging, die Mechanik, ölte einige

Scharniere mit dem Lampenöl aus dem Stollen, stellte sich schlafend und wartete, bis nach und nach alle Geräusche in der Baracke verstummten und die Wache nach draußen ging, um gegen die Wand zu schiffen.

Durch die technischen Erweiterungen war Boris' Körper sehr schwer geworden. Wenn es kalt und das Öl zähflüssig war, bewegte er sich schwerfällig wie die dampfmagischen Kampfwagen, die im russischen Schlamm stecken blieben, dann quietschten seine Gelenke und die Energieleitungen zischten. In der Baracke war es warm. Rund fünfzig Körper heizten sie auf und Boris' Bewegungen waren lautlos und geschmeidig. Nicht einmal eine Fliege wäre aufgeschreckt, als er den Bügel des Schlosses brach, sich von den Ketten befreite und seine Füße auf die Holzdielen stellte. Er stand auf. Die Diele knarrte laut. Boris fluchte stumm.

»Suchst du Olga?«, fragte der Soldat.

»Hm«, machte Boris, war sich nicht sicher, ob er *Ja* oder *Nein* ausdrücken wollte.

»Man hat sie gestern Abend zu Johann gebracht.«

Hieß das, sie war noch am Leben? Boris verspürte Erleichterung und zugleich die Sorge, dass ihm das als Eidbruch ausgelegt werden könnte.

»Aber da ist sie nicht mehr«, fügte der Soldat bedauernd hinzu. »Johann war heute sehr schlecht gelaunt, ich fürchte ...«

Die Erleichterung wich einem Bedauern. Boris forschte den beiden Regungen nach. Es fühlte sich an, als hätte er etwas verloren, er, der er nie etwas besessen hatte. *Denk an deine Aufgabe,* ermahnte er sich.

Als Anerkennung für die Information nickte Boris dem Mann kurz zu. Seine Schritte vorsichtiger setzend, schlich er auf den Ausgang zu. Die Dielen knarrten diesmal leiser, dennoch laut genug, um ein paar der anderen Bewohner zu wecken. Nicht viele. Drei, zählte Boris. Er hörte, wie sie sich in ihren Betten aufrichteten, und ihre Augen glänzten schwach, als sie ihn mit ihren Blicken verfolgten. Gleich würden sie nach den Wachen schreien, was Boris gern vermieden hätte. Solange er nicht wusste, ob nicht einer von den Lumpen ein Verbündeter des Zaren war, hätte er sie ungern umgebracht. Allerdings blieb alles still. Erst als er fast die Tür erreicht hatte, holte einer tief Luft, um Alarm zu geben. Ein warnendes Zischen ertönte und der Denunziant verzichtete darauf, die Lumpen über die bevorstehende Rettung des Zaren zu informieren.

Er horchte an der Tür. Die Wache hatte ihren Posten verlassen und überquerte den kleinen Vorhof. Er wartete, bis er sie in einer der anderen Hütten verschwinden hörte, dann ging er nach draußen und folgte ihr. Er warf einen kurzen Blick zum Stolleneingang. Kein Pfahl mit aufgespießtem Kopf.

Bei der Hütte angekommen, schlich er zu einem der beiden erleuchteten Fenster. Die Wache betrat eines der Zimmer und fing augenblicklich mit einem anderen Lumpen an zu streiten. Leise, mit gedämpften Stimmen, sie wollten nicht gehört werden.

»Wolfgang, ich sag dir, dein Bruder hat sie nicht alle. Er muss komplett durchgedreht sein. Erst schickt er Jean-Claude weg und geht dann selbst. Wieder nach Perm. Er wird Wochen unterwegs sein. Wie stellt er sich vor, wie wir zu zweit den Laden schmeißen?«

»Reg dich ab, Francis«, erwiderte der andere. »Denkst du, mir passt das? Du kennst Johann und ich bin nicht derjenige, der ihm sagt, dass seine Ideen scheiße sind.«

»Weißt du«, sagte die Wache und ging auf und ab, »wir erschießen die Hälfte. Dann werden die anderen nicht wagen aufzumucken.«

»Nein, wir machen das anders: Wir ziehen ein paar als Handlanger ran. Da sind die Soldaten, die du angeschleppt hast. Und dann haben wir diesen Idioten, dumm wie Brot und stark wie zehn Homunkel.«

»Ich weiß nicht«, sagte Francis unbehaglich. »Ich traue dem Frieden nicht.«

Boris schlich zum zweiten erleuchteten Fenster, spähte vorsichtig hinein und fühlte sich sogleich beschämt. Er störte den Zaren in einem *privaten* Moment. In einem *seltsamen* privaten Moment. Was er sah, war so absonderlich, dass er seinen Augen nicht traute. Mitten im Raum stand der Zar mit heruntergelassener Hose und schrieb mit einem Kohlestift auf sein Gesäß. Boris schloss die Augen und hoffte, seine Sinne würden aufhören, ihm Streiche zu spielen. Er holte kurz Luft und sah erneut durchs Fenster. Es bot sich ihm das gleiche Bild. Der Zar schrieb auf seinen Hintern. Boris wich zwei Schritte zurück und starrte entsetzt das Fenster an. Ihm fiel keine andere Erklärung ein, außer eine Wahnvorstellung zu sehen. Er war daran gewöhnt, Stimmen zu hören oder das Grauen des Versuchslazaretts erneut zu durchleben, doch diese Halluzination war ihm unverständlich. Ausgerechnet er, der treueste Diener des Zaren, sein ergebenster Untertan, sah ihn in bei einer derart beschämenden Tätigkeit. Unbewusst tastete er nach seinem Nacken, wo man ihm BK 1/403 eintätowiert hatte. BK für *Blauer Krieger*, erste Versuchsreihe, Objekt vierhundertunddrei. Warum sollte sich der Zar eigenhändig mit einer Seriennummer kennzeichnen? Erneutes Stoffrascheln verriet, dass drinnen das unwürdige Schauspiel vorläufig sein Ende fand. Er trat wieder vor und wagte einen dritten Blick. Die Hoffnung, es kläre sich alles auf, erfüllte sich nicht, aber wenigstens hatte der Zar die Hose wieder hochgezogen, löschte das Licht und legte sich schlafen.

Boris atmete durch. Er musste den Zaren auf sich aufmerksam machen, wenn er herausfinden wollte, ob der Zar ein Gefangener der Lumpen war oder nicht.

»Mein Herr«, flüsterte Boris. Seine Stimme zitterte. Er sprach den Zaren an, ohne dazu aufgefordert worden zu sein.

Im dunklen Zimmer zuckte jemand zusammen.

»Ich bin es«, beruhigte Boris seinen Herrscher. »Euer

treuester Diener. Boris Sergejewitsch. Der *Blaue Krieger.*«

Schritte auf Holzdielen.

»Werdet Ihr hier gegen Euren Willen gefangen gehalten, mein Herr?«

»Kannst du Uns hier rausbringen?«, wünschte der Zar zu wissen.

»Ja, mein Herr. Ist einer der Bewacher ein Verbündeter Eurer Majestät?«

Hinter dem Fenster wurde verächtlich aufgelacht.

»Wahrlich nicht.«

»Majestät, wünscht Ihr, befreit zu werden?«

»Was für eine Frage. Gewiss wünschen Wir befreit zu werden.«

Das war alles, was Boris wissen musste. Er ging zum Eingang der Hütte, über den Flur, ein Tritt gegen eine Tür. *Knall.* Die beiden Lumpen sprangen auf. Boris packte ihre Hinterköpfe. Zwei Schädel prallten aufeinander und … es gab ein *unschönes* Geräusch. Boris ließ die Leichen zu Boden fallen, hob eine der Pistolen auf, ging zurück auf den Flur und klopfte an die Tür des Zaren.

»Seid Ihr bereit zum Aufbruch, Majestät?«

Die Tür öffnete sich, Boris fiel auf die Knie und senkte demütig den Blick.

»Die Verbrecher?«

»Tot, mein Herr.«

»Alle?«

»Alle, die hier sind.«

»Gut. Sorge für Verpflegung. Beeil dich. Wir müssen auf dem schnellsten Weg nach Petersburg.«

Boris nickte und legte die Waffe für den Zaren auf den Tisch.

Boris brach in die Küche ein, bestückte Rucksäcke mit Essbarem, füllte Feldflaschen mit Wasser und schulterte alles. Auf dem Rückweg hielt er kurz inne. In den Baracken schliefen die angeketteten Arbeiter. Dafür, dass sie seinen Ausbruch nicht verraten hatten, verspürte er einen Anflug von Dankbarkeit. Boris betrat den Schlafsaal, ging zu dem Soldaten, der einst Vergnügen daran gefunden hatte, ihn zu demütigen, bevor sein Fuß unter den Munitionskarren geraten war.

»Schließt euch einer Armee-Einheit an«, sagte Boris, als er dessen Fesseln aufbrach, und warf einen kurzen Blick auf die anderen Betten. Mehrere der Schlafenden waren aufgewacht und starrten zu ihm herüber.

»Die Wachen sind tot«, wandte sich Boris wieder an seinen Kameraden. »Einer von ihnen wird Schlüssel für die Ketten haben.«

Der Mann schluckte und murmelte: »Danke!«

Der Kurier des Zaren

Boris

Bei Tagesanbruch lag die Bergwerkssiedlung weit hinter ihnen. Das Wetter schlug um, der Pfad verschwand unter einer dicken weißen Decke. Am Abend fand Boris einen Rastplatz, sorgte für Feuerholz, kümmerte sich um das Essen.

»Was ist das für ein blaues Ding?«, fragte der Zar, als er sein Mahl aus Zwiebeln und Kartoffeln zu sich nahm. Boris, der sich, nachdem sein Herr versorgt war, aus den Kartoffelschalen eine Suppe kochte, schaute bekümmert auf seinen Armstumpf.

»Majestät beliebte es, aus mir einen *Blauen Krieger* zu machen. Die Kartusche liefert Energie, die die Mechanik meines Körpers antreibt.«

Konnte der Zar sich wirklich nicht erinnern? Ein Jahr hatte er für ihn in der Hölle verbracht, hatte seine Menschlichkeit und seinen rechten Arm hergeben müssen, und der Zar hatte nicht einmal von dem Projekt gehört?

»Wir sollten eine Armee werden, um die Feinde unseres Landes zurückzuschlagen«, sagte Boris bedrückt.

Der Zar starrte nachdenklich auf das blaue Leuchten, als hätte es ihn hypnotisiert.

»Das Ding, diese Kartusche ist gefährlich«, sagte er zögernd. »Wir wissen es. Wir können Uns nicht erinnern, woher Wir das wissen. Sendet es Strahlung aus?«

»Strahlung, mein Herr?«

»Es fühlt sich an, als dringe es in Unseren Kopf ein.«

Boris blickte beschämt zu Boden.

»Seit einiger Zeit lässt Uns Unser Gedächtnis im Stich. Unsere Feinde haben Uns … vergiftet. Wir haben dieses Blau früher einmal gesehen … Wir haben auch dich schon einmal gesehen.«

Boris' Erinnerungen lagen seit jeher im Dunkeln.

Manchmal tauchten sie als verschwommene Bilder auf, das Lazarett, der Angriff eines Luftschiffes, ein Mädchen auf seinem Arm ... Stimmen ... *Damit du eine Erinnerung hast, in der du Trost findest, wenn sie mit den Experimenten anfangen.* Doch wenn er dem Zaren begegnet wäre, würde er sich doch erinnern, oder?

Der Zar rieb sich die Schläfen.

»Wie stark bist du?«, fragte er. »Kannst du Uns bis nach Petersburg bringen?«

»Ich weiß es nicht«, gestand Boris sein Versagen ein. »Die Kartusche ist ... so gut wie leer.«

»Hm«, machte der Zar missbilligend.

»Verzeiht mir, Majestät!« Es schmerzte, eine Enttäuschung für den Zaren zu sein. Er hatte ihm alles gegeben. Es hatte nicht gereicht. Boris hoffte auf ein Wort des Zaren, ihn nicht enttäuscht zu haben. Ein vermessener Wunsch – der sich selbstverständlich nicht erfüllte. Der Zar starrte verbissen in die Dunkelheit. Schließlich legte er sich hin und wickelte sich in seinen Mantel ein. Boris wagte es, ein Stück näher ans Feuer zu rücken, die Kälte verfestigte bereits das Öl.

Am nächsten Morgen wehte ein kühler Wind. Gegen Mittag fielen die Temperaturen. Boris' Bewegungen wurden schwerfälliger, er musste oft rasten. Der Zar rügte ihn für seine Langsamkeit.

Am dritten Tag ihrer Wanderung begegneten sie dem ersten Menschen in dieser Einöde. Boris hörte ihn, noch bevor er am Horizont auftauchte.

»Ein Reiter«, sagte er, als er merkte, dass der Zar den Mann noch nicht entdeckt hatte.

»Kannst du ihn besiegen?«, fragte der Zar und kniff die Augen zusammen.

»Besiegen? Ja, mein Herr. Ich bin ein *Blauer Krieger*. Aber ich werde ihn nicht einholen können.«

»Wir haben dich nicht um deine Meinung gebeten.«

Boris senkte demütig den Kopf.

»Soll ich ihn herwinken?«, fragte er. »Er muss Euch das Pferd überlassen.«

Als der Zar nicht antwortete, drehte sich Boris verwundert zu ihm um. Das Gesicht seines Herrschers spiegelte wider, dass er mit einer Entscheidung rang.

»Ja«, sagte der Zar endlich, schlug den Kragen seines Mantels hoch und seine Gesichtszüge verschwanden hinter dem abgetragenen Wollfilz. »Halt ihn an. Und finde heraus, was er hier macht.« Er wich in den Schutz eines Baumes zurück.

Boris hob beide Arme über den Kopf. »Auf Befehl des Zaren!«, rief er. »Herkommen!«

Nach kurzem Zögern lenkte der Mann sein Reittier in seine Richtung. Er trug die Uniform eines Reiterregiments und seine Abzeichen wiesen ihn als Offizier aus. Boris war in all seinen Dienstjahren nicht über den Rang eines einfachen Soldaten hinausgekommen.

»Wer bist du, Soldat, dass du es wagst, einen Kurier des Zaren aufzuhalten?«

»Der Zar verlangt das Pferd.«

Der Offizier lachte.

Es überraschte Boris nicht, dass der Mann ihm nicht glaubte. Er drehte sich zum Zaren um. »Majestät«, bat er vorsichtig.

Der Zar stieß ein ärgerliches Schnauben aus. Boris hörte an einem leisen hohen Summen, dass er die Waffe aktivierte. Ihr leises Summen wurde stetig höher. Schließlich trat der Zar hinter dem Baum hervor, die Pistole hinter seinem Rücken versteckt.

Mit einem Mal strahlte die ganze Haltung des Zaren etwas Gebieterisches und Selbstbewusstes aus. Jeder Zoll ein Herrscher.

»Du bleibst zurück«, raunte der Zar Boris zu und wandte sich an den Kurier:

»Wir sind Zar Nikolaus II. von Russland. Wir wünschen

deinen Namen und Rang zu erfahren und wie dein Auftrag lautet.«

»Leutnant Orloff. Kurier im Dienst des Zaren«, erwiderte der Reiter. »Ich bin auf dem Weg nach Perm mit einer Depesche für Major Rysakow.«

»Herzeigen!«

Plötzlich misstrauisch geworden, zögerte der Kurier. Der Zar riss die Waffe vor, zielte aufs Herz und drückte ab. Der Kurier fiel zu Boden. Der Zar blickte auf den Mann, dann auf die Pistole und strich seltsam nachdenklich über ihren Lauf. Mit einem Seufzer aktivierte er sie erneut. Boris überlegte, ob er seinen Herrscher darauf hinweisen sollte, dass ein weiterer Schuss nicht notwendig sei, der Kurier war tot. Der Zar durchsuchte die Taschen des Toten, fand ein versiegeltes Schriftstück und las es. Boris konnte erkennen, dass die Depesche nur wenige Zeilen lang war. Der Zar starrte ungewöhnlich lang auf die kurze Botschaft. Das Sirren der Pistole war längst so hoch geworden, dass es nur noch für Boris hörbar war.

»Mein Herr?«, wagte Boris zu fragen.

Der Zar nahm die Zügel des Pferdes, faltete die Depesche zusammen, steckte sie ein und wandte Boris den Rücken zu.

»Mein Herr?«

»Es schmerzt Uns, aufrichtige Treue derart treulos zu entlohnen«, sagte der Zar und Boris war sich nicht sicher, ob er oder das Pferd angesprochen wurde. »Unter anderen Umständen hätten Wir dir einen Orden verliehen, indes sind die Dinge, wie sie sind. Wir haben nur ein Reittier und selbst bei zweien … Wir bezweifeln, dass so ein Pferd dich tragen könnte. Zudem drängt die Zeit. Du darfst unseren Feinden nicht in die Hände fallen. Du weißt zu viel. Du hast Uns gesehen, weißt, wo Wir hinwollen.«

Langsam drehte sich der Zar zu ihm um. Die schussbereite Waffe zielte auf seine Brust. Der Zar hatte recht: Er war Russlands größtes Militärgeheimnis und durfte dem

Feind nicht in die Hände fallen. In einem ungewohnten Moment der Klarheit erinnerte er sich, dass ihm diese Worte im Lazarett eingeschärft worden waren.

»Wir bedauern, dich auf diese Art aus Unserem Dienst zu entlassen«, sagte der Zar und drückte ab. Boris spürte, wie die Kugel ihn traf, sah den Blutfleck auf seiner Brust. Seine Knie gaben nach, das Herz schlug schneller, um den Blutverlust auszugleichen, mit dem einzigen Erfolg, dass der dunkle Fleck noch schneller größer wurde. Die Kartusche jagte Energieentladungen durch den Körper, als wäre sie mit Boris' Tod nicht einverstanden. In seinem Nacken brannte ein winziger Punkt. Sein Bewusstsein schwand, die Beine gaben nach. Er sank auf die Knie. Vor ihm stand der Zar, wirkte verschwommen und schemenhaft. Er trat auf ihn zu. Die Waffe Summte erneut. Ihre Mündung wurde auf seine Stirn gedrückt.

»Lang lebe ...«, sagte Boris und sackte zur Seite.

Der Zar beugte sich über ihn, legte seine Finger auf seine Halsschlagader. Nach ein paar Sekunden richtete er sich zufrieden auf, bestieg das Pferd und ritt davon.

Alles um Boris herum wirkte schemenhaft und dunkel, Energieblitze und Plasmaentladungen zuckten, ohne die Umgebung zu erhellen. War das die Hölle, die jedem Toten bevorstand, oder war sie allein ihm vorbehalten? *Aus dem Dienst entlassen?* Warum hatte der Zar ihn nicht als Soldaten sterben lassen?

Ein hungriges Knurren ließ ihn aufblicken. Ein Rudel Wölfe machte sich über den Kurier des Zaren her.

Als der Mond aufging, hatte das Rudel die Mahlzeit beendet, alles Fleisch war vertilgt, Knochen geknackt und das Mark verzehrt. Boris' Hoffnung, sie würden ihn genauso restlos vom Antlitz der Einöde tilgen, erfüllte sich nicht. Die größeren Tiere wagten sich an ihn heran, vorsichtig und mit eingekniffenen Schwänzen. Kaum hatten sie an ihm geschnüffelt, jaulten sie auf und preschten davon. Das restliche Rudel ließ sich von der Panik anstecken und kurz darauf war Boris allein. Nicht einmal als Wolfsfutter taugte er. Die Kartusche blinkte. Ihr verhasstes Licht blendete sogar bei geschlossenen Augen. Er hob eine Hand und tastete nach der Wunde, die ihn eigentlich hätte umbringen müssen. Eine Substanz quoll heraus. Sie fühlte sich leicht klebrig und nachgiebig an. Zumindest war der dunkle Fleck darum aus Blut. Er wartete darauf, endlich sterben zu dürfen. Zu leben hieße, den Wunsch des Zaren zu missachten und es gab nichts mehr, was ihm mit dem Leben verband. Alles, was ihn einst ausgemacht hatte, existierte nicht länger. Er war kein richtiger Mensch mehr, kein Soldat und sein Treueschwur war vom Zaren aufgelöst worden. Doch der Tod wollte ihn einfach nicht erlösen. Es musste an der Kartusche liegen, sie wollte ihn nicht sterben lassen. Mit der Linken tastete er nach einem Stein. Möglichst groß, möglichst scharfkantig. Als er einen hatte, schloss er die Faust darum, fuhr mit seinem Daumen über die scharfe Kante und schlug dann mit aller Kraft gegen die Glasummantelung der Kartusche.

Sie brach nicht. Die Erschütterung jagte Kaskaden durch seinen Körper, aber das Glas blieb unversehrt. Er holte erneut aus.

Ein drittes Mal.

Beim siebten Versuch gab es einen Knall, gefolgt von Zischen und einem hellen Lichtblitz.

War es das? Hatte er es geschafft? Sein Denken wurde träge wie das kalte Wasser eines Sees, Sekunden bevor es zu Eis erstarrte. Die Zahnräder in seinem Arm begannen zu rattern. Die hydraulischen Gelenke seines metallischen Skeletts setzten sich in Bewegung. Erst zitternd, unwirsch gegen das verklumpte Öl ankämpfend. Kleine verborgene Schalter legten sich eigenständig um, schlossen Stromkreise, produzierten Wärme und das Öl wurde wieder weich und geschmeidig. Boris war zu erschöpft, um einen Muskel zu bewegen, die Mechanik nahm hingegen ihre Arbeit auf. Seilzüge surrten, Hebel bewegten Scharniere, Metallbeine standen auf und die Maschine zwang den menschlichen Rest, den sie umschloss, den sie durchdrang, ihren Bewegungen zu folgen. Müde und benommen versuchte Boris gegen das Surren in seinem Kopf anzukämpfen. Ihm entglitt die Kontrolle.

Boris wanderte. Tag und Nacht. Setzte Stunde um Stunde einen Fuß vor den anderen und war sich der Verfassung, in der er sich befand, nicht bewusst. In seinem Kopf herrschte Nebel. Die Energiekartusche blinkte und leuchtete so hell wie seit Langem nicht mehr, bewegte Zahnräder, Hebel und Radlager mit gnadenloser Präzision.

Die Maschine lief weiter. Bis sie ihr geheimes Ziel erreichte. Dort blieb sie stehen.

Das Blausteinlager

Olga

Eine Ohrfeige holte Olga ins Bewusstsein zurück. Über ihr stand Johann.

»So, du Mistgöre, du hast mir einiges zu erzählen«, sagte er und schlug ein zweites Mal zu. »Wird's bald?«

»Es tut mir leid«, sagte Olga. Sie war so verängstigt, dass sie den Schmerz kaum spürte.

»Das ist schon mal ein guter Anfang«, sagte Johann. »Und weiter?«

»Ich tue es nie wieder?«

Wollte er das hören?

»Woher kennst du den transhumanen Homunkel?«

»Ich wollte ihn klauen«, legte sie sich eine Ausrede zurecht.

»Ja?«

»Aldin und Mirkan hatten ihn gefunden, aber da wusste ich nicht, dass es Aldin und Mirkan waren. Sie haben sich gestritten. Mirkan hat darauf bestanden, die Beute bei dir abzuliefern, Aldin wollte alles für sich behalten. Sie haben sich gehauen und ich bin mit Boris weggelaufen. Dabei habe ich mich am Kopf gestoßen. Als ich aufwachte, war Boris nicht mehr da. Ich habe ihn gesucht, aber nur den Doppelgänger-Zar gefunden.«

Olga wagte einen Blick. Glaubte Johann ihr?

»So?« machte Johann. »Dann erklär mir, warum du den Kerl warnen wolltest.«

Das stellte in der Tat einen Schwachpunkt in Olgas Version dar.

»Ich habe ihm natürlich nicht gesagt, dass ich ihn klauen will. Ich sagte, ich würde ihn retten. Dann hätte er mir nichts getan, wenn er sich wieder hätte bewegen können. Als er hier auftauchte, dachte ich, er wäre hier, um mich zu befreien, und das ginge ja nicht, wenn er ebenfalls ein Gefangener wäre.«

Johann betrachtete sie nachdenklich.

»Du hast Glück«, sagte er. »Ich glaube dir ...«

Olga wollte schon heimlich aufatmen, aber der Aasgeier war noch nicht fertig.

»... und da dir meine Gastfreundschaft nicht weit genug geht, wird dich jemand in unser Erholungslager bringen. Wolfgang, geh Jean-Claude holen.«

Wolfgang sah seinen Bruder entsetzt an.

»Hast du den Verstand verloren? Den weiten Weg für nur eine Gefangene? Ist dir entgangen, dass wir so gut wie keine Leute haben? Vier sind tot, die drei vom Blausteinlager längst überfällig. Wir können das Pack da draußen jetzt schon kaum in Schach halten. Und du willst Jean-Claude wegschicken? Bring das Gör um und gut ist.«

»Sei lieber vorsichtig«, sagte Johann scharf. »Die Arbeiter sind brav wie Lämmer. Der transhumane Homunkel gehorcht aufs Wort. Der schuftet seit Stunden, ohne zu murren. Stell den als Wache auf und keiner wird es wagen, aufzumucken.«

»Bist du des Wahnsinns? Was ist, wenn der dahinterkommt, dass unser Zar nicht echt ist? Oder schlimmer: Niki beschließt, ihm zu befehlen, uns alle kaltzumachen.«

»Niki wird ihn nicht zu Gesicht bekommen. Es ist nicht als Dauerlösung gedacht. Ich weiß, wie wir schnell zu Geld für neue Homunkel kommen. Hast du den Quantenakkumulator in seinem Arm gesehen? Das muss ein ganz neues Modell sein. Ich tippe auf Militärtechnologie. Könnte was für Rysakow sein. Den biete ich ihm im Austausch für Homunkel an. Zwanzig dürften drin sein. Von Karel besorge ich mir einen normalen Akkumulator, dann können wir den Idioten weiterbetreiben.«

»Habe ich das richtig verstanden, du willst schon wieder nach Perm?«

»Kannst du Rysakow oder Karel oder zwanzig Homunkel hier irgendwo sehen?«

»Und wann?« Wolfgang starrte seinen Bruder an.

»Sofort.«

»Johann, bitte. Du haust ab, Jean-Claude schickst du weg … Wir sind dann nur zu zweit. Wie stellst du dir das vor? Erschieß das Gör, prügle sie zu Tode oder wirf sie über die Klippe. Du wirst eine Neue finden. Aber lass Jean-Claude hier.«

»Wolfgang, du bist ein Dummkopf.« Johann tippte seinem Bruder an die Stirn. »Keinen Funken Verstand da drin. Jean-Claude ist mit seinem gebrochenen Arm keine große Hilfe. Er löst Aldin ab. Und zwei Homunkel soll er mitbringen, den dritten kann Jean-Claude dortbehalten. Das dauert längstens eine Woche, bis die hier sind. Und jetzt geh los und sag ihm, er soll sich zum Aufbruch bereit machen.«

Wolfgang verließ die Hütte und Johann wandte sich wieder Olga zu.

»Ich dachte, ich wäre nett zu dir gewesen«, sagte er. »Ich mag es nicht, wenn das nicht gewürdigt wird.«

Johann schien auf eine Erwiderung zu warten. Selbst wenn Olga gewusst hätte, was sie sagen müsste, um nicht geschlagen zu werden, sie konnte vor Angst nicht sprechen. Zu ihrem Glück kam Jean-Claude ins Zimmer gestürmt, dicht gefolgt von Wolfgang.

»Johann, ist das wahr? Du schickst mich ins Blausteinlager?«

Johann sah den Aasgeier kalt an. »Bist du reisefertig?«

»Ist es wegen dem hier?« Er zeigte auf seinen gebrochenen Arm. »Ich kann meinen Dienst genauso gut wie vorher verrichten. Du brauchst mich hier. Du hast nicht genug Männer, um die Arbeiter in Schach zu halten.«

»Stimmt«, sagte Johann.

»Bitte. Ich bin nicht an der Reihe!«

Jean-Claude war sehr blass geworden und sah seinen Anführer flehend an. Olga rechnete damit, dass Johann wütend werden würde, stattdessen trat er sanft lächelnd zu dem Aasgeier und legte ihm mitfühlend eine Hand auf die Schulter.

»Du kannst den Regenerator haben, außerdem werden wir bald über Homunkel im Überfluss verfügen. Bessere Homunkel. Dann muss keiner das Blausteinlager beaufsichtigen.«

»Wo sollen die herkommen? Du sagst selbst, Karel kann nicht … Ahhhhh!«

Jean-Claudes Satz endete in einem Schrei. Johanns Hand war von der Schulter zu seinem gebrochenen Arm gewandert und drückte zu.

»Schon gut! Schon gut«, Jean-Claude ging keuchend in die Knie. »Wir werden bald bessere Homunkel haben.«

Eine Viertelstunde später war Jean-Claude aufbruchbereit. Sein gebrochener Arm steckte in einen sehr großen Verband, er tauschte Olgas Fußfesseln gegen einen Eisenring für den Hals aus und sie machten sich auf den Weg. Als das Bergwerk außer Sicht- und Hörweite war, wagte Olga einen Fluchtversuch.

»Tut dein Arm sehr weh?«, fragte sie, um einen Grund zum Stehenbleiben zu haben und näher an den Aasgeier heranzukommen.

Jean-Claude zischte sie an. »Schnauze! Und beweg dich!«

Er glaubte ihr die Anteilnahme nicht und schubste sie. Olga stolperte einen Schritt weiter und blieb erneut stehen.

»Glaubst du, dein Arm heilt schnell genug? Weil, dann müsstest du nicht im Blausteinlager bleiben. Du kannst die Homunkel genauso gut wie Aldin zurückbringen.«

»Halt die Fresse, du kleine Kröte!«

Diesmal riss er an der Kette und der Ring um ihren Hals drückte auf ihre Luftröhre. Olga gab nicht auf.

»Ich kenne einen hier in der Gegend«, redete sie weiter, »der kann machen, dass dein Arm sofort wieder heilt. Der ist fast ein richtiger Arzt, weißt du? Johann wird es recht sein. Aldin ist ein Verräter, der ihn beklauen wollte. Das weiß ich, ich war dabei. Lass mich laufen und ich sage dir, wo der Arzt ist.«

Jean-Claude riss sie an der Kette zu sich heran und packte sie an der Gurgel.

»Hast du ein Glück, dass ich dir kein Wort glaube. Ich würde sonst die Information aus dir herausprügeln.«

Olga konzentrierte sich darauf, Schmerz und Angst nicht die Oberhand gewinnen zu lassen. Ihre Hände tasteten eilig die Taschen des Aasgeiers ab. Er musste den verdammten Schlüssel bei sich haben.

»Ja«, sagte sie, um Zeit zu gewinnen. »Ich meinte, lass mich laufen, wenn dein Arm wieder ganz ist.«

»Die Gegend ist verlassen. Hier wohnt keiner. Schon gar kein Arzt.«

Hatte dieser Mann denn gar nichts in den Taschen, oder stellte sie sich zu ungeschickt an? Verdammt! Jean-Claudes Gesicht war ganz dicht vor ihrem. Er funkelte sie böse an und der Griff um ihre Kehle verstärkte sich. Olga holte aus und schlug mit der Faust auf seinen gebrochenen Arm. Es war nicht der Aasgeier, der vor Schmerz aufschrie, sondern sie. Unter dem Verband schepperte Metall. Der Aasgeier lachte auf und stieß sie von sich.

»Ein Regenerator«, sagte er und schob eine Lage des Verbandes zur Seite. Darunter kamen Kupfer und Messing zum Vorschein, oben eine Reihe Anzeigen und Lämpchen. Keines von ihnen leuchtete.

»Die neueste Technik aus Deutschland! Wie du siehst, sorgt Johann für seine Leute.«

»Ja, toll«, erwiderte Olga mürrisch, rappelte sich auf die Beine und achtete darauf, außerhalb der Reichweite des Aasgeiers zu bleiben. »Nur dass sie nicht funktioniert.«

Sie deutete auf die dunklen Lämpchen.

Jean-Claude warf einen Blick auf den Regenerator, seine Augen weiteten sich entsetzt. Hastig riss er die Bandage herunter und drehte an einem Regler. Kurz darauf flackerten die Lämpchen auf.

Diesen Moment nutzte Olga, um den abgelenkten Aasgeier anzugreifen. Sie stürmte vor, warf sich mit aller Kraft gegen ihn, damit er strauchelte und den Abhang hinunterstürzte. Jean-Claude geriet nicht einmal ins Wanken. Mit seinem gesunden Arm holte er aus und schlug ihr mit der Faust in den Nacken. Olga ging zu Boden. Der Aasgeier half ihr mit Tritten wieder auf und es ging weiter.

Olga versuchte sich zu orientieren; zu wissen, wo man sich befand, war nützlich, wenn man eine Flucht plante. Die Gegend kam ihr unbekannt vor und je tiefer sie hinabstiegen, umso mehr verwandelte sich die Landschaft. Oberhalb der Baumgrenze war es nicht so ausgeprägt, dort konnte man übersehen, dass kein Tier Spuren im Schnee hinterlassen hatte und nicht ein Vogel am Himmel kreiste. Als sie die ersten Bäume erreichten, war es unübersehbar: Alle Stämme waren mit unheilvollen Beulen übersät. Auf den ersten Blick hätte man sie für Pilze halten können, bei näherem Hinsehen erkannte man, es waren Blasen oder Geschwüre aus blau schimmerndem Harz. Einmal glaubte Olga, im Inneren einer dieser Blasen eine Bewegung gesehen zu haben. Vielleicht waren das Nester, in denen Dämonen heranwuchsen. Sie hatte sich nie gefragt, wie sie sich vermehrten. Vielleicht legten sie Eier in Bäume und die Bäume wurden dabei schwarz und starben ab.

»Wo sind wir?«, fragte sie beklommen.

»Warte es ab«, erwiderte Jean-Claude gehässig. »Es wird noch besser.«

Zu Olgas Verwunderung wurde es tatsächlich besser und nicht schrecklicher. Am dritten Tag der Wanderung ließen sie den letzten der unheimlichen Bäume hinter sich. Vor ihnen erstreckte sich eine Ebene, deren Eintönigkeit nur von Felsbrocken und ein paar jungen Bäumchen durchbrochen wurde, keines älter als ein paar Jahre. Olga fand, im Vergleich zu den blauschwarzen Geschwüren war das tatsächlich eine Verbesserung. Jean-Claudes Laune hingegen wurde so schlecht, dass er sogar aufhörte, sie an Olga auszulassen. Er holte oft einen kugelförmigen Gegenstand hervor und betrachtete ihn besorgt, bevor er ihn wieder unter seinem Mantel verschwinden ließ.

»Wir sind in der Todeszone«, sagte er, als sie abends das Lager aufschlugen und er wieder einmal die Kugel anstarrte.

»Todeszone?«, fragte Olga unbehaglich.

Sie hörte den Aasgeier böse lachen.

»Du wirst noch rausfinden, was das ist.«

»Du musst genauso wie ich in die Todeszone«, gab sie trotzig zurück. »Wenn die mich totmacht, dann macht sie dich auch tot.«

Jean-Claude schnaubte und ließ die Kugel vor ihrer Nase hin und her baumeln. Sie surrte leise und ein paar kleine rote Lämpchen blinkten.

»Eine Erfindung aus Cöln«, verkündete er. »Ein Strahlenfresser. Der schützt vor der Todeszone.«

Als Olga das Blausteinlager sah, verstand sie, warum wenige Männer zu Bewachung ausreichten: Es befand sich in einem riesigen Krater. Dessen gewölbten Wände waren glatt und es wirkte, als hätte eine gewaltige Kugel ein Loch ins Erdreich geschmolzen. Auf dem Boden dieses Kessels drängten sich eine Handvoll Hütten eng zusammen. Eine einzelne stand oben am Kraterrand. Von ihr aus führte ein schmaler Weg in den Kessel.

Vor der Hütte am Kraterrand hielt ein Homunkel Wache. Die Tür öffnete sich und Aldin kam heraus.

»Die Ablösung!«, sagte er. »Wurde Zeit.«

Jean-Claude verzog den Mund und griff unbewusst nach seinem verletzten Arm.

»Klar, die Ablösung.«

»Warum du? Ibrahim wäre an der Reihe gewesen.«

»Wir hatten einen Zwischenfall. Da ist so eine Art Super-Homunkel aufgetaucht. Hat uns aufgemischt. Ibrahim ist tot. Der Super-Homunkel hätte uns alle mit Leichtigkeit umbringen können. Johann glaubt, er hat ihn unter Kontrolle. Ich bin mir da nicht so sicher. Wenn du also lieber hierbleiben willst ...«

Aldin lachte.

»Netter Versuch.«

»Vielleicht solltet ihr beide zurück«, mischte sich Olga ein.

»Halt den Mund«, sagte Jean-Claude, es klang halbherzig.

»Du willst Aldin wahrscheinlich keine Angst machen«, redete Olga weiter, »doch du warst dabei, als Boris vier von euch besiegt hat. Gerade deswegen wäre es wichtiger, dass du dort bist. Du hast Erfahrung mit ihm.«

Aldin grinste und zwinkerte Jean-Claude zu.

»Die versucht es mit allen Mitteln, was? Schade nur, dass Johann keinen Spaß versteht, wenn man gegen seine Befehle verstößt.«

»Was mir wirklich Sorgen macht«, redete Olga weiter. »Johann will Boris gegen eine Armee von Dämonen-Homunkel eintauschen. Homunkel, die viel besser sind als die, die ihr habt. Euch braucht er dann nicht mehr, weil die besser sind als ihr. Und teilen muss er mit ihnen auch nicht.«

»Unsinn«, sagte Jean-Claude ohne Überzeugung.

Aldins Grinsen wurde leicht schief. Möglicherweise erinnerte er sich in diesem Moment an den Soldaten, den er und Mirkan gefunden hatten. Olga half seinem Gedächtnis auf die Sprünge.

»Aldin, du musst Jean-Claude überreden, mitzukommen. Johann hat herausgefunden, dass du Boris schon begegnet bist, und er glaubt, du wolltest ihn für dich behalten und nicht mit Johann teilen. Er will dich bestimmt totmachen.«

Sie sah den Aasgeier eindringlich mit großen Augen an und beobachtete, wie er erbleichte.

»Ich glaube, er will euch beide loswerden. Ihr müsst euch zusammentun.«

Die beiden Aasgeier wechselten Blicke.

»Spuren die?«, fragte Jean-Claude und wies mit einem Nicken auf den Homunkel. »Meinst du, es reicht, wenn wir einen zurücklassen?«

Aldin schüttelte den Kopf.

»Funktioniert nicht. Die gehorchen aufs Wort, sind dafür dumm wie Stroh. Wenn du denen nicht täglich sagst, was sie machen sollen, dann haben sie es am nächsten Morgen vergessen und stehen blöd in der Gegend rum. Johann hat echt die miesesten Homunkel aufgetrieben, die es gibt.«

»War bestimmt Absicht«, warf Olga ein.

Die beiden Aasgeier schwiegen und überlegten, was sie tun sollten.

»Was meinst du, ist da was dran?«

In Jean-Claudes Gesicht arbeitete es.

»Auf jeden Fall sollten wir beide zusammenhalten«, sagte er und warf Aldin einen zweifelnden Blick zu.

»Ja, sicher«, beeilte sich Aldin zu erwidern.

»Gut. Machen wir es folgendermaßen: Wir tun, als wäre alles in Ordnung. Ich bleibe hier und du gehst zurück. Lass dir nicht anmerken, dass wir beide unter einer Decke stekken. So schnell wird Johann nicht mit neuen Homunkeln auftauchen, wir haben also Zeit. Du erzählst ihm, dass mein Arm wieder geheilt ist, und deutest an, es wäre eine gute Idee, mich schnell abzulösen.«

Aldin nickte und begann, eilig seine Sachen zusammenzupacken.

Jean-Claude nahm Olga die Ketten ab und ein Homunkel brachte sie ins Blausteinlager. Die Treppe war schmal, die Kraterwände glatt, glänzten, als wären sie mit dunkelblauem Glas überzogen. Es wurde wärmer, je weiter sie nach unten kamen. Die Luft bekam einen metallischen, sauren Geschmack. Olgas Lippen fingen an zu kribbeln.

»Haben das Dämonen gemacht?«, fragte Olga. Reden half ihr, nicht von Panik überwältigt zu werden.

Der Hang wurde weniger steil und die Stufen endeten. Olga schlitterte über den Boden Der Homunkel-Dämon drehte sich um und machte sich auf den Rückweg. Verzweifelt sah sie ihm nach, starrte seinen deformierten Hinterkopf an. So zögerte sie den Moment hinaus, wo sie sich dem stellen musste, was vor ihr lag, was in diesem Kessel auf sie wartete. Warum hatten alle vor dem Blausteinlager mehr Angst als vor dem Bergwerk? Und wie würden die Gefangenen hier sie in Empfang nehmen? Wäre man wenigstens ein bisschen nett zu ihr? Vorsichtig drehte sie den Kopf. Beinahe hätte sie angenommen, das fürchterliche Dorf sei ausgestorben, als von irgendwoher ein Husten kam. Ein Husten, das sich anders anhörte als im Bergwerk. Es klang, als würde es sehr wehtun. Olga schauderte. Und auf einmal zeigten sich einige Bewohner des Blausteinlagers. Sie huschten durch die engen Gassen, eilten dahin, wo das Husten herkam – und dann: ein dumpfer Schlag, ein lautes Knacken. Das Husten verstummte. Stille. Für einen kurzen Augenblick. Als hätten die restlichen Gefangenen nur darauf gewartet, dass der Schlag das Husten beendete, öffneten sich Türen. Zerlumpte Gestalten humpelten hinaus und eilten dem Ort des Geschehens zu. Eine Frau hielt kurz inne, sah schnell zu Olga, bevor sie hinter den Hütten verschwand. Olga erkannte sie wieder, es war Uljana, die Frau, die Aldin mitgenommen hatte. Er schien sie nicht mehr gern zu haben. Die Geräusche, die jetzt zu ihr herüberdrangen, waren schlimmer als das Husten, schlimmer als die Stille nach dem Schlag. Es klang, als würden Fleisch und Knochen mit bloßen Händen auseinandergerissen.

Nach einer Weile wurden das Reißen und Knacken leiser. Jemand hämmerte auf einen Gong ein und eine Gruppe Männer kam und lief auf Olga zu. Ihre Kleidung war voller Blut und schaumiger blauer Fetzen. Olga versuchte zu fliehen, in ihrer Panik weigerten sich ihre Füße zu gehorchen, fanden keinen Halt auf dem glatten Boden. Zu ihrem Glück hatten die Männer ein anderes Ziel. Nach und nach kamen weitere Menschen – Hunderte ausgemergelte, gebeugte Gestalten. Viele von ihnen hatten blau verfärbte Augen, manche gingen am Stock oder an Krücken. Diese blieben am Rand des schrecklichen Dorfes stehen und verfolgten die Gruppe Männer mit ihren Blicken.

Nein, stellte Olga fest, *sie starrten nicht die Gruppe an, sie sahen nach oben, zur Hütte der Aasgeier.*

Sie drehte sich um und erkannte, dass drei Homunkel die Treppe nach unten liefen. Zwei hatten Gewehre im Anschlag, einer trug einen Sack.

Unwillkürlich schob sich Olga von der Treppe weg, kam auf die Beine und wich zitternd zurück, bis sie gegen einen fremden Körper stieß. Eine Hand legte sich auf ihre Schulter.

»Es sind Dämonen«, sagte eine dünne Stimme, »und jetzt füttern sie uns.«

Olga schaute hoch.

»Yegor!«, rief sie aus und fiel ihm vor Erleichterung um den Hals.

Der Soldat schrie auf, stürzte, seine Krücken schlitterten scheppernd über den Boden. Der Geruch von Verwesung raubte Olga den Atem. Sie entdeckte den verkrusteten Verband um Yegors Bein.

Der Soldat lag auf dem Rücken, stieß den Atem keuchend zwischen den Zähnen hervor. Er sah Olga an, den Mund tapfer zu einem Lächeln verzogen, um sich die Schmerzen nicht anmerken zu lassen, ein Lächeln, das einer gequälten Grimasse gleichkam. Das Weiß seiner Augen war nicht blau, dafür gelb und von geplatzten roten Äderchen durchzogen.

»Hilf mir auf«, keuchte er, »sonst denken die, bei mir ist es so weit. Die weiden einen bei lebendigem Leib aus.«

Olga legte sich seinen Arm um die Schultern und mühte sich ab, Yegor auf die Beine zu bekommen. Die Umstehenden schenkten ihnen nur kurz Beachtung, behielten lieber die drei Homunkel im Blick, die den Abstieg fast geschafft hatten.

Als Yegor stand, holte sie seine Krücken. Inzwischen hatten die Homunkel den Talkessel erreicht und die Menge wurde unruhig.

»Du musst dich ausruhen«, sagte Olga.

»Nein, noch nicht«, widersprach Yegor. »Jetzt wird das Essen verteilt.« Er nickte in Richtung der Homunkel.

Olga drehte sich um. Zwei Homunkel zielten mit ihren Waffen auf die zurückgebliebenen Gefangenen, der mit dem Sack holte eine Metallschale hervor. Die Männer öffneten einer nach dem anderen ihre Fäuste über der Schale und es klirrte, als ließen sie kleine Steine hineinfallen. Danach griff der Homunkel in den Sack und drückte jedem einige Klumpen Brot in die Hand.

»Wenn die Jäger ihr Essen haben, sind wir dran«, sagte Yegor. »Du musst aufpassen, dass wir nicht leer ausgehen.«

In der Tat, nachdem die kleine Gruppe versorgt und schnell mit ihrer Ration verschwunden war, kamen die Homunkel auf den wartenden Rest zu. Sie warfen mit Brotscheiben und Hunderte Hände streckten sich ihnen entgegen.

Olga wurde beinahe zerdrückt und konnte am Ende zwei Scheiben ergattern. Ausgehungert stopfte sie sich eine davon in den Mund und lutschte darauf herum, bis sie weich genug zum Kauen war. Yegor, der sich schwankend an seine Krücken klammerte, hatte nichts abbekommen.

»Hier, die hab ich für dich gefangen.«

Yegor sah sie an, als stünde eine überirdische Erscheinung vor ihm, als sie ihm das Stückchen Brot reichte.

Als die Homunkel mit leerem Sack abzogen, zerstreute sich die Menge. Yegor stützte sich auf Olga und lotste sie zur Hütte, in der sein Bett stand. Stöhnend ließ er sich fallen.

»Ich mach es nicht mehr lange«, sagte er schwach, schloss die Augen und verlor das Bewusstsein.

Dadurch entband er Olga davon, ihm aufmunternde Worte zu sagen, die sie selbst nicht glaubte. Um Yegor stand es schlecht und sie fürchtete, er würde nie wieder aufwachen. Hilflos schaute sie sich um. Der Raum füllte sich mit Menschen, die auf ihre Lager zusteuerten. Jenseits des Kraters brach die Nacht herein. Was in den Kessel hineinbrach, war schrecklicher. Es wurde nicht dunkel, es wurde *blau*.

Olga rollte sich neben Yegors Bett zusammen, drückte sich ganz nah an die Wand und hoffte auf ein Wunder.

»Willkommen in der Hölle!«

Olga schreckte hoch. Sie hob den Kopf und stellte fest, dass Yegor sie matt anlächelte.

»Wie geht es dir?«, fragte sie. Dabei brauchte sie ihn nur anzusehen, um zu wissen, wie es um ihn stand. Er setzte zu einer Antwort an. Ein Hustenanfall erstickte seine Worte. In den Betten ringsumher hoben sich Köpfe.

»Es ist das Fieber!«, schrie Yegor mit mehr Kraft, als sie ihm zugetraut hatte. Der Soldat griff nach seiner Krücke und schwang sie drohend. »Das habe ich euch tausendmal gesagt! Es ist das Fieber, und nicht die *Krankheit!*«

Olga musste sich ducken, um nicht von der Krücke getroffen zu werden. Sogar den anderen schien er einen gewissen Respekt einzuflößen, die Köpfe wurden wieder gesenkt und die Blicke abgewandt. Yegor verzog vor Schmerz das Gesicht und sank ermattet zurück.

»Welche Krankheit?«, fragte sie vorsichtig, obwohl sie sich sicher war, dass sie es nicht wissen wollte. Hier gab es keine tröstenden Antworten.

»Glaub mir«, sagte Yegor schwach, »das willst du nicht hören.«

Olga holte erleichtert Luft.

»Aber da du es ja sowieso erfahren wirst ... Alle hier im Krater bekommen die Krankheit, manche früher, manche später. Sie kommt von dem blauen Leuchten. Ist dir das schon aufgefallen? Es ist, als hätte es keine Quelle, käme aus der Luft selbst.«

Olga nickte und warf einen ängstlichen Blick zur Tür.

»Was macht die Krankheit mit einem?«

Yegor lachte kurz und bitter auf – das Lachen wandelte sich zu einem Hustenanfall. Erneut hoben sich Köpfe. Wie in Trance griff der Soldat nach der Krücke, dieses Mal schüttelte ihn der Anfall so sehr, dass seine zitternden Hände sie nicht greifen konnten. Olga packte sich die Krücke und sprang auf.

»Lasst Yegor in Ruhe oder ich haue euch!«, rief sie. »Ich ... ich ... ich bin sehr stark, wisst ihr? Und ich habe einen Freund, der ist ein Bogatyr und noch viel stärker. Er ist bestimmt gleich da. Und wenn ihr Yegor oder mir wehtut, dann haut er euch!«

Sie bekam keine Antwort, wenigstens wichen alle Zuhörer zurück.

»Und ich kenne den Zaren!«, fuhr sie fort. »Also lasst Yegor in Ruhe!«

»Ich hätte es wissen müssen«, sagte Yegor, lächelte, als könnte er sein Glück nicht fassen. »Es ist nicht alles verloren. Wenn du auch noch Beine amputieren kannst, dann habe sogar ich eine Chance.«

Im ersten Moment begriff sie nicht, worauf er hinauswollte. Er sah sie sehnsüchtig und flehend an. Dann begriff sie, um was er sie bat.

»Jemand soll dein krankes Bein abmachen?«, fragte sie. »Aber ... aber ... das wird ganz schrecklich wehtun.«

»Das ist egal«, sagte Yegor. »Mach es trotzdem. Ich vertraue dir.«

»Mach ... es ... trotzdem ...?«, wiederholte sie erschrokken. »Du meinst ...«

»Ja, machen wir es am besten gleich. Ich habe keine Ahnung, wie lange ich durchhalte.«

»Gleich?«

»Ich habe alles, was man braucht.«

Er langte unter sein Bett und holte ein Metallstück hervor, das einmal ein Fass zusammengehalten hatte, bevor es angeschliffen und mit schartigen Sägezähnen versehen worden war.

»Ich wollte es allein machen, es ging schief. Ich bin bewusstlos geworden.«

Er hielt ihr auffordernd die selbst gemachte Säge hin. Olga sah sich Hilfe suchend nach allen Seiten um.

»Sie ... sie werden über uns herfallen, wenn ... wenn ...«

Sie versuchte den Kloß im Hals hinunterzuschlucken. Yegor winkte sie näher zu sich heran, damit er ihr ins Ohr flüstern konnte.

»Such dir ein paar aus. Sag ihnen, du würdest sie beschützen, wenn sie dir helfen. So habe ich die erste Zeit hier überlebt. Aber jetzt ... du siehst ja, wie es um mich steht.«

Sie konnte kein Bein abscheiden. Sie wusste gar nicht, wie.

»Das meiste war ausgedacht«, gestand sie. »Ich bin nicht stark.«

Sie sah Yegor an und wartete darauf, dass der Anflug von Hoffnung aus seinem Gesicht verschwand. Das tat er nicht.

»Ja«, seufzte er und schloss die Augen, »dann wirst du länger brauchen, bis du den Knochen durchgesägt hast. Keine Sorge, ich halte das durch. Es kann unmöglich schlimmer werden. Hier«, er drückte ihr die Säge in die Hand, »lass uns anfangen. Ich möchte es hinter mir haben.«

Olga schaute auf das rostige Werkzeug und kämpfte mit den Tränen. Es tat weh, wenn einen ein Bein abgesägt wurde, und sie wollte niemandem wehtun. Aber wenn sie Yegor nicht half, würde er trotzdem Schmerzen haben – und sterben. Sie schaute sich um. Die anderen ließen sie nicht aus den Augen, einige von ihnen waren in der Gruppe gewesen, die Johann übers Gebirge uns Bergwerk gebracht hatte. Sie stand auf und versuchte so tapfer, entschlossen, mutig und stark wie nur möglich auszusehen.

»Ihr habt den Zaren gesehen, ja?«, sagte sie, machte eine

Pause und sah in die Runde. Alle starrten sie argwöhnisch an.

»Äh ... ja«, stammelte sie. »Ja, da war der Zar bei Johann ... und bei mir ... äh ...««

Als erste Reaktion auf Olgas Worte ging ein leises Raunen durch die Hütte.

»Der Zar war ein Gefangener. Und ich ... ich bin Prinzessin, ja? Der Zar ist mein Papa! Aasgeier haben den Zaren ... also meinen Papa ... entführt und nicht gemerkt, dass ich eine Prinzessin bin. Und ich bin hier, um euch zu sagen, dass der Zar bald kommt, um uns zu befreien. Darum macht lieber, was ich sage.«

Olga versuchte zu erkennen, ob man ihr glaubte. Die auf sie gerichteten blau schimmernden Augen machten ihr Angst.

»Und ich ... äh ... könnte Hilfe brauchen ...«, sie stockte. »... Kann jemand ganz schnell sägen?«

Von der Amputation bekam Olga nichts mit. Als die Säge die ersten Haut- und Gewebeschichten durchtrennte, fiel sie in eine gnädige Ohnmacht, aus der sie erst erwachte, als es draußen zu dämmern begann und ein Mann namens Pawel, der das Sägen übernommen hatte, den Verband um Yegors Beinstumpf festzog. Für den Verband war ein halbwegs sauberes Stück Stoff aufgetrieben worden und Olga hatte man auf ein Bett gelegt. Sie rappelte sich hoch und hätte sich beinahe übergeben, denn neben dem Bett lag das abgesägte Bein. Schwärzliches, faulendes Fleisch, ein zerfetzter halber Fuß, viel Eiter und viel Blut.

»Eure Hoheit?«

Olga brauchte einen Moment, bis sie begriff, dass diese Anrede ihr galt.

»Ich? Ja? Geht es Yegor gut? Wird er wieder gesund?«,

»Überlebt hat er. Fragt sich, wie lange.«

Olga seufzte, drehte sich um und spähte durch eine Ritze in der Bretterwand nach draußen, hauptsächlich, um das Bein nicht sehen zu müssen.

Olga wachte neben Yegors Bett und wich den ganzen Tag nicht von seiner Seite. Sie hatte furchtbaren Hunger. Sie beobachtete heimlich ihre Mitgefangenen, ihnen schien es nicht besser zu gehen. Keiner hatte Essbares versteckt. Gegen Mittag erklang draußen ein Husten. In der Hütte wurde ständig gehustet und jedes Mal hoben die Gefangenen die Köpfe und lauschten. Bei diesem wurden sie unruhig, rutschten auf ihren Lagern hin und her, schielten zur Tür, zu Olga und wieder zur Tür. Olga ging zu einem der Fenster und sah hinaus. Ein Mann presste sich gegen eine Hauswand, um nicht umzufallen. Blauer Schaum klebte an seinen Mundwinkeln, durchsetzt mit kleinen, fleischigen Stückchen. Seine Beine gaben nach, er ging zu Boden. Sein Brustkorb sah aufgebläht aus. Olga wandte sich ab, um das nicht länger sehen zu müssen, und merkte, dass Pawel hinter ihr stand.

»Wir werden Verpflegung brauchen, bis Eure Verstärkung eintrifft, Eure königliche Hoheit«, sagte er.

Dankbar für diese Ablenkung, sog Olga die Luft ein.

»Ja, das stimmt.«

»Soll ich mich um alles Notwendige kümmern, Hoheit?«

Das lief besser als erwartet. Es gab also eine Möglichkeit, an Essen zu kommen.

»Ja, tu das.«

Pawel nickte, gab ein *Daumen-hoch-Zeichen* in den Raum und augenblicklich waren alle in Bewegung, die nicht zu schwach zum Laufen waren. Diese Hektik erschreckte Olga und mit Entsetzen erinnerte sie sich an gestern.

Die Meute stürmte hinaus und scharte sich um den Hustenden. Es begann mit leichten Schlägen gegen die Rippen des Kranken, die ihm Schmerzen zu bereiten schienen, viel stärker, als man bei den Hieben erwartet hätte. Der Kranke starrte mit weit aufgerissenen Augen, bewegte nicht einen Muskel, um sich zu schützen. In dem Schaum, den er jetzt aushustete, steckten kleine glitzernde Steine. Wer nicht zu denen gehörte, die den Kranken mit Schlägen traktierten und nah genug war, stürzte sich auf diese blauen Steinchen.

Die Blausteine, schoss es Olga mit Grausen durch den Kopf. *Deswegen heißt es das Blausteinlager!*

Das Husten verstummte, ebenso die Schmerzensschreie, obwohl er am Leben war.

Er schreit, erkannte Olga, *aber er hat keine Luft ... er hat keine Lunge mehr.*

Der Brustkorb des Mannes blähte sich auf, als würde etwas in seinem Inneren nach außen drängen. Einer aus der Meute hatte auf einmal einen Knüppel in der Hand, holte aus und spaltete den Schädel ihres Opfers, einen Sekundenbruchteil bevor dessen Brustkorb auseinandergefetzt wurde.

Olgas Knie gaben nach. Sie sank auf den Boden, wünschte sich, unsichtbar zu sein. Einen Moment später erklangen jene schmatzenden und knackenden Laute, von denen sie gestern nicht gewusst hatte, was sie bedeuteten.

»Ich will hier raus!«, wimmerte sie. »Bitte. Ich will hier raus. *Boris*!«

Die Geräusche verstummten, die Schlachterei war beendet. Die Meute kam in die Hütte, steuerte auf sie zu, kreiste sie ein und starrte sie an.

»War eine gute Ernte.«

Olga kniff die Augen zusammen. Sie wollte nicht sehen, was Pawel und die anderen ihr zeigten und wofür sie anscheinend ein Lob erwarteten. Sie wusste es ohnehin. Es waren Blausteine.

»Hoheit?«

In der Stimme schwang der erste Zweifel mit. Konnte das sein, dass eine Zarentochter auf dem Boden kauerte und heulte?

»Davon können wir alle für einen Tag satt werden«, meldete sich eine zweite Stimme. Olga hielt sich die Ohren zu.

»Die Wachen kommen nicht gern herunter. Sie überlassen lieber uns die Ernte und geben uns im Gegenzug zu essen«, erklärte Pawel.

»Verschwindet«, murmelte Olga unverständlich. »Lasst mich allein.«

»Hoheit?«

Das war mehr als der Hauch eines Zweifels.

»Wir sollten immer zusammenarbeiten«, sagte Uljana, »das ist viel besser und die anderen können uns die Blausteine nicht abjagen.«

Zustimmendes Gemurmel. Na wunderbar. Im Bergwerk hatte sie niemanden dazu bewegen können, mit ihr eine Widerstandsgruppe zu gründen, und im Blausteinlager wurde sie augenblicklich zur Anführerin einer Mörderbande.

»Hoheit, wann genau soll die Verstärkung kommen?«

Argwohn und eine leise Drohung.

»Woher soll ich das wissen!«, schrie Olga, sprang auf und schlug die Hand mit den blauen Kristallen beiseite.

Die Blausteine flogen durch die Luft, kullerten über den Boden. Einige aus der Meute hoben sie hektisch auf, der Rest stand schweigend im Halbkreis um Olga herum und starrte sie finster an.

»Hoheit?«

Es war jetzt keine Frage mehr, auch kein Zweifel oder Argwohn, sondern beißender Spott.

»Ja! Ich bin Prinzessin Olga! Und bald kommt mein Bogatyr und rettet mich! Wenn ihr mich totmacht, wird euch keiner befreien.«

»*Prinzessin* Olga?«, erklang eine schwache Stimme. »Ich hatte ja keine Ahnung. Verzeiht mir, Hoheit. Ich hätte das nicht von Euch verlangen dürfen. Das mit dem Bein, meine ich.«

Alle drehten sich zu Yegor um. Der Soldat war bei Bewusstsein, wenn auch unglaublich blass, und seine Augen glänzten unverändert fiebrig. Olga wollte die Gelegenheit nutzen, um von sich und ihrer verwandtschaftlichen Beziehung abzulenken, wollte zu Yegor eilen, doch der Halbkreis um sie schloss sich wieder.

»So?«, meinte Pawel. »Die Leibwache der Prinzessin besteht aus nur einem Mann?«

»Boris ist stärker als eine Armee! Er hat einen Arm aus Metall«, erwiderte Olga. »Er kann sogar Dämonen besiegen.«

»Ja«, murmelte Yegor schwach und nahezu unverständlich. »Ich habe einen Dämon gekannt. Der hat mir den Fuß abgebissen.« Sein Kopf sackte zur Seite.

Die Stimmung drohte zu kippen.

Pawel nickte seinen Kumpanen zu.

Olga sollte nie erfahren, ob die anderen Gefangenen sie töten oder ihr nur Angst einjagen wollten. Ein Schrei, der abrupt endete, ließ den Mob innehalten. Olgas Angreifer wechselten irritierte Blicke.

»Seht ihr!«, rief Olga. »Das ist mein Bogatyr. Ich habe gesagt, dass er kommt!«

Sie schob sich durch die Meute, die ihr unsicher Platz machte. Als sie die Tür erreichte, zerriss ein Pistolenschuss die Luft. Die Menge eilte ihr hinterher und hätte sie um ein Haar zu Boden gerannt.

Olga stürmte in Richtung Treppe und schrie: »Boris!«

Oben am Kraterrand tauchte Jean-Claude auf, versuchte seine Pistole abzufeuern, die sich noch nicht für den nächsten Schuss aufgeladen hatte. Es war nicht zu sehen, auf wen der Aasgeier feuerte. Er war in Panik, wich vor seinem Angreifer zurück und näherte sich weiter dem Abgrund. Schließlich war seine Waffe bereit, er drückte ab. In den Knall des Schusses mischte sich ein metallischer Klang, als wäre die Kugel von einer Panzerung abgeprallt. Jean-Claude wich weiter zurück – einen Schritt zu viel. Er verlor das Gleichgewicht und stürzte. Sein Schrei verstummte, als er mit dem Kopf auf einer Treppenstufe aufschlug. Sein Körper prallte gegen die Wölbung der Wand, wurde abgebremst, rutschte langsamer werdend in die Senke, bis er unweit der Gruppe Gefangener liegen blieb.

»Die Osmanen?«, murmelte einer zweifelnd.

»Nein!«, schrie Olga. »Das ist mein magischer Ritter. Denkt nie wieder daran, mir oder Yegor wehzutun!«

Oben tauchte eine Gestalt auf. Zuerst war nur der Kopf zu sehen, der sich dunkel gegen den wolkenverhangenen Himmel abhob, dann Schultern, Rumpf und schließlich erreichte sie – massig und bedrohlich – in voller Größe die Treppe. In genau diesem Augenblick riss der Wind eine Lücke in die Wolkendecke, Sonnenstrahlen bahnten sich ihren Weg, fielen auf einen metallenen Arm, der golden aufleuchtete.

Die Meute hielt den Atem an und wich respektvoll vor Olga zurück. Boris begann den Abstieg. Olga rannte ihm entgegen.

»Du bist wirklich gekommen«, rief sie außer sich vor Freude, rutschte auf dem glatten Boden aus, rappelte sich hoch und rannte weiter.

Boris erreichte das Ende der Treppe. Sie hüpfte um ihn herum.

»Du hast nach mir gesucht. Nach *mir*! Haben sie dir im Bergwerk wehgetan? Hast du gemerkt, dass der Zar nicht echt ist?«

Er schien sie nicht wahrzunehmen, aber vielleicht tat er nur so. Da er nicht stehen blieb, sondern weiterlief, nahm sie seine linke Hand und beeilte sich, Schritt zu halten. Die Menschenmenge teilte sich, ließ ihn und Olga durch und folgte ihnen in respektvollem Abstand.

»Ich hatte solche Angst, dass sie dich auseinanderbauen«, sagte Olga. »Johann wollte dich verkaufen und ich konnte dich nicht warnen, weil ich mit Jean-Claude ins Blausteinlager musste. Ich habe versucht zu fliehen, Jean-Claude hat mich nicht gelassen. Ich hatte eine Kette um den Hals und da hat er dran gezogen. Das hat wehgetan.«

Ihr Bogatyr lief weiter, vorbei an den Hütten in Richtung Mittelpunkt des Kraters. Olga merkte, dass sich die Hand ihres Retters kalt und schlaff anfühlte. Sie erschrak, schaute hoch. Sein Gesicht wirkte wächsern, die Haut blass. Man hätte ihn für tot halten können.

»Bist du krank?«, fragte sie flüsternd.

Das dufte keiner erfahren.

Am tiefsten Punkt des Kraters blieb Boris stehen. Rasselnd kamen alle Zahnräder zum Halt, nichts rührte sich mehr. Ein Klicken kam aus seinem Arm und im Kessel schwoll ein leises, allgegenwärtiges Brummen an.

»Bleibt zurück!«, rief Olga den Gefangen zu, gab sich Mühe, so wie eine Hoheit zu klingen. »Mein Leibwächter und ich müssen uns beraten.«

Die Menge hielt an.

»Hoheit?«

In dieser Frage lag nicht die geringste Spur von Zweifel, sie klang ehrerbietig. Das konnte sich schnell wieder ändern. Olga traute den Gefangenen nicht. Eben waren sie über einen Kranken hergefallen, um an Blausteine zu kommen. Was sollte sie daran hindern, Boris auseinanderzubauen?

»Ihr seid alle frei und könnt nach Hause«, sagte sie. »Die Aasgeier haben Essen in ihrem Haus. Das wird geteilt. Jeder bekommt was, auch die Schwachen und die Kleinen.«

»Lang lebe der Zar!«, schluchzte eine Frau.

»Lang lebe Prinzessin Olga!«, fügte Pawel hinzu.

»Ihr dürft keinen totmachen, der hustet!«, rief Olga der sich zerstreuenden Menge hinterher. »Das hat der Zar streng verboten. Ihr müsst nett zu ihnen sein, ihnen helfen, nach Hause zu kommen. Keiner soll allein zurückgelassen werden.«

Niemand widersprach. Als sie sich halbwegs unbeobachtet und nicht länger im Zentrum der Aufmerksamkeit fühlte, kümmerte sie sich um Boris. Was war mit ihm? Konnte es die Krankheit sein? Dann hätte er husten müssen. Sie erinnerte sich, was Wassilisa gemacht hatte, als sie krank gewesen war, außer Suppe kochen und einen Verband anlegen: *Puls fühlen,* hatte sie es genannt. Olga hatte keine Ahnung, warum man das machte – oder was Puls war –, trotzdem hielt sie sein Handgelenk fest und wartete, ob es ihm dadurch besser gehen würde. Bei Boris schien das Pulsfühlen nicht zu wirken.

»Bitte«, sagte sie kläglich, »nicht sterben, ja? Ich kümmere mich um dich und du wirst wieder gesund, ja?«

Währenddessen wurde in den Hütten alles zusammengepackt, was helfen konnte, den Heimweg zu bewältigen.

»Hoheit?«

Schnell wischte sie sich eine Träne weg und drehte sich um. Es war Pawel.

»Wo ist der Rest der Leibgarde? Wann wird sie kommen?«

»Gar nicht, sie ist beim Zaren im Bergwerk.«

Pawel nickte.

»Wenn Hoheit es wünschen, können wir aufbrechen.«

Olga sah sich um. Das Lager war tatsächlich im Aufbruch. Während einige ratlos herumstanden, dem Frieden entweder nicht trauten oder nicht mitbekommen hatten, was geschehen war, verließen andere bereits den Talkessel. Manche still und heimlich, andere offen und hastig. Alle trafen sich an dem steilen Pfad, der aus dem Gefängnis hinausführte. Eine lange Kette von Menschen schob sich im Gänsemarsch nach oben. Olga war erschrocken, wie viele es waren. Von den Gefangenen aus Olgas Hütte waren nur wenige da geblieben, ausgerechnet jene, die ihr kurz zuvor an den Kragen gewollt hatten.

»Hoheit? Wir sollten gehen.«

»Nicht ohne Boris!«, sagte Olga und strich ihrem Retter über die Hand.

Pawel sah den regungslosen Soldaten stirnrunzelnd an.

»Verzeiht mir, Hoheit. Ich denke, er ist tot. Bedauerlich. Umso eiliger haben wir es, nicht wahr?«

»Nicht! Ohne! Boris!«

»Er sieht schwer aus, vielleicht könnten wir ihn … also ich weiß nicht, er sieht verteufelt schwer aus, das ganze

Metall. Nein, ich glaube, das schaffen wir nicht. Hoheit müssen an sich denken.«

»NICHT! OHNE! BORIS! Er hat uns gerettet. Wir tragen ihn. Und Yegor auch. Wehe euch, ihr habt Yegor vergessen.«

Pawel wirkte nicht begeistert, sondern wünschte sich wahrscheinlich, sich ebenfalls heimlich verdrückt zu haben, die Taschen voll mit allem, was man erbeuten konnte. Aber wenn man drauf und dran gewesen war, einer Zarentochter den Hals umzudrehen, sollte man besser alles tun, um ihr Missfallen kein zweites Mal zu erregen. Er nickte den anderen Beinahe-Halsumdrehern zu, ihm in die Hütte zu folgen. Als sie wieder rauskamen, hatten sie Yegor auf einer Trage dabei und eine weitere, kräftigere Trage für Boris vorbereitet.

Alle sahen noch einmal zu Olga, in der Hoffnung, dass sie ihren Entschluss änderte. Olga warf ihnen einen bösen Blick zu.

Eine halbe Stunde später musste Olga einsehen, dass sie Boris nicht aus dem Krater schaffen konnten. Sobald man mit vereinten Kräften versuchte, ihn vom Fleck zu bewegen, ratterten Zahnräder und er schleuderte alle von sich.

»Ihr seht selbst, es hat keinen Sinn, Hoheit«, sagte Pawel und in seiner Stimme mischte sich Erleichterung darüber, sich nicht mit diesem Gewicht belasten zu müssen, mit einem winzigen Hauch Mitleid für ein weinendes Mädchen.

»Wir müssen aufbrechen. Die Zeit drängt.«

»Ich bleibe!«, sagte sie.

»Hier? Im Blausteinlager? Ihr werdet krank werden.«

»Ich! Bleibe!«

»Hoheit, denkt an Euren Vater, den Zaren. Denkt daran, was er uns antun wird, wenn er erfährt, dass wir Euch hier zurückgelassen haben.«

»ICH! BLEIBE!«

»Äh ...«

»Ihr könnt gehen. Aber lasst mir was zu essen hier.«

Der Abschied von den Lebensmitteln fiel den ehemaligen Gefangenen schwerer als der von der Tochter ihres Monarchen. Sie beeilten sich, alle Befehle so schnell wie möglich auszuführen, um dann noch schneller das Weite zu suchen.

»Nehmt Yegor mit«, knurrte Olga, als sie Anzeichen bemerkte, dass ihre *Untertanen* das vergessen könnten.

»Hoheit sollten nicht allein hierbleiben«, murmelte Yegor und schaffte es nicht, die Augen zu öffnen. »Ich weiß, ich bin in einem erbärmlichen Zustand, aber ... Ihr dürft nicht allein hierbleiben. Wir bleiben alle hier, ja? Wir beschützen die Prinzessin.«

Wahrscheinlich hätten die Beinahe-Halsumdreher ihm am liebsten das Maul gestopft.

»Yegor«, sagte Pawel, »wir sind keine Soldaten, wir sind Bauern.«

»Ihr seid Feiglinge. Gut, haut ab. Ich bleibe bei der Prinzessin.«

»Nein, du musst mit ihnen gehen.« Olga kauerte sich neben Yegors Trage und fühlte seinen Puls. Er lächelte schwach. »Weißt du«, flüsterte sie, »ich glaube, ich schaffe es nicht, euch beide gesund zu bekommen. Und du bist schon so lange hier, ich will nicht, dass du die Krankheit bekommst.«

»Lang lebe der Zar!«, seufzte er.

Der kleine Trupp der letzten Gefangenen brach auf. Yegor versuchte zu winken, vielleicht sollte es ein Salut werden. Ihm fehlte die Kraft. Sie verschwanden hinter den Baracken, tauchten kurz darauf bei der Treppe wieder auf. Als sie diese erklommen hatten und sich endgültig Olgas Blickfeld entzogen, fühlte sie sich mit einem Mal sehr ängstlich. Sie stand mitten im Blausteinlager, in dem die Leute die *Krankheit* bekamen, in dem die Leute starben, weil Kristalle in ihnen wuchsen. Überall verwesten Leichen ...und Yegors Bein.

Wahnvorstellungen

Boris

Mit einem leisen Klick schaltete die Energiekartusche den Notfallmodus ab. Der blaue Nebel lichtete sich, das Summen schwoll ab und langsam kehrte Boris' Bewusstsein in die Leere zurück, die die blaue Energie freigegeben hatte. Blinzelnd öffnete er die Augenlider. Um ihn herum herrschte … man konnte es nicht *Nacht* nennen, eher *Abwesenheit von Tag.* Es war dunkel und gleichzeitig von blauem Licht erfüllt. Es roch nach Verwesung und … Suppe. *Olga,* dachte er. Warum galt sein erster Gedanke dem Mädchen? Er erinnerte sich an sein Erstaunen, sie im Bergwerk gesehen und ihre Suppe getrunken zu haben. Noch verwunderlicher war, dass er sie atmen hörte. Ein neuer Streich seines kranken Verstandes? Er versuchte, sich zu bewegen. Die steifen Muskeln beschwerten sich, aber sie gehorchten, Gelenke und Zahnräder quietschten. Sie waren lange nicht gereinigt worden. Er sah sich um, versuchte herauszufinden, was es bedeutete, im tiefsten Punkt eines gewaltigen blauen Kessels zu stehen, und ob die verlassenen Hütten ein Zeichen waren – und wenn ja, für was? Zu seinen Füßen lag ein großes Bündel Lumpen, die Quelle des eingebildeten Atmens. Neben dem Bündel stand eine Schüssel mit kalter Suppe. In dem Bündel bewegte sich etwas. Er ging in die Hocke, schob vorsichtig die Decken beiseite. Da lag das Mädchen und hielt im Schlaf die Ohrenklappen ihrer Mütze fest. Er schaute wieder zur Schüssel mit Suppe. Entdeckte einen Eimer mit frischem Wasser. Einen kleinen Stapel trockner Brotscheiben. In Streifen gerissene und zu Verbänden aufgewickelte Tücher. Es sah so aus, als hätte jemand ein Lager errichtet … mit ihm als Zentrum. *Jemand.* Nein, nicht *jemand*: Olga.

Olga? Warum sollte sie das tun? Weshalb sich ein Lager in seiner Nähe einrichten? Er wurde von Jedermann gemieden.

Irritiert drehte er den Kopf, lauschte und hoffte, eine Erklärung für das alles zu finden. Für diesen rätselhaften Ort, für die Anwesenheit des Mädchens. Eine Sinnestäuschung? Er wartete. Wartete auf das Verblassen der Täuschung. Die Täuschung blieb. Er fuhr mit den Fingern über den Boden, er fühlte sich wie das an, was man an den Einschlagstellen der Tesla-Kanonen finden konnte: zu Glas erstarrter, geschmolzener Sand. Er stand auf, ging ein paar Schritte, umrundete das Lager mit dem Mädchen, umrundete die Hütten. Der Krater war groß. Er schätzte ihn auf einen Durchmesser von vierhundert Metern. Das Gesteinsglas, das eine Tesla-Kanone hinterließ, erreichte nur die Größe einer Handfläche. Was konnte eine so verheerende Wirkung erzielen? Unter dem Glas vibrierte es. In der gleichen Frequenz wie seine Energiekartusche. Boris war, als müsste er diesen Ort kennen. Oder war es andersherum? Kannte der Ort ihn?

Verwirrt kehrte er zu dem Mädchen zurück. Sein Blick fiel erneut auf die Verbände, er tastete nach seiner Brust. Der Zar hatte auf ihn geschossen ... Seine Kugel hatte eine Wunde hinterlassen ... Jemand hatte die Wunde verbunden ... hatte sich um ihn gekümmert ...

Er musste in einer Vision gefangen sein. Niemand kümmerte sich um ihn. *Niemand.*

Olga?

Das blaue Zeug, in das die Quantenmagie sein Blut verwandelt hatte, versiegelte das Einschussloch, er spürte, wie die Verletzung heilte. Bald würde der Schorf abfallen und eine Narbe zurücklassen. Eine Narbe von vielen. Die Verbände waren nicht nötig gewesen, aber allein dass man versucht hatte, seine Wunden zu versorgen, war ... nett. Er kannte es nicht, dass jemand nett zu ihm war. *Jemand*?

Wann würde das Trugbild zerreißen und ihm zeigen, wo er sich wirklich befand? War er von den Osmanen in seine Einzelteile zerlegt worden? Lag er noch im Schnee – verblutend – und der Rest, der von seiner Seele übrig war, tröstete ihn mit der Vorstellung, umsorgt zu werden? Er schloss die Augen und wartete auf das Ende, auf den Moment, in dem sein Bewusstsein endgültig erlöschen und er Frieden finden würde.

Er wartete lange.

Sein Bewusstsein erlosch nicht. Das Trugbild blieb bestehen. Es fühlte sich real an. Die kalte Suppe roch nach Rüben. Er fuhr sich über den Bart, Suppe war ihm das Kinn hinabgelaufen, als hätte jemand versucht, ihn mit Nahrung einzuflößen ... während er nicht wusste, wo er sich befand ... als er bewegungslos gewesen war ... hilflos gewesen war ...

Er beugte sich zu ... Olga? ... dem Mädchen? ... hinab, berührte sie an der Schulter, so als ob er sie wachrütteln wollte. Er rechnete damit, seine Hand würde durch sie hindurchgehen. Würde das die Illusion zerstören?

Seine Hand ging nicht durch das Mädchen hindurch, er berührte eine magere Schulter, die in einem viel zu großem Mantel steckte. Das Mädchen öffnete die Augen. Gleich würde es ihn erkennen, vor Angst verstummen oder in Panik schreien.

»Boris!«, rief es.

Bedeutete der Tonfall Furcht? Zorn? Entsetzen? Er wusste es nicht. Das Mädchen schnellte hoch und überraschend umschlangen zwei kleine Arme seinen Hals.

Er versuchte diese Reaktion einzuordnen. Sie stellte keinen Angriff dar. Kein Versuch, ihn zu würgen, zu erstechen oder die Energieleitung aus seinem Nacken zu reißen. Boris war nicht so weltfremd, dass er es nicht erkannte; wenn ihre Reaktion einem anderen gegolten hätte, wäre sie ein Zeichen von Freude.

»Du bist aufgewacht!«, sagte das Mädchen ... sagte *Olga*. »Ich hatte solche Angst um dich. Du warst ganz blass und kalt. War es, weil jemand auf dich geschossen hat? War es Johann? Wie hast du gemerkt, dass der Zar nicht echt ist? Hast du Hunger? Ich habe Suppe gekocht. Mit richtigen Rüben. Ganz ohne Schnecken.«

Boris verharrte regungslos. Er wusste weder, was er tun, denken noch fühlen sollte. Gefiel es ihm, dass sich jemand freute, ihn zu sehen? *Durfte* es ihm gefallen? Das Mädchen war eine Anarchistin. Der Zar hatte ihren Tod befohlen. Und seinen – hatte versucht ihn zu erschießen. War es ein Treuebruch, am Leben zu sein? Dunkel glaubte er sich zu erinnern, dass schon einmal jemand nett zu ihm gewesen war.

»Pst, es ist ein Geschenk«, wiederholte er leise die Worte dieses Jemand. Wann war das gewesen? Er hatte beide Arme gehabt. Es hatte warmen Wein und echtes Huhn gegeben, anlässlich ... Was hatte man gefeiert? Eine ferne Stimme rief: *Ein Hoch auf Prinzessin Olga! Lang lebe der Zar!*

Er fühlte sein Herz rasen, Panik aufsteigen. Der Zar hatte ihn aus dem Dienst entlassen ... er war kein Soldat mehr.

Olga

Als Boris sie an der Schulter rüttelte, weckte er sie aus einem Albtraum voller ausgehusteter Kristalle und amputierter Beine auf. Überglücklich fiel sie ihm um den Hals. Sie hatte die Hoffnung beinahe aufgegeben. Da waren so viele Zahnräder, Winden und Federn an ihm, die kaputt sein konnten. Boris schwieg, war bestimmt viel zu aufgewühlt, um ein Wort über die Lippen zu bringen.

»Pst, es ist ein Geschenk!«, sagte *ihr* Soldat, von Rührung überwältigt, und: »Ein Hoch auf Prinzessin Olga!«

»Ach Boris«, seufzte sie, den Kampf mit den Tränen verlierend, »du darfst nicht alles glauben.«

Boris war zwar bewegungsunfähig gewesen, hatte aber offensichtlich mitbekommen, was um ihn herum geschehen war, wie sie von den Mitgefangenen mit *Hoheit* angeredet worden war.

»Ich bin nicht Prinzessin Olga«, gestand sie.

Boris

»Ein Hoch auf Prinzessin Olga!«

Der Zar hatte ihn aus dem Dienst entlassen. Was blieb ihm? Als man es ihm befohlen hatte, hatte er seinen rechten Arm hergegeben und damit ein Teil seines Menschseins. Genauso hätte er sein Leben geopfert. Dies hingegen … waren Dinge, die er hergeben konnte. Wie konnte er seine Treue ablegen, seine Ergebenheit? Was war er, wenn er kein Soldat des Zaren sein durfte? Ohne seinen rechten Arm war er immerhin noch ein Krüppel. Mit all dem Metall und der Quantenmagie zumindest ein *halber* Mensch und als Leiche wäre er ein *toter* Soldat gewesen. Er hatte nichts anderes als die Armee kennengelernt, konnte sich nicht vorstellen, wie es sein würde, kein Soldat zu sein. Er bekam Angst. Vielleicht sollte er sein ursprüngliches Vorhaben wieder aufnehmen, sich eine Einheit suchen und sich ihr anschließen – und damit einen direkten Befehl des Zaren missachten. Der Zar hatte ihn aus der Armee verstoßen.

»Ach Boris«, seufzte die kleine Anarchistin, »du darfst nicht alles glauben.«

Was durfte er nicht glauben? Dass dies wirklich geschah? Dass er kein Soldat mehr war? Ihre Stimme klang … nett … als sie es sagte … mitfühlend. Was meinte sie damit? Dem Zaren nicht glauben? Als ob es darum ginge. Es war egal, ob man dem Zaren glaubte oder ob ein Befehl sinnvoll war. Meinte sie, der Zar hätte gelogen, als er sagte, er benötige seine Dienste nicht länger? Versuchte sie ihm einen Ausweg aus diesem Dilemma anzubieten?

»Ich bin nicht Prinzessin Olga«, flüsterte sie ihm ins Ohr.

Du darfst nicht *alles* glauben.

Sollte er der Maschine glauben, die sein Gehirn mit blauem Summen benebelte? Sollte er seinen Augen trauen, die einen Zaren sahen, der sich Zeichen auf das Gesäß schrieb? Seinen Ohren, die Worte wie *Es schmerzt Uns, aufrichtige Treue derart treulos zu entlohnen. Wir bedauern, dich auf diese Art aus Unserem Dienst zu entlassen* hörten? Nein! Er sollte weder der Maschine noch dem menschlichen Rest Glauben schenken. Beide täuschten ihn, verfolgten eigene Ziele. Sie ließen ihn Stimmen hören, seinen Verstand in blauen Energieentladungen ertrinken. Es gab nur eine Sache, auf die er sich verlassen konnte, die ihn nie betrogen hatte: seine unumstößliche Treue seinem Zaren gegenüber!

Er drehte den Kopf und sah Olga an. Dass ihn ausgerechnet eine kleine Anarchistin auf den richtigen Weg zurückgeführt hatte – unvorstellbar. Anarchisten retten keine Soldaten, fanden nicht die einzigen Worte, die ihn aus dem Konflikt erlösen konnten.

Ja, sie hatte bei ihrer ersten Begegnung *Tod dem Zaren* ausgerufen. Nichts hätte seine Lebensgeister und seinen Kampfeswillen besser wecken können als diese niederträchtige Parole.

Er dachte nach. Wer war das Mädchen? Oder musste die Frage lauten: *Was* war es?

Mit einem Mal verstand er. Das war klein kleines Mädchen, das an seinem Hals hing, es war eine … Halluzination! Es war seinem Geist entsprungen, um alles Ehrbare, Gute und Treue in ihm zu retten.

Boris fühlte Erleichterung. Olga war eine *Halluzination*. Alles klärte sich: Warum sie auftauchte, wenn er am Ende war, und sogar ihre Zuneigung ergab Sinn.

Er nahm seine Wahnvorstellung Olga in die Arme und drückte sie fest an sich.

Das Mädchen war ein Hirngespinst, das ihn mit seiner verlorenen Menschlichkeit verband, und konnte selbstverständlich keinen anderen Namen haben als *Olga*. Und augenblicklich löste sich das letzte Rätsel in Weisheit auf. Seine Olga war nicht die Tochter des Zaren, sondern etwas, was nur ihm gehörte.

Olga

Olga konnte sich nicht erinnern, jemals so viel Glück empfunden zu haben wie in dem Moment, als ihr Soldat sie in die Arme nahm und sie vorsichtig an sich drückte. Erst zum zweiten Mal in ihrem Leben fühlte sie sich nicht allein auf der Welt, fühlte sich willkommen und angenommen. Als er fragte, *Wo sind wir hier?*, musste sie ein paar Mal tief Luft holen, bevor sie wieder sprechen konnte.

»In der Hölle«, sagte sie und es schnürte ihr die Kehle zu. Sie schluckte, seufzte, schmiegte ihre Wange an sein stoppeliges Kinn und setzte neu an. »In der Hölle. Aber jetzt, wo du da bist, da finden wir einen Weg hinaus, nicht wahr? Das werden wir doch? Ich passe auf *dich* auf – und du auf *mich* – und alles wird gut.«

»Ja«, erwiderte Boris leise. »Alles wird gut, wenn du auf mich aufpasst.«

Sein Blick wanderte in die Ferne, als würde er die schäbigen Hütten und die Kraterwände nicht wahrnehmen. Er setzte sich Olga auf seinen rechten Arm, so wie man kleine Kinder trägt, und begann loszumarschieren.

»Halt!«, rief Olga, als sie merkte, dass er auf die Treppe zusteuerte. »Wir müssen das Essen mitnehmen.«

Boris

Seine Halluzination hatte recht, er durfte die Lebensmittel nicht zurücklassen. Wie weise, ihn daran zu erinnern, dass die Welt um ihn herum echt war, ebenso sein Körper, der mit Nahrung versorgt werden musste. Es widerstrebte ihm, seine Halluzination loszulassen, er fürchtete, sie könnte sich auflösen.

Kaum hatte er sie auf dem Boden abgesetzt, rannte sie los, verschwand in einer Hütte, kam mit einer großen Tasche zurück, packte alles Essbare hinein und vertrieb mit ihrem plätschernden Redeschwall die bösen Stimmen, die sich in seinem Geist eingenistet hatten.

»Schau mal, wir haben Brot! Ich habe nicht davon gegessen. Ich habe alles aufgehoben, um es mit dir zu teilen. Pawel wollte es vor mir verstecken. Ich hoffe, er passt gut auf Yegor auf. Hast du Yegor gesehen, als du gekommen bist? Er ist sehr krank, er wollte, dass ich ihm das Bein abschneide. Das Bein war ganz schlimm krank. Er sagte, ein Dämon habe ihm den Fuß abgebissen.«

Boris ließ seine Halluzination nicht aus den Augen. Sie zeigte keine Anzeichen zu verblassen oder sich aufzulösen.

Olga

Olga brauchte nicht lange, Boris schulterte die gepackte Tasche, setzte sie wieder auf seinen Arm und marschierte los. Außerhalb des Kraters herrschte eine sternenklare, windstille Nacht. Die schneebedeckte Ebene glitzerte, am Horizont zeichnete sich dunkel der Ural ab. Als Boris das Ende der Treppe erreicht hatte, war er stehen geblieben. Ganz langsam drehte er sich um die eigene Achse, musterte die Landschaft, legte den Kopf schief, als würde er lauschen. Olga nahm an, er versuche sich zu orientieren.

»Weißt du nicht mehr, welchen Weg du gekommen bist?«, fragte sie.

Sein Gesicht nahm einen gequälten Ausdruck an.

»Boris«, fragte sie besorgt, »was hast du?«

Sein Blick wirkte, als würde er direkt in die Hölle sehen.

»Ich habe Angst«, wisperte er.

Behutsam strich sie ihm übers Gesicht.

»Du hast alle besiegt«, sagte sie, ohne sicher zu sein, ob er tatsächlich von Jean-Claude und den Homunkel-Dämonen sprach.

»Zählt das als Sieg?«, fragte er.

»Wir sollten uns beeilen«, schlug sie vorsichtig vor. »Am besten gehen wir ganz weit weg von hier.«

Boris erreichte den Kraterrand. Genau wie im Kessel hatte er das Gefühl, diesen Ort zu kennen. Im Kessel war es, als würde der quantenmagische Teil Vertrautes begrüßen, die Landschaft außerhalb hingegen schien den menschlichen Part zu betreffen. Im Osten erhob sich der Ural und es kam ihm vor, als hätte er genau diesen Gebirgsabschnitt von genau dieser Position aus schon einmal betrachtet.

»Weißt du nicht mehr, welchen Weg du gekommen bist?«, fragte seine Halluzination mitfühlend.

Nein, antwortete er stumm, *sie hatten die Fenster der Karren mit Brettern vernagelt.*

Als man die Türen öffnete, krochen Soldaten heraus. Zerschunden von der wochenlangen Fahrt und die meisten mehr tot als lebendig. Hatte er sich umgesehen, als es an ihm gewesen war, das rollende Gefängnis zu verlassen? Hatte er überhaupt die Kraft gehabt, aufzustehen und den Kopf zu heben, um zu erkennen, dass der Wald viel du hoch, dicht und undurchdringlich war, um den Blick auf den Horizont freizugeben?

Eine Hand drückte seinen Kopf nach unten, sein Nacken wurde tätowiert.

»Nummer 403«, sagte jemand, ein anderer notierte es in einer Liste. Auf den Wachtürmen glommen Energiekammern von Gewehren.

Boris, versuchte seine Halluzination ihn zu erreichen, *was hast du?*

»Ich habe Angst«, sagte er. Angst vor der Hölle, die auf ihn wartete. Der Teufel erschien, den er damals noch nicht als solchen erkannt hatte.

»Wie viele?«, fragte der Teufel.

»Dreiundsiebzig«, wurde ihm geantwortet. »Siebenundzwanzig sind draufgegangen.«

»Gute Quote«, sagte des Teufels Stellvertreter und notierte: »17. Oktober 1895. Letzte Lieferung eingetroffen.«

Die Leichen wurden an den Knöcheln gepackt, von den Lebenden fortgeschleift und neben einer Grube liegen gelassen. Eine große Grube. Den siebenundzwanzig würden weitere Tote folgen, Die Überlebenden nannte man *Freiwillige*. Der Teufel kam, um die Freiwilligen zu begutachten.

Du hast alle besiegt.

Wie meinte seine Halluzination das? Weil er das Lazarett überlebt hatte?

»Zählt das als Sieg?«, fragte er.

Bei seiner Ankunft war Boris ein Mensch wie die anderen gewesen, nicht mal einer, der gemieden wurde. Die anderen Soldaten kannten ihn nicht, wussten nichts von seinem Ruf, das Glück der Kameraden auszusaugen. Nachdem die Tortur des Transportes überstanden war, erging es den Versuchspersonen nicht schlecht, sie durften sich waschen, bekamen ausreichend zu essen und man brachte sie in großen, beheizten Schlafsälen mit richtigen Betten unter. Es kamen Ärzte, die sich um schlecht verheilte Verletzungen kümmerten und Krankheiten behandelten. Boris glaubte, endlich einmal Glück im Leben zu haben. Man erlöste ihn von einem eiternden Backenzahn und täglich kam eine Krankenschwester, die die Wunde aufstach, den Eiter abfließen ließ und überprüfte, ob sein Fieber gesunken war. Im Nachbarbett lag Radik, ein Soldat, der sich nicht über Boris' Schweigen lustig machte, der ihn weder Idiot noch Glücksfresser nannte, sondern *mein Freund*. Radik erzählte viel von einem Mädchen, mit dem er nach Sibirien wollte.

Sogar die Krankenschwester begegnete ihm mit Freundlichkeit. Sie sprach mit ihm, wenn sie die Wunde behandelte, und Boris hoffte, die Heilung würde auf sich warten lassen.

Eines Vormittags, die Krankenschwester war ein paar Betten weiter zum nächsten Patienten gewandert, sagte

Radik breit grinsend: »Sie mag dich.«

Boris senkte den Kopf. Niemand mochte ihn und er war schon glücklich, nicht verabscheut zu werden.

»Ist dir denn nicht aufgefallen, dass sie bei dir länger als bei den anderen bleibt?«, fragte Radik. »Na gut, du bist der Einzige in ihrem Alter. Sie könnte meine Mutter sein.« Sein Blick wanderte rechts und links die Bettreihen entlang. »Den Winter über sind wir monatelang von der Außenwelt abgeschlossen. Die Ärzte und Schwestern sind genau wie wir hier eingesperrt. Weißt du, was das bedeutet?«

Boris schaute auf seine Hände.

»Sie ist nicht verheiratet. Wenn die einen Mann und Kinder hätte, würde der ihr verbieten, hier zu arbeiten. Ich bin mir sicher, du hast Chancen bei ihr, und wenn du mir nicht glaubst … ich kann es beweisen.«

Radik stand grinsend auf und schlenderte zwischen den Betten entlang, wie zufällig in ihre Richtung.

Boris gab vor, weder Radik noch die Krankenschwester zu beachten. Konnte es wirklich sein, dass die Krankenschwester ihn mochte?

Sie bemerkte Radik nicht, erst als er hinter ihr stand und ihr den Hintern tätschelte, fuhr sie herum.

»Radik, zurück ins Bett«, forderte sie ihn auf. »Und sollte es dir einfallen, mich noch einmal anzufassen, darfst du dich über gebrochene Finger freuen.«

»Zu Befehl, schöne Wassilisa«, sagte er, verbeugte sich, entriss ihr das Klemmbrett und rannte zurück.

»Ich habe es. Gleich wirst du mir glauben.«

Die Krankenschwester eilte ihm hinterher.

Radik setzte sich so, dass er ihr mit seinem Rücken den Blick auf seine Beute versperrte. Hastig ging er die Blätter durch. Auf allen standen Zahlen und Buchstaben, bis auf dem letzten, auf ihm war eine Zeichnung – das Porträt eines Mannes, der traurig in die Welt blickte. Über das eine Auge zog sich von der Stirn bis zur Wange eine große Narbe.

»Mensch«, fluchte Radik leise, als er merkte, dass Boris es nicht begriff. »Das bist du. Wassilisa mag dich. Welchen Grund hätte sie sonst, dich zu zeichnen?«

»Radik!«

Die Krankenschwester hatte sie erreicht, schnell schlug Radik die Blätter zurück.

»Was sollte das?« Sie riss ihm das Klemmbrett aus den Händen.

»Ich wollte nur mal sehen, was da über mich steht. Ob ich bald gesund bin.«

»Und, kannst du lesen?« Sie klang gereizt, beinahe zornig.

»Nein, aber ich dachte, ich könnte es ja mal probieren. Kann ja nicht so schwer sein.«

Ungehalten drehte sie sich um und ging, Radik lehnte sich zurück und grinste Boris an.

Das Paradies endete im November, an dem Tag, als der Arzt erklärte, Boris sei vollständig genesen.

»Schade«, sagte Radik, als kurz vor der Zeit fürs Abendessen die Krankenschwester und ein kräftiger Pfleger kamen, um Boris abzuholen. Nichts Ungewöhnliches, die Gesunden wurden verlegt. »Ich hatte gehofft, wir würden zusammen feiern.«

Boris hob die Schultern. Am Morgen war bekannt gegeben worden, die Zarin sei niedergekommen und hätte ein Mädchen zur Welt gebracht, das *Olga* getauft werden sollte. Aus diesem Anlass würde es Fleisch, Kuchen und Wein für alle geben.

»Wassilisa«, sagte Radik und zwinkerte der Krankenschwester zu. »Ich verlasse mich darauf, du passt auf, dass mein Freund Boris nicht … zu kurz kommt. Du weißt schon.«

Die Krankenschwester musterte Radik stumm.

Man brachte Boris von dem großen Schlafsaal in ein Einzelzimmer in einem anderen Gebäudeteil. Neben einem Metallbett standen ein Stuhl und ein Nachttisch, ungeachtet des Umstands, dass Boris keine persönlichen Gegenstände besaß, die er dort hätte ablegen können. Er hatte ja nicht einmal mehr seine Uniform – die hatte er am ersten Tag abgeben müssen –, er trug nur ein langes Hemd. Die Krankenschwester … Wassilisa zupfte am Stoff.

»Das musst du ausziehen«, sagte sie, ohne ihn anzusehen. »Auf dem Bett liegt ein Kittel für dich.«

Der kräftige Pfleger lehnte sich mit verschränkten Armen gegen die Wand, grinste und ließ seine Muskeln spielen, als wollte er Boris auffordern, Widerstand zu leisten. Boris leistete keinen Widerstand. Er entledigte sich des Hemdes.

»Setz dich«, befahl Wassilisa, nachdem sie den Kittel im Nacken zugebunden hatte. Boris gehorchte. Anschließend nahm sie ein Rasiermesser, rührte Schaum in einer Schale an und fing an, ihm den Kopf zu scheren.

»Läuse?«, fragte Boris verwundert.

Der Pfleger lachte. »Für deinen großen Tag morgen.«

Die Krankenschwester schwieg, presste die Lippen aufeinander. Boris machte sich keine Gedanken. *Morgen ist euer großer Tag,* bedeutete in der Regel nur eine weitere Schlacht und von denen hatte Boris so viele erlebt, dass sie nicht der Rede wert waren. Ihm bereitete höchstens Sorgen, man könnte ihn in diesem entlegenen Krankenzimmer bei der Verteilung von Essen und Wein vergessen. Oder Wassilisa käme nicht, um nach ihm zu sehen. Hatte Radik recht? Mochte sie ihn? Ihre Nähe verwirrte ihn. Sie stand ganz dicht vor ihm, eines ihrer Beine berührte seinen Oberschenkel. Ihre Brüste schwebten vor seinem Gesicht. Er senkte beschämt den Blick. Diese Frau war nett zu ihm gewesen, hatte nicht den Eindruck vermittelt, als wäre ihr seine Gegenwart unerträglich. Damit war er nicht vertraut. Nicht einmal die Huren waren liebenswert zu ihm gewesen. Mit Verwunderung stellte er fest, wie seine rechte Hand sich bewegte, nur ein kleines Stück, gerade so viel, dass seine Finger ihr Knie berührten. Wie zufällig und so sacht ... sie spürte es vielleicht nicht einmal. Sonst wäre sie zusammengezuckt, hätte ihr Bein weggezogen, ihn *Schwein* genannt. Beschimpfungen war er gewohnt. Schreie. Tränen. Die Krankenschwester blieb ruhig stehen. Rasierte ihm den Kopf. Er hätte Ewigkeiten so sitzen können.

»Bist du langsam fertig?«, fragte der Pfleger.

Wassilisa zuckte zusammen, hörte auf, vorsichtig die letzten Seifenreste von Boris' Kopf zu tupfen, und wich einen Schritt zurück.

»Ja«, murmelte sie und räumte hastig das Rasierzeug zusammen.

»Na, dann können wir ja endlich abhauen. Ich will die Feier nicht versäumen.«

Er stieß sich von der Wand ab und drehte sich um. Wassilisa seufzte und folgte ihm. Boris sah ihr hinterher, hoffte, noch einmal ihren Blick aufzufangen, ein Lächeln zu bekommen, so wie sonst. Sie wich seinem Blick aus.

Bekümmert senkte er den Kopf. In der Tür blieb sie stehen.

»Ich bin nur für das Krankenlager zuständig«, sagte sie.

»Hm«, brummte er und wusste nicht, was er damit ausdrücken wollte.

»Das bedeutet, ab morgen werden sich andere um dich kümmern.«

»Ja«, stimmte der Pfleger lachend zu. »Ab morgen gibt es dann was fürs Auge. Alles, was hier mit dem Hintern wackelt, ist von den hohen Herren persönlich ausgesucht, wenn du verstehst, was ich meine.«

»Ach, halt den Mund«, sagte Wassilisa und der Pfleger lachte noch lauter.

»Nicht so alte Gestelle wie die hier.«

Er klatschte ihr auf den Hintern und mit einem breiten Grinsen zog er die Tür hinter sich und der Krankenschwester zu. Die Tür wurde verriegelt und Boris blieb allein zurück.

Lange wartete er darauf, dass jemand käme, um ihm zu sagen, was er morgen – an dem *großen Tag* – zu tun habe, was man von ihm erwartete oder dass man ihm wenigstens das versprochene Festessen brächte. Allerdings schien man ihn vergessen zu haben. Von irgendwoher hörte er Stimmen, die bald in Gesang übergingen. Wovon sie sangen, begriff er nicht. So eine Sprache hatte er noch nie gehört, nur die Rufe *Lang lebe der Zar* und *Ein Hoch auf Olga* verstand er. Einmal rannte eine Frau an seinem Zimmer vorbei, ein Mann folgte ihr. So wie sie lachte, schien es eine Hure zu sein, die dafür bezahlt wurde, dass es ihr gefiel, gejagt zu werden. Boris war traurig, ohne zu wissen, warum.

Ein leises Geräusch weckte ihn. Die Tür wurde aufgeschlossen, jemand kam herein und mit ihm der Duft von Hühnereintopf und heißem Wein. Es war dunkel, Boris wusste dennoch, wer kam.

»Wassilisa«, sagte er leise und setzte sich auf. Es war ungewohnt, ihren Namen auszusprechen.

Sie schluckte, hielt den Atem an und machte schließlich: »Pst!«

Sie huschte herein und schloss lautlos die Tür.

Boris gingen Fragen durch den Kopf, von denen er nicht wusste, wie er sie stellen sollte, deshalb sog er den Geruch des Essens ein und fragte stattdessen: »Ist das wegen Olga?«

»Ja«, flüsterte sie, »ein Tag zur Freude.«

Boris hatte nie Gefühlslagen in einem Tonfall deuten können, aber es kam ihm nicht vor, als klänge sie freudig.

»Immerhin ein Vorwand, um herzukommen«, fügte sie hinzu, stellte das Tablett auf dem Nachttisch ab und setzte sich auf den Bettrand.

»Es gibt keinen Weg raus.«

Klang sie traurig? Was meinte sie? Raus? Aus diesem

Zimmer? Aus dem Lazarett? Ja, er hatte die Wachtürme gesehen, den Stacheldraht und die Wachmannschaften. Flucht war unmöglich. Er streckte wieder die Hand aus, bis seine Finger ihr Knie berührten. Der Stoff war dazwischen. Konnte er es wagen? Den Rocksaum vorsichtig ein Stück hochschieben? Sein Herz pochte. Aus Angst? Gleich würde sie schreien, ihn beschimpfen und um sich schlagen.

»Du hast nicht die geringste Ahnung, was hier passiert, oder?«

Er fühlte sich ertappt, zog die Hand zurück, drehte den Kopf in Richtung Nachttisch.

»Ich habe niemals Huhn gegessen«, murmelte er. »Radik sagt, er hat ein Mädchen. Und er will nach Sibirien.«

Etwas an diesen Worten musste falsch gewesen sein, Wassilisa fing an zu schluchzen. Tränen? Warum?

»Was habe ich falsch gemacht?«

»Weißt du, wenn ich dir wirklich etwas Gutes tun wollte, dann hätte ich dich umbringen müssen, anstatt dich gesund zu pflegen.«

Boris senkte den Kopf, sein Kinn berührte beinahe seine Brust und er zog seine Hand weiter zurück, ballte sie zur Faust, damit seine Finger sich ja nicht ausstrecken konnten. Seine Hände sollten womöglich lieber nach dem Blechnapf mit Hühnereintopf greifen, dann würde Wassilisa vielleicht aufhören zu weinen. Sie war gekommen, um ihm Essen zu bringen. Sie war wieder einmal nett zu ihm gewesen und was taten seine Finger? Sie sorgten dafür, dass sie ihre Freundlichkeit bereute.

»Vielleicht ist es das Beste, nicht zu wissen, was einen erwartet«, sagte sie und wischte sich die Tränen aus dem Gesicht. »Dann kann man wenigstens noch träumen, in dem bisschen Zeit, das einem bleibt. Von einem Mädchen, von einem Haus in Sibirien. Besser, als sich vor dem zu fürchten, was man nicht ändern kann.«

Die Federn des Bettes quietschten, als sie aufstand. Allerdings ging sie nicht fort, wie er es erwartet hatte, sondern blieb einen Moment stehen. Es war dunkel im Zimmer, zu dunkel, um zu sehen, ob sie ihn ansah oder nicht, ob sich auf ihrem Gesicht Widerwillen und Abscheu spiegelten oder ob es ein letztes Lächeln für ihn bereithielt. Stoff raschelte. Boris beugte sich vor, um nach dem Essen zu greifen, obwohl er keinen Hunger verspürte. Wassilisa war gekommen, um ihm das versprochene Festmahl zu bringen, und wenn er vorgab, nichts anderes als das zu wollen, dachte sie vielleicht nicht schlecht von ihm. Was seine Finger berührten, war kein Blechnapf. Es war eine weiche runde Hüfte, die sich mit sanftem Druck in seine Handfläche schmiegte, so als wäre es genau das, was sie wollte. Seine Hand auf ihrer Haut. Das musste ein Irrtum sein. Möglicherweise eine Wahnvorstellung. Im Lazarett feierte man nach wie vor. Die Lieder klangen derber, das Lachen schriller. Das Pärchen, das sich den Gang hinunter gejagt hatte, kam zurück. Der Mann johlte in dieser fremden Sprache. *Ein Hoch auf den Zaren*, kam vom anderen Ende des Flurs die Antwort in gebrochenem Russisch. Boris blinzelte. Seine Hand lag weiterhin auf ihrer Hüfte. Ja, vermutlich war es nur eine Wahnvorstellung, aber ... es spielte keine Rolle. Er flüsterte ehrfürchtig ihren Namen, als sie sich zu ihm ins Bett legte.

»Wassilisa.«

»Pst!«, machte sie. »Es ist ein Geschenk.«

Er strich ihr die Haare aus dem Gesicht, er hätte sie gern angesehen. Seine Finger glitten über ihre Wange, sie war nass, Wassilisa weinte.

»Warum?«, fragte er bekümmert.

»Weil es alles ist, was ich für dich tun kann«, sagte sie, hielt inne und küsste ihn. »Damit du eine Erinnerung hast, in der du Trost findest, wenn sie mit den Experimenten anfangen.«

Ein feiner Stich in der Schulter weckte Boris. Vor dem vergitterten Fenster kündigte sich der Morgen an. Im Lazarett

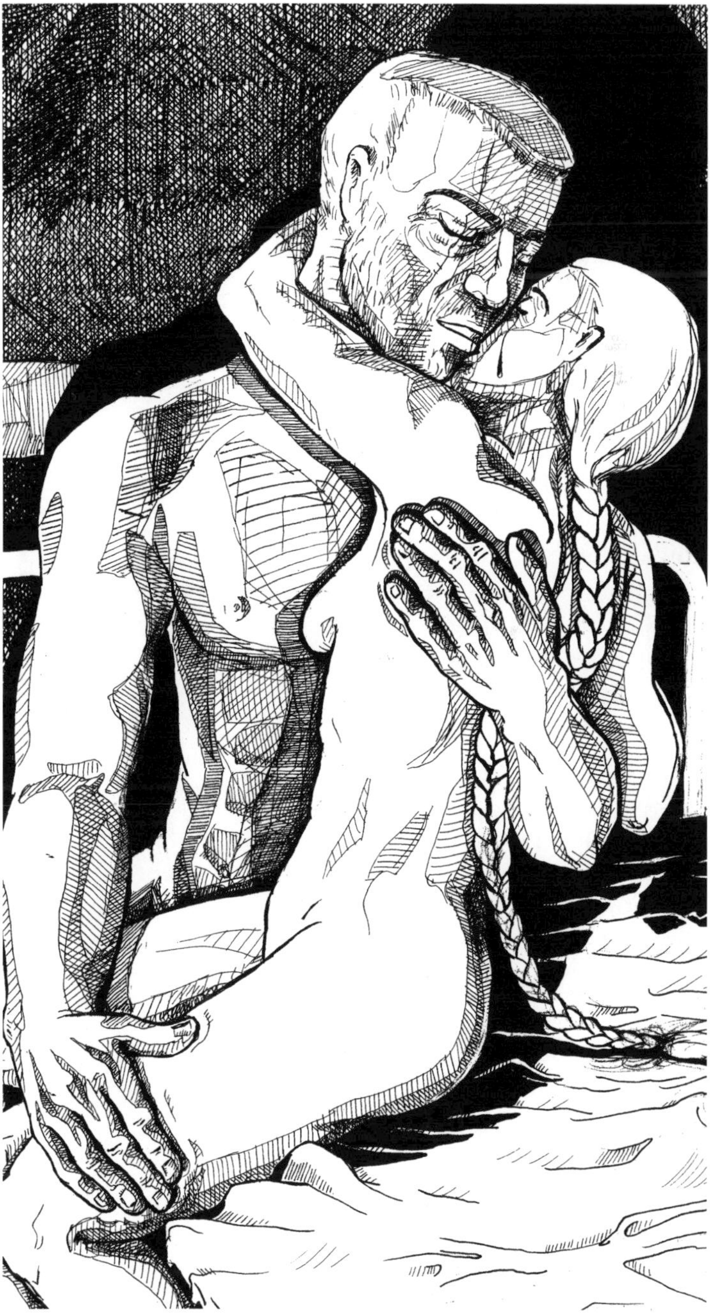

war es still geworden, nur wenige Unermüdliche fanden kein Ende und sangen die Nationalhymne. Zumindest teilweise. Nicht alle Worte ergaben einen Sinn, die meisten klangen nur so, als wären sie russisch. Wassilisa stand neben dem Bett und gab ihm eine Spritze in den Oberarm. Dabei weinte sie so heftig, dass ihre Hände zitterten.

»Was …«, begann Boris irritiert, der nicht verstand, warum sie so unglücklich war. Bereute sie diese Nacht?

»Morphium«, unterbrach sie ihn. »Sie geben zwar Ether zur Betäubung – wenigstens tun sie *das*, wahrscheinlich, damit die armen Schweine ruhig halten –, aber manchmal nicht genug; und gerade heute …« Vor Schluchzen versagte ihr die Stimme. »Es ist nicht genug Morphium, um …«, redete sie weiter, als müsste sie sich entschuldigen, »um … dir zu ersparen, was dir bevorsteht.« Sie zog die Nadel heraus, schaute zur Tür. »Ich hoffe, sie sind wieder nüchtern.«

In Boris' Kopf breitete sich eine fremdartige, angenehme Empfindung aus.

»Oh«, machte er entzückt und sank entspannt, mit einem Seufzer größter Zufriedenheit, ins Kissen.

Er erwachte in der Hölle.

Etwas Fremdes bohrte sich in seine Wirbelsäule, drang in sein Hirn ein und fraß sich bis in den letzten Winkel seines Bewusstseins. Panisch versuchte er, es abzuschütteln, in seinen Nacken zu greifen, um das Fremde herauszureißen. Er konnte sich nicht bewegen. Er riss die Augen auf. Die Zimmerdecke über ihm verschwamm hinter einem blauen Schleier. Er blinzelte. Der Schleier blieb. Sein Herz raste und ein enormer Druck lastete auf seinem Brustkorb. Er glaubte zu ersticken und unternahm einen zweiten Versuch, sich von dem zu befreien, was von ihm Besitz ergreifen wollte. Das ganze Bett wackelte, rutschte ein paar Zentimeter über den Boden. Trotzdem gelang es Boris nicht einmal, den Kopf zu drehen. So gut es ihm möglich war, sah er an sich herunter und erkannte schwere

Lederriemen an seinen Handgelenken, fest mit dem Metallrahmen verkettet. Auf dem Stuhl neben seinem Bett saß eine Krankenschwester. Nicht Wassilisa, sondern eine üppige Blondine mit geschminkten Lippen, die ihn gelangweilt ansah. Sie sagte etwas, was er nicht verstand. Ebenso verstand er nicht, wie er erkennen konnte, dass ihre Haare blond und ihr Lippen rot waren, denn alles wirkte, als hätten Farben aufgehört zu existieren. Nicht weit entfernt schrie jemand unter Qualen. Die Krankenschwester verließ das Zimmer und kam kurz darauf in Begleitung eines Mannes zurück. Er trug einen weißen Kittel, rieb sich die Hände, als er Boris sah. Boris zerrte an seinen Fesseln. Finger zwangen seine Lider, sich weit zu öffnen, eine grelle Lampe leuchtete ihm in die Augen. Der blaue Fremdkörper in seinem Gehirn bäumte sich auf und Boris verlor die Besinnung. Dieser gnädige Zustand dauerte nicht lange an. Der Fremde zog die Decke weg und schob den Krankenkittel beiseite. Metall blitzte auf, schnürte sich in seine Brust wie Reifen um ein Holzfass. Schrauben standen hervor und Boris brüllte vor Schmerz und Entsetzen, als der Mann einige davon um ein paar Millimeter anzog. Es fühlte sich so an, als würden sie sich in seine Rippen bohren.

Risse im Kontinuum

Boris

»Boris«, sagte seine Halluzination und vertrieb die Erinnerungen, vertrieb das Lazarett und seine Teufel. »Lass und von hier fortgehen.«

Er nickte zitternd und setzte sich in Bewegung. Es war egal, welche Richtung er einschlug, jeder Schritt brachte ihn weiter von der Hölle fort.

Bei Sonnenaufgang schlief seine Halluzination auf seinem Arm ein, ein Zeichen, dass er auf dem richtigen Weg war. Gegen Mittag erwachte sie und hielt ihn mit ihren Erzählungen von düsteren Grübeleien ab und am Nachmittag verließ er den inneren Kreis der Hölle: die konturlose Ödnis endete!

Erste junge Baumsprösslinge durchbrachen die Oberfläche, als wollten sie ihm zu verstehen geben, gleichgültig wie trostlos, leer und abgestorben seine Seele war, sie könnte gesunden, wenn es ihm gelang, die Hölle zu überwinden.

Bei Einbruch der Nacht erreichte er das, was einmal ein Wald gewesen war. Er hatte gehofft, das echte Ende der Hölle zu erreichen, einen kräftigen, gesunden Wald, fest im Boden verwurzelte Bäume, die ihre Kronen hoch in den Himmel reckten. Erschöpfung und Kälte zwangen ihn, vorher zu rasten. Dieser Wald gefiel ihm nicht, obwohl er erträglicher war als die stumpfe Leere. Die Bäume waren verkrüppelt, ihre Stämme krumm und von Geschwüren befallen. Blauschwarzes Harz rann aus unzähligen Verletzungen. Ein weiteres Zeichen? Stellten diese Bäume ihn dar? Verdorrt? Verunstaltet? Bis zur Unkenntlichkeit deformiert? Sogar seine Olga-Halluzination fürchtete sich und zitterte, als er sie absetzte, um seine Hand auf eines der Geschwüre zu legen. Im Inneren gab es Bewegung. Wenn er der Baum war, waren dann die geschwürhaften

Auswüchse sein künstlicher Arm? Die Quantenmagie? Und was musste er tun, um zu gesunden? Er wollte nicht sein, was er vor sich sah: innerlich und äußerlich verunstaltet. Seine Finger gruben sich in das eigentümliche Harz, bohrten sich tief hinein und mit einem Ruck riss er die Eiterbeule vom Stamm. Klebrige Flüssigkeit quoll aus der Wunde, darin wand sich etwas, was wie Maden aussah. Boris beobachtete das Gewimmel für einen Moment. Auf dem Boden angekommen, hörte es auf, sich zu bewegen, jetzt glichen die Maden eher Samenkörnern. Was musste er tun? Sich von seinen Geschwüren befreien? Von der Quantenmechanik, mit der man ihn vollgestopft hatte?

In einem Anfall von Verzweiflung riss er alle krankhaften Auswüchse vom Baumstamm und schleuderte sie so weit von sich, wie er konnte. Als der letzte entfernt war, starrte er den Baum an, die wenigen dürren Äste, die ihm geblieben waren und die er Hilfe suchend in den Himmel reckte. Boris wartete auf ein Zeichen, ein Blatt, welches das tote Holz durchbrach, das zum Licht strebte, um den Rest mit Leben zu füllen.

Nur ein einziges Blatt.

Der Stamm blieb tot und fauliger Gestank entströmte den Stellen, wo er die Geschwüre heruntergerissen hatte. Boris sank unglücklich zu Boden und setzte sich in den Schnee.

Seine Halluzination bereitete ein Lager für die Nacht vor: schob Schnee als Schutzwall vor dem Wind zusammen, breitete eine Decke auf dem eisigen Boden aus und näherte sich nach einigem Zögern dem Baum, der nicht zum Leben erwachen wollte. Sie brach Zweige und Stücke der Rinde ab, schichtete sie auf und begann, zwei Zündsteine gegeneinanderzuschlagen. Nach vielen vergeblichen Versuchen entzündete ein winziger Funke trockene Späne. Sie schirmte das schwache Glimmen vor dem Wind ab und blies ihm behutsam Luft zu. Das Glimmen wurde zu einer Flamme, die Flamme setzte das tote, verkrüppelte Holz in Brand.

»Ich begreife nicht, was du mir zeigen willst«, gestand er leise. »Erkläre es mir.«

Sie gab vor, ihn nicht gehört zu haben.

Boris wusste, dass er ein ungebildeter Mann war. Er hatte keine Schule besucht, weder lesen noch schreiben gelernt. Vielleicht würde er eines Tages einen Gelehrten treffen, der ihm Halluzinationen erklären konnte. Nicht *warum* er sie hatte – das wusste er: Olga war ein Geschenk eines verwirrten Verstandes an eine unglückliche Seele. Nachdem Olga das Feuer entfacht und das Essen verteilt hatte – für jeden eine Scheibe Brot –, *aß* sie ihr Brot. Es kam ihm vor, als äße ein echtes Mädchen ein wirkliches Stück Brot.

Als seine Halluzination den Schutz des Lagers verließ, um im Schnee ihre Notdurft zu verrichten, tastete er den Boden ab, wo sie gesessen hatte. Da war kein Brot. Nicht mal ein Krümel. Vielleicht war ihr Brot nicht echt gewesen. Er biss von seinem ab. Dieses war jedenfalls keine Einbildung. Er reichte es Olga, als sie zurückkam.

»Nein, das ist dein Brot«, wehrte sie ab und wickelte sich in ihren Mantel.

»Ist dir kalt?«, fragte er.

Sie schaute ihn mit großen Augen an und nickte kläglich. Boris hob seinen rechten Arm und Olga kroch an seine Seite. Es musste einen Grund geben, warum er ein kleines Mädchen sah. Um zu lernen, Schutzloses zu beschützen? Um etwas Kleinem Zeit zu geben, heranzuwachsen? Wenigstens sorgte das rätselhafte Tun seiner Halluzination dafür, dass er ein wärmendes Feuer für die Nacht hatte.

Und dann verstand er: Der entstellte, monströse Baum, der nicht neu austreiben wollte … *Wer braucht ein grünes Blatt im Winter, wenn die Kälte einem das Leben von den Knochen frisst?* Spendete es Wärme? Rettete es vor dem Erfrieren? Nein, es war nur eine weitere trügerische Hoffnung, selbst dem Tode geweiht, und es hätte verhindert, das zu tun, was nötig war, um zu überleben, nämlich ein *Feuer* zu entfachen.

»Kannst du mir eine Geschichte erzählen?«, fragte seine Halluzination.

Boris musste überlegen, was sie von ihm wollte. Da sie ein Kind war, konnte er keine Geschichten über Krieg und Schlachtfelder, Verstümmelungen, Quantenmagie und Versuchslazarette erzählen. Vielleicht eine Geschichte über die Zukunft, nicht die, die einen erwartete, dafür eine, die … angenehm war.

»Eine Hütte«, begann er stockend. Es war ungewohnt, so viel zu reden, und erst recht, sich angenehme Dinge vorzustellen. »In Sibirien.«

Er erinnerte sich, er hatte einmal jemanden gekannt, der davon träumte, mit seinem Mädchen nach Sibirien zu gehen, dort eine Hütte zu bauen und glücklich bis zum Ende seiner Tage zu leben.

»Ist es schön in Sibirien?«, fragte Olga.

»Es ist kalt«, sagte er und dachte nach. Dem Hörensagen nach konnte man in Sibirien monatelang laufen, ohne einem einzigen Menschen zu begegnen. Er wäre dort weder ein Glücksfresser noch blauer Dämon noch der *Idiot*.

»Es ist sehr viel Platz dort«, beendete er die Antwort.

»Steht die Hütte an einem See?«

Im ersten Augenblick wunderte er sich über diese Frage, doch auf einmal sah er wirklich eine Hütte, einen See und …

»Und sie steht in einem Wald.«

Seine Halluzination seufzte zufrieden und schloss die Augen.

»Das ist eine sehr schöne Geschichte.«

In der Nacht sollte Boris den nächsten Einblick in seinen Seelenzustand erhalten.

Ein nicht allzu weit entferntes Jaulen weckte ihn: Wölfe. Er starrte in den Nachthimmel, lauschte ihren Rufen, es waren mindestens zehn und sie kamen näher. Ob sie ihn weiterhin verschmähen würden? Jetzt hatte er wenigstens etwas, was ihm Trost spendete. Er würde nicht ausschließlich nach Verzweiflung schmecken. Wünschte er sich überhaupt noch zu sterben?

Als das Rudel nicht wmehr eit entfernt war, schreckte Olga hoch.

»Wölfe«, stellte sie fest.

»Ja«, bestätigte er.

»Sie klingen hungrig.«

»Ja.«

»Vielleicht haben sie uns nicht bemerkt.«

»Nein. Sie haben mich gewittert ...« Er horchte. Ein anderes Geräusch mischte sich unter das Jaulen. Eine menschliche Stimme.

»... sie haben ... anderes Fressen gefunden.«

»Schnell!« Olga sprang auf und klaubte hastig ihre paar Sachen zusammen. »Wir müssen auf einen Baum klettern.«

Sie hängte sich die Taschen um und begann, einen Baum hochzuklettern. Keinen beliebigen Baum, sondern *den* Baum. Boris stand auf, um nachzusehen, warum die Wölfe ihn erneut nicht als Mahlzeit akzeptierten.

»Boris!«, rief Olga ihm hinterher.

Er setzte seinen Weg fort, neugierig, mit welchen Zeichen sein Geist aufwarten würde. Er kam zu einer Lichtung. Die Wölfe waren magere, kränkliche Tiere, das Fell voller kahler Stellen und die Haut von eitrigen Blasen bedeckt. Sie sahen eher bedauernswert als wie Ausgeburten der Hölle aus und waren nicht das, was er erwartet hatte. Das Rudel hatte einen Mann eingekreist, der versuchte, sich auf einen der Bäume zu retten, aber im Vergleich zu Olga keinen Halt fand. Die dürren Zweige befanden sich außerhalb seiner Reichweite und die Harzgeschwüre verformten sich unter seinem Gewicht oder platzten auf. Der Mann gab es auf, drückte sich mit dem Rücken gegen den Stamm, zog eine Waffe und zielte in die Dunkelheit. Das vertraute Summen erklang und ein Schuss wurde abgefeuert. Die Kugel zischte haarscharf an Boris vorbei und das Mündungsfeuer erhellte für einen Sekundenbruchteil das Gesicht des Schützen. Boris war so überrascht, dass er vergaß, auf die Knie zu fallen oder sich zu fragen, wie weit seine Wahnvorstellungen gehen würden. Zar Nikolaus II. fluchte, die Energiekammern der Waffe waren nahezu leer, sie brauchten lange, um ausreichend Spannung für den nächsten Schuss aufzubauen. Die Wölfe witterten ihre Chance und gleich drei von ihnen setzten zum Sprung an.

Olga

Olga war glücklich und sehr stolz auf Boris. Als sie die Dämonenbäume erreichten, zerlegte er einen mit bloßen Händen, riss die Geschwüre ab, starrte den Baum drohend an und kein Dämon wagte es, aus seiner Brutstätte zu schlüpfen. Damit nicht genug. Anstatt sich zufriedenzugeben, einen Sieg über die Dämonen errungen zu haben und weiterzuziehen, setzte sich Boris, um zu rasten. Olga wollte beweisen, dass sie ebenfalls mutig sein konnte – und nützlich. So nützlich, dass man sie nicht fortjagen würde, selbst wenn man sie nicht lieb hatte. Darum sammelte sie tapfer das Holz, das Boris von dem Dämonenbaum gerissen hatte. Boris ließ sie keine Sekunde aus den Augen, sicherlich um schnell eingreifen zu können, sollte ein Dämonen-Ausländer-Homunkel schlüpfen und sie auffressen wollen.

Als sie nachts von Hunderten von Wölfen eingekreist wurden, bewies Boris erneut seine Unerschrockenheit. Anstatt bei ihr zu bleiben und sich ebenfalls auf einen Baum zu retten, ging er zum Angriff über. Er stürmte in die Dunkelheit, unterdessen kletterte Olga so hoch wie sie konnte.

Doch dann hallte ein Schuss durch den Wald. Wölfe hatten keine Waffen. Genauso wenig wie Boris oder sie. Ein

Mensch schrie. Ohne nachzudenken, sprang sie vom Baum und rannte ihrem Helden hinterher.

»Boris! Boris!«, rief sie aus Leibeskräften.

Sie musste nicht weit laufen. Sie fand ihn im Ringkampf mit zwei Wölfen. Einen hatte er im Schwitzkasten, den zweiten hielt er im Nacken, schüttelte ihn und warf ihn im hohen Bogen in den Wald. Weitere vier Wölfe umringten ihn, knurrten, wagten aber keinen Angriff, zwei verschwanden mit eingekniffenen Schwänzen zwischen den Bäumen. Die restlichen Hundert mussten bereits vor Olgas Eintreffen die Flucht ergriffen haben. Direkt neben Boris bewegte sich jemand. Sie waren nicht die einzigen Menschen in diesem Dämonenwald.

Olga erkannte den Mann und rief: »Tod dem ...«

Sie musste sich ducken, als zwei Wölfe dicht über ihren Kopf flogen.

»... Zaren!«

Olga hätte die Faust in den Himmel gereckt, wenn sich nicht Metallfinger um ihren Hals geschlossen und ihr die Luftröhre zugedrückt hätten.

Ein künstlicher Arm hob sie hoch, ihre Füße strampelten hilflos in der Luft. Im ersten Moment viel zu überrascht, um Angst zu haben, blickte sie in ein zornverzerrtes Gesicht mit zwei wütend funkelnden Augen.

»B... Boris?«, fragte sie krächzend.

Der Blick ihres Soldaten klärte sich, so als käme er wieder zu Besinnung.

»Boris? Alles in Ordnung?«

Sekunden verstrichen, bis sich der Griff um Olgas Kehle lockerte und sie langsam wieder auf den Boden gesetzt wurde.

»Sag so etwas besser nicht«, murmelte Boris und wandte sich verlegen ab.

Olga versuchte mit einem Lächeln, den Schreck, den ihr Soldat ihr eingejagt hatte, zu vertreiben.

»Gut«, sagte der falsche Zar. »Soldat Boris, Wir müssen

nach Perm. Du wirst Uns begleiten und dafür sorgen, dass Wir dort auf schnellstem Wege ankommen.«

»*Wir* werden dich nirgendwohin begleiten«, sagte Olga entschieden und stampfte mit dem Fuß auf.

Boris

Boris warf erst seiner Halluzination, dann seinem Zaren einen kurzen Blick voller Qual zu. Welche Lektion, welche Weisheit hielt das erbarmungslose und rätselhafte Schicksal dieses Mal für ihn bereit? Und vor allem: Stand er tatsächlich dem Zaren gegenüber – mitten in einem Wald, der ein Sinnbild seines Seelenzustandes war? War es nicht wahrscheinlicher, dass es sich beim Zaren ebenfalls um eine Wahnvorstellung handelte?

»Wir müssen nach Perm«, sagte der Zar. »Wir haben keine Zeit zu verlieren, wenn Wir unseren Thron zurückerobern wollen.«

Boris' Herz begann zu rasen. Welch größeres Unglück könnte sein Land heimsuchen, als von Verrätern regiert zu werden? Wann wurde die Treue eines Soldaten dringender benötigt, als wenn der Zar höchstpersönlich in größter Not steckte? Vorsichtig schaute er zu seiner Olga-Halluzination und flehte darum, dass sie etwas sagte, was er verstand, dem er folgen konnte, ohne innerlich zerrissen zu werden.

»Das Mädchen bleibt hier«, sagte der Zar, als wüsste er um Boris' Zwiespalt.

Olga hierlassen? Selbst wenn er es vermocht hätte, wenn er das Erscheinen oder Fortbleiben seiner Wahnvorstellungen beeinflussen könnte, diese Halluzination war nett zu ihm, kümmerte und sorgte sich um ihn. Das wollte er nicht aufgeben.

»Betrüger!«, rief seine bisher so hilfreiche Halluzination wenig hilfreich aus und stürmte auf den Zaren zu. Eine schwer zu ertragende Respektlosigkeit, sogar wenn der Zar lediglich eine Illusion sein sollte.

»Los!«, schrie Olga und fuchtelte dem Zaren mit dem Zeigefinger vorm Gesicht herum. »Sag Boris deinen echten Namen und zeig ihm die Tätowierung! Los, mach. Sonst mach ich es.«

Boris schwankte, das Bild, das sich ihm bot, konnte nicht echt sein, konnte nicht wirklich passieren. Ein zerlumptes kleines Mädchen zettelte ein Handgemenge mit dem Zaren von Russland an, versuchte ihm die Hose herunterzuziehen und rief: »Ich kann beweisen, dass du ein Betrüger bist. Boris, hilf mir. Du musst dir seinen Hintern ansehen. Da ist was draufgeschrieben.«

Es überforderte Boris, das Gesehene in einen logischen Zusammenhang zu bringen. Er taumelte, stolperte und setzte sich in den Schnee. Vor ihm tobte ein grotesker Kampf und er war sich sicher, gänzlich den Verstand verloren zu haben.

»Soldat! Schaff Uns diese Wilde vom Leib!«

War alles Einbildung?

»Wir erteilten dir einen Befehl, hörst du?«

Nach einer Schlacht hatten die Explosionen und Granateneinschläge tagelang in seinen Ohren nachgehallt. Vielleicht passierte Gleiches mit Befehlen. Sie hallten wie ein Echo in seinen Erinnerungen. Boris betrachtete seine Hände. Kein Gefühl, sie übermittelten nur Informationen, ob Dinge weich oder rau waren, ohne es zu spüren. Ein Echo der Wirklichkeit.

Nach Olgas Ruf *Tod dem Zaren!* hatten Reflexe die Kontrolle übernommen. Reflexe, die sich für einen treuen Untertanen ziemten. Als der Zar seine Waffe auf Olga richtete, übernahmen andere Reflexe. Welche, die so neu und unbekannt waren, dass Boris nicht wusste, wie ihm geschah, als er vorschnellte und dem Zaren mit einem Hieb die Pistole aus der Hand schlug.

Selbst der Zar war verblüfft, sowohl über Boris' Schnelligkeit als auch über die Tat an sich.

»Wie kannst du es wagen?«

Boris zog eine Schulter hoch, so als könnte dies die Worte abwehren. Er war der treueste Soldat des Zaren, hatte ihm alles geopfert, seinen rechten Arm, seine Menschlichkeit ... seine Wahrnehmung könnte ihn trügen, seine Ehrenhaftigkeit nicht.

Olga lag im Schnee. Er hielt ihr seine Hand hin, die linke. Das Mädchen ergriff sie dankbar und ließ sich von ihm auf die Beine ziehen.

Auf dem Gesicht des Zaren war Furcht zu erkennen, aber mittlerweile wusste Boris, er durfte nicht alles glauben, was er sah. So wie Olga es gesagt hatte. Er befand sich noch in der Hölle.

»Majestät«, sagte er demütig und hielt ihm die rechte Hand hin, um seinem Herrscher gleichfalls auf die Beine zu helfen.

Es fiel Boris nicht leicht, sich einzugestehen, dass er mit sich im Krieg lag. Frieden war ihm unbekannt und er besaß keine Vorstellung davon, was *Frieden* für einen Soldaten bedeutete, gleichwohl sehnte er sich danach, innerlich zur Ruhe zu kommen.

Der Zar musterte ihn schweigend. Olga seufzte und klammerte sich an seinen Arm.

»Wir müssen aufbrechen«, sagte Boris.

»Wohin?«, fragte sein Herrscher scharf.

»Nach Perm, Majestät. Wie es Euer Wunsch ist, damit Ihr Euren Thron wieder besteigen könnt.«

»Betrüger«, murmelte Olga leise und: »Tod dem Zaren.«

Diesmal war Boris darauf vorbereitet und hatte seine Reflexe halbwegs unter Kontrolle. Seine rechte Hand zuckte nur kurz und er konnte den Griff beinahe sofort wieder lockern.

Die drei sammelten die verstreuten Ausrüstungsgegenstände ein und warteten bis Tagesanbruch, um die Wanderung fortzusetzen.

»Gibt es denn von hier aus einen Weg, der nach Perm führt?«, fragte Boris mit leichtem Unglauben.

Der Zar sah ihn an, als hielte er ihn für einen Idioten, und holte eine Karte hervor.

»Hier ist Perm«, sagte er und zeigte auf einen dunklen Fleck. »Und Wir schätzen, dass wir ungefähr hier sind.« Sein Finger wanderte zu einer Stelle ohne Fleck.

Boris wusste, dass es Landkarten gab, er hatte welche gesehen – aus der Ferne. Ihm sagten die Linien darauf nichts.

»Wir rechnen mit einem Marsch von zwei Wochen.«

Boris starrte die Karte ratlos an.

»Da lang«, sagte der Zar gereizt und zeigte nach Südosten.

Boris nickte, schulterte alles Gepäck, hob Olga hoch und setzte sich in Bewegung.

Seine Verwunderung war groß, als sich kurz darauf die Welt zu verändern begann. Die Geschwüre wurden kleiner und weniger, die Bäume kräftiger. Der Wald aus der Hölle verwandelte sich Stück für Stück, Schritt für Schritt in einen normalen Forst. Ein Zeichen, dass sein Gesundungsprozess begonnen hatte. Er sah kurz zu Olga. Sie war noch da, fing nicht einmal an, durchsichtig zu werden. Boris war erleichtert.

Olga

Mittags rasteten sie unter Birken, Eichen und Kiefern, denen nichts Dämonisches anhaftete. Olga machte ein Feuer und kümmerte sich ums Essen. Der falsche Zar warf einen missbilligenden Blick auf seine Portion, die weder größer noch schmackhafter war als die der anderen.

»Das nennt man Teilen!«, raunte sie ihm zu, als Boris außer Hörweite war. »Du hast kein Essen dabei. Darum geben wir dir von unserem Essen etwas ab. Niemand muss uns dazu zwingen. So wie dich, damit du mir einen Mantel abgibst. Bestimmt hättest du gern alles Essen für dich allein. Du bist ein Doppelgänger, trotzdem benimmst du dich wie der echte Zar.«

Daraufhin wusste der falsche Zar nichts zu erwidern. Sie schaute zu Boris. Er saß ein Stück abseits, hielt einen Lappen in der Hand und putzte seinen Metallarm. Sie schlang ihre Kartoffel herunter, nahm Boris' und eilte zu ihm.

»Bevor der falsche Zar sie aufisst!«, sagte sie.

Sie nahm Boris den Lappen ab und hielt ihm dafür die Kartoffel hin. Er biss hinein und hörte sofort auf zu kauen, als sie begann, seinen Arm zu putzen.

»Ich bin ganz vorsichtig«, versprach sie hastig. »Ich mache nichts kaputt. Schau, ich habe ganz kleine Hände. Ich komme innen viel besser ran als du – oder als überhaupt jemand. Ist gut, mich bei sich zu haben, oder?«

Boris nickte, ließ sie nicht aus den Augen.

»Siehst du«, sie zwängte ihre Hand hinein, »ich kann das. Ich weiß sogar, dass ich aufpassen muss und das Öl nicht wegputzen darf, denn sonst quietschen die Zahnräder. Einmal habe ich das aus Versehen gemacht. Ich dachte, das Öl wäre Schmutz und habe es sauber gemacht. Das war aber eine Druckmaschine und kein Arm.«

Nach und nach wich das Entsetzen aus Boris' Blick und er begann seine Kartoffel aufzuessen.

»Können wir weiter?«, drängte der falsche Zar.

Olga streckte ihm die Zunge raus.

»Warum müssen Majestät nach Perm?«, fragte Boris.

»Wir gelangten an die Information, das britische Empire könnte in Kürze in der Lage sein, das Zeitkontinuum zu manipulieren.«

Boris

Boris' Welt wurde auf den Kopf gestellt, das Unterste nach oben gekehrt.

Gestern war ihm zumindest der Gewaltmarsch als Gewohnheit geblieben. Seit der Zar sich ihm angeschlossen hatte, musste er das Tempo drosseln und Ruhepausen einlegen. Zu allem Überfluss stritten sich seine beiden Halluzinationen.

»Das nennt man Teilen!«, gab eine Halluzination der anderen eine Unterweisung.

Was das bedeutete, verstand sogar er: Er trug einen inneren Konflikt aus. Es wunderte ihn nur, dass es einen Konflikt gab. Er hatte gedacht, nichts könne seine Zarentreue brechen. Olgas Anwesenheit bewies, es schlummerte noch anderes in ihm. Wofür stand sie? Für den Wunsch, von wenigstens einem Menschen gemocht zu werden? Nicht sein ganzes Leben in der Armee zu verbringen? Dinge tun zu können, die einem nicht befohlen wurden?

Olga ließ den Zaren stehen und kam zu ihm, teilte Essen mit ihm und nahm ihm den Polierlappen aus der Hand. Boris konnte vieles klaglos ertragen, nur nicht, wenn andere ihre Hände in seinen künstlichen Arm steckten. Und genau das tat Olga, sie reinigte die mechanischen Teile. Vorsichtig polierte sie das Metall, tupfte Schmutz aus dem Öl. Zu seiner Verwunderung blieben das Gefühl der Demütigung und des Ausgeliefertseins aus. Im Gegenteil. Es war angenehm, obwohl er der Sache nicht traute.

»Können wir weiter?«

Die Zaren-Wahnvorstellung drängte zum Aufbruch.

Erst hatte Boris gegen seinen Willen rasten müssen und jetzt, wo er einer unbekannten Erfahrung nachspürte, wurde er zum Weitermarsch gedrängt.

Olga streckte dem Zaren die Zunge raus.

»Warum müssen Majestät nach Perm?«, fragte Boris.

Er verstand es nicht. Der Zar wollte bisher nach Petersburg. Warum auf einmal Perm? Die letzte Stadt diesseits des Ural. Das Tor zu Sibirien. Weil er sich dort entscheiden musste? Für Petersburg und den Zaren oder Olga und Sibirien?

»Wir gelangten an die Information, das britische Empire könnte in Kürze in der Lage sein, das Zeitkontinuum zu manipulieren«, sagte der Zar.

Der Zar gebrauchte Wörter, die Boris nicht kannte. Merkwürdig, warum verfügte seine Wahnvorstellung über einen größeren Wortschatz als er?

»Was ist ein Zeitkontinuum?«

»Das hat er sich nur ausgedacht«, sagte Olga mitfühlend.

»Ein Kontinuum ist etwas, in dem es keine Lücken gibt«, sagte der Zar.

Keine Lücken? Was sollte das heißen? Jedenfalls waren weder seine Erinnerungen noch sein Verstand ein Kontinuum. Beides war voller Lücken.

»Wenn man Wasser zum Kochen bringt, dann durchläuft es kontinuierlich alle Temperaturen, bis es den Siedepunkt erreicht hat. Weder macht es einen unerwarteten Sprung noch ist es zwischendurch *ohne* Temperatur«, erklärte der Zar weiter.

»Und es ist nicht gut, wenn das Kontinuum beschädigt ist«, bestätigte Boris.

»Habe ich was kaputt gemacht?«, fragte Olga erschrocken.

Ja, er erkannte, dass ihr Tonfall und ihr Gesichtsausdruck Erschrecken ausdrückten.

»Es geht um das Zeitkontinuum!«, sagte der Zar. »Zeit läuft kontinuierlich ab. Auf *heute* folgt *morgen*, auf *morgen übermorgen*. Zeit ist ein Kontinuum. Der Quantenmagier James Clerk Maxwell erfand eine Maschine, mit der man das Kontinuum der Zeit verzerren kann. Eine Zeitmaschine. Man könnte auf *heute* einen beliebigen Tag in der Vergangenheit folgen lassen und dort etwas tun oder verhindern, um die Gegenwart zu verändern. Unsere Feinde wollen vielleicht Unsere Krönung verhindern, Unsere Geburt oder Uns einfach nur umbringen. Mit einfachen Worten: Ja, es ist nicht gut, wenn das Zeitkontinuum beschädigt ist.«

Zurück in die Hölle

Boris

Am frühen Nachmittag hörte Boris, dass sie verfolgt wurden. Sein Gehör verriet ihm, dass es sich um einen Mann handelte, der seiner Spur im Schnee folgte und darauf achtete, ihn nicht einzuholen. Was sein Gehör ihm nicht verriet, war, ob es sich um einen echten Menschen oder ein weiteres Hirngespinst handelte. Er würde einen Weg finden müssen, Wahnvorstellungen von der Realität zu unterscheiden. Olga war eine Halluzination, daran bestand kein Zweifel. Und der Zar? Er sah Olga an und wartete, dass sie ihm sagte, ob der Zar wie sie war oder echt.

»Tut dir der Arm weh?«

Beantwortete sie seine Frage mit einer Gegenfrage? Er verstand es nicht.

»Bin ich zu schwer?«

Zu schwer für was?

»Ich kann laufen, wenn dir der Arm wehtut, weil ich zu schwer bin.«

Er drückte sie fester an sich. Sie sollte nicht laufen, sie wärmte das Öl und … es gefiel ihm, sie bei sich zu haben. Olga seufzte und legte ihre Arme um seinen Hals.

»Was ist mit ihm?«, fragte Boris und warf einen Blick über die Schulter zum Zaren. Auf eine Art hoffte er, er wäre nur ein Trugbild, das würde einiges vereinfachen.

»Weil er müde ist?«, fragte Olga. »Ich finde, der kann selbst laufen. Der will bestimmt gar nicht getragen werden.«

Sie liefen weiter. Boris an der Spitze, mit Olga auf dem Arm, einen Weg durch den Schnee bahnend. Immer weiter zurückbleibend der Zar und – mit hundert Meter Abstand – ihr unbekannter Verfolger.

»Was soll ich tun?«, fragte er seine Halluzination.

Olga betrachtete ihn nachdenklich und er fürchtete, sie

könnte *Tod dem Zaren* fordern.

»Du meinst, weil du glaubst, ihm gehorchen zu müssen, da du Soldat bist?«, fragte sie behutsam. »Hast du Angst, dass er dich wieder in den Krieg schickt und du wieder Soldaten totmachen musst?

»Ich bin kein Soldat«, brach es aus ihm heraus. »Er hat mich aus seinem Dienst entlassen, als er mich erschossen hat …«

»Er hat was?«, schrie Olga. »Na warte, der kann was erleben!«

Sie versuchte von Arm herunterzukommen, doch er hielt sie fest.

»Olga«, flehte Boris, »was soll ich machen?«

Olga schnaubte und warf dem Zaren finstere Blicke zu.

»Damit kommt der nicht davon. Der kann was erleben. Boris, lass mich runter …«

»Olga. Ich …«

Boris brach ab, sah sie inständig an. Die Entrüstung seiner Illusion verflog und sie bedachte ihn mit einem Blick voller Mitgefühl. Boris versuchte ein Lächeln, was reichlich kläglich ausfiel. Er war es nicht gewohnt, Freundlichkeit zu erfahren, weder von realen Wesen noch von Hirngespinsten. Er schloss die Augen, als ihm *dieses* Hirngespinst tröstend über den Kopf strich.

»Ich bin nicht länger Soldat«, sagte er ganz leise. »Ich bin kein Mensch, aber ich will keine Maschine sein, kein Monster, kein deformierter, verdorrter Baum.«

»Du bist kein Monster«, erwiderte seine Illusion und schniefte. »Du bist ein Held. Du bist ein Bogatyr. Und …«, sie wischte sich die Wange, »es ist gut, wenn du kein Soldat bist. Dann kannst du tun, was du willst. Du kannst nach Sibirien gehen, in die Hütte am See im Wald.«

Über diese Worte musste er eine Weile nachdenken. *Tun, was man will.* Er hatte vor langer Zeit aufgehört zu wollen, Wünsche zu haben.

Gegen späten Nachmittag ließ sich die Entscheidung nicht länger aufschieben. Der Zar war weit zurückgefallen und würde bald dem Verfolger in die Hände fallen. Wenn Boris nur wüsste, ob er es mit Menschen oder Hirngespinsten zu tun hätte. Einen echten Zaren müsste er vor einem realen Verfolger beschützen. Zwei Wahnvorstellungen sollten ihre Konflikte untereinander ausmachen und ihn in Ruhe lassen. Er würde sie nicht vermissen, nur um seine Olga-Halluzination täte es ihm leid. Er betrachtete sie aus den Augenwinkeln heraus. Wenn er ehrlich mit sich war, den Verlust dieser Halluzination würde er mehr als nur ein wenig bedauern.

Hinter ihnen war der Zar stehen geblieben und hatte sich erschöpft in den Schnee fallen lassen.

»Ich muss es wissen«, sagte Boris mit einem Anflug von Verzweiflung. »Ist er echt?«

»Wer, der Zar?« Automatisch schaute seine Halluzination zurück. »Nein, das ist ein Doppelgänger. Er soll dir seinen Popo zeigen. Da hat man ihm seinen richtigen Namen draufgeschrieben.«

Boris befand sich weiterhin im Unklaren. Eine Wahnvorstellung von einem Zarendoppelgänger? Dann musste es um seine geistige Gesundheit schlechter bestellt sein, als er angenommen hatte. Andererseits, wenn der echte Zar Doppelgänger in seinen Dienst stellte, wäre es seine Pflicht, diese ebenfalls vor Marodeuren zu bewahren.

»Die Tätowierung ist nicht echt«, sagte er.

»Nicht echt?«, sagte Olga und riss die Augen auf. »Du hast sie gesehen?«

»Im Bergwerk«, bestätigte er. »Er hat sie nachgezeichnet.«

Seine Halluzination starrte ihn mit offenem Mund an.

»Bedeutet das, er ist … nicht wie du?«, fragte er unsicher.

»Natürlich nicht! Ich bin kein Ausbeuter! Er nimmt den Menschen das Essen weg. Und je weniger jemand hat, desto mehr nimmt er. Das heißt Steuern, wusstest du das? Und dabei hat er bestimmt nicht mal Hunger. Ich habe immer Hunger, aber ich nehme nur ganz wenig, so wenig, dass nicht auffällt. Weißt du, der Bauer hatte Säcke voller Rüben. Wenn er mich nicht erwischt hätte, wäre es ihm nicht aufgefallen. Wenn der Zar sich was zu essen geholt hätte, dann hätte er die Säcke mitgenommen und ihm nur zwei Rüben gelassen! Jawohl! So gemein ist er!«

Seine Halluzination bebte vor Entrüstung, dann änderte sich ihre Gemütslage, sie ballte ihre Fäuste vor der Brust. Verschwommene Erinnerungen tauchten auf. Bilder von Kämpfen, von sterbenden Soldaten, gekrümmten Rücken, die Arme vor der Brust – Schutz suchend.

»Bist du böse, weil ich dein Brot aufgegessen habe?«, fragte Olga. »Ich dachte, du wärst tot und würdest es nicht brauchen. Wenn ich gewusst hätte, dass du dich nur nicht bewegen kannst, hätte ich es dir nicht weggenommen, ehrlich. Ich hätte nur vielleicht gefragt, ob ich mal abbeißen darf. Nur ein ganz kleines Stückchen.«

Boris begriff, eine Reaktion wurde von ihm erwartet. Er hob den linken Arm, legte ihn um seine Halluzination und drückte sie vorsichtig an sich.

Inzwischen nahmen die Ereignisse hinter ihnen ihren eigenen Verlauf, der Verfolger hatte aufgeschlossen und der Zar rief seinen Namen: »Boris!«

Seine Halluzination drehte den Kopf.

»Hast du es gehört?«, fragte Boris, interessiert daran, mehr über die Natur seiner Wahnvorstellungen herauszufinden. Er fände es nachvollziehbar, wenn sie über das gleiche gute Gehör verfügen würde wie er.

»Ich weiß nicht«, antwortete sie.

»Boris! Hilfe!«

Den Befehlen eines Trugbildes musste er nicht Folge leisten. Sollte der Zar echt sein, beginge er Hochverrat. Er setzte Olga vorsichtig ab, sagte: »Warte hier«, und spurtete los.

Natürlich wartete sie nicht, sondern rannte ihrem Helden hinterher. Als sie ihn einholte, stand er als schützender Wall zwischen dem Zaren und Pawel. Boris' Blicke wanderten verwirrt zwischen den beiden hin und her. Pawel wirkte verunsichert und achtete darauf, Boris nicht zu nahe zu kommen. Nur der Zar schien Herr der Lage zu sein und forderte von Boris: »Bring ihn dazu, Uns zu sagen, warum er Uns folgt und in wessen Diensten er steht.«

Olga hatte die Erkenntnis, dass der vermeintliche Doppelgänger wahrscheinlich der echte Zar war, noch nicht überwunden. War die Revolulu… Ravaluti… ausgebrochen und der Zar auf der Flucht? Wassilisa hatte gesagt, nach dem Sieg des Prole… Proletara müsste man dem Zaren einen Pflug in die Hände drücken und ihn zwingen, Felder zu bestellen. Andere Genossen hätten ihn lieber vor einer Wand stehen sehen.

»Hoheit?«, riss Pawel sie aus ihren Überlegungen. Er fiel auf die Knie. Allerdings nicht vor dem Zaren, sondern vor ihr. »Hoheit, ich sterbe vor Hunger.«

Olga kramte in der Vorratstasche, holte eine Scheibe Brot heraus und brachte sie Pawel, der diese gierig verschlang.

»Danke! Prinzessin Olga. Und bitte verzeiht mir.«

»Prinzessin Olga?«, rief der Zar. »*Prinzessin*?«

»Verzeihung?«, wunderte sich Olga.

»Ich habe Euch enttäuscht und Euren Befehl missachtet.«

Jetzt erkannte sie, was er meinte.

»Wo ist Yegor?«, rief sie aus, schaute sich nach allen Seiten um, rannte den Weg ein Stück zurück. Von dem Soldaten fehlte jede Spur.

»Es tut mir leid, Prinzessin. Es tut mir leid. Bitte bestraft mich nicht.«

Boris wich einen Schritt zurück. Auf eine Art kam es ihr vor, als würde er wanken. Er setzte sich in den Schnee und sah einen nach den anderen mit wachsender Verwirrung an.

»Boris«, befahl der Zar, »sorg dafür, dass dieses Subjekt niemandem über Unsere Pläne unterrichten kann, und dann müssen Wir weiter.«

Boris zog unmerklich den Kopf ein.

»Was hast du mit Yegor gemacht?«, fuhr Olga Pawel an.

»Wir mussten ihn zurücklassen. Er war so gut wie tot.«

»Steh auf, Soldat«, sagte der Zar. »Bring Uns nach Perm! Wir haben keine Zeit zu verlieren.«

Boris hob den Kopf und blinzelte.

»Ich bin kein Soldat.«

Olga spürte, wir traurig es Boris machte. Sie kauerte sich neben ihm und versuchte zu trösten.

»Dafür bist du ein Bogatyr«, sagte sie. »Das ist viel besser als ein Soldat.«

»Ist es das?«, fragte er, klang gleichzeitig hoffnungsvoll und zutiefst erschrocken.

»Nehmt mich mit nach Perm«, bat Pawel, während der Zar von Boris forderte, ihn totzumachen.

»Ausbeuter!«, sagte Olga ärgerlich und legte schützend die Arme um Boris. »Warte nur ab, wenn die Revolulolu gesiegt hat, dann musst du Bauer werden.«

»Ich dachte, euresgleichen will Uns an die Wand stellen«, erwiderte der Zar.

Olga dachte nach, ein paar Genossen hatten das gefordert und sie hatte sich gefragt, warum. Es mochte langweilig sein, zur Strafe in eine Ecke gestellt zu werden und die Wand anstarren zu müssen, aber sonderlich schlimm war es nicht.

»Ja«, sagte sie. »Aber danach musst du Felder pflügen. Und da hast du es gut, denn niemand wird dir dein Essen wegnehmen. Du musst es nur mit denen teilen, die weniger als du haben.«

Seit er seine Einheit verloren hatte, lief es immer wieder darauf hinaus, Entscheidungen zu treffen. Und wenn er Entscheidungen aus dem Weg ging, in der Hoffnung, es klärte sich ohne sein Zutun, resultierte daraus lediglich, einen noch unmöglicheren Entschluss fassen zu müssen. Aufgrund welcher Voraussetzungen traf man Entscheidungen? Seine Olga-Halluzination versuchte ihm Hinweise zu geben, obwohl sie wie stets in Rätseln sprach. Den Zaren von einem Erschießungskommando hinrichten lassen, um ihn danach Felder bestellen zu lassen? Ein Gleichnis wie der Bogatyr, der aufhören musste, Soldat zu sein. Ein Sinnbild dafür, dass nach einem schmerzlichen Ende Neues beginnen würde, von dem man nie gedacht hätte, es sei erstrebenswert?

»Was soll ich tun?«, fragte er und zu seiner Erleichterung gab sie diesmal eine Antwort, die er verstand – zumindest teilweise.

»Wir drehen um und suchen Yegor.«

Meinte sie tatsächlich einen seiner ehemaligen Kameraden oder war er ein weiteres Sinnbild? Zumindest war die Anweisung eindeutig. Er stand auf, hob Olga auf den Arm und marschierte los. Zurück in Richtung Blausteinlager, zurück in die Hölle, auf der Suche nach einem toten Soldaten, der zu seinen Lebzeiten keine Gelegenheit ausgelassen hatte, ihn zu verspotten.

Boris' Verstand schlug seinen eigenen Weg zurück in die Hölle ein. Die Welt verschwand hinter Schleiern, entzog sich der Wahrnehmung. Der gesunde Forst wich dem Dämonenwald und dieser schließlich der endlosen Einöde. Nichts kam Boris wirklich vor, einzig und allein die Halluzination auf seinem Arm fühlte sich real an und er wusste, ohne sie hätte er den Weg nicht geschafft, hätten ihn die Stimmen auf eine Irrfahrt geschickt, aus der er aus eigener

Kraft nicht herausgefunden hätte. *Böse bis ins Mark,* sagte eine Frauenstimme. Dann sah er einen Offizier, das Gesicht vom Alkohol aufgedunsen, von roten Äderchen durchzogen, die verborgene Zeichen und Muster bildeten. *Gib zu, du bist gern bei mir.* Der Offizier streckte eine Hand nach ihm aus, fasste ihn an und Boris wagte nicht zurückzuweichen, er was ja fast noch ein Kind.

Es war der Tag, an dem die Welt unterging, an dem der Himmel zerbrach. Boris hatte auf dem Kasernenhof gestanden, als es passierte. Alles schien für einen Moment aufgehört haben zu existieren. Die Welt löste sich in einem Energieblitz auf. Später hieß es, die Engländer wären schuld, sie hätten ihr eigenes Land vernichtet und den halben Kontinent verstrahlt. Als Boris danach ins Quartier zurückkehrte, war sein Offizier tot.

Als das Blausteinlager nicht mehr weit entfernt war, begann die Kartusche in Boris' Arm mit der Energie in dem Krater zu kommunizieren, beide passten ihre Schwingung aneinander an.

»Sie haben das Kontinuum kaputt gemacht«, murmelte Boris, als er begriff, dass alles zusammenhing: der Super-GAU, der Krater, die Energiekartusche. Er hatte Angst und es tat gut, sich an Olga festhalten zu können. Sie sorgte dafür, dass Pawel ihnen vorausging, dorthin, wo er Yegor zurückgelassen hatte, und dass der Zar nicht die größte Ration Essen für sich beanspruchte. Boris lauschte ihren Erzählungen vom Teilen, von Rüben und Mänteln und versuchte zu verstehen, welche Lehren ihm seine leidende Seele erteilen wollte.

»Da!«, rief Olga aus und zeigte auf etwas. »Das muss Yegor sein.«

Er kniff die Augen zusammen und sah in einiger Entfernung eine kleine Erhebung. Er hielt darauf zu. Plötzlich begann er sich unwohl zu fühlen und mit jedem Schritt wurde es schlimmer. Als er innehielt und sich krümmte, sprang Olga von seinem Arm und rannte los. *Nein*, dachte er, *nicht! Lass mich nicht hier zurück.* Beim Versuch, ihr zu folgen, begann die Welt hinter zuckenden Blitzen zu verschwinden und es fühlte sich an, als würde man ihm die Kraft aussaugen. Boris wusste, das hatte er schon einmal erlebt.

»Ja«, rief Olga aus, als sie die Erhebung ebenfalls entdeckte. Er biss die Zähne zusammen, mühte sich ab und fürchtete, wenn er für einen Moment den Blick von Olga abwenden würde, wäre sie verschwunden. Olga erreichte die kleine Erhöhung und stieß einen Schrei aus. Was war passiert? Er konnte nicht klar sehen und in seinen Ohren schrillte ein Pfeifen, das alle anderen Geräusche übertönte. Schrie Olga noch? Hatte Pawel ihr etwas getan? Oder der Zar? Es wurde schwerer, die Füße zu heben. Es war wie der Anfall, den er im Bergwerk erlebt hatte.

»Olga!«, rief Boris, versuchte es zumindest. Das Pfeifen war so laut geworden, dass er seine eigene Stimme nicht hören konnte.

Unverhofft sah er seinen Zaren über sich aufragen. Sein Herrscher musterte ihn. Sprach er zu ihm? Gab er Befehle? Boris konnte nicht einmal mit Sicherheit sagen, ob der Zar die Lippen bewegte. Der Zar wandte sich ab, ließ ihn zurück und eilte auf Olga zu. Wollte er ihr etwas antun? Mühsam schob er sich über den Boden, robbte Millimeter für Millimeter weiter. In seinem Kopf zuckten Blitze und ihre Energie ließ sein Bewusstsein verdampfen.

Von einem Moment zum anderen war der Anfall vorüber. Keine Blitze, keine Krämpfe. Boris stöhnte vor Erleichterung.

Olga

»Yegor!«, rief Olga und rannte los.

Der kleine Hügel hatte die Form und die Größe des Bettes, das zur Trage für den kranken Soldaten umgebaut worden war. Eine dünne Schneeschicht hatte sich wie ein Tuch daraufgelegt. Hoffentlich waren sie nicht zu spät.

Außer Atem erreichte sie die Trage. Sie war leer. Von Yegor keine Spur. Das konnte nicht sein. Gab es hier Aasfresser? Hatten Wölfe ihn geholt? Olga kippte die Trage um, eine metallene Kugel fiel zu Boden. Sie sah aus wie das Ding, das Jean-Claude um den Hals getragen hatte, um sich vor der Strahlung des Kraters zu schützen.

»Pawel«, schrie Olga den ehemaligen Gefangenen an. »Was habt ihr mit Yegor gemacht?«

Sie ballte die Fäuste.

»Nichts«, verteidigte er sich, sah zerknirscht zur Trage, wandte den Blick schnell wieder ab. »Es ging ihm … na ja … gut, als wir ihn … als wir ohne ihn weiter sind. Ehrlich. Hoheit, ich schwöre es.«

»Ich bin keine Hoheit!«, schrie sie. »Ich bin Olga! Der da …«, sie zeigte auf den Zaren, der eben zu Boris aufgeschlossen hatte, »… ist der Ausbeuter. Den kannst du *Hoheit* nennen! Was habt ihr mit Yegor gemacht? Ihr hattet versprochen, euch um ihn zu kümmern!«

Pawel rang die Hände, sah sich halb Hilfe suchend, halb ängstlich nach dem Zaren um.

»Er hat gelebt! Wir … wir haben ihn einfach nicht tragen können. Versteht doch, Hoheit. Es ging nicht. Wir haben ihm Essen hiergelassen, damit er durchhält, bis Eure Verstärkung eintrifft.«

Seine Blicke wanderten zwischen Olga und dem Zaren hin und her. Da entdeckte er etwas im Schnee, hastete vor und hob die Metallkugel auf.

»Hier!«, rief er aus und hielt Olga die Kugel vor die Nase. »Das haben wir ihm da gelassen. Einen Strahlungsfresser. Die schützen vor der Krankheit. Den haben wir der Wache abgenommen. Es war der einzige Strahlungsfresser. Wenn wir Yegor hätten sterben lassen wollen, dann hätten wir ihm das nicht hiergelassen, nicht wahr?«

Olga schnaubte. Er hatte recht. Und es war nebensächlich.

Es erklärte nicht Yegors Verschwinden. Er war krank und hatte sein Bein verloren. Wie hätte er von allein hier wegkommen sollen?

Während Olga fieberhaft überlegte, was dem Soldaten widerfahren sein könnte, nahm der Zar Pawel die Kugel aus der Hand und betrachtete sie interessiert. Er betätigte einen kleinen Schalter, die roten Lämpchen erloschen.

Olga hörte Boris stöhnen und fuhr herum. Ihr Bogatyr lag auf dem Boden. Sie rannte zu ihm. War seine Wunde aufgebrochen?

»Boris«, sagte sie und schlang ihre Arme um seinen Hals. Er schloss sie gleichfalls in die Arme und drückte sie an sich. Sie spürte sein Ohr an ihrer Wange, fühlte das Pulsieren der blauen Energieleitung, die zwischen seinen Nackenwirbeln verschwand, und seinen Herzschlag. Konnte es sein – dieser Gedanke war ihr niemals zuvor gekommen –, dass er annahm, sie würde lieber bei Yegor bleiben als bei ihm?

Sie fürchtete, er würde *sie* allein lassen, sich bei der nächstbesten Gelegenheit der Armee anschließen und sie verlassen. Dabei hatte sie niemanden außer ihn. Sie schniefte, als ihr klar wurde, dass Boris umgekehrt womöglich die gleichen Ängste hatte.

»Weißt du«, begann sie stotternd, »also … wenn du meinst, es sei eine gute Idee … wir könnten ja … wir müssen nicht … also, wenn du nicht zurück zur Armee musst, dann könnte ich bei dir bleiben, ja? Ich brauch nicht viel zu essen.«

Boris drehte den Kopf und sah sie an. Schweigend. Ziemlich lange. Olga wusste vor Verlegenheit und Angst nicht wohin mit sich. Lachte er sie aus? Fragte er sich, wie sie auf diese abwegige Idee kommen konnte? Vorsichtig warf sie einen kurzen Blick aus den Augenwinkeln zu ihm, in der Hoffnung, dass wenigstens seine Mimik verriet, was er von ihrem Vorschlag hielt. Dem verwitterten Gesicht mit der großen Narbe und den grauen Bartstoppeln war nichts abzulesen.

»Wenn du die Idee nicht gut findest, gehe ich weg. Ganz freiwillig. du musst mich nicht verjagen«, sagte sie schüchtern und griff nach den Ohrenklappen ihrer Mütze.

Anstatt etwas zu sagen, drückte er sie erneut an sich. Es fühlte sich nicht wie ein *Die Idee ist schlecht, verschwinde!* an. Aber Olga wünschte sich wirklich, er würde endlich reden.

»Ja?« flehte sie. »Bleiben wir zusammen?«

Er nickte.

»Also nicht nur bis Perm oder zum nächsten Dorf, sondern ... länger?«

Boris hob ganz leicht den Kopf, schien antworten zu wollen, dann passierte etwas mit ihm. Sein Körper zuckte unter heftigen Krämpfen, seine Augen verdrehten sich, bis nur noch das Weiße zu sehen war, und Schaum rann ihm aus dem Mundwinkel. Olga schrie auf, dann war es auch schon wieder vorbei.

»Wenn das geklärt wäre, dann können wir ja unverzüglich nach Perm aufbrechen.«

Olga hatte nicht bemerkt, wie der Zar neben sie getreten war. Er lächelte auf eine seltsame Art und ließ Jean-Claudes Strahlungsfresser beiläufig in einer Manteltasche verschwinden.

»Nein«, widersprach sie und behielt ihn genau im Blick. »Erst wenn wir herausgefunden haben, was aus Yegor geworden ist.«

Olga sah zu Boris. Der kauerte stumm auf dem Boden und vermied es, jemanden anzusehen, beinahe so, als säße er allein in dieser Einöde.

Boris

»Dieser Soldat ist tot«, sagte der Zar. »Von Wölfen gefressen, unter Schneemassen begraben oder von der Strahlung in seine Bestandteile aufgelöst. Wir könnten Jahre damit verbringen, nach ihm zu suchen, ohne die geringste

Spur zu finden. Währenddessen wird einer Unserer Widersacher die Pläne von Maxwells Maschine in die Hände bekommen. Und was das bedeutet, kann sich keiner von euch vorstellen.«

Es war seltsam, Boris wusste, der Zar hatte unrecht: Boris besaß eine Vorstellung davon. Es wäre die Hölle und er hatte die Hölle durchlebt. Es gab nur einen einzigen Weg aus ihr heraus und das war, den Ratschlägen seiner Halluzination zu vertrauen. Wenn sie darauf bestand, einen toten Kameraden zu suchen, dann würde er es tun. Boris wollte dem Zaren gerade antworten, dass er ihn nach Perm bringen würde, sobald seine Halluzination die Suche nach Yegor für beendet erklärt hätte. Aus heiterem Himmel erlitt er einen erneuten Anfall. Olga schrie, ihre Stimme konnte das schrille Pfeifen nicht durchdringen. Er rang nach Luft. Seine Luftröhre schnürte sich zu. Voller Panik sah er zu Olga. Was geschah mit ihm? Musste er zurück in die Hölle? Nach wenigen Augenblicken war der Anfall vorbei. Er keuchte zitternd auf allen vieren, sog Sauerstoff in seine Lunge. Olga sah ihn mit großen Augen voller Angst an.

»Das sah sehr ernst aus«, sagte der Zar. »Hattest du schon einmal einen solchen Anfall?«

Boris nickte.

»Dann ist es wirklich schlimm«, redete der Zar weiter. »Wir sollten dich so schnell wie möglich zu einem Arzt bringen.«

Boris stöhnte und setzte sich, fuhr sich mit der Linken übers Gesicht. Sensoren registrierten die Berührung, jedoch die Nerven der Haut spürten sie nicht. Seine Halluzination war bei ihm, kauerte neben ihm auf dem Boden und schmiegte sich an seine Seite.

»Wir suchen den Boden um die Trage ab«, sagte er leise zu ihr. »Von dort aus werden wir wissen, welchen Weg wir nehmen müssen.«

»Bist du dir sicher?«, fragte Olga.

Boris nickte und rappelte sich auf, fühlte sich erschöpft – von den Anfällen und davon, Entscheidungen treffen zu müssen. Er hob Olga hoch und sah sich um. Der Wind der letzten Tage hatte viele Spuren verwischt, dennoch waren sie gut genug zu erkennen. Mehrere Menschen waren hier gewesen und hatten sich getrennt, waren in verschiedene Richtungen davongezogen. Im Grunde müsste er nur all diesen Fährten folgen, früher oder später würde sich eine als Yegors rausstellen. Das wäre die Vorgehensweise in der Realität gewesen. Boris steckte in der Hölle. In der Hölle lockten Zeichen ins Verderben. Hier gab es nur eine Sache, der er wirklich vertrauen konnte.

»In welche Richtung würdest du gehen?«, fragte er Olga.

»Osten?«, sagte sie unsicher.

Er nickte und machte sich auf den Weg. Nachdem er ein paar Meter gegangen war, rief der Zar:

»He, wo willst du denn hin, du Idiot? Nach Perm geht es dort lang!«

Boris reagierte nicht. Der Zar war keine Einbildung, doch solange er so tat, als wäre er nicht real, war Boris' Leben einfacher. Er beschleunigte das Tempo. Der Zar fluchte und beeilte sich, ihm zu folgen.

Graf

Boris

Zum dritten Mal erreichten Boris und Olga den Wald mit den entstellten Bäumen. Bald darauf hörte Boris den rasselnden Atem eines Mannes, der mit dem Tod rang. Er zweifelte nicht, dass es sich um Yegor handelte, und stellte seiner Halluzination eine Frage, die ihn seit einer Weile beschäftigte.

»Warum Yegor?«

Ja, warum Yegor und nicht einen seiner anderen Kameraden? Weil er der einzige war, an dessen Namen er sich erinnern konnte? Oder hatte es eine tiefere Bedeutung? Unterschied sich Yegor vom Rest? Seine Kameraden hatten eine gesichtslose, namenlose Einheit dargestellt. Das hatte es für ihn leichter gemacht, der ausgestoßene Idiot zu sein. Während Yegors ersten Wochen in der Einheit war er wie Boris ein Ausgestoßener gewesen – bis er dazu übergegangen war, die Kompanie mit Witzen über den *Blauen Dämon* zu erheitern. War dies die Lektion, die er lernen sollte?

»Weil sie gemein zu denen sind, die sich nicht wehren können«, sagte Olga.

Boris runzelte die Stirn. Es klang nicht so, als sollte er versuchen, der Vorletzte in der Hackordnung zu werden.

»Niemand hat sich getraut, ihm zu helfen«, erklärte sie weiter. »Weil sie alle Angst vor Johann hatten. Und im Blausteinlager wollte ihm niemand Essen abgeben. Aber … wenn nicht genug für alle da ist, muss man erst recht teilen.«

Er nickte, ohne wirklich zu verstehen, was sie meinte. Was könnte er schon teilen? Er besaß nichts.

»Hoheit«, flüsterte Pawel, der sich außer Hörweite glaubte. »Sprecht noch einmal mit ihm. Wir werden verhungern oder erfrieren, wenn wir nicht bald diese unsinnige Suche aufgeben.«

Boris folgte dem Atemgeräusch und kurze Zeit später fand er seinen ehemaligen Kameraden. Yegor saß mit dem Rücken an einen Stamm der verunstalteten Bäume gelehnt, neben ihm eines der Geschwüre. Es war aufgebrochen, die Samen lagen verstreut auf dem Boden. Yegor war nicht bei Bewusstsein und seine Haut nahezu ohne Farbe.

»Yegor!«, rief Olga. Boris setzte sie ab und sie lief zu ihm. Yegor rührte sich nicht. Sein Kopf wackelte kraftlos hin und her, als sie ihn an der Schulter rüttelte.

»Ist er tot?«, fragte Olga mit den Tränen kämpfend und legte ihr Ohr auf seine Brust.

Sterben Wahnvorstellungen? Boris hob das vom Baum gerissene Geschwür auf und betrachtete es von allen Seiten: Bissspuren. Er ließ es fallen, griff nach Yegors Kinn. Die Haut fühlte sich trocken und warm an. Boris legte einen Finger auf die Halsschlagader und ertastete einen schwachen Puls.

»Nicht tot«, sagte er zu Olga.

Zwar hatte das Leben Boris nicht darauf vorbereitet, Entscheidungen zu treffen oder eine Wahl zu haben, dafür hatte es ihm nahezu alles über Verletzungen gelehrt. Die Wunde oberhalb des Knies war mit Fäden vernäht, die man aus einer Decke getrennt hatte, sie eiterte, roch unangenehm und Blut sickerte hervor. Im Fleisch erkannte man die Zacken der Säge und kleine Rostsplitter. Pawel und der Zar standen abseits und warteten. Pawel hatte aufgegeben, Olga und Boris zur Eile zu drängen, und selbst der Zar schwieg, spielte mit dem Strahlungsfresser, bis er ihn wieder in seiner Manteltasche verschwinden ließ. Erst nachdem Olga Yegor Brotbrühe eingeflößt hatte, meldete er sich zu Wort.

»Ich hoffe, das ist ein Grund zur Eile«, sagte er. »Wenn euer Verwundeter überleben soll, dann muss er schnellstmöglich zu einem Arzt.«

Aus Ästen und Bast baute Boris einen Schlitten, legte Yegor darauf, hob Olga auf seinen Arm und weiter ging der Marsch. Als sie einen Tag später den Dämonenwald hinter sich ließen, spürte Olga, wie ihr Held unmerklich aufatmete und sein Schweigen wirkte weniger verschlossen. Ein paar Tage später waren ihre letzten Vorräte leer. Der Zar beschwerte sich, dass die Lebensmittel länger gereicht hätten, wenn sie nicht Pawel mit durchgefüttert hätten. Hin und wieder versuchte er die Mäntel mit ihr zu tauschen, er wollte seinen schönen, prunkvollen Mantel gegen Olgas alten tauschen. Sie weigerte sich. Zum einen aus Prinzip und zum anderen, weil der alte Mantel Boris' Uniform ähnelte. So sähen alle, dass sie zusammengehörten.

Die Temperaturen fielen. Sie kamen langsamer voran. Boris legte häufiger Pausen ein, in denen er ein Feuer entfachte, an dem sich alle wärmten.

Eine Woche nachdem sie die letzten Krümel Brot aus den Taschen gekratzt hatten, reckte Boris das Gesicht in den Wind.

»Rauch«, verkündete er.

»Aasgeier?«, fragte Olga besorgt.

Boris hob die Schultern. »Jemand backt Brot.«

»Brot?«, rief Pawel hoffnungsvoll. »Ein Bauernhof? Ich könnte mich anschleichen und die Lage erkunden.«

Olga runzelte die Stirn. Pawel war ihr unheimlich, sie traute ihm zu, alles Essen für sich zu behalten. Sie hielt es sogar für möglich, dass er dem Besitzer wehtun würde. Immerhin hatte er im Blausteinlager beinahe Yegor und sie totgemacht und Yegor – trotz seines Versprechens – zurückgelassen.

»Wir schicken das Mädchen«, sagte der Zar.

»Ich werde gehen«, sagte Boris, entledigte sich des Schlittens und setzte sich, ohne ein weiteres Wort abzuwarten, in Bewegung. Olga strahlte, er nahm sie wie selbstverständlich mit.

»Wehe euch, ihr tut was Böses mit Yegor!«, rief sie dem Zaren und Pawel zu.

Nachdem Boris sich eine ganze Weile durch den verschneiten Wald vorangekämpft hatte, nahm auch Olga den Geruch von Rauch wahr. Sie gab Boris ein Zeichen, er möge anhalten und ganz still sein, und lauschte. Sie hörte ein monotones, gleichmäßiges Schlagen.

»Holz hacken«, sagte Boris, als hätte er ihre Gedanken erraten.

»Aasgeier?«

»Nein«, Boris schüttelte den Kopf. »Ein Gutshof. Sind nicht viele Menschen dort. Es ist nicht weit.« Er wollte weiterlaufen.

»Moment, warte«, hielt Olga ihn zurück. Sie wäre einfach eingebrochen, hätte so viel Essen in ihre Taschen gestopft wie sie konnte, und wäre heimlich, still und leise wieder verschwunden. Soldaten gingen anders vor.

»Äh ... hast du einen Plan?«

Boris zog grübelnd die Augenbrauen zusammen. »Ich dachte, wie immer«, antwortete er irritiert.

»Lieber nicht«, sagte sie. »Weißt du, wir machen Sachen nicht *wie immer*, wir stehlen das Essen einfach. Ganz heimlich, ja? Und tun niemandem weh dabei. Ich glaube, es ist besser, ich gehe allein und du passt auf. Wenn mich der Bauer erwischt, dann kommst du und sagst ihm, er darf mich nicht hauen, ja?«

Boris dachte über diesen Vorschlag lange nach. Schließlich setzte er sie ab, reichte ihr die leere Verpflegungstasche und Olga schlich allein weiter.

Der Schnee machte es ihr nicht einfach, voranzukommen, er war zu weich, um ihr Gewicht zu tragen, und zu hoch, um nicht bis über die Nasenspitze einzusinken. Zum Glück wartete Boris geduldig, obwohl sie eine Ewigkeit für die kurze Strecke brauchte.

Endlich erreichte sie eine sehr große Lichtung, auf der im Sommer vielleicht Getreide angebaut wurde oder Kühe grasten. In der Mitte ragten eine Scheune, Stallungen sowie Herren- und Gesindehaus eines reichen Gutshofes aus dem Schnee. Olgas Hoffnungen sanken. Wohlhabende Gutsbesitzer teilten nicht gern und zwangen ihre Leibeigenen, aufzupassen, dass niemand sich ein paar Rüben einsteckte. Aus dem Schonstein des Herrenhauses stieg Rauch auf und von dort wehte der unwiderstehliche Duft von frischem Brot herüber. Neben dem Stall hackte ein Knecht Holz und auf einer Bank saß ein alter Mann und ließ sich die Sonne ins Gesicht scheinen. Am liebsten hätte sie die Nacht abgewartet, doch sie wollte den Zaren nicht zu lange mit Yegor allein lassen. Nach reiflichen Überlegungen wählte sie die Rückseite des Herrenhauses, um sich anzuschleichen und durch ein Fenster einzusteigen.

Jetzt erwies sich der hohe Schnee als ein Vorteil. Wie ein Maulwurf grub sie sich voran. Rings um die Gebäude war ein Weg freigeschaufelt worden, sie schaute nach rechts und links, niemand zu sehen, und kroch flink aus ihrem Schneetunnel. Das schmale Fenster war nicht verriegelt, sie drückte es auf, zog sich hoch und stand kurz darauf in der kleinen, mollig warmen und duftenden Backstube. Olga nahm sich einen Moment Zeit, um zu horchen. Draußen hackte der Knecht weiterhin Brennholz, im Haus war alles ruhig. In Windeseile füllte sie die Taschen. In einem Regal neben der Tür lagen drei dampfende Brotlaibe und etliche, die darauf warteten, in den Ofen geschoben zu werden. Das frische Brot wanderte in die Verpflegungstasche, zusammen mit einem Sack Mehl. Den Teig stopfte sie sich in die Manteltaschen, bis er oben herausquoll und die alten Nähte zu platzen drohten.

»Diebe!«, schrie plötzlich jemand hinter ihr und Olga fuhr erschrocken herum. Im erleuchteten Türrahmen stand ein Mann. *Der Knecht,* dachte sie entsetzt und merkte, dass das Hacken verstummt war. Sie hechtete zum Fenster und blieb stecken. Es war zu schmal, die Tasche hatte sich verhakt und schon wurde sie am Knöchel gepackt. Beinahe wäre sie in Panik geraten und hätte laut um ihr Leben geschrien. Zum Glück dachte sie daran, dass Boris den Schrei hören würde und wenn er sie in Bedrängnis fände, könnte er jemanden totmachen.

»Verfluchte Diebe!«, schnaubte der Knecht und mit einem Ruck an ihrem Bein zog er sie in die Backstube zurück. Sie landete auf dem Boden. Der Teig in ihren Manteltaschen dämpfte den Aufprall, aber der Sack platzte und das Mehl stob durch die Luft. »Na warte«, rief der Knecht und hustete. »Dir werde ich es zeigen!« Er versuchte sie zu packen und Olga wehrte sich mit Händen und Füßen.

»Sei leise«, riet sie und trat nach ihm. »Sonst kommt Boris und tut dir weh.«

Der Knecht maß ihrer Warnung keinerlei Bedeutung bei und kurz darauf war der Kampf durch Olgas Gefangennahme beendet. Er klemmte sich Olga im Schwitzkasten unter den Arm und stampfte mit ihr aus der Backstube. Mit der Gewissheit, dass ihr nichts Schlimmes passieren konnte, da Boris über sie wachte, machte sie das Beste aus der Situation, kratzte sich das klebrige Gemisch aus Teig, Mehl und Staub aus dem Gesicht und aß es, während der Knecht sie in die Wohnstube schleifte. In einem Kamin flackerte ein Feuer, an den Wänden standen Regale, bis unter die Decke mit Büchern gefüllt, und auf einem Stuhl saß der alte Mann. Er war wie ein Bauer angezogen, seine Kleidung war allerdings weder schmutzig noch geflickt, die Stiefel aus echtem Leder anstatt aus Filzlappen. Seine Haare und der imposante Bart leuchteten silbergrau. Er musterte Olga interessiert und eher belustigt als erbost.

»Ich habe eine Diebin ertappt«, sagte der Knecht und hielt als Beweis für seine Behauptung die Verpflegungstasche hoch. Trotz ihrer unbequemen Lage genoss Olga die Situation. Zum ersten Mal in ihrem Leben wusste sie, dass es jemanden gab, der auf sie aufpasste, der sich um sie sorgte und sie aus Schwierigkeiten herausholen würde. Dieses warme, zuversichtliche Gefühl machte sie übermütig.

»Ich habe auch einen Dieb erwischt«, verkündete sie. »Er hat mir meine Tasche geklaut.«

Die buschigen Augenbrauen des Hausherren zuckten. »Ich glaube, du kannst sie loslassen, mein lieber Ilja«, sagte er.

»Aber Graf«, protestierte der Knecht und gab seine Gefangene widerstrebend frei. Olga wäre beinahe ausgerutscht, konnte gerade noch rechtzeitig ihr Gleichgewicht wiederfinden und versuchte, Würde und Gelassenheit auszustrahlen, was nicht ganz einfach war, wenn man voller Teig und Mehl war. Als sie sich mit dem Teig die Taschen gefüllt hatte, hatte er gar nicht nach so viel ausgesehen. Das war im Grunde nicht schlecht. Sogar wenn sie ohne Beute abziehen müsste, in ihrem Mantel klebte genug Essen für ein paar Tage. Sie pflückte einen Brot-und-Teigklumpen vom Kragen und aß ihn schnell auf. Der Knecht verpasste ihr ärgerlich eine Kopfnuss.

»Ilja«, wies der alte Mann seinen Knecht zurecht. »Ein Dieb ist nicht der, der etwas genommen hat, was er benötigt, sondern wer behält und anderen nicht gibt, was er nicht benötigt, andere aber brauchen.« [1)]

Beinahe hätte Olga widersprochen, denn der Satz war so verdreht, dass sie nicht gleich begriff, was der Alte gemeint hatte und sie es nicht gewohnt war, dass jemand Verständnis für ihre Situation zeigte.

»Du willst teilen?«, fragte sie verblüfft. »Freiwillig?«

Konnte es sein, dass sie auf einen Genossen getroffen war?

»Herr Graf«, sagte der Knecht. »Wir sitzen auf unbestimmte Zeit fest. Es ist nicht so, dass wir das Brot nicht benötigen.«

Olga kicherte. *Graf.* Das musste der Kampfname des Genossen sein. Wassilisa hatte Eisenrad geheißen, andere nannten sich Stahlhammer oder Eisenfaust. Sie hatte man Vintik, *kleine Schraube,* getauft.

»Drei Laib Brot mehr oder weniger werden an unserem Schicksal nichts ändern«, sagte *Graf* seufzend.

»Drei Laib, einen Sack Mehl und Teig für vier weitere Brote«, berichtigte Knecht Ilja.

»Dann sollten wir unseren kleinen Gast vielleicht zum Essen einladen.«

Olga Magen knurrte zustimmend, aber ... Boris und die anderen hatten ebenfalls Hunger und warteten darauf, dass sie mit Essen zurückkäme. Olga tastete die verklebten Taschen ihres Mantels ab. Wenn man ihr Essen vorsetzen sollte, würde sie versuchen, es darin unauffällig verschwinden zu lassen. Hoffentlich gab es keine Suppe.

»Vorher sollten wir dich säubern«, sagte *Graf.* »Ilja, sieh mal nach. Ich denke, es müsste sich Passendes für unseren Gast finden lassen.«

Man konnte Ilja deutlich ansehen, was er von dieser Idee hielt, trotzdem gehorchte er und griff nach dem Kragen, um Olga den Mantel auszuziehen. Den Mantel, in dem Essen für vier Leute klebte und der so gut zu Boris' Uniform passte.

»Nein!«, rief sie aus und versuchte Ilja auszuweichen, er packte sie am Kragen und eine Naht platzte auf. Ilja ließ nicht los, vielmehr zerrte er ruppig an dem Stoff und mit einem *Ratsch* rissen weitere Fäden. Plötzlich rieselte etwas klirrend auf den Boden. Kleine, bunte Glassteine, die im Feuerschein des Kamins funkelten. Sie waren hübsch und stammten eindeutig aus ihrem Mantel. Unter anderen Umständen hätte sie die bestimmt für ein paar Rubel verkaufen können, doch im Augenblick war es wichtiger, dass die Glassteine Ilja ablenkten. Sie nutzte die Gelegenheit und stürmte zur Tür. Ilja reagierte blitzartig, bekam sie wieder zu fassen, der Mantel riss an einer weiteren Stelle auf. Diesmal waren es keine bunten Steine, die aus dem

Futter quollen, sondern Bündel bedruckten Papiers. Jetzt hielt auch Olga inne. War das Geld? Ilja fand als Erster die Sprache wieder. »Ich habe es ja gesagt: eine Diebin!«

Deswegen hatte der Zar den Mantel mit ihr tauschen wollen. Ilja machte sich daran, die Geldscheine und die bunten Steine – die Juwelen – einzusammeln.

»Wem hast du den Mantel gestohlen?«, wollte Ilja wissen, kroch dabei auf allen vieren über den Boden und suchte Edelsteine. »Und sag nicht, du hättest ihn gefunden.«

»Ich habe ihn nicht geklaut«, sagte Olga. »Johann hat dem Zaren gesagt, er muss ihn mir geben. Denn der Zar hatte zwei und ich keinen. Johann ist ein Aasgeier und alle haben Angst vor ihm.«

»Kleine Lügnerin.«

»Aasgeier?«, unterbrach *Graf*. »Wo war das? Und wann?«

»Äh ... ein Monat? In den Bergen. Sie haben uns gezwungen, Steine zu hauen, und wer zu schwach war, musste ins Blausteinlager. Da wird man krank und stirbt und hustet dabei Steine aus. Von denen kaufen sie sich Dämonen.«

Ilja hatte inzwischen alle Edelsteine und Banknoten aufgesammelt. Er sah so aus, als wollte er weitere Beschuldigungen ausstoßen. *Grafs* nachdenklicher Blick ließ ihn verstummen. Stattdessen reichte er ihm schweigend die eingesammelten Schätze.

»Und du bist ihnen entkommen?«, fragte *Graf*, lehnte sich vor und betrachtete Olga mit neuem Interesse.

»Mein Bogatyr hat mich befreit!«, sagte Olga voller Stolz. »Er ist ins Blausteinlager gekommen, hat alle Aasgeier und die Dämonen totgemacht. Nieder mit den Unterdrückern! Lang lebe die Revolo... Revoluto*!*« Sie reckte die Faust in den Himmel.

Ilja murmelte ärgerlich vor sich hin.

Graf beachtete ihn nicht. »Soso, ein Bogatyr hat dich befreit. Und wo ist er?«

»Ich bin hier«, sagte Boris.

Boris

Boris sah seiner Illusion nach, wie sie im Schnee verschwand. Er mochte es nicht, wenn sie außer Sichtweite war. Zum Glück war sie den ganzen Weg bis zum Ziel zu hören. Er dachte über die Belehrung, das Rätsel nach, mit dem sie ihn hier zurückgelassen hatte. *Wir machen Sachen nie mehr wie immer*. Wie üblich kam er nicht dahinter, was diese Botschaft zu bedeuten hatte. Seit er diese Halluzination hatte, war schließlich nichts *wie immer*. Er war kein Soldat. Er musste Entscheidungen treffen. Er war auf der Suche nach einem Weg aus der Hölle.

Ein Schrei unterbrach seine Gedankengänge. Er war froh, dass er nicht aus der Richtung kam, in der seine Halluzination verschwunden war. Dort schien alles in Ordnung zu sein. Nach wie vor wurde Holz gehackt. Wehmütig dachte er an die wenigen friedlichen Momente in seinem Leben: Nach einer Schlacht sich erschöpft auf einem Baumstamm niederlassen, in den Sonnenuntergang schauen und mit den Fingern über das Moos zu streichen. Die Schreie kamen aus der Richtung, wo er den Zaren, den Bauern und seinen ehemaligen Kameraden zurückgelassen hatte. Vielleicht war Yegor zu sich gekommen. Er hatte von den Geschwüren der verfluchten Bäume gegessen und verwandelte sich. Seine eigene Verwandlung in einen *Blauen Krieger* war ebenfalls qualvoll gewesen. Er hätte seine Halluzination nicht gehen lassen sollen. Wenn sie in seiner Nähe war, kam ihm alles erträglicher vor. Er horchte auf. Das Geräusch des Holzhackens war verstummt. Da waren nur noch das unheimliche, tiefe, lang gezogene Jaulen und die Angstschreie des Zaren und des Bauern. Fürchterliches ahnend, rannte Boris los.

Der Gutshof lag friedlich inmitten der großen Freifläche, Menschen waren nicht zu sehen, nirgendwo Vieh zu hören. Ungewöhnlich für ein Gut dieser Größe, es sei denn, die Armee war hier vor einiger Zeit vorbeigekommen und hatte hier Lebensmittel requiriert. Es gab keine abgebrannten Ruinen, was darauf hindeutete, dass die Requirierung auf keinen Widerstand gestoßen ist. Obwohl man in diesem Fall Gesinde antreffen müsste. Das Fehlen der Knechte hätte man damit erklären können, dass die durchziehende Armee knapp mit Soldaten war und die Gelegenheit genutzt hatte, ihre Reihen aufzufüllen. Misstrauisch schlich Boris auf das Herrenhaus zu. Ein Gefühl der Erleichterung durchströmte ihn, als er die Stimme seiner Halluzination vernahm.

»Da wird man krank und stirbt und hustet dabei Steine aus. Von denen kaufen sie sich Dämonen.« Lautlos ging Boris weiter, bis er die Haustür erreicht hatte, und trat in den Flur. Angenehme Wärme schlug ihm entgegen. Ein alter Mann murmelte: »Und du bist ihnen entkommen?«

Redete er mit ihm oder mit Olga? War *er* den Dämonen entkommen? »Mein Bogatyr hat mich befreit«, hörte er seine Halluzination sagen.

»Und wo ist er?«, fragte der alte Mann.

Boris atmete tief durch, bevor er den Raum betrat und »Ich bin hier!« sagte.

Seine Halluzination fuhr herum und strahlte ihn an. Sie sah aus, als hätte sie sich in Teig gewälzt. War das ein weiteres Zeichen? Er verstand es nicht.

Die beiden Männer lächelten nicht. Der alte Mann mit dem langen Bart war auf der Hut, wirkte immerhin nicht feindselig, der jüngere hatte Angst und seine Blicke huschten auf der Suche nach einer Waffe durchs Zimmer. Hier gab es keine Waffen. Nur Bücher. Es musste das Heim eines sehr gebildeten Menschen sein. Boris schaute zu Olga. Hatte sie ihn deswegen hergeführt, damit ein Gelehrter ihm die Natur der Hirngespinste erklären konnte?

»Das ist Boris!«, stellte Olga die beiden einander vor. »Und er wird *Graf* genannt. Seinen richtigen Namen kenne ich nicht, der ist geheim.«

»Oh«, machte *Graf* und schmunzelte. »Ich bin Lew Nikolajewitsch Graf Tolstoi.«

»Sind das deine Bücher?«, fragte Boris, der den Blick nicht von den Regalen abwenden konnte. Sie mussten das gesammelte Wissen der Menschheit enthalten.

»Ja«, erwiderte Lew Nikolajewitsch, »ein paar davon entstammen meiner Feder.«

»Auch über Illusionen? Oder ... oder wie man einen Weg aus der Hölle findet?«

Lew Nikolajewitsch betrachtete Boris nachdenklich.

»Was bin ich für ein unaufmerksamer Gastgeber«, sagte er nach einer Weile und wandte sich an den anderen Mann: »Ilja, unsere Gäste haben Hunger. Dürfte ich dich bitten, ein kleines Mahl für sie anzurichten, und könntest du den Mantel säubern? So gut es geht.«

»Aber ...«, wollte Olga sich beschweren, doch Lew Nikolajewitsch redete weiter.

»Keine Sorge, ihr werdet dieses Haus nicht ohne Verpflegung verlassen. Du kannst Ilja begleiten, wenn du willst. Ich denke, es müssten sich ein paar warme Stiefel finden lassen, die dir passen könnten. Und was soll hiermit geschehen?« Er nickte in Richtung Edelsteine und Geld. »Soll Ilja es wieder in den alten Mantel einnähen?«

»Sie nehmen es mir nicht weg?«, fragte Olga.

»Da ich es nicht benötige, wäre es wohl Diebstahl, oder?«

Olga nickte.

Ilja nahm ihr den alten Mantel ab. Erst als er das Zimmer verließ, reagierte Olga und eilte ihm hinterher. Boris sah ihr nach, lauschte ihren Schritten.

»Wohin seid ihr unterwegs?«, fragte Lew Nikolajewitsch.

»Perm«, antwortete Boris in Gedanken. War es ein Zufall, dass sein Hirngespinst ihn ausgerechnet zu dem Zeitpunkt hergeführt hatte, als mit Yegor etwas geschah, was den Zaren und den Bauern gleichermaßen in Angst und Schrecken versetzt hatte?

»Seid ihr unterwegs auf Schwierigkeiten gestoßen?«

Boris verzog den Mund, nach wie vor die Tür im Blick. Olga sagte etwas wie: *Nein, das kann man essen.*

»Es ist niemals einfach in der Hölle«, murmelte er und stockte kurz, denn das war nicht die ganze Wahrheit. Er hatte eine Halluzination zur Seite, die ihn durch die Abgründe lotste.

»Wie sieht es mit marodierenden Soldaten aus, oder mit Aasgeiern? Sind viele unterwegs?«

Seltsam, der Tag, an dem seine Kompanie vor dem osmanischen Heer geflohen war und ihn auf dem Hügel seinem Schicksal überlassen hatte, kam ihm vor, als würde er zu einem anderen Leben gehören. In seiner Erinnerung besaß dieser Moment nicht mehr Realität als seine Wanderung durch die Hölle. Warum sollte der Feind sein gesamtes Heer einer kleinen Kompanie hinterherjagen? Warum einen unbedeutenden Landstrich erobern? Gewiss, es wäre Anmaßung, als einfacher Soldat die Strategien der Generäle zu hinterfragen, dennoch erschien ihm das Ganze abwegig.

»Die Soldaten sind tot«, sagte Boris. Empfand er Bedauern über den Tod seiner Kameraden? Merkwürdigerweise ja. Früher war das nicht der Fall gewesen. Woher kam dieses Gefühl? Was bedeutete es?

»Die Aasgeier sind ebenfalls tot«, fügte er nachdenklich hinzu. »Ich habe sie umgebracht.«

»Ich hoffe, du verzeihst mir die Frage«, sagte Lew Nikolajewitsch. »Was bist du für einer? Ich habe nie jemanden wie dich gesehen.«

Endlich wandte Boris den Blick von der Tür ab und sah den alten Mann an. »Sie nennen es *Blauer Krieger*«, sagte er. »Sie wollten eine Armee aus … aus *Blauen Kriegern* erschaffen.« Erschrocken starrte er auf die Bücher. Wenn sie das gesamte Wissen der Welt enthielten, dann stand darin auch, wie man die Maschine baute. Beunruhigt näherte er sich den Regalen. Die Zeichen auf den Buchrücken sagten ihm nichts. Er erkannte Buchstaben, hatte jedoch nie lesen gelernt. Er streckte die rechte Hand aus und berührte mit seinen künstlichen Fingern sacht die Buchrücken.

»Suchst du ein bestimmtes Buch?«

Lew Nikolajewitsch klang verwundert. Das Leder des Ohrensessels knarrte, als der alte Mann sich bewegte.

»Ich suche das Buch, in dem steht, wie man die Maschine baut.«

»Ich fürchte, damit kann ich nicht dienen.«

Boris zog die Hand zurück, blieb stirnrunzelnd vor dem Regal stehen.

»Glaubst du, ihr schafft es, nach Perm durchzukommen? Die Menschen hier haben Angst vor den Aasgeiern. Meine Bauern und Knechte sind geflohen. Deswegen sitzen mein lieber Freund Ilja und ich hier fest.«

Es schien auf ein Gespräch hinauszulaufen, stellte Boris unwohl fest. Langsam kam er damit klar, sich Namen merken zu müssen: Pawel, Yegor, Ilja, Lew und natürlich *Olga*. Unterhaltungen würden ihm nie behagen. Zumindest ahnte er, worauf diese hinauslief. Lew wollte sich ihm anschließen, um sicher nach Perm zu gelangen.

»Du kannst mitkommen«, sagte er und starrte auf einen der vielen Buchrücken. Er mochte einfach keine Gespräche. Lew schwieg. Warum? War es gar nicht sein Wunsch, sie zu begleiten? Sich einem Monster und dessen Illusion anzuschließen? Oder schwieg er vor Erleichterung, hier nicht länger festzusitzen?

»Wie viele seid ihr? Sind es nur du und das Mädchen, oder sind es mehr?«

Vielleicht versuchte der alte Lew, ihn auszuhorchen, Truppenstärke und Stellungen auszuspionieren. Ein Verhör und kein Gespräch. Vertrauter Boden für Boris.

Unbewusst ballte er die Fäuste, er fühlte sich außerstande, die Lage richtig zu beurteilen. War das ein Gespräch oder ein Verhör; eine zufällige Begegnung oder eine Falle?

»Olga!«

Er lauschte irritiert dem Klang und stellte fest, dass er gerufen hatte. Sie kam sofort angerannt.

»Boris, schau mal«, rief sie aus, sie trug neue Stiefel und wärmere Kleidung. »Habe ich geschenkt bekommen.«

Wie üblich wurde Boris aus Olgas Aussagen nicht schlau. Er hob sie auf seinen Arm und fühlte sich wohler. Lew atmete erleichtert aus.

»Unsere Vorratskammern sind leidlich voll«, sagte Lew und erhob sich aus seinem Sessel. »Die Bediensteten sind in Eile geflohen, haben nichts von wirklichem Wert mitgenommen, nichts, was einem im Winter und auf der Flucht nützlich ist, nur eitlen Tand. Wassersuppe bleibt Wassersuppe – ungeachtet, ob sie mit einem Silberlöffel verzehrt wird. Wir haben genug zu essen, um bis Perm eine Menge Leute zu versorgen. Wenn ich weiß, wie viele, bitte ich Ilja, alles vorzubereiten.«

Es klang logisch, das war der Grund, warum Lew wissen wollte, wie groß ihre Gruppe war. Jahrzehntelanger Drill ließ sich nicht so schnell fortwaschen. Zu lange hatte man ihm eingebläut, bei einer Gefangennahme niemals die Truppenstärke zu verraten.

»Wir sind fünf«, sagte Olga begeistert. »Er soll lieber mehr einpacken. Wir nehmen so viel Essen mit, wie wir tragen können, ja?«

Sie sah Boris fragend an. Boris nickte und gab es für den Moment auf, herauszufinden, ob nicht nur Olga, sondern ebenso der Rest der kleinen Truppe Wahnvorstellungen waren.

Die Verwandlung

Boris

Auf dem Weg zurück fragte sich Boris, ob sie überhaupt jemanden anträfen. Er hielt es nicht für ausgeschlossen, keine Spur von den anderen zu finden. In diesem Fall könnte er sich sicher sein, sie wären alle nur Einbildung gewesen. Wahrscheinlich wäre es nicht so einfach. Vielleicht war nur Yegor verschwunden. Der ehemalige Soldat, zum Monstrum mutiert. Oder der Zar und der Bauer Pawel hatten ihn getötet, da niemand ein Ungeheuer in seiner Nähe duldete. Man fürchtete sie. Man schlug und vertrieb sie. Was sollte Boris mit seinem Leben anfangen? Er war kein Soldat mehr, er würde ein Monstrum bleiben. Er warf einen Blick zurück. Das Gut lag schon lange außer Sichtweite – ein Haus würde ihm gefallen. Nicht so groß wie dieser Hof. Nur ein ganz kleines. Tief im Wald. Ein Ort, der ihm gehörte. Ein Heim. *Ein Zuhause.* In Sibirien. Boris' Lippen bewegten sich unbeholfen, beinahe schüchtern, als fürchteten sie, die Wörter durch Aussprechen zu verscheuchen.

»Ich muss dir was sagen«, flüsterte Olga ihm ins Ohr und sah sich kurz nach Lew und Ilja um. »Wir sind reich. Wir haben ganz viel Geld. Wir können damit machen, was wir wollen. Zum Beispiel ein Haus bauen und ganz viel Essen kaufen. Du darfst es dem Zaren nicht verraten.«

Boris lächelte sie dankbar an. Vielleicht das erste glückliche Lächeln seines Daseins. Er hatte einen Wunsch. Und er würde ihn sich erfüllen. Ein Zuhause. In Sibirien, wo ihn niemand fände, und jemand, der ihn gernhatte.

Als sie die Stelle erreichten, an der sie die anderen zurückgelassen hatten, war auf den ersten Blick weder vom Zaren noch von Pawel eine Spur zu sehen. Yegor lag auf dem Schlitten. Er schien nach wie vor bewusstlos, doch er lag nicht da wie ein Toter, sondern zuckte, als würden ihn Albträume quälen. Boris setzte Olga auf dem Boden ab, sie schaute nach dem verwundeten Soldaten und sah sich dann nach den beiden fehlenden Mitgliedern ihrer Gruppe um. Er lauschte, konnte nichts Ungewöhnliches hören. Er stellte die nun gut gefüllten Taschen ab und hockte sich neben Yegor. Dessen Augenlider flackerten, seine blasse Haut hatte in den letzten Tagen einen bläulichen Ton angenommen.

Olga begann damit, die Gegend um das Lager abzusuchen und laut Pawels Namen zu rufen. Lew trat hinter Boris und fragte: »Wo sind die anderen? Was ist hier passiert?«

Yegor riss die Augen auf und sein Blick richtete sich starr auf Boris.

»Der blaue Dämon!«, schrie er. »Er hat mir den Fuß abgebissen!«

Boris ballte die Hände zu Fäusten. Er war kein Dämon und er hatte niemandem den Fuß abgebissen.

Olga eilte herbei. »Nein, keine Angst«, versuchte sie den panisch schreienden Soldaten zu beruhigen. »Die Dämonen sind alle tot. Boris hat sie vom Kraterrand geschubst. Sie können dir nichts tun.«

»Ich habe *was* getan?« Wovon redete seine Halluzination? Yegor versuchte mit Händen und seinem verbliebenen Fuß von Boris wegzukriechen und fiel vom Schlitten.

»Dämonen?«, mischte sich Lew ein. »Das ist reiner Aberglaube.«

»Nein«, widersprach Olga. »Es gibt Dämonen. Sie leben im Ausland! Manchmal heißen sie Homunkel. Johann hat Homunkel-Dämonen in Perm gekauft. Die sahen ganz komisch aus, als hätte man ihnen die Luft aus den Köpfen gelassen.«

»Er ist der Dämon!«, rief Yegor und zeigte auf Boris. »Er saugt seinen Kameraden das Glück aus, damit sie sterben und er überlebt. Ich habe es mit eigenen Augen gesehen. Er war so gut wie tot, und dann ließ er Danilo explodieren und war wieder lebendig. Ich habe es gesehen. Ich stand direkt daneben. Er hat mir das Glück ausgesaugt.«

»Yegor!«, versuchte Olga ihn zu stoppen. »Was redest du denn für Unsinn? Boris ist kein Ausländer. Er ist ein Bogatyr.« Auch Lew versuchte etwas zu sagen, kam allerdings nicht zu Wort.

»Wir waren auf der Flucht vor den Osmanen«, sagte Yegor und sah Olga durchdringend an. Unter seiner Haut begannen die Adern blau und deutlich hervorzutreten, zeichneten ein verworrenes Netz auf Händen und Gesicht. »Wir sind einen Hügel hinauf geflohen. Ihr gesamtes Heer war uns auf den Fersen. Nachdem mein Freund explodiert ist, bin ich um mein Leben gerannt. Aber der dort wollte mein Glück und hat meinen Fuß gefressen, damit ich nicht laufen kann.«

Boris stand langsam auf und wich zitternd vor Wut ein paar Schritte zurück.

»Ich stehle kein Glück! Sehe ich so aus, als hätte ich in meinem Leben Glück im Überfluss gehabt?«, brach es aus ihm heraus. Er krallte die Finger seiner linken Hand in seinen mechanischen Arm und versuchte ihn abzureißen. Olgas Schrei *Nein! Nicht!*, war das Letzte, was er hörte.

Olga

Olga tat etwas vollkommen Ungewöhnliches: Sie blickte einer glücklichen Zukunft entgegen. Boris würde ihre Familie sein und mit dem Geld vom Zaren würden sie beide nie wieder Hunger haben müssen. In Perm könnten sie Yegor zu einem Arzt bringen, der ihn gesund machen würde, der Zaren müsste Bauer werden und vielleicht sogar feststellen, dass das viel besser war, als Zar zu sein. Sie schaute sich nach *Graf* und Ilja um. Beide hatten keine Anstalten gemacht, ihr den Reichtum wegzunehmen. Olga begann zu planen. In Perm würden sie ganz viel Essen kaufen und Öl für Boris' Arm. Wahrscheinlich bräuchten sie einen Wagen samt Pferd für das viele Essen.

Als sie zu der Stelle zurückkamen, wo sie Yegor, Pawel

und den Zaren zurückgelassen hatten, war nur Yegor da. Sie würden das Geld mit ihm teilen, damit er nicht wie andere Soldaten, denen ein Bein fehlte, betteln musste. Sie würde sogar Pawel etwas geben, obwohl sie verärgert war, dass er Yegor zurückgelassen hatte. Natürlich durfte der Zar nichts davon erfahren. Seltsam, dass Pawel und der Zar nicht da waren. Sie wollte die beiden suchen, als ein markerschütternder Schrei sie zusammenfahren ließ.

»Der blaue Dämon! Er hat mir den Fuß abgebissen!«

Olga brauchte einen Moment, um zu bemerken, dass es Yegor war, der so schrie. Er musste Fieberträume haben. Dem letzten Homunkel waren sie im Blausteinlager begegnet. Yegor musste glauben, noch dort zu sein. Sie rannte zum Lager zurück, um ihn zu beruhigen. »Nein, keine Angst«, sagte sie und versuchte, ihm eine Hand auf die Stirn zu legen. »Die Dämonen sind alle tot. Boris hat sie vom Kraterrand geschubst. Sie können dir nichts tun.«

»Ich habe *was* getan?«, fragte Boris.

Olga warf ihm kurz einen entschuldigenden Blick zu. *Geschubst* klang besser als tot gemacht.

»Dämonen?«, wollte *Graf* wissen. »Das ist reiner Aberglaube.«

Mit *Grafs* Bildung konnte es nicht weit her sein. Hatte er seine Bücher überhaupt gelesen? Jedes Kind wusste, dass jenseits der Grenzen Russlands Dämonen lebten. Olga erklärte es ihm, *Graf* wirkte nicht, als würde er sie verstehen. Und Yegor schrie weiter, behauptete, Boris sei ein Dämon. Hilflos sah Olga sich um. Sie hatten keine Zeit, beruhigend auf Yegor einzureden. Sie mussten herausfinden, warum Pawel und der Zar verschwunden waren. Trieben sich Aasgeier hier in der Nähe herum? Waren sie Johann in die Hände gefallen? Das würde erklären, warum Yegor von Dämonen redete. Ob Johann schon wusste, dass sie alle Gefangenen des Blausteinlagers befreit hatte? Olga lief ein Schauer über den Rücken und sie sah zu Boris. Er bebte vor Zorn.

»Ich stehle kein Glück!«, schrie er.

Seinen Schmerz zu sehen, brach Olga beinahe das Herz. Sie suchte nach tröstenden Worten, als Boris mit einer blitzschnellen Bewegung nach seinem künstlichen Arm griff, als wollte er ihn sich von der Schulter reißen.

»Nein! Nicht!«, rief sie verzweifelt aus. Es war zu spät. Ein ohrenbetäubendes Pfeifen erklang und Boris krachte wie ein gefällter Baum zu Boden. Die blauen Energieleitungen zischten, die Zahnräder ratterten unkontrolliert und alle Muskeln zuckten von Krämpfen geschüttelt.

»Was …?«, stammelte Graf und brach ab.

»Und von euch haben wir Schutz erwartet?«, keifte Ilja und hielt überraschend eine Pistole in der Hand.

»Ilja!«, schalt Graf.

»Mein lieber Freund, Ihr seid zu vertrauensselig«, erwiderte Ilja.

»Seid still!«, fuhr Olga sie an. »Alle!« Und sie stürzte zu Boris. Hoffentlich versteckte sich Johann mit seinen neuen Homunkeln nicht in der Nähe.

Hilflos und panisch vor Sorge strich Olga Boris über die Stirn. »Wach auf. Bitte.« Sie beugte sich hinab und spähte in das Innere des Armes. Die Energiekartusche sah aus, als säße sie nicht richtig in ihrer Verankerung. Vorsichtig streckte sie eine Hand aus, ihre Finger wurden taub, als sie sie berührte, und ließ sie wieder einrasten. Das Pfeifen veränderte sich augenblicklich, wurde leiser, doch dafür schriller und auf eine Art noch bedrohlicher. Boris zitterte nicht länger, dafür krümmte er sich zusammen.

»Wen habt ihr diesmal angeschleppt?«, erklang plötzlich die Stimme des Zaren. »Aber die Pistole kommt mir gerade recht.«

Olga schaute auf. Gelassen trat der ehemalige Zar auf die Lichtung. Er war allein. Weder Pawel noch Johann noch eine Horde Homunkel waren bei ihm. Der Zar sah genau wie alle anderen abgerissen, ausgehungert, schmutzig und erschöpft aus, doch er blickte die Umstehenden an, als hielte er Hof. *Graf* legte die Stirn in Falten. So ungebildet, dass er nicht wusste, wie der Zar aussah, war er also nicht. Der Zar ging auf Ilja zu und streckte fordernd die Hand nach der Pistole aus. Ilja sah fragend zu *Graf*. Olga sprang auf, stürmte vor und der Zar reagierte zu spät. Sie war vor ihm bei Ilja, wich einer Ohrfeige aus und trat dem Knecht mit aller Kraft gegen das Schienbein.

»Au! Verdammte Rotzgöre!«, schrie er und schaffte es, den Arm hochzureißen, um die Pistole aus Olgas Reichweite zu bringen. In diesem Augenblick legte sich von hinten ein kräftiger Arm um ihre Kehle und würgte sie. Der Zar griff mit seiner freien Hand nach der Pistole und Ilja schien willens, sie ihm zu überlassen. Boris lag auf dem Boden, stöhnend und unfähig, sich zu bewegen. Er würde nicht eingreifen können, vielmehr musste *sie* ihn beschützen. Vor dem ehemaligen Zaren, vor Johann, der ihn verkaufen wollte.

»Hilf mir!«, wandte sie sich an *Graf*, der tatenlos danebenstand. »Lass nicht zu, dass er die Waffe bekommt.« Langsam ging ihr unter dem Würgegriff die Luft aus.

»Gib mir die Pistole«, sagte *Graf* und schritt auf Ilja zu. Olga wurde bereits schwindlig und schwarz vor Augen.

»Ich kenne Euch«, sagte der Zar. »Ihr seid Graf Tolstoi, nicht wahr?«

Boris stöhnte. Was immer mit ihm war, er würde nicht lange durchhalten. Benommen bekam Olga mit, dass *Graf* stehen geblieben war. Warum ließ er sich von dem Ausbeuter ausgerechnet jetzt in ein Gespräch verwickeln? Wenigstens lenkte er den Zaren so weit ab, dass er den Griff lockerte. Olga nutzte die Gelegenheit, drückte ihre Schultern nach oben, schaffte es, den Kopf ein kleines Stück zu drehen, und biss mit aller Kraft in das Handgelenk des Zaren. Er schlug mit dem Strahlungsfresser nach ihr. Das Letzte, was sie hörte, war Boris' Schrei und ein schreckliches Knirschen, von dem sie nicht sagen konnte, ob es von der Kugel oder ihrem Schädel stammte.

Boris

So plötzlich, wie sie entstanden waren, lösten sich das Kreischen, Zischen und die Explosionen in seinem Kopf auf, und Boris war wieder Herr seiner Handlungen. Das brachte ihn zugegeben in andere Schwierigkeiten, zum Beispiel, wie er es mit seiner unbedingten Zarentreue vereinbaren konnte, eine Hand fest an der Gurgel seines Herrschers zu haben. Das andere Problem war seine Halluzination. Sie lag bewusstlos auf dem Boden und unter ihrer Mütze sikkerte Blut hervor. Konnte ein Hirngespinst wie eine reale Person verletzt werden? Ohne den Zaren loszulassen, ging er in die Hocke, beugte sich über Olga und schob vorsichtig die Mütze hoch und ein paar Haare beiseite. Er sah eine alte Narbe, über der eine frische Wunde blutete. Sie war zum Glück nicht sehr tief und seine Halluzination begann bereits leise zu stöhnen. Boris zog ihr die Mütze wieder über den Kopf. Neben ihm strampelte der Zar. Wenn er gekonnt hätte, hätte er geschrien, doch dazu fehlte ihm die Luft. Seine Finger krallten sich verzweifelt und erfolglos in Boris' mechanische Hand und sein Gesicht fing an, blau anzulaufen.

»Boris«, sagte Lew beinahe sanft, »lass ihn los. Du bringst ihn um.«

Boris hatte in seinem Leben genügend Menschen getötet, um genau zu wissen, wie lange er zudrücken musste. Erst würde der Zar das Bewusstsein verlieren. Dann bliebe Boris ausreichend Zeit, sich eine Erklärung zu überlegen, wie er es wagen konnte, seinen Herrn anzugreifen.

»Es war die Quantenmagie.« Murmelnd ließ er den Zaren los. Er wusste, sein Angriff hatte nichts mit damit zu tun. Es war eine Lüge und er war nicht gut im Lügen. Der Zar rollte sich zur Seite und sog japsend die Luft ein. Boris warf ihm einen schuldbewussten Blick aus den Augenwinkeln zu. Er hatte dem Zaren Leid zugefügt. Konnte ein ergebener Untertan Schlimmeres tun? Gab es einen größeren

Frevel? Lew ging in die Hocke, sah nach Olga und warf dem sich windenden Zaren ebenfalls einen Blick zu.

»Die Quantenmagie war es«, sagte Boris und deutete auf die blaue Energiekartusche. Boris war froh, dass er bereits auf dem Boden kniete, denn die erste bewusste Lüge seines Lebens ließ ihm die Knie weich werden. Unsicher suchte er Lews Blick, nur um ihm dann schnell auszuweichen. Es kam ihm so vor, als wäre sein Schädel aus Glas und seine Gedanken für jedermann sichtbar.

»Ja«, erwiderte Lew und unter seinem Bart zuckte ein Lächeln. »Das halte auch ich für das Wahrscheinlichste. Mir scheint, deine kleine Freundin ist nicht ernsthaft verletzt und wird sich schnell erholen.«

Als wäre das ihr Stichwort, schlug Olga die Augen auf. Vor Erleichterung kamen Boris beinahe die Tränen, er nahm sie in die Arme und drückte sie an sich.

»Ist sie eine Kriegswaise?«, fragte Lew.

»Nein«, antwortete Boris so leise, dass Lew sich zu ihm vorbeugen musste, um ihn zu verstehen. »Sie ist eine Halluzination.«

»Aha«, machte der alte Mann und seine buschigen Augenbrauen wanderten in die Höhe. »Weißt du, Soldat Boris, Gefühle sind im Traum echter als im Wachzustand, und so denke ich, das ist eine sehr gute Illusion.«

Hoffnungsvoll hob Boris den Kopf. Neben ihnen rappelte sich ächzend und fluchend der Zar auf, hustete, stolperte und fiel auf die Knie.

»Und er?«, fragte Lew und wies mit einem Nicken auf den Zaren. »Ist er der, den ich vermute?«

Bedrückt presste Boris die Lippen aufeinander und sah schnell weg. Er strich Olga über die Wange. »Das ist Zar Nikolaus II.«, sagte er und fügte hinzu: »Er hat versucht, meine Halluzination umzubringen.«

»Tod dem Zaren!«, sagte Olga benommen und versuchte sich zu orientieren.

Ein paar Meter neben ihnen krümmte sich Yegor. Er

schrie nicht mehr. Die Decken, in die sie ihn eingewickelt hatten, lagen verstreut auf dem Boden. Boris war froh, dass Yegor aufgehört hatte, ihn zu bezichtigen, Glück zu stehlen, und nahm sich um Olgas willen vor, ihm diese Anschuldigungen nicht übel zu nehmen.

»Lew Nikolajewitsch«, sagte Ilja entsetzt und wies auf Yegor. »Schauen Sie.«

Boris wusste, was er meinte. Die Adern unter Yegors Haut traten deutlicher hervor. Sie schimmerten nicht nur blau, sondern schwollen an. Sie pulsierten, als kröchen fette Maden in elastischen Wänden.

»Oh nein!«, stöhnte der Zar. »Es geht wieder los.«

Boris hatte im Moment keine Zeit dafür. Außerdem steckte er in der Hölle fest, wieso sollte es ihn dann verwundern, wenn seltsame Dinge mit jemandem geschahen, der von den Baumgeschwüren gegessen hatte? Im Augenblick hatte er nur eine einzige Sorge: Olga.

»Geht es dir gut?«, fragte er.

Olga

Die Schläfe schmerzte, doch Olga hatte weitaus Schlimmeres in ihrem Leben erlebt. Was sie nicht erlebt hatte, war, dass sich jemand um sie kümmerte.

»Geht es dir gut?«, fragte Boris voller Sorge.

Für einen kurzen Moment konnte sie das Gefühl der Geborgenheit genießen, dann fiel ihr ein, warum ihr Schädel schmerzte. Hastig drehte sie sich um und stellte erleichtert fest, dass Ilja die Pistole hatte und der Zar versuchte, auf die Beine zu kommen. Sie machte sich von Boris, der sie nur widerstrebend freigab, los und beeilte sich, die Waffe an sich zu nehmen, bevor der Zar ihr zuvorkam. Ilja beachtete sie nicht einmal, so gebannt starrte er auf einen Punkt. Irritiert folgte sie seinem Blick.

»Yegor?«, fragte sie und schluckte. Da passierte etwas mit ihm. Etwas Schreckliches. Er zitterte unkontrolliert, die Augen verdreht. Er wirkte mit einem Mal nicht nur blass, sondern bläulich und unter seiner Haut gab es Bewegung.

»Es hat vorhin angefangen«, sagte der Zar und richtete sich auf, wobei er sich an einem Baumstamm abstützen musste. Seine Stimme klang zu Olgas Erstaunen nicht feindselig, sondern nur heiser. »Sobald ihr fort wart, begann eine Verwandlung. Pawel hat es so erschreckt, dass er geflohen ist.«

»Wir müssen Pawel suchen«, sagte sie. »Ohne uns verhungert er.«

»Wir müssen nach Perm!«

Endlich schaffte sie es, den Blick abzuwenden. Einen ehemaligen Zaren, der wieder einmal nur an sich dachte, war das, was sie brauchte, um sich von dem Schrecken über Yegors Verwandlung zu erholen.

»Wir lassen niemanden zurück«, beharrte Olga.

Seufzend schüttelte der Zar den Kopf.

»Willst du ihn zwingen?«, fragte er. »Er ist in kopfloser Panik geflohen. Er käme nur freiwillig mit, wenn du Yegor zurücklassen würdest. Was zweifellos eine ausgezeichnete Idee ist. Bisher hielt er Uns auf, aber gegenwärtig verwandelt er sich in *Ich-weiß-nicht-was.* Und das, was Wir erblicken, wird erst der Anfang sein. Es dürfte für keinen von uns förderlich sein, beim Ende der Umwandlung anwesend zu sein.«

Olga verzog den Mund und knetete ihre Unterlippe. Was der ehemalige Zar gesagt hatte, klang nicht ganz unlogisch. Zumindest der Teil mit Pawels Flucht erschien ihr glaubhaft. »Wir könnten ihm was zu essen hierlassen«, murmelte sie und sah sich zu Boris um, um herauszufinden, ob er das ebenfalls für eine gute Idee hielt. Boris schien eigenen Gedanken nachzuhängen. Er war aufgestanden, drehte ihr den Rücken zu und hielt den Kopf leicht schief, als würde er lauschen. Im Wald um sie herum war alles still. Olga schaute wieder zu Yegor. Er war bewusstlos.

»Du wirst wieder gesund«, sagte sie tröstend.

»Ich muss ... was überprüfen«, sagte Boris unvermittelt.

Olga sah ihn fragend an, Boris wich ihrem Blick aus, drehte sich um und stapfte davon. Zu ihrem Erstaunen folgte ihm der Zar in den Wald, jedoch nicht ohne vorher schnell den verbeulten Strahlungsfresser wieder an sich genommen zu haben.

Der diskontinuierliche Zar

Boris

Das Geräusch war sogar für Boris' quantenmagisch verstärktes Gehör sehr leise. Er lauschte angestrengt, konnte nicht feststellen, ob es nur ein knarrender Ast oder ein menschliches Röcheln war. War es Pawel? Das Einfachste wäre, loszugehen und nachzusehen, er würde nicht lange brauchen. Besorgt sah er sich zu den anderen um.

»Mein Herr«, flüsterte Boris dem Zaren ins Ohr und senkte das Haupt. »Ich bin Euer hingebungsvollster Untertan, ungeachtet dessen, dass Ihr auf mich geschossen und mich aus dem Dienst entlassen habt. Es ist Euer gutes Recht, Ergebenheit zu vergelten, wie es Euch beliebt. Ich habe Euch mein Leben lang gedient und werde es bis zu meinem letzten Atemzug tun. Nichts kann meine Treue erschüttern, aber wenn Olga ein Leid geschieht, breche ich Euch das Genick.« Boris wusste, es klang nach einer Drohung, und schob es auf den Umstand, in Gesprächsführung ungeübt zu sein und dass er nicht wusste, wie man diese simple Wahrheit besser ausdrücken könnte. Zumindest achtete er darauf, dabei demütig zu Boden zu sehen, anstatt seinem Zaren herausfordernd in die Augen zu schauen. Er hörte, wie der Zar schluckte, und schloss daraus, er würde sich Olga eine Zeit lang nicht nähern.

»Ich muss was überprüfen«, sagte er.

Er schlug ein schnelles Tempo an. Es war ihm nicht wohl, seine Halluzination mit dem Zaren allein zu lassen, doch der Zar beeilte sich, ihm zu folgen. Erleichtert konnte sich Boris darauf konzentrieren, die Ursache des Geräusches zu finden. Im Augenblick war alles still im Wald, aber es reichte Boris, einmal ein Geräusch gehört zu haben, um genau zu wissen, aus welcher Richtung es kam.

Kurz darauf erreichte er die Stelle. Im Schnee leuchteten rote Blutflecken. Nicht viel Blut. Nicht nach den

Maßstäben eines Soldaten, der nichts anderes als Krieg erlebt hatte. Der zum Blut dazugehörige Mensch lag ein paar Meter entfernt. Er hatte sich einen kleinen Wall hinaufgekämpft, war auf der anderen Seite gestürzt und in den Lauf eines zugefrorenen Rinnsals gefallen. Pawel stöhnte. Hinter Boris knackten Äste. Außer Atem schloss der Zar zu ihm auf, blieb neben ihm stehen und gemeinsam blicken sie auf ihren Weggenossen.

»Er ist nicht tot«, sagte Boris. Er kannte sich mit allen Arten von Verletzungen aus. Pawels Wunde stammte zwar von einem Ast, doch von keinem, gegen den er auf seiner Flucht gerannt war. Jemand hatte ihm den Ast von hinten über den Schädel gezogen. Es kamen nicht viele infrage, die das hätten tun können.

»Ja«, antwortete der Zar.

Pawel versuchte, sich mit den Armen abzustützen, um die beiden anzusehen. Sein Gesicht war blutverschmiert, er besaß nicht die Kraft, um aufzustehen, doch er war bei vollem Bewusstsein und sah die beiden Männer ohne Angst, beinahe herausfordernd an.

»Warum habt Ihr das getan, Majestät?«, fragte Boris. »Warum habt Ihr versucht, diesen Bauern umzubringen?«

Der Zar drehte leicht den Kopf und sah Boris an, bevor er antwortete.

»Wir wissen nicht, *was* er ist«, sagte er langsam, jedes Wort mit Bedacht wählend, »aber er ist kein Bauer. Dieser Mann ist in Kampftechniken ausgebildet, und er hat Uns angegriffen, als du und das Mädchen außer Hörweite wart. Indes genossen auch Wir die Vorzüge einer militärischen Ausbildung und vermochten seinen Angriff abzuwehren. Er floh. Wir verfolgten ihn und stellten ihn hier. Und bevor du fragst«, fügte er bitter hinzu, »denkst du, deine kleine Freundin, die Anarchistin, hätte Uns geglaubt, wenn Wir ihr diese Geschichte erzählt hätten?«

Boris senkte verlegen den Kopf. Gewiss, er zweifelte den Wahrheitsgehalt nicht an, musste jedoch zugeben,

Olga hätte dem Zaren kein Wort geglaubt.

»Wenn es dir ernst damit ist, dass du Unser treuester Untertan bist«, redete der Zar weiter, »so hast du nun die Möglichkeit, Uns deine Ergebenheit zu beweisen. Befrag diesen Kerl. Finde heraus, wer er ist und für wen er arbeitet.«

»Wie Ihr wünscht«, sagte Boris, dankbar, dass der Zar kein Wort über die Drohung verlor. Er ging auf Pawel zu.

»Wartet«, rief Pawel und streckte bittend eine Hand aus. »Ich sage euch alles freiwillig, wenn ihr mir dafür einen ehrenhaften Tod gewährt. Und einen schnellen. Ich will nicht wie ein Hund zu Tode geprügelt werden.«

Boris sah den Zaren fragend an, dieser nickte, verschränkte die Arme vor der Brust.

»Gut, ich denke, diese Gunst können Wir dir gewähren. Also raus mit der Sprache, du Schuft: Wer bist du, wer bezahlt dich und vor allem, was wissen deine Auftraggeber?«

Ächzend rollte Pawel sich auf die Seite, schaffte es, sich aufrecht hinzusetzen. »Ich heiße wirklich Pawel«, begann er, wischte sich sein Blut aus den Augen und sah gedankenverloren auf seine Finger. »Ich stehe im Dienst der Ochrana, der Geheimpolizei. Ich sollte Johann und seine Aasgeier überwachen. Ihre Verbindungsmänner in Cöln herausfinden und die Vertriebs- und Handelswege ihrer Ware.«

Vor Schmerz musste Pawel kurz die Augen schließen; als er sie wieder öffnete, schaute er sich um und griff nach einem kräftigen Knüppel. Sofort trat Boris drohend einen Schritt vor. Pawel verzog den Mund und lachte verächtlich auf.

»Keine Sorge, *Blauer Krieger*«, spottete er. »Oder hast du Angst, ich könnte mich in einen Übersoldaten verwandeln und dich besiegen?« Sein Lachen vermischte sich mit einem Husten. »Nein, ich will nur dem Tod stehend entgegentreten.« Er griff nach dem Knüppel und versuchte, sich an ihm hochzuziehen. Seine Beine zitterten und seine

Knie schienen außerstande, sein Gewicht halten zu können. »Boris, du bist wie ich Soldat. Du weißt, wir können uns weder unser Leben noch unseren Tod aussuchen, aber jeder von uns hofft, dass er ihn aufrecht stehend ereilt.«

Boris sah fragend zum Zaren, und als von ihm kein Widerspruch kam, trat er wieder zurück.

»Ich scheiterte damit, Johanns Bande zu infiltrieren«, fuhr Pawel fort und schaffte es, aufzustehen. »Zuerst musste ich im Bergwerk schuften. Ich habe versucht, einen Aufstand zu organisieren, auszubrechen, aber sobald die ersten Schüsse fielen, war es mit dem Mut der anderen vorbei. Danach steckten sie mich ins Blausteinlager und ich rechnete nicht damit, es jemals wieder zu verlassen.«

»Schön und gut«, unterbrach ihn der Zar, »doch warum hast du Uns angegriffen?«

»Meine Vorgesetzten sind fieberhaft auf der Suche nach einem Doppelgänger des Zaren. Bis Perm ist es nicht mehr weit, ich wollte die Belohnung nicht diesem Idioten überlassen.«

Boris fletschte die Zähne.

»Nichts für ungut«, sagte Pawel an ihn gewandt. »Mag sein, dass du uns aus dem Bleisteinlager befreit hast, aber wenn es um tausend Rubel geht, ist sich jeder selbst der Nächste.«

»Wer hat diese Belohnung ausgeschrieben?«, fragte der Zar.

»Die Behörden haben die Belohnung ausgeschrieben, vielleicht sogar seine Majestät Zar Nikolaus II. persönlich.«

»Wir Sind Zar Nikolaus II.!«

»Der Zar weilt wohlbehalten in Petersburg! Gleich nach seiner Rückkehr aus dem Britischen Empire ging die Suche los. Ich war nicht begeistert, dass ich stattdessen auf Johann angesetzt wurde.«

»Und du hast nicht in Betracht gezogen, dass deine Vorgesetzten um Unsere Sicherheit besorgt sind und nur deswegen nach Uns suchen ließen?«

»Doch, natürlich.« Pawel verzog wieder den Mund zu einem spöttischen Grinsen. Es gelang ihm mittlerweile, sich einigermaßen aufrecht zu halten. Er brauchte nur eine Hand, um sich auf den Knüppel zu stützen. Mit der anderen griff er sich an die Brust, genauer gesagt an die Kette um seinen Hals. »Ich wollte Euch zu Eurem eigenen Schutz in Gewahrsam nehmen. Es hieß ausdrücklich, Euch dürfe kein Leid geschehen. Ach ja, ich muss euch danken, Majestät« Er zog eine kleine Metallkugel hervor, sie glich dem Strahlungsfresser des Zaren.

»Danke, dass Ihr mir gezeigt habt, wozu das Ding gut ist.«

Schlagartig war der Zar schreckensstarr. Seine Augen weiteten sich und er rief: »Boris!«

Die restlichen Worte des Zaren konnte Boris bereits nicht mehr verstehen. Da war es wieder, dieses schreckliche Gefühl. Pfeifen und Brummen füllte Boris' Schädel mit Blitzen, koppelte ihn vom Rest der Welt ab, sperrte ihn in eine blau vibrierende Hölle. Boris brach zusammen.

Olga

»Was sind eigentlich Boris' und deine Pläne, wenn ihr Perm erreicht habt?«, fragte *Graf* und setzte sich zu ihr und Yegor in den Schnee.

»Wir bleiben nicht in Perm«, antwortete Olga glücklich. »Wir gehen nach Sibirien.«

»Ein schöner Plan«, sagte *Graf* und lächelte sie an.

»Natürlich müssen wir vorher dafür sorgen, dass Pawel zu seiner Familie zurückkann und dass Yegor gesund wird. Sie sollen auch was von dem Geld bekommen, damit sie sich nie wieder Hunger haben müssen.« Sie schaute auf. »Und du und Ilja auch.«

»Ich danke dir«, sagte er und deutete eine Verbeugung an. »Ich bin erfreut, einen Menschen mit einer derart großzügigen Gesinnung getroffen zu haben, aber ich bin nicht erstaunt, dass der Reichtum des Herzens mit Armut im Leben einhergeht.«

Olga runzelte die Stirn. *Graf* drückte sich wirklich sehr umständlich aus.

»Wir benötigen dein freimütiges Angebot nicht. Ohne mein Zutun bin ich einigermaßen vermögend und arbeite daran, einen Teil davon denen zurückzugeben, durch deren Arbeit der Reichtum geschaffen wurde. Eine Angewohnheit, die bei den Herrschenden und meinesgleichen auf wenig Gegenliebe trifft, was dazu führte, dass ich unter Bewachung gestellt wurde.«

Olga sah den Knecht böse an.

»Nein, nicht mein lieber Freund Ilja. Unter Polizeibewachung. Der bin ich entkommen, dafür hier gestrandet. Ich hoffte, von Perm aus mit der Transsibirischen Eisenbahn nach Europa zu kommen. Vielleicht Paris oder Cöln. Oder in Perm auszuharren, zu hoffen, dass die Zeiten sich ändern und ich meine Aufgabe fortsetzen kann. Wusstest du, dass ich viele Schulen für die Kinder der Bauern gegründet habe?«

Olga kicherte. Schulen für Bauernkinder. Das war ja fast so absurd wie Regierungsämter für Arbeiter.

»Was hältst du davon, wenn ich dir, solange wir einen gemeinsamen Weg haben, Lesen und Schreiben beibringe?«

Olga war verblüfft und nickte, ohne wirklich zu merken, dass sie das tat.

»Vorzüglich«, sagte *Graf* und holte aus einer Tasche ein Buch und einen Stift hervor. Er meinte es offensichtlich ernst und dachte nicht daran, Zeit zu vergeuden.

»Notizen zu meinem Roman«, sagte er, als er es aufschlug und viele eng beschriebene Seiten zum Vorschein kamen. »Er steht kurz vor der Vollendung. Seit nahezu zehn Jahren schreibe ich an ihm, und ich bin mir sicher, du wirst sorgsam damit umgehen. Hier hinten sind ein paar Seiten frei. Da kannst du deine Schreibübungen machen. Wollen wir mit deinem Namen anfangen und O wie Olga?«

»Olga!« Ein Schrei unterbrach das Gespräch. »Olga!

Hilfe!« Er war sehr leise, dafür klang er umso verzweifelter. Olga sprang auf und das Notizbuch fiel zu Boden. Sie rannte los in die Richtung, aus der die Rufe kamen. Da steckte ein Mensch in höchster Not, das Merkwürdige war nur, es schien der Zar zu sein, der nach ihr rief.

»Boris!«, schrie sie, während sie so schnell sie konnte rannte.

»Beeil dich! Er bringt ihn um!«

Olga kam der Verdacht, dass man sie vielleicht in eine Falle locken wollte, dass der Zar Boris etwas angetan hatte. Sie zog die Pistole und hoffte, dass sie nicht auf jemanden schießen müsste, und wenn doch, dass sie herausfand, wie eine Pistole funktionierte. Im Wald vor ihr erklangen dumpfe Schläge und die Hilferufe wurden zu unartikulierten Schmerzensschreien. Außer Atem erreichte sie die Szene und sah Boris und den Zaren auf dem Boden liegen. Boris zitterte und krümmte sich. Wieder einer der Anfälle. Über den beiden stand Pawel und schwang einen Knüppel, den er kraftvoll niedersausen ließ. Nicht zum ersten Mal, dem Blut nach zu urteilen.

»Pawel?«, rief sie entsetzt aus. »Was machst du da?«

Eine dumme Frage. Es war offensichtlich, was er machte: Boris und den Zaren töten. Warum? Warum *Boris*?

Pawel hob nur kurz den Kopf, um Olga anzusehen und dann mit größerer Eile und Entschlossenheit auf die am Boden liegenden Männer einzuschlagen.

»Schieß!«, schrie der Zar.

Olga erinnerte sich, die Waffe in der Hand zu halten. Sie zielte auf Pawel.

»Lass Boris in Ruhe!«

Pawel öffnete den Mund, als wolle er etwas sagen, überlegte es sich anders, ließ den Knüppel fallen und rannte, was das Zeug hielt, davon.

»Nun mach schon! Erschieß ihn!« Der Zar kam wütend auf die Beine. »Er entkommt! Merkst du das denn nicht, du dummes Gör?«

Olgas Hand zitterte so sehr, dass sie wahrscheinlich alles und jeden getroffen hätte. Sie dachte jedoch gar nicht daran zu schießen. Was war mit Boris? Er lag auf dem Boden, von Krämpfen geschüttelt. Hinter den flackernden Augenlidern war nur das Weiß zu sehen. Anscheinend hatte der Zar nicht gelogen: Boris musste zu einem Arzt. Sie mussten sich beeilen, nach Perm zu kommen. Sie rannte zu ihm, steckte im Laufen die Pistole weg und kniete sich neben ihn auf den Boden.

»Wir finden jemanden, der dich gesund machen kann, ja?«, sagte sie. Vielleicht hatte Boris sie gehört, vielleicht hatten ihm ihre Worte Zuversicht gegeben, denn der Anfall begann abzuebben.

»Und dann gehen wir nach Sibirien«, flüsterte sie ihm ins Ohr, der ehemalige Zar musste nichts von ihren Plänen wissen, »wo uns keiner findet. Wir bauen Kartoffeln und Rüben an.«

Die Krämpfe wurden schwächer. Die Lider hörten auf zu flackern.

»Alles wird gut«, sagte Olga und strich ihm über den Kopf.

Erschöpft schloss Boris die Augen, er stöhnte leise. Seine Lippen formten sich zu einem Lächeln. So fein, dass die meisten es nicht als solches erkannt hätten. Olga schon.

»Du hättest ihn erschießen sollen«, sagte der Zar und klang dabei eher resigniert als wütend.

»Was ist passiert?«, fragte *Graf* außer Atem, als er sie erreichte.

»Pawel hat uns alle getäuscht«, sagte der Zar. »Er ist kein Bauer, sondern ein Agent der Ochrana. Als Wir mit ihm allein waren, hat er versucht, Uns zu entführen. Wir konnten ihn abwehren, haben ihn am Kopf verletzt, ihn für tot gehalten und im Wald zurückgelassen. Er ist nicht vor Yegor weggerannt, wiewohl Uns dessen Verwandlung zupass kam. Uns war klar, dass man Uns bestenfalls keinen

Glauben schenken und schlimmstenfalls vermuten würde, Wir würden mit diesem Subjekt gemeinsame Sache machen.« Er warf Olga einen Seitenblick zu. Sie schnaubte beleidigt, weil er nicht ganz unrecht hatte. Sie glaubte ihm nicht. Sie *wollte* ihm nicht glauben. Ja, Boris, den hatte er mit dieser Erklärung vielleicht hinters Licht führen können, Boris war viel zu leichtgläubig, er strebte danach, seinen miesen, verlogenen, ausbeuterischen Zaren zu verteidigen, und Pawel hatte ihn nur aus Notwehr angegriffen.

»Sein Auftrag waren Johann und seine Bande«, redete der Zar. weiter, »er versagte jedoch. Anstatt sie zu unterwandern, wurde er zu ihrem Gefangenen und endete im Blausteinlager.«

Olga zog die Augenbrauen zusammen und zupfte an ihrer Unterlippe. Als sie im Blausteinlager beinahe von den anderen Gefangenen umgebracht worden war, war es Pawel gewesen, der die Meute angeführt hatte. Aber das bewies nicht, dass er zur Ochrana gehörte.

»Wir müssen Boris zu einem Arzt bringen«, sagte sie nachdenklich.

»Wir müssen diesem Verräter hinterher und ihn unschädlich machen«, widersprach der Zar. »Er weiß von Uns und unserem Ziel. Er darf diese Information nicht weitergeben.«

»An wen den, Majestät?«, fragte Ilja. »Wir sind meilenweit von jeder Zivilisation entfernt. Er wird verhungern oder erfrieren, bevor er in die Nähe einer Siedlung kommt.«

Olga wandte sich an Boris, der wieder bei Sinnen war, wenn auch reichlich erschöpft. »Schaffst du es, aufzustehen? Soll ich dich stützen? Wir sollten ganz schnell nach Perm, damit wir einen finden, der dich gesund macht, aber wir laufen nur so schnell, wie du kannst. Wahrscheinlich war alles viel zu anstrengend, du hast Yegor gezogen, mich getragen und dass alles mit einer Schusswunde in der Brust. Du musst auf dich aufpassen, hörst du?«

Der Redeschwall seiner Halluzination hüllte ihn ein wie eine warme, sanfte Frühlingsbrise und Boris genoss die Fürsorge. Zittrig stand er auf, hob Olga auf seinen Arm und verschaffte sich einen Überblick. Ganz leise konnte er Pawel davonrennen hören. Der Zar hatte gefordert, ihn zu verfolgen. Wenn Boris Glück hatte, dann wiederholte sein Herrscher diesen Befehl nicht und er konnte vorgeben, den Befehl nicht gehört zu haben. Außerdem gab es Wichtigeres.

»Ich würde gern nach Hause gehen«, sagte er zu Olga, als er sich in Bewegung setzte. »Wir könnten für immer in Sibirien bleiben.«

Seine Halluzination jauchzte vor Freude und strahlte übers ganze Gesicht. Anstatt ihm zu antworten, drückte sie ihm einen Kuss auf die Wange. Boris seufzte und konnte sich nicht erinnern, jemals so glücklich gewesen zu sein wie in diesem Moment. Dieses Gefühl war viel stärker als der Groll, den er gegen Yegor wegen seines Vorwurfes empfunden hatte. Der einbeinige Soldat empfing sie mit bangem Blick. Als sie sich bereit machten, die Wanderung fortzusetzen, ließ er sich lieber vom Glücksfresser helfen, als allein im Wald zurückzubleiben. Boris legte ihn auf den Schlitten, schulterte trotz des besorgten Protestes seiner Halluzination die Provianttaschen und der kleine Trupp setzte sich in Bewegung.

Am Abend, als sie ihr Nachtlager aufschlugen, holte Lew ein Notizbuch hervor und reichte es Olga. Ganz offensichtlich hatte er vor, ihr Lesen und Schreiben beizubringen. Boris setzte sich zu ihnen, um besser vorgeben zu können, den Zaren nicht zu bemerken. Einmal hatte er dennoch den Eindruck, dass der Zar etwas sagen wollte, vielleicht um den Befehl zu geben, Pawel zu verfolgen. Dass Boris seine linke Hand hob und nach der Schusswunde in seiner

Brust tastete, geschah nicht, um seinen Herrscher einzuschüchtern. Was konnte er dafür, wenn der Zar es vorzog, seine Worte für sich zu behalten?

In den nächsten Tagen kehrte Routine ein. In den Pausen wärmten sich alle am Lagerfeuer, Lew unterrichtete Olga und niemand beschwerte sich, dass man rasten musste, damit Boris nicht festfror. Die Urteilsfähigkeit seines ehemaligen Kameraden kehrte langsam zurück, die Anschuldigungen, von Dämonen umgeben zu sein, wurden seltener, dafür wurde er selbst einem Dämon immer ähnlicher: er verlor an Gewicht, ohne magerer zu werden, und seine Haut wurde mit jedem Tag blauer. Selbst der Zar machte Veränderungen durch, jedoch keine ... kontinuierlichen. Der Verstand seines Herrschers sprang willkürlich hin und her. Manchmal behauptete er, sich an Ereignisse zu erinnern, die unmöglich passiert sein konnten: zum Beispiel Boris und Olga im Britischen Empire begegnet zu sein. Es ergab keinen Sinn, nicht nur, weil Boris Russland niemals verlassen hatte, oder jemals seinem Zaren Nikolaus II. begegnet war.

Bei einer anderen Gelegenheit entfernte sich der Zar während der Rast von ihrem Lager. Olga konzentrierte sich auf ihre Schreibübungen, Lew und Ilja wärmten sich erschöpft am Feuer. Boris rang mit sich. Alles in ihm sträubte sich dagegen, Fragen zu stellen. Andererseits, was nutzte es, einem Gelehrten zu begegnen, der ihm Dinge erklären konnte, und diese Gelegenheit verstreichen zu lassen.

»Ist der Zar echt?«, fragte er, ohne Lew dabei anzusehen.

»Du meinst, ob er ein Doppelgänger ist?«, wollte Lew wissen.

»Das kann ich mit Sicherheit ausschließen«, sagte Ilja so entschieden, dass Boris den Kopf hob und ihn verwundert ansah.

»Ich bin Maler«, erklärte Ilja.

»Mein geschätzter Freund untertreibt«, wandte Lew ein. »Ilja Repin ist der bedeutendste Maler unseres Landes. Seine Majestät ließen sich oft von ihm portraitieren.«

Ilja nickte.

»Als Maler kennt man jedes Detail seiner Modelle, jedes Fältchen. Es besteht nicht der geringste Zweifel, dieser Mann ist Zar Nikolaus II. Ich weiß nicht, was mit ihm passiert ist, warum er mich nicht wiedererkennt. Ich weiß nur, er ist der Zar.«

Als es Zeit wurde, die Rast zu beenden und weiterzumarschieren, war der Zar noch immer nicht zurückgekehrt. Boris stand auf, um ihn zu holen.

Als er ihn fand, ritzte er Buchstaben in Bäume. Boris hätte gern gewusst, warum er das tat oder was er schrieb, wagte jedoch nicht zu fragen. Oder war der Zar doch eine Illusion und seine Beschäftigung hing damit zusammen, dass seine Halluzination lesen und schreiben lernte? Er wartete und hoffte, das Rätsel kläre sich von selbst auf. Das tat es nicht und der Zar schien ihn entweder nicht zu bemerken oder ihn zu ignorieren – wie es sein gutes Recht war. Nachdem der Zar mit diesem Baum fertig war, fing er beim nächsten von vorne an. Boris zählte dreizehn Bäume, in die überall die gleichen Buchstaben eingeritzt waren. Unter den Buchstaben waren Pfeile. Sie zeigten in die Richtung, in die sie wanderten.

»Majestät?«, fragte Boris schließlich.

Der Zar fuhr erschrocken herum. Offensichtlich hatte er geglaubt, allein zu sein. Zu Boris' Erstaunen reagierte der Zar nicht ungehalten über die Störung. Auf seinem Gesicht breitete sich ein Lächeln aus. Boris war sich nicht sicher, aber es könnte Erleichterung ausdrücken.

»Boris!«, rief der Zar aus. »Welch ein Glück. Ich dachte schon, ich müsste dir in ganz Sibirien Nachrichten hinterlassen.«

»Nein, Majestät, das ist nicht nötig.«

»Du kannst es nicht lassen, oder?«

Das Lächeln des Zaren irritierte ihn.

»Ich verstehe nicht, was kann ich nicht lassen, Majestät?«

Der Zar lachte, steckte das Messer weg und kam auf ihn zu. Im Vorbeigehen klopfte er ihm auf die Schulter, als wären sie alte Freunde.

»Mich Majestät zu nennen.«

»Nein, Majestät. Selbstverständlich nicht.«

Der Zar schien etwas sagen zu wollen, doch plötzlich erstarrten seine Gesichtszüge.

»Du dürftest nicht hier sein«, sagte er erschrocken.

Boris nickte.

»Verzeiht, Majestät. Ich wollte euch nicht belästigen. Olga machte sich Sorgen um Euch.«

»Boris, welches Jahr haben wir?«

Boris runzelte die Stirn.

»Es ist 1897«, antwortete er vorsichtig. Wer seinen Verstand verloren hatte und von Halluzinationen umgeben war, konnte sich in der Zeit irren.

»Bist du dir sicher?«

»Nein, Majestät«, sagte er.

Der Zar rieb sich die Schläfen. »Wenn ich mich nur besser konzentrieren könnte«, murmelte er. »Wenn ich mich besser erinnern könnte. 1897, sagst du ... Jahresende oder Jahresanfang?«

»Jahresende.«

»Ah, ich erinnere mich. Wir waren zusammen in Perm. Major Rysakow hat Olga gefangen genommen.«

»Majestät, wir sind *auf dem Weg* nach Perm.«

Der Zar nickte, blickte auf die frischen Ritzereien auf den Baumstämmen.

»Ich musste dir dringend eine Botschaft hinterlassen«, sagte er. »Ich habe keine Ahnung warum.«

Boris senkte demütig den Kopf. Er wusste, wie es ist, wenn Erinnerungen sich hinter einem Nebel verbargen. Der Zar begann hektisch seine Taschen abzuklopfen.

»Ich brauche Stift und Papier«, sagte er. »Ich muss sicherstellen, dass du nicht wieder in die Armee eingegliedert wirst. Das ist unglaublich wichtig. Und ich muss es erledigen, bevor ich es vergesse.«

Olga

»Schnell einen Stift!«

Der Zar kam angerannt, die Rockschöße seines Mantels flatterten. Boris folgte ihm auf den Fersen und wirkte ratlos. Im Laufen holte der Zar ein gefaltetes Schriftstück mit einem gebrochenen Siegel aus einer Innentasche. faltete es auf, überflog es und murmelte: »Nein, das könnte wichtig sein.« Daraufhin warf es achtlos auf den Boden. Dann fiel sein Blick auf Olga, oder vielmehr auf den Stift und das Notizbuch.

»Das ist gut!« Er nahm ihr beides aus der Hand und riss ein paar Seiten heraus.

»Mein Roman!«, beschwerte sich Lew. Der Zar beachtete ihn nicht, er begann zu schreiben.

»Hiermit entlassen Wir, Nikolaj Alexandrowitsch Romanow, Nikolaus II., Zar von Russland, den Soldaten Boris Sergejewitsch ...« Er brach ab. »Wie lautet dein Familienname?«

Boris schaute zur Seite und murmelte: »Ich weiß ihn nicht.«

»Hm«, brummte der Zar, »dann halt nicht.« Er schrieb weiter. »... entlassen den Soldaten Boris Sergejewitsch mit allen Ehren aus dem Dienst der Armee und verleihen ihm für seine Treue den Sankt-Georgs-Orden 4. Klasse.«

Er unterschrieb, faltete den Bogen Papier und reichte ihn Boris.

»Wir denken, damit dürften einige Zweifel zerstreut sein.«

Er riss weitere Blätter aus dem Notizbuch. Lew stöhnte.

»Hiermit erteilen Wir«, sagte der Zar und schrieb, »Nikolaus II. und so weiter, Zar von Russland, der Besitzerin dieses Schriftstücks, Olga ... hast du wenigstens Vaters- und Familiennamen?«

Olga starrte ihn erschrocken an. Warum machte er das? Und weshalb wurde er wütend, wenn er was Nettes tat? Der Zar wartete keine Antwort ab.

»... eine Generalamnestie für alle begangenen Verbrechen. Und für euch, Graf Tolstoi ...«, er beschrieb das dritte Blatt. »Hiermit erklären Wir, Nikolaj Alexandrowitsch Romanow, Nikolaus II., Zar von Russland, den Hausarrest sowie die Polizeiüberwachung von Lew Nikolajewitsch Graf Tolstoi für beendet.«

Er warf die Blätter Olga und Lew hin.

»Danke, Majestät«, sagte *Graf*, hob seine Begnadigung auf, faltete sie sorgfältig und verstaute sie sicher in seinem Mantel. »Woher der Sinneswandel?«

Vielleicht war der Zar ärgerlich, weil er nicht mehr Zar, sondern Bauer war, und tat lieber schnell ein paar nette Sachen.

»Ich ... ich könnte dir zeigen, wie man Rüben steckt«, bot Olga an. Als Zar hatte er das bestimmt nicht gelernt.

Graf hob das Schreiben auf, das der Zar zuvor hatte fallen lassen, und überflog die Zeilen.

»Majestät«, fragte er, »was hat dies zu bedeuten? Diese Botschaft an einen gewissen Major Rysakow ... welche Pläne wurden gefunden und wer ist Lord Magnus, in dessen Besitz sie sein sollen?«

Der Zar starrte einige Sekunden mit leerem Blick ins Nichts, dann schien er innerlich zusammenzusacken, mit einem Mal wirkte er erschöpft und verwirrt.

»Die Pläne für die Zeitmaschine«, sagte er und setzte sich zu ihnen ans Feuer. »Das ist das Einzige, woran ich mich erinnern kann. Ich habe vergessen, wie ich zu dieser Botschaft gekommen bin.«

»Ihr habt sie einem Kurier abgenommen, Majestät«, sagte Boris, »als wir beide auf dem Weg nach Petersburg waren.«

»Waren wir?«, fragte der Zar. »Wir wissen es nicht mehr.«

»Hm«, brummte *Graf*. »Seltsam nur, dass diese Nachricht Eure Unterschrift und euer Siegel trägt. Ihr könnt Euch nicht erinnern, sie geschrieben zu haben?«

BK 1/403

Boris

In Boris' Gedanken herrschte Chaos und das Schriftstück des Zaren, das in einer Innentasche seiner Uniform steckte, schien ihm ein Loch in die Seele zu bohren. Waren es Entlassungspapiere oder der Einsatzbefehl? Wenn er sich zu erinnern versuchte, driftete sein Verstand ab und die Stimmen stürmten auf ihn ein, mit dem Unterschied, dass er diesmal eine der Stimmen erkannte. Die, die ihn an seine Pflicht erinnerte, dass die in ihm verbaute Technik dem Feind nicht in die Hände fallen durfte. Sie gehörte Major Rysakow. *Du bist Russlands größtes Militärgeheimnis.*

Der Wald verblasste zu weißen Wänden. Nur ein kleines Fenster gab den Blick auf das Leben frei, auf Wolken und gen Süden ziehende Vögel. Für ihn unerreichbar. Wenn Wissenschaftler die Schrauben festzogen, hob er den Kopf – so gut er es in seiner Lage vermochte – und richtete seinen Blick auf das kleine Stück Himmel. Wenn Zeit eine Bedeutung gehabt hätte, dann wäre es der Winter der Jahre 1895 und 1896 gewesen.

Wiederholt erwachte er schreiend aus der Narkose. Die Pfleger drückten ihn nieder, wenn die Fesseln nachgezogen wurden, pressten ihm mit Ether getränkte Tücher auf Mund und Nase, wenn die Quantenmagier ihn auf dem Operationstisch haben wollten. Anschließend wachte er mit neuen, frisch vernähten Wunden auf. Schmerzenden Wunden. Und Wassilisa hatte recht gehabt, manchmal sparten sie an dem Narkosemittel.

Anfang Juni kehrte unheilvolle Stille ins Lazarett ein. Ein paar Wochen zuvor waren die Schreie der anderen Freiwilligen durch die Gänge gehallt. Mitte Juli waren nur wenige übrig geblieben. Ein ständiger Verwesungsgeruch lag in der Luft und draußen hob man Gräber aus. Boris fragte sich, ob Radik zu den Glücklichen in den Gräbern gehörte oder ob er das Pech hatte, im Nachbarzimmer zu liegen. Hin und wieder dachte er an Wassilisa. Er wusste inzwischen, was sie gemeint hatte, als sie sagte: *Wenn ich dir wirklich etwas Gutes tun wollte, dann hätte ich dich umbringen müssen, anstatt dich gesund zu pflegen.*

Im Juli rollten sie einen seltsamen Apparat neben sein Bett. Er verfügte über viele Regler und in seinem Inneren pulsierte es blau. Als man die Leitungen, die aus Boris' Körper herausragten, mit diesem Apparat verlötete, waren alle sechs Wissenschaftler anwesend. Erwartungsvoll sahen sie zu, als Magister Karelius einen Hebel umlegte. Jede Ader explodierte, jeder Muskel. Die Wissenschaftler klatschten vor Freude, bis Metall krachte. Boris' Arme schnellten in die Höhe. Die Reste des gebrochenen Metallrahmens sausten durch die Luft, trafen Tachyon, den Stellvertreter des Teufels, im Auge. Der Quantenmagier schrie. Boris schrie. Magister Karelius stürzte zum Apparat. Boris brach zusammen.

Anschließend gingen sie mit größerer Vorsicht an die Arbeit und regelten die Energie langsamer hoch. Boris' Körper sträubte sich und … unterlag. Das blaue Leuchten gewann die Oberhand und übernahm die Kontrolle.

Währenddessen wählte das Sterben in den anderen Zimmern einen neuen Weg. Die erste Explosion konnte Boris nicht einordnen. Er hatte viele Detonationen in seinem Leben gehört, keine hatte wie diese geklungen. Bei der zweiten erfuhr er es, weil die blonde Krankenschwester in sein Zimmer gestürmt kam, um hysterisch zu schreien und Magister Karelius anzubrüllen. Sie war von oben bis unten mit einem seltsamen Brei besudelt, der in ihren Ausschnitt rann und aus dem kleine Fleischstückchen oder helle Splitter ragten. Im Haar hatten sich verbogene Metallreste verfangen. Boris verstand die fremde Sprache gut genug, um zu verstehen, dass einer der *Freiwilligen* explodiert war. Er beneidete ihn und wünschte sich, er könne ihm folgen. Anstatt zerrissen zu werden, legten sich feine Schlingen aus blauer Energie um jede seiner Zellen, zwangen sie, am Leben zu bleiben.

Magister Karelius mochte es nicht, angeschrien zu werden, er schlug die blonde Krankenschwester und warf sie hinaus. Danach kam er in Begleitung einer neuen Hure. Mollig, stärker geschminkt und die Haare unnatürlich rot.

Nach Wassilisa war sie die Erste, die mit Boris sprach. Nicht in seinem Beisein *über* ihn, als wäre er nicht anwesend, sondern tatsächlich *mit* ihm.

»Aha, du bist also dieses Wunderding BK 1/403, über das alle so begeistert sind. Du machst hier richtig Karriere.«

Sie waren allein. Boris öffnete die Augen und versuchte seine Umwelt zu erkennen. Alles verschwamm vor seinen Augen.

»Boris«, sagte er, ungläubig, ob wirklich jemand mit ihm redete oder er es sich nur einbildete. »Ich heiße Boris.«

»Halt den Mund. Dein Name interessiert mich einen Dreck. Hast du es nicht kapiert? Du hast keinen Namen. Du bist ein lästiges, aber nötiges Anhängsel von dem Kasten hier.« Sie klopfte auf den Apparat. »Du bist ein Ding, dem ich die Scheiße vom Hintern wischen muss. Glaub mir, ich hasse das mehr als du.«

Während vor dem Fenster, für Boris unerreichbar, die Sommerhitze die Luft zum Flirren brachte, ereigneten sich weitere Explosionen. Bei einigen zerriss es nicht nur die *Anhängsel*, sondern auch die Apparate. Dann bebten die Wände, Glasscheiben gingen zu Bruch, dichter Qualm schob sich durch die Gänge und Brennbares ging in Flammen auf. Von den sechs Wissenschaftlern blieben nur drei übrig, als diese Detonationen ihr vorläufiges Ende fanden. Die Stimmung der Quantenmagier erreichte einen Tiefpunkt und sie machten eine Zeit lang einen großen Bogen um Boris. Sogar die Rothaarige blieb fort. Die Pfleger übernahmen es, die Bettpfannen zu wechseln und täglich den Apparat anzustellen. Den Nagel, der bei der letzten

Explosion durch das Zimmer geschossen war und sich in seine Hüfte gebohrt hatte, ignorierten sie. Er steckte unweit seiner gefesselten Hand in dem Fleisch und er konnte ihn dennoch nicht erreichen und herausziehen. Ein paar Tage später begann der Nagel sich ohne fremdes Zutun zu lösen. Der blaue Æther drückte ihn von innen heraus und als er abfiel und klirrend auf dem Boden landete, versiegelte eine dunkelblaue, harzige Substanz die kleine Wunde.

Die Hitze des Sommers ließ nach, die Wissenschaftler und die Rothaarige kehrten zurück, nahmen die Arbeit wieder auf – lustlos und mit resignierten Mienen. In den folgenden Wochen änderte sich das. Die Tests schienen zu ihrer Zufriedenheit zu verlaufen. Sie schlossen Boris an einen größeren Apparat an, nahmen ihm hin und wieder die Fesseln ab und benutzten die Rothaarige, um ihm zu befehlen, er solle die Arme oder Beine bewegen. Als er das erste Mal aufstehen sollte, stürzte er. Seine Muskeln waren nach all der Zeit nicht in der Lage, sein Gewicht zu halten. Tachyon, der Quantenmagier, der ein Auge verloren hatte, stellte lachend einen Fuß auf Boris' Hintern, tat so, als lüde er ein Gewehr durch. Magister Karelius rief ihn ungehalten zur Ordnung.

Es wurde Herbst. Ein welkes Blatt hatte es geschafft, Stacheldraht, Wachsoldaten und Sicherheitszone zu überwinden, sich ins Lazarett zu stehlen und unbemerkt ins Zimmer wehen zu lassen. Boris fand viel Trost darin, es einfach nur zu betrachten oder dem leisen Rascheln zu lauschen, wenn es über den Boden wanderte. Seine Muskeln hatten sich inzwischen erholt, doch einmal tat er so, als würde er dennoch stürzen. Schnell legte er seine Hand über das Blatt und schloss beim Aufstehen vorsichtig die Finger darum. Niemand bemerkte es, und als man ihm wieder die Fesseln anlegte, hielt er es immer noch fest. Er wusste, dass es da war, unbeschädigt trotz seiner welken Zerbrechlichkeit, obwohl er es nicht fühlen konnte. Boris wartete auf die Nacht, wenn er sicher sein konnte, für ein paar Stunden allein zu sein. Dann würde er seine Finger öffnen und ein klein wenig Freude daraus ziehen, mit den Fingerspitzen behutsam die zarte Oberfläche zu ertasten, es einfach nur zu spüren.

In dieser Nacht erkannte Boris, er hatte jegliches Gefühl verloren. Er brauchte eine Woche, bis er den Mut fand, die Rothaarige um Hilfe zu bitten.

»Ich kann nichts fühlen«, sagte er.

»Ach«, machte sie, »wer fühlt denn heutzutage was. Oder besser gesagt, wer will das schon. Soll ich dir verraten, warum keiner mit dir redet? Warum die nicht mal sagen: *aufstehen, laufen, hinsetzen?* Strenge Anordnung von oben. Da glaubt offenbar jemand, es könne der professionellen Distanz schaden, mit den Freiwilligen zu sprechen. Du weißt schon.«

»Ich *bin* ein menschliches Wesen.«

Sie zuckte mit den Schultern. »Nicht mehr. Damit ist es vorbei. Mir ist das egal, weißt du, mir macht das nichts aus, der ganze Mitleidskram. Meine Eltern meinten, ich sei aus der Art geschlagen, *ich* denke, das hilft einem enorm auf dem Weg aus der Gosse.«

»Meine Hände sind taub. In den Beinen beginnt es.«

»So, taub sagst du.« Sie berührte ihn am Handrücken. »Hast du das gespürt?«

»Ich *weiß*, dass es ein Finger war, aber ich habe es nicht *gefühlt*.«

»Wo ist denn da der Unterschied?«

»Ich ...«, stammelte Boris. Wie sollte er das beschreiben? »Es ist nicht dasselbe.«

»Und das?« Sie schob ihre Hand unter die Decke und kniff ihn in den Oberschenkel. »Was mache ich?«

»Kneifen.«

»Na, dann sehe ich nicht, wo das Problem ist«, sagte sie und zog ihre Hand wieder vor.

»Es zu wissen, ist nicht das Gleiche, wie es zu fühlen«, sagte Boris mit wachsender Verzweiflung.

»Soll ich dir sagen, was ich denke, was das ist?«

»Ja«, bat er.

Sie schob ihre Hand wieder unter die Decke und legte sie auf seinen Oberschenkel, ließ ihre Finger kreisen und grinste ihn hämisch an.

»Ich glaube, das ist ein Trick.«

»Nein, es ist ...«

»Netter Versuch, 403, hätte ich dir nicht zugetraut. Hab dich ehrlich gesagt für einen Idioten gehalten. Bist du da ganz allein draufgekommen?«

Ihre Hand wanderte weiter.

»Geh weg«, sagte Boris kläglich.

»Von was soll ich weggehen? Hiervon?« Ihre Finger schlossen sich um sein Glied. »Mir scheint, bei dir funktioniert alles tadellos.«

»Geh weg, lass mich allein.«

»Wie?« Sie lachte ihn aus. »*Damit* allein lassen? Wie willst du *das* denn allein durchziehen? Mit angeketteten Händen.«

»Geh weg.«

»Schade«, sagte sie, begann, ihre Hand auf und ab zu bewegen. »Du hast nichts, womit du bezahlen könntest, und ich arbeite nicht umsonst. Nicht mal im Dienste der Wissenschaft.«

Boris schloss gequält die Augen, drehte den Kopf so weit weg, wie es ihm möglich war.

»Ich könnte bei Magister Karelius ein gutes Wort für dich einlegen. Da haben sie *alles* an dir getestet, da können sie *das* nicht auslassen.« Sie grinste. »Wusstest du, dass das blaue Zeug prickelt, wenn man ihm zu nahe kommt? Ich wette, wenn du eine Frau wärst, wäre genau das ihr erster Test gewesen, ob man dich gut ficken kann.«

Sie schlug seinen Kittel beiseite.

»Geh weg!«, flehte Boris. Er wusste, flehen half nicht, hatte es nie getan.

Gib zu, du bist gern bei mir.

Sie schob ihren Rock hoch, kletterte aufs Bett.

»Du magst ein Idiot sein, gleichzeitig bist du ein echter Glückspilz.« sagte sie, als sie sich rittlings auf ihn setzte. »Wollen wir mal sehen, ob du meine ... Neugier ... befriedigen kannst.«

Seinen Arm verlor Boris an dem Tag, als der erste Schnee fiel. Er erwachte aus einer Betäubung. Am Morgen hatte man ihm mal wieder das Ethertuch aufs Gesicht gepresst. Die Operationen waren seltener geworden und Boris war an sie so gewöhnt, dass er längst aufgehört hatte, sich zu fragen, was man ihm eingesetzt hatte. Wäre er nicht weit jenseits von bangem Hoffen und bodenlosem Grauen, hätte er vielleicht Erleichterung empfunden, denn nach diesem Eingriff hielten sich die Schmerzen in Grenzen. Als er sich im Bett drehte, um die wunden Stellen auf seinem Rücken zu entlasten, stellte er fest, dass er größere Bewegungsfreiheit besaß. Dann sah er die leere Lederfessel auf der rechten Bettseite. Er starrte sie an.

»Mein Arm«, sagte er, als die Rothaarige abends zu ihrem letzten Rundgang kam.

»Ach, redest du wieder mit mir?«, gab sie zurück. »Wer sagt denn, dass ich wieder mit dir rede?«

»Wo ist mein Arm geblieben?«

»Den hat der Teufel geholt.«

»Magister Karelius?«

Sie lachte schrill auf.

»Stimmt.«

»Was hat er mit ihm gemacht?«

»Du meinst, außer abgeschnitten? Auf den Müll geworfen. Was denn sonst? Denkst du, wir heben den auf?«

»Warum?«

»Was ist?«, fuhr sie ihn an. »Soll ich Karelius mal wieder um etwas für dich bitten? Kannst du vergessen. Für dich rühr ich keinen Finger mehr.« Ein boshaftes Grinsen breitete sich auf ihrem Gesicht aus. »Tja, dir fehlen in Zukunft ja fünf Finger, die du rühren könntest, wenn du am Jammern bist, weil du nichts *fühlst.*«

Boris starrte zur Decke, ergab sich dem blauen Feind in seinem Körper, überließ ihm seine Sinne, seine Menschlichkeit, alles, was ihn ausmachte. Die Quantenenergie schloss sich über seinen Geist wie das Moor über einem Wanderer. Er vernahm, wie die Rothaarige ihn anschrie, dabei schob sich blauer Nebel zwischen sie und ihn, die Worte verhallten im Dunst, nicht ungehört, doch wirkungslos. Es war wie mit seinem Tastsinn. Die Informationen erhielt sein Gehirn, das Gefühl wurde der Hölle geopfert.

»Du hast mich um meine Zukunft gebracht!«

Information. Weiter nichts.

»Karelius hatte versprochen, mich mit nach Cöln zu nehmen. Nicht als seine Frau, aber er hätte mich dieser Natalja Nikolajewna vorgestellt. Ich hätte im *Salon* arbeiten können, dem besten Haus am Platz. Das alles kann ich vergessen. Und egal, was die behaupten, ich weiß, dass es nicht die Syphilis ist, ich habe ein Amulett, das mich davor schützt.«

Nur Worte. Nichts von Belang.

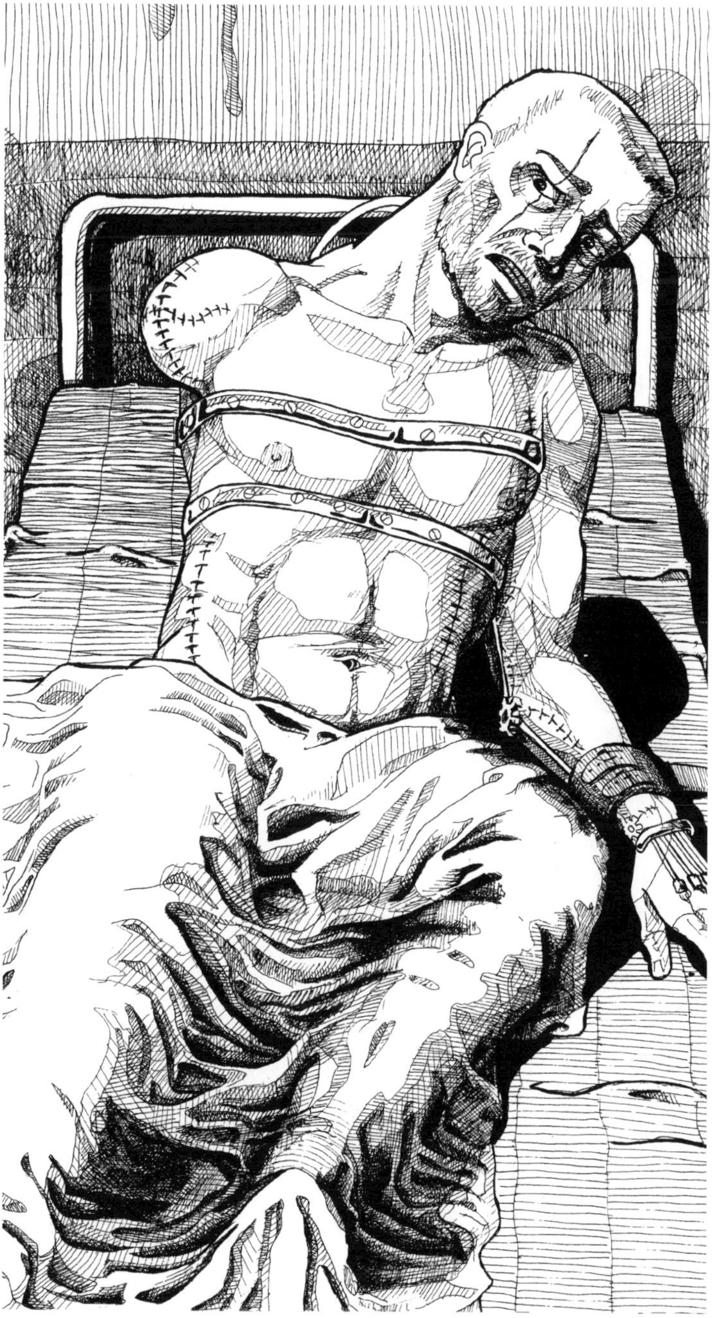

Wenn die Hölle gefriert

Boris

Der Winter regierte mit eisigem Frost, hielt die Natur und alles Lebende in Knechtschaft, ließ es unter meterhohem Schnee dahindämmern und auf den Frühling warten. Boris' Seele wartete nicht auf den Frühling, sie wurde von einer Macht gefangen gehalten, strenger als Frost – eine Macht, die nicht enden würde. Als eines Nachts jemand heimlich in sein Zimmer schlich, war es ohne jede Bedeutung. Nur im hintersten Winkel seines Bewusstseins regte sich eine schemenhafte Erinnerung. Der Geruch von Hühnereintopf, kleine Härchen, die sich seinen Fingern entgegenstreckten, um seine Berührung willkommen zu heißen. Ein flüchtiges Bild aus einer fernen Welt.

»Wassilisa?«, wisperte er.

»Nicht ganz«, antwortete ein Mann leicht amüsiert und näherte sich nahezu lautlos seinem Bett. »Dein Mädchen? Von früher? Oder eine von Karelius' Nutten?«

Der Mann erwartete keine Antwort, zog sich den Stuhl zurecht und setzte sich. Wahrscheinlich war er nur ein Trugbild.

»Ich habe gehört, du bist ein braver Soldat und der treueste Untertan unseres Zaren.«

»Ja«, murmelte Boris.

»Und du würdest alles tun, um ihm zu dienen.«

»Lang lebe der Zar.«

Der Fremde lachte leise auf.

»Du sagst es, mein Freund.«

Mein Freund? Ein weiteres Bild flackerte durch seinen Verstand. Ein Haus. In der sibirischen Taiga.

»Ich habe eine gute Nachricht für dich. Du wirst den Zaren treffen. Er will dich sehen. Er wird dir einen Orden verleihen.«

Der Mann wartete auf eine Antwort, was sollte Boris erwidern?

»Morgen ist dein großer Tag«, redete das Trugbild weiter. »Da wirst du drei wichtigen Leuten vorgestellt. Einer davon werde ich sein. Die anderen sind ein General und ein Vertrauter des Zaren. Wenn alles gut läuft - und das wird es –, bringt dich der Vertraute des Zaren nach Petersburg, wo du Zar Nikolaus II. triffst.«

Der blaue Schleier kehrte zurück, zog Boris fort. Die Umrisse des Mannes verschwammen, lösten sich auf, kehrten in das Wirrwarr seines Verstandes zurück.

»Indessen gibt es ein Problem«, kam eine Stimme aus dem Chaos. »Der Mann ist ein Verräter. Ich weiß es, kann es jedoch nicht beweisen. Ich denke, er will dich ins Empire schaffen. Die Briten sind wieder dabei, Maxwells Dämon aus seiner Flasche zu zaubern. Sollten sie zum Ziel kommen, wären die Folgen für uns alle katastrophal. Wir beide, du und ich, können das verhindern. Willst du deinem Zaren dienen und ihn vor einem Unglück bewahren, das schlimmer ist, als man sich vorstellen könnte?«

Boris nickte.

»Gut, denn ich brauche bei dem, was ich gleich machen werde, deine Mithilfe. Ich muss dich auf den Bauch drehen, um dir ein winziges Gerät einzusetzen. Es verhindert, dass man dich auseinanderbauen kann. Wirst du mir helfen, den Zaren und uns alle zu retten?«

Nicken.

»Mit nichts anderem habe ich gerechnet. Geheimnisse sind mein Beruf, aber um dir zu zeigen, wie sehr ich dir vertraue, sage ich dir, was dieses Gerät macht. Dieses Ding hier ...«, er klopfte gegen Boris' künstlichen Arm, in dem die Kartusche summte und pulsierte, »ist ein tückisches kleines Ding. Neigt zum Explodieren. Sie haben das Problem in den Griff bekommen, dennoch besteht eine latente Gefahr, dass es hochgeht. Ich werde dir in die Quantenleitung in deinem Nacken eine nette kleine Erfindung einsetzen. Wenn jemand die Energiekartusche ausbaut, oder wenn sie keine Rückmeldung von deinen Vitalfunktionen erhält, mit anderen Worten, wenn du tot bist, wird das Gerät eine Überlastung auslösen und die Kartusche explodiert.«

Die ferne Stimme verstummte.

»Hast du mich verstanden?«

Nicken.

»Du wirst es nicht überleben. Und wahrscheinlich alle im Umkreis eines Kilometers ebenfalls nicht. Ist dir das klar?«

Und wiederum nickte Boris.

»Es ist vollbracht«, sagte das Trugbild, nachdem er Boris' Nacken mit winzigen Stichen genäht hatte. »Der Einschnitt liegt genau neben der *1* deiner Tätowierung. Wenn man nicht weiß, wonach man suchen muss, wird es niemandem auffallen.«

»BK 1/403«, murmelte Boris. »Ich habe aufgehört, ein Mensch zu sein.«

»Du bist Soldat, mein Freund. Das zählt mehr. Das ist bedeutender als ein Beruf oder ein Dienst fürs Vaterland. Wir alle müssen unsere Menschlichkeit von Zeit zu Zeit zum Schweigen bringen. Wenn es dich tröstet, diese Nummer wird mit dir in tausend kleine Fetzen fliegen, niemand wird sich an sie erinnern. Aber deinen Namen wird jedermann kennen. *Boris Sergejewitsch, der Soldat, der den Zaren rettete.* Er wird dir deinen Orden posthum verleihen. Den Sankt Georgs-Orden, du hast mein Wort. Ich muss jetzt gehen. Wir sehen uns morgen. Am besten vergisst du, dass ich hier gewesen bin.«

Die Rothaarige kam bei Tagesanbruch in sein Zimmer. Hinter ihr die beiden kräftigsten der Pfleger. Einer fluchte in der Sprache der Wissenschaftler. Boris hatte lange nichts anderes als diese Sprache gehört. *Scheiß Kälte*, hatte der Mann gesagt. Die drei trugen schwere Mäntel, dicke Mützen und Handschuhe und schienen trotzdem zu frieren.

»Verdammter Mist«, sagte der andere und kicherte.

»Hoffentlich ist uns der 403er heute Nacht nicht verreckt. Hat denn keiner daran gedacht, mal nachzusehen, ob der überhaupt noch lebt?« Er schaute zu der Rothaarigen und leckte sich anzüglich über die Lippen. »Na, Uljana, heute Nacht kein kleiner Test, ob er ganz ... *steif* ... gefroren ist?.«

Die beiden Pfleger lachten maßlos. Die Rothaarige warf erst ihnen und dann Boris einen hasserfüllten Blick zu.

»Hört auf zu feixen, ihr Schweine, und holt ihn lieber aus dem Bett.«

Die beiden taten es, grölend und Witze reißend. Boris hatte Schwierigkeiten, das Gleichgewicht zu halten, der Energieregler der Kartusche war zu weit runtergedreht, um sich bewegen zu können. Er wankte und drohte zu stürzen. Die Pfleger mussten ihre ganze Kraft aufwenden, um das zu verhindern.

»Verdammt, der ist kalt wie ein Eiszapfen. Pass bei dem Arm auf. Man friert ja am Metall fest. Uljana, dreh den Regler hoch. Sonst schaffen wir es nie.«

Die Rothaarige griff ins Innere des künstlichen Armes und augenblicklich spürte Boris, wie die Energie ihn durchflutete. Darüber hinaus änderte sich nichts, Boris versuchte, das Schwanken auszugleichen, doch weder Arme noch Beine rührten sich. Zuletzt schafften die Pfleger es, dass er nicht umfiel, wenn sie ihn stützten.

»So, jetzt steht er. Wie eine Eins.«

Die beiden fingen erneut an zu lachen. Die Rothaarige füllte eine Schüssel mit Wasser, legte Seife und Lappen zurecht und zog Boris den Krankenkittel aus, was die Pfleger mit einem begeisterten Johlen untermalten.

»Ja, und jetzt Musik dazu. Tanz uns den Cancan, Uljana. Oder besser: gib 403 mehr Saft, dann lassen wir ihn Kasatschok tanzen.«

Er hielt Boris' Handgelenk umklammert, um ihn im Takt seines Singsangs zu heben, konnte ihn jedoch keinen Millimeter bewegen.

»Er ist widerborstig heute.«

Boris' Blick ging ins Leere. Er sah nicht einmal aus dem Fenster. Der blaue Dämon hatte die Macht übernommen, hatte das, was von Boris übrig war, in ein Verlies gesperrt. Die Rothaarige tauchte den Lappen ins Wasser, wrang ihn aus und begann, ihn zu waschen. Boris wusste, dass die Temperatur des Wassers knapp über dem Gefrierpunkt lag, wusste, dass es vor Kurzem ein Eisblock gewesen war und der Eimer, in dem es zum Schmelzen gebracht wurde, war rostig. Er *wusste* es, aber er *spürte* es nicht. Unendlich weit entfernt hörte er eine Stimme seinen Namen rufen.

»Boris.«

Er bemühte sich, sie zu ignorieren. Der Ort, an den er sich verirrt hatte, lag so weit von Licht und Wärme entfernt, dass selbst Trost wie Salz in einer Wunde schmerzte. Die Stimme wollte nicht verstummen. Sie klang nach Hoffnung, wo es keine gab.

»Wenn du mich nicht bei dir haben willst, dann ... dann kannst du das ruhig sagen.«

Leise Worte, die wie ein Brecheisen wirkten, die einen Spalt in den blauen Panzer stemmten, durch den die Verzweiflung hereinströmte, das Vakuum hinter den Kerkermauern füllte. Er wollte antworten. Seine Zunge gehorchte nicht.

»Oder tut dir etwas weh?«

»Alles.«

Die Rothaarige schrubbte an ihm herum, das Wasser rann an ihm hinab, sammelte sich als Pfütze um seine nackten Füße. Information. Mehr nicht. Bis auf eine kleine Stelle auf seinem linken Handrücken, zwischen den Metallstreben. Es war beinahe so, als könnte er das Wasser dort fühlen. Und die Härchen auf seinem Handrücken richteten sich auf, forderten mehr, forderten: Hör nicht auf. Flehten: *Bleib bei mir.*

Ein brüllendes Lachen fegte die Empfindung fort.

»Hast du das gehört, 403 gefällt es! Einen Verehrer hat unsere Uljana also noch. He, ich gebe dir zehn Kopeken, wenn du es ihm hier und jetzt besorgst. An deiner Stelle würde ich zuschlagen, wer weiß, wann dir mal wieder so viel geboten wird.«

Boris wollte zurück, entweder zu der Stimme oder, wenn das nicht ging, in den dumpfen Dämmerzustand. Weg von diesen Dämonen in Menschengestalt, nicht miterleben müssen, was man mit ihm machte. Er wollte die Arme der Pfleger nicht länger spüren, die ihn stützten, ihr Lachen oder ihre Witze hören, wollte dieses rote Haar nicht mehr sehen. Anschließend seifte man ihm das Gesicht ein und die Rothaarige rasierte ihn.

»Wie leicht könnte ich mit dem Messer abrutschen und eine Halsschlagader treffen«, unternahm sie den lächerlichen Versuch, ihm zu drohen. Würde sie es nur tun.

Nach der Rasur wurde eine Uniform hervorgeholt. Neu geschneidert. Ohne rechten Ärmel. Ein paar Minuten später war den Pflegern der Sinn nach Witzen vergangen. Sie fluchten und trotz der Kälte perlten ihnen Schweißtropfen von der Stirn.

»Uljana, regle die Energie höher. Sonst schaffen wir das nie. Gib ordentlich Saft. Soll ruhig zucken. Das macht der mit Absicht. Und wir bekommen den Anschiss, wenn er nicht fein herausgeputzt ist, wenn die hohen Tiere antanzen.«

Jede Bemühung, Boris die Uniform anzuziehen, scheiterte. Das Einzige, was sie erreichten, war, seinen linken Arm in die Jacke zu zwingen.

»Was ist denn hier los?«, donnerte Magister Karelius, als er, gefolgt von seinen beiden Kollegen, den Raum betrat.

»Er weigert sich, mitzuarbeiten«, beteuerten die Rothaarige und die Pfleger unterwürfig.

»Er weigert sich?«, fragte der Magister, eher ungläubig als wütend. »Er ist ein Idiot. Das hat er nie gemacht. Oder habt ihr vergessen, den Energiezufluss richtig einzustellen?« Er trat zu Boris und überprüfte schnell alle Einstellungen.

»Hm. Eher viel zu hoch. Daran kann es nicht liegen.«

Er rüttelte an Leitungen, bis er schlagartig erkannte, woran das Problem lag.

»Tachyon«, wandte er sich an seinen Stellvertreter, »gehen Sie schnell. Sagen Sie, die Präsentation ist verschoben. Beeilen Sie sich.«

»Ja, Herr Magister. Sollen sie eine Stunde später kommen?«

»Nein, nein«, Karelius fuhr mit der Hand durch die Luft. Sein unwirsches Verhalten konnte nicht über seine Sorge hinwegtäuschen.

»Verschieben Sie es um eine Woche. Oder doch: eine Stunde. Die werden sich nicht länger hinhalten lassen. Und wenn man fragt warum, sagen Sie, ein Infekt. Nichts Ernsthaftes, lediglich ansteckend. Und ihr ...«, er wandte sich an die Rothaarige und die Helfer. »Besorgt Bunsenbrenner, Öllampen. Von mir aus auch Fackeln und Holz. Hauptsache, es brennt.«

»Magister?«, fragte der verbliebene Wissenschaftler, nachdem alle anderen fort waren. »Was ist passiert?«

»Sehen Sie sich das an.« Er kratzte schmierige Klümpchen von einem Kolben und hielt es dem anderen unter die Nase.

»Das kann nicht sein. Wir haben das Öl mit dem höchsten Viskositätsindex verwendet. Mit einer gewissen Abnahme der Fluidität war zu rechnen ...«

»Was ist hier los?«, rief ein Mann in der Uniform eines Generals. Er stürmte wütend herein. »Was hat diese erneute Verzögerung zu bedeuten?«

Ein Zivilist und ein Ochrana-Agent folgten ihm, beide nicht minder erbost.

»Nichts Gravierendes«, sagte Magister Karelius und fuchtelte mit der Hand, um einen der Pfleger zu verscheuchen, der mit einem Armvoll Tisch- und Stuhlbeine zurückgekommen war.

»Warum ist der Mann nicht angezogen?«, donnerte der General. »Bin ich den weiten Weg gekommen, um mir von Ihnen demonstrieren zu lassen, mit welcher Respektlosigkeit Sie die Armee behandeln? Dieser Mann ist Soldat. Er wurde Ihnen zu treuen Händen überlassen.«

»Was General Kasparow zum Ausdruck bringen möchte«, unterbrach der Zivilist. »Wir alle sind, gelinde formuliert ... *verwundert* ... über diese erneute Verzögerung und haben beschlossen, persönlich in Augenschein zu nehmen, was Sie uns als Ursache auftischen wollen. Da ich nicht annehme, dass Sie einen Infekt mit Holzknüppeln behandeln, gehe ich davon aus, dass Sie Aufschub brauchen, um ein weiteres Versagen zu vertuschen.«

Der Ochrana-Agent trat unterdessen zu Boris, beugte sich vor und begutachtete ihn eingehend. Der General und der Zivilist redeten auf Magister Karelius ein.

»Verdammt. Was ist passiert?«, flüsterte eine Stimme dicht bei seinem Ohr.

Boris war, als hätte er diese Stimme schon einmal gehört. Vielleicht in einer Wahnvorstellung.

»Wir warten auf eine Erklärung«, forderte der Zivilist.

Der General fuhr zu Boris herum. »Und du? Steh nicht rum wie ein Idiot. Kerl, zieh dich an. Das ist ein Befehl.«

Boris bot alle Kräfte auf, die ihm zur Verfügung standen. Die Technik verweigerte sich.

»Hast du nicht gehört?«, brüllte der General, versetzte ihm einen leichten Stoß gegen die Schulter. Boris wankte, fiel hintenüber, schlug mit dem Rücken auf dem Nachttisch auf und landete krachend auf dem Boden. Alle starrten ihn einen Moment lang verblüfft an.

»Karelius! Eine Erklärung!«, forderte der Zivilist.

»Graf Sokolow, es ist wirklich nichts«, erwiderte Karelius. »Nur eine Komplikation bei der Wahl des Schmiermittels. Es scheint gewisse Faktoren zu geben, die die Frosteigenschaften verändern. Geben Sie uns eine Woche Zeit, dann haben wir das Problem gelöst.«

»Öl?«, sagte der Ochrana-Agent spottend, ging neben Boris in die Hocke, versuchte seinen Kopf nach links und rechts zu drehen und zog die Augenlider hoch.

»Öl?«, wiederholte er. »Sie wollen mir weismachen, das alles kommt nur, weil Sie das falsche Öl gewählt haben? Das würde erklären, warum er seinen Arm nicht bewegen kann, vielleicht auch, warum er nicht aufstehen und laufen kann. Aber der Mann kann keinen einzigen Muskel rühren. Und das alles, weil ein bisschen Öl verklumpt ist? Machen Sie sich nicht lächerlich.«

Einen Moment lang herrschte Schweigen.

»Wenn Sie uns mehr Zeit …«

»Sie haben einen Tag«, sagte der Zivilist.

»Ein Tag ist zu kurz. Das wird nicht reichen, um …«

»Einen Tag, um Ihre Sachen zu packen.«

»Packen? Sie meinen …«

»Einen Tag nur, weil sich das Luftschiff aufgrund der Wetterlage verspätet.«

»Luftschiff?«, fragte der Ochrana-Agent und drehte sich zu den anderen um. »Sokolow, wem haben Sie die Position dieser Anlage gegeben?«

»Major Rysakow, mein Auftrag ist es, den *Blauen Krieger* zum Zaren zu bringen! Was denken Sie, wie ich dahin gelangen soll?«

»Mit der Eisenbahn selbstredend!«

»Nach New London?«

Rysakow und der General wechselten einen Blick.

»Ganz recht«, sagte Sokolow. »Ihre Majestät weilt im Empire. Ein Familienbesuch, im gewissen Sinne. Queen Victoria wünschte ihre Urenkelin zu sehen, Prinzessin Olga.«

»Olga«, wiederholte Boris leise.

»Und Sie wollten unsere geheimste Waffe ins Empire bringen?«, sagte der Ochrana-Agent. »Ein Glück, dass sich das erledigt hat.«

»Mitnichten. Ich plane nach wie vor, den *Blauen Krieger* mitzunehmen. Sobald mein Luftschiff eingetroffen ist.«

»Der Himmel stehe uns bei«, murmelte Rysakow leise.

»Olga.«

»Ja, und die von mir aus auch.«

»Boris?«

Seine Halluzination.

Er erkannte ihre Stimme. Die schwer bewaffneten Männer neben seinem Bett hatten sie nicht gehört. Vor der Tür standen weitere Wachen. Seine Halluzination war unbemerkt an ihnen vorbeigekommen. Sie hatte die Wärme zurückgebracht. In einer Zimmerecke stand ein kleiner Kohleofen, warf einen tanzenden Widerschein auf die ausgetretenen Holzdielen.

»Was machst du?«

Ja, was machte er, wie war er hergekommen? Er hob die Arme. Ketten klirrten. Es fiel ihm ein. Man hatte ihn wieder gefesselt.

»Man wird mich gleich hier rausholen«, antwortete er leise.

Sofort bewegten sich die beiden Wachen, fassten ihre Gewehre fester. Er musste vorsichtiger sein. Vielleicht konnten sie Halluzinationen erschießen.

Unter seinen Füßen knirschte Schnee.

Verwundert stellte er fest, dass er sich einen Weg durch Schnee bahnte und dass das Zimmer sich in einen Wald verwandelt hatte. Oder war es nur eine Wahnvorstellung? Eine Erinnerung? Oder – schlimmer – eine Vision der Zukunft? Stand ihm das Leiden im Lazarett erst bevor? Boris riss die Augen auf, um ja nicht zu blinzeln. Er wollte nicht zurück. Er wollte lieber im Wald bleiben. Im Schnee. Bei seiner Halluzination.

»Boris, bitte bleib stehen.«

An seinem rechten Arm hingen Eiszapfen, seine Beine kamen knirschend zum Stillstand. Quer über die Brust verlief ein Gurt. Er zog einen Schlitten. Der Mann auf ihm hatte kein Gewicht. Eine von blauen Geschwüren übersäte Wahnvorstellung, die entfernt einem Soldaten aus seiner Einheit ähnelte.

Boris fühlte eine Berührung auf seinem Handrücken. Seine Halluzination blickte zu ihm auf.

»Olga«, sagte er erleichtert. Sie war bei ihm. Sie würde auf ihn aufpassen.

Eine der Wachen gab ein Schnauben von sich. Der Wald war verschwunden.

Er war zu unvorsichtig gewesen und jetzt war es zu spät. Auf dem Gang fielen Schüsse. Schreie. Seine Bewacher stürmten los. Die Tür flog auf. Zwei Kugeln. Zwei Treffer zwischen die Augen. Die Bewacher waren tot, bevor sie auf dem Boden aufschlugen.

Der Schütze eilte zu Boris' Bett, löste die Schnallen der Lederfesseln.

»Alles in Ordnung?«, fragte Rysakow. »Kannst du aufstehen?«

Boris setzte die Füße auf den Boden, lauschte erneut und hoffte, Olgas Stimme zu hören.

»Sehr gut. Zieh dir das hier an. Beeil dich.«

Boris wurde eine Uniform in die Arme gedrückt.

»Wo ist General Kasparow?«, rief Rysakow mit gedämpfter Stimme.

»Jeden Augenblick hier«, kam die Antwort. »Warten Sie, Major, da kommt er.«

Stiefel dröhnten den Gang entlang. Elf Männer.

»Zu guter Letzt«, begrüßte Rysakow den General. »Passen Sie gut auf den Prototypen auf. Ich muss mich um Sokolow kümmern.«

»Und Karelius?«

»Der ist danach dran.«

Danach? Wieso wusste Boris, was danach passieren würde?

»Sie werden Sie töten«, versuchte er den General zu

warnen. Er glaube schon, die Wunde in dessen Brust zu sehen. Der Blutfleck wurde größer und größer.

»Wer?«, rief Olga entsetzt.

»Ein Hinterhalt«, murmelte Boris verwirrt, warum stand er im Wald? Er musste erst aus dem Lazarett fliehen, zusammen mit dem General, und dann würde ein Luftschiff kommen.

»Es ist noch nicht passiert«, erkannte er.

Boris saß in einem Karren, der über verschneite Wege raste. Der Atem der Pferde stob in die Nacht. Dampf stieg von ihren schwitzenden Körpern auf. Jetzt war die Zeit wieder in der richtigen Reihenfolge. Die Flucht aus dem Lazarett war geglückt, der General für den Moment noch am Leben.

»Verdammt«, fluchte der General, der neben dem Karren galoppierte. Ein Rad rumpelte über einen Stein, der Ölofen fiel um, entzündete den Karren, bevor der Ofen herunterfiel und zu einem einzelnen Lichtpunkt wurde, der in der offenen Ebene zurückblieb. Etwas Großes und Schwarzes schob sich vor den Mond, ertränkte die kleine Gruppe der durch die Nacht reitenden Soldaten mit seinem Schatten.

»Sie haben uns gefunden. Rysakow hat versagt.«

Boris schaute nach oben. Ein Luftschiff schwebte über ihnen, an den Luken der Gondel leuchteten Lichtblitze auf und rings um sie her schlugen Brandgranaten ein. Die Soldaten des Generals hoben ihre Gewehre und feuerten. Andere zügelten ihre Pferde und versuchten in aller Eile, Geschütze aufzubauen.

»Ihr werdet sterben«, unternahm Boris einen Anlauf, den General zu warnen. Vielleicht hatte er ihn diesmal gehört, doch es war bereits zu spät. Die Wunde auf der Brust tauchte auf, als wäre sie aus dem Nichts gekommen. Den General riss es aus dem Sattel. Boris ließ sich vom

Karren fallen, ging neben dem Verwundeten in die Knie und drückte auf die Wunde, wenngleich er wusste, wie sinnlos es war.

»Man kann die Blutung nicht stoppen«, sagte er bedauernd.

»Da hinten ist ein Wald«, sagte der General, Blut quoll ihm aus dem Mund. »Versuch ihn zu erreichen. Schlag dich zu einer unserer Einheiten durch. Das ist unser Notfallplan. Einen Stock versteckt man im Wald und einen Soldaten in der Armee. Hier ...« Er deutete auf seine Brusttasche. Die Ecke eines Schriftstückes schaute heraus. Ihm fehlte die Kraft, es herauszuziehen. »Das ist dein Marschbefehl. Gib ihn dem Kommandanten und dann behalt den Kopf unten, verhalt dich unauffällig.«

»General Kasparow ...«

»Nein! Keine Namen. Vergiss sie am besten, das ist sicherer. Nun los, mein Junge ...« Ein schwaches Lächeln lag auf seinen Lippen. »Vielleicht schaffst du es, und ich hoffe, ein anderer unserer Verbündeten wird dich aufspüren. Aber ...« Er hielt Boris am Ärmel zurück. »Wenn sie dich schnappen, dann weißt du, was du zu tun hast.«

»Ich muss sterben.«

»Ja, du musst dich opfern. Es geht nicht anders. Sie wollen dich ins Empire bringen und dort auseinanderbauen. Aber ... solange unser Zar dort weilt ...«

Der Hinterhalt

Olga

»Ich meine«, sagte Ilja, »sie haben die technischen Möglichkeiten, so eine Maschine zu bauen, mit einem Menschen zu verbinden und scheitern daran, ein Öl zu entwikkeln, das bei strengem Frost funktioniert?«

»In der Tat«, sagte der Zar, streckte in Gedanken versunken die Hand aus und hielt Ilja am Ärmel fest, so als wollte er eine Erinnerung daran hindern, wieder ins Vergessen abzurutschen.

Graf strich sich über den Bart.

»Majestät, wenn jemand etwas darüber wissen müsste, dann seid Ihr es. Warum wurde das Projekt aufgegeben?«

Der Zar blieb stehen.

»Unser Gedächtnis«, murmelte er, starrte Boris mit leerem Blick hinterher, »es lässt Uns in letzter Zeit im Stich. Es kommt und geht wie die Gezeiten. Zuweilen haben Wir das Gefühl, das alles hier – die Wanderung nach Perm – bereits erlebt zu haben.«

»Ja«, erwiderte Ilja und verzog den Mund. »Diesen Eindruck gewann ich gleichfalls, dass es um Euer Erinnerungsvermögen schlecht bestellt ist.«

»Die Strapazen der Flucht«, sagte der Zar mit einem Anflug von Ärger. »Die Sorge um Unsere Familie und Unser Land ....«

Er presste die Lippen aufeinander, schien erst in diesem Moment zu bemerken, dass er Ilja am Ärmel festhielt und ließ ihn so hastig los, als hätte er sich verbrannt.

»Verdammt!«, rief er aus. »Kann jemand den Idioten zum Anhalten bringen?«

»Lass Boris in Ruhe, du ... du Ausbeuter!«

»Alles muss man selbst machen. He, bleib stehen! Du ... du Maschine! Das ist ein Befehl.«

Boris gehorchte nicht.

»Er ist keine Maschine!«

Graf fuhr mit der Hand durch die Luft, wie um Olgas Worte beiseitezuwischen.

»Jetzt nicht.«

»Noch etwas ist seltsam«, sagte Ilja und zupfte sich am Bart. »Es mag ja ein Fehlschlag gewesen sein. Und dass man diesen bedauerlichen Kerl«, er nickte in Richtung Boris, »nicht umbrachte, um die Spuren zu beseitigen, ehrt Euch – aber es verwundert mich.«

Der Zar schnaubte empört, doch Ilja war noch nicht fertig.

»Es erschließt sich mir nicht, wie man ihn danach einfach zur Armee zurückschicken konnte.«

»Für einen Knecht seid Ihr nicht dumm.«

Ilja lächelte matt und freudlos.

»Majestät«, drängte *Graf*, »was hat man Euch berichtet?«

»Es war ein Fehlschlag. Das Projekt hat Unsummen verschlungen und dennoch stand man vor unüberwindbaren technischen Problemen.«

»Das ist alles?«, fragte Ilja ungläubig.

»Boris ist keine Maschine!«

Auf einmal schien dem Zaren etwas einzufallen.

»Wir waren … Wir waren im Empire, als man Uns davon unterrichtete. Wir erlitten einen Schwächeanfall, dann sahen Wir Uns auf einem Stuhl sitzen. Festgeschnallt. Blaues Licht vibrierte. Tausende zuckende Teslabögen durchschnitten den Æther. Oben, hinter einer dicken Glaswand, tauchte das Gesicht Queen Victorias auf. Sie war wütend. Jemand schrie: *Was ist da schiefgelaufen*?«

Der Zar verstummte.

»Und dann?«, fragte Olga.

»Wir kamen zu Uns«, antwortete er, sah Olga stirnrunzelnd an. »Wir haben dich dort gesehen. Wir versteckten uns in einem Schornstein und jemand sollte Uns heimlich nach Russland bringen.« Er dachte nach. »Wir erinnern Uns, danach an Bord eines Luftschiffes gewesen zu sein, und fanden Uns unversehens mitten im tiefsten Sibirien wieder. Wir wussten nur eines mit Sicherheit, man plante, Uns gegen einen Doppelgänger auszutauschen.«

»Gegen noch einen falschen Zaren?«, fragte Olga, die ihm gebannt zugehört hatte.

Auf den Lippen des Zaren formte sich ein schwaches Lächeln. Als er sich dessen bewusst wurde, schüttelte er es ab, sah ärgerlich zu Boris, der unermüdlich durch den Schnee marschierte.

»Kann den jemand zum Stehen bringen?«, rief er aus. »Da kostet er sechs Millionen Rubel, und sie haben nicht mal an einen Hebel zum Ausschalten gedacht!«

Olga funkelte ihn böse an, doch bevor sie etwas erwidern konnte, ging *Graf* dazwischen.

»Was ist mit der Versuchsanlage geschehen?«, fragte er.

»Sie vernichtete sich vollständig«, antwortete der Zar. »Ungefähr zu der Zeit, als Wir im Empire den Schwächeanfall erlitten. Es hieß, Saboteure seien am Werk gewesen, später erfuhren Wir, dass die Spur zu einer Arbeiterbund-Zelle in Perm führte. Die Explosion des Lazaretts verursachte eine weitere Katastrophe: Ein riesiges Gebiet wurde verstrahlt. Zum Glück nicht so fatal wie die britischen Inseln nach dem großen GAU.«

Kläglich zog Olga die Schultern hoch, so als suchte sie Schutz, und sah zaghaft zu Boris. Seit er sein dummes Schreiben erhalten hatte, beachtete er sie nicht. Jetzt hatte er einen Orden vom Zaren bekommen, musste nicht in die Armee zurück, war frei, zu tun oder zu lassen, was er wollte. Er trug sie nicht mehr auf dem Arm. Bestimmt wollte er allein nach Sibirien. Sie ging schneller, um zu Boris aufzuschließen, dann verließ sie der Mut. Hinter ihr blieben die anderen ein wenig zurück und *Graf* sprach mit dem Ex-Zaren.

»Boris?«, fragte sie vorsichtig und forschte in seinem Gesicht. Ein kurzes Flackern seiner Lider verriet ihr, dass er sie gehört hatte. Aber er wollte nicht mit ihr reden, sie nicht ansehen.

»Wenn du mich nicht bei dir haben willst, dann ... dann kannst du das ruhig sagen.«

Tränen schossen ihr in die Augen. Sie schluchzte hemmungslos vor lauter Unglück und griff nach seiner Hand. Sie drückte seinen Handrücken gegen ihre tränenfeuchte Wange. Zum Abschied.

Mit einem gequälten Laut sog Boris die Luft ein, sie erkannte, dass es ihm ebenfalls nicht gut ging.

»Oder tut dir etwas weh?«

»Alles«, wisperte er nahezu lautlos.

Vor Erleichterung, dass er wieder mit ihr redete, weinte sie heftiger. Vielleicht wollte er sie gar nicht loswerden. Vielleicht quälten ihn Schmerzen. Sie wusste, dass sie sich im Grunde dafür schämen müsste, überglücklich wegen dieser Erklärung zu sein.

»Bleib bei mir.« Boris klang verzweifelt.

»Nein, ich geh nicht fort«, schluchzte sie. »Ich lass dich nicht allein, das verspreche ich dir. Alles wird gut. Bald ist alles vorbei und dann gehen wir nach Sibirien, du baust uns ein Haus und ich sorge dafür, dass du es schön warm hast. Dann wird dir nie wieder etwas wehtun.«

»Olga«, wisperte er. »Man wird mich gleich hier rausholen.«

Zumindest raus aus der Kälte konnte sie ihn holen.

»Boris, bitte bleib stehen.«

Er hielt an.

»Na endlich«, stöhnte der Zar. »Wurde langsam Zeit.«

Boris sah sich um, als könnte er sich nicht erklären, wie er hierhergekommen war, dann schaute er zu ihr und seufzte erleichtert.

»Macht ganz schnell ein Feuer!«, rief Olga den anderen zu und alle beeilten sich, Holz zu sammeln, sogar der Zar beteiligte sich.

»Sie werden sie töten«, sagte Boris, als die drei Männer im Wald verschwanden.

»Wer?«, rief Olga entsetzt. Welche Gefahr lauerte im

Dunkel hinter den Bäumen?

»Ein Hinterhalt. Es ist noch nicht passiert.«

»Zurück!«, schrie Olga, »Schnell! Da ist jemand im Wald!«

Graf, Ilja und der Zar kamen angerannt.

»Was …?«, fragte der Zar.

»Ihr werdet sterben«, sagte Boris zu ihm, konnte sich nicht länger auf den Beinen halten und sank langsam zu Boden.

»Steh auf!«, schrie der Zar ihn schreckensbleich an. »Du musst kämpfen. Du bist unser einziger Schutz.«

»Man kann die Blutung nicht stoppen«, murmelte Boris schwächer werdend. Durch seine Finger ging ein Zucken, aber das Außenskelett war bereits zu vereist.

»Gib Uns die Waffe«, fuhr der Zar Olga an. »Sie ist unsere einzige Möglichkeit!«

»Überleg dir, wie wir Feuer machen«, schrie Olga zurück.

Der Zar machte einen Schritt vor, um ihr die Pistole gewaltsam abzunehmen. Olga war schneller, zog die Waffe aus ihrer Manteltasche und richtete die Mündung auf ihn. Fluchend gab der Zar nach, sah sich um und brach wutschnaubend dünne, feuchte Äste von den nahe stehenden Tannen.

»Das wird unmöglich brennen!«

»Doch, wird es«, widersprach Ilja. Aus seiner Tasche holte er kleine Tuben, ein Fläschchen, halb voll mit einer klaren Flüssigkeit, einen ölverschmierten Lappen und Pinsel. »Meine Malutensilien«, erklärte er, während er dem Zaren die Zweige aus den Händen riss, den Lappen darumwickelte und ein paar Tropfen aus dem Fläschchen darüberträufelte. Olga kauerte sich neben Boris, die Pistole im Anschlag, und starrte in den Wald, bereit, auf das leiseste Geräusch zu reagieren.

»Ich muss sterben«, sagte Boris.

»Nein«, widersprach Olga, »diesmal beschütze ich *dich*. Du bist mir ins Bergwerk gefolgt, hast mich aus dem

Blausteinlager befreit und jetzt rette ich dich!«

Graf brach weitere Äste ab, Ilja bestrich sie mit Ölfarbe und es gelang ihnen schließlich, ein klägliches Feuer zu entfachen. Sie kauerten sich um Boris, Ilja versuchte mit der Flamme Boris' Metallkörper zu erhitzen und die anderen lauschten achtsam in die Dunkelheit. Alles blieb still.

»Vielleicht haben wir Glück«, sagte der Zar, »und sie greifen uns nicht an.«

»Glück«, murmelte Boris, »ist eine Illusion.« Und er erstarrte.

Im Morgengrauen fuhr ein Windhauch durch die Reste der kokelnden Zweige, wirbelte die letzten einsamen Funken in die Luft und trieb sie in Richtung einer hohen Kiefer. Olga schreckte hoch, weil jemand gegen ihre Beine trat.

»Was ...«, rief sie aus und verstummte, als sie die Gestalt des Zaren vor sich aufragen sah. In den Händen hielt er die Pistole. Hastig sah sie nach links und rechts. Keiner der anderen rührte sich. Der Zar hatte sie doch nicht etwa totgemacht?

»Deine Angreifer scheinen sich zu verspäten«, sagte er, weiterhin mit der Waffe beschäftigt, und schenkte Olga nicht mal einen flüchtigen Blick.

»Iljas Pistole ...«, krächzte Olga fassungslos.

»*Unsere* Pistole«, verbesserte er sie, »und glaub Uns, bei Uns ist sie besser aufgehoben. Weck die anderen und mach was zu essen. Wir denken, wir alle kommen vor Hunger um.«

Ilja gähnte und fing an, sich zu strecken, *Graf* erwachte mit einem schmatzenden Schnarcher. Boris rührte sich nicht. Voller Sorge schob Olga seinen Ärmel hoch. Das Metall war kalt, aber das Öl leidlich flüssig. Er war genau da, wo er in der Nacht zuvor erstarrt war und lag zusammengesunken auf dem Boden, das Gesicht im Schnee. Vorsichtig schob Olga den Schnee beiseite und strich ihm ein paar Eiskristalle aus dem grauen Haar. Unter geschlossenen

Lidern wanderte sein Blick hin und her.

»Bitte wach auf«, flehte sie leise. »Was soll ich denn ohne dich tun? Ich hab sonst niemanden.«

Boris

Boris hätte nichts dagegen gehabt, wenn eine verirrte Kugel seinem Dasein ein Ende bereitet hätte. Er reckte den Kopf in die Luft, um zumindest diese Gnade des missgünstigen Schicksals einzufordern. Ein paar Brandgranaten schlugen dicht bei ihm ein, verbrannten seine Haut.

»Seid vorsichtig«, brüllte eine Stimme in der Gondel des Luftschiffes. »Wir wollen ihn nach Möglichkeit lebend.«

Bekümmert fiel Boris ein, er hatte nicht die Freiheit, den Tod zu wählen. Der General hatte ihm einen Befehl gegeben, und er musste gehorchen. Vorsichtig steckte er den Marschbefehl in die Innentasche seiner Uniform und setzte sich in Bewegung. Seine Schritte waren ungelenk und schwerfällig.

»Bitte wach auf.«

Die Stimme war ganz dicht bei seinem Ohr.

»Was soll ich ohne dich tun? Ich hab sonst niemanden.«

Diese Stimme klang weich und freundlich und im Grunde wäre er viel lieber ihr gefolgt, als dem Befehl zu gehorchen.

»Schau mal, Ilja macht Frühstück. Möchtest du eine Suppe?«

Vor ihm lag das Wäldchen, das er auf Befehl des Generals erreichen musste. Die Stimme würde ihm dorthin nicht folgen können.

»Ich habe die Wahl?«, fragte er und beobachtete verwundert, wie die Nacht sich auflöste, mit ihr das Luftschiff, der General und das Wäldchen. Sonnenschein wärmte sein Haar und er öffnete die Augen.

»Natürlich!«, rief seine Halluzination freudestrahlend aus.

»Olga«, flüsterte er ihren Namen, um die Wahnvorstellung daran zu hindern, sich zu verflüchtigen. Namen besaßen Macht, das wusste er. Dämonen ließen sich bannen, wenn man ihren wahren Namen kannte, und als sie ihm seinen Namen weggenommen und gegen diese Nummer ausgetauscht hatten, hatten sie seine Menschlichkeit verbannt. »Boris«, murmelte er deswegen seinen Namen, um sicherzugehen, dass sie nicht gesiegt hatten.

»Seid ihr sicher, dass mit ihm alles in Ordnung ist?«, fragte der Zar, ohne besorgt zu klingen, und steckte eine Pistole in den Gürtel.

»Bist du verletzt?«, erkundigte sich seine Halluzination und hielt nach Wunden Ausschau.

»*Das* meinten Wir nicht«, sagte der Zar. »Dass er nicht verletzt ist, sehen Wir.«

»Majestät«, bat Lew. »Dieser arme Kerl hat in seinem Leben mehr Schreckliches erlebt, als Ihr Euch in Euren kühnsten Albträumen vorstellen könnt. Wenn die Herren Generäle und die Mitglieder der königlichen Herrscherhäuser Zeit in den Schützengräben an der Front anstatt auf Empfängen oder bei der Verwandtschaft im Empire verbringen würden, wären binnen eines Tages sämtliche Kriege beendet. Vielleicht mag er Euch oder mir verwirrt erscheinen, gleichwohl gebe ich zu bedenken, dass Verwirrung oft der einzige Weg sein kann, seine geistige Gesundheit zu erhalten.«

Der Zar brummte etwas, was wie: *Danke, wenn Wir Bedarf an Belehrungen verspüren sollten, lassen Wir es Euch wissen* klang, und setzte sich ans Feuer. Boris beachtete ihn nicht, er starrte Lew mit offenem Mund an. Hatte er sich nicht am Anfang seiner Reise aus der Hölle gewünscht, einen Weisen zu treffen, der ihm die Natur von Halluzinationen erklärte? Und nun saß er vor ihm und sagte ihm, es wäre nicht nur vollkommen in Ordnung, kleine Mädchen zu sehen, ja, es wäre sogar gut.

»Und Olga?«, fragte er vorsichtig nach, nur um ganz

sicherzugehen, dass er Lew nicht falsch verstanden hatte.

»Ein aufgewecktes kleines Mädchen«, sagte Lew und zwinkerte Boris' Halluzination vergnügt zu. »Wissbegierig, intelligent und mit dem Herzen auf dem rechten Fleck.«

Nach dem Frühstück fühlte Boris sich besser. Der Nebel in seinen Gedanken lichtete sich und er erkannte, dass er nicht im Lazarett lag, keine Quantenmagier ihn aufschnitten, um Drähte zu verlöten, niemand nannte ihn BK 1/403 und ... Olga war bei ihm. Beinahe war ihm so, als wäre er wieder in der Lage, den Geruch des Waldes wahrzunehmen.

»Bis Perm ist es nicht mehr weit«, sagte er. Hinter Perm würde sein neues Leben beginnen, in Sibirien. Mit einem Haus und seiner Halluzination. »Wir könnten Hühner halten.«

»Wir könnten das Haus in der Nähe eines Sees bauen«, sagte Olga und ihr Herzschlag beschleunigte sich. »Oder eines Flusses. Ich mag Bäche. Du auch? Ich sammle ganz viel Holz, dann musst du nie wieder frieren.«

»In einem richtigen Heim dürfen Bücher auf keinen Fall fehlen«, sagte Lew. »Es wäre eine Schande, sollten in Perm keine Exemplare meiner Werke aufzutreiben sein. Ich werde mich bemühen, welche zu erwerben, und es wäre mir ein Vergnügen, sie euch zu schenken.«

»Und was ist mit Bildern?« Sogar Ilja, der sie im Schwitzkasten aus der Backstube gezerrt und ihr die Brote nicht gegönnt hatte, ließ sich von der guten Laune anstecken.

»Bilder sind schön«, sagte Olga und strahlte ihn an. »Ich habe mal jemanden gekannt – sie wäre fast meine Mamma geworden –, sie hat den Zaren gemalt. Das haben wir auf unsere Flugblätter gedruckt!«

Ilja lachte auf und Lew zwinkerte ihm schmunzelnd zu.

»Ich weiß nicht, ob ich mit den Talenten jener unbekannten Künstlerin konkurrieren kann. Sollte ich in Perm an Pinsel und Leinwand kommen, werde ich ein Bild malen und es dir schenken.«

»Aber kein Bild vom Zaren.« Sie kicherte und schaute sich zum Zaren um. »Male lieber ... was Schönes.«

Vom Zaren kam ein Grunzen.

»Wie wäre es mit einem Haus im Wald?«

»Ja, das wäre toll.«

»Oder was anderes«, überlegte Ilja weiter und warf einen zweifelnden Blick auf die umstehenden Bäume. »Nach diesem Abenteuer werden wir alle ein paar unangenehme Erinnerungen an Wälder zurückbehalten. Magst du das Meer?«

Sie packten ihre Sachen zusammen. In der Nacht hatte Yegor weiter an Gewicht verloren. Er war mittlerweile so leicht, dass selbst Lew ihn hätte tragen können, ohne sich anzustrengen. Boris flocht aus Rindenbast einen Strick und band Yegor am Schlitten fest.

Sie setzten ihren Marsch fort und stießen auf einen verschneiten Pfad. In der Ferne Schnaufte eine Lokomotive. Boris folgte dem Pfad und rechnete damit, gegen Abend auf die Schienen der Transsibirischen Eisenbahn zu treffen. Nach ein paar Stunden gab es weitere Anzeichen, dass sie sich bewohnten Gebieten näherten: Boris hörte den Hufschlag von Pferden. Zwei Reiter waren ebenfalls auf den Weg nach Perm.

Boris war aufgefallen, weder Olga noch Lew hießen das Umbringen von Menschen gut. Er rätselte, warum. Bis er ihre Gründe herausfand, würde er versuchen, Menschen am Leben zu lassen – solange nichts dagegensprach. Außerdem war es unklar, ob es sich bei den zwei Reitern um Feinde handelte, es konnten genauso gut Reisende sein. Boris war froh, dass ihm diese Möglichkeit eingefallen war. Er hatte sein Leben nur unter Soldaten verbracht, egal, ob es die eigenen Kameraden waren oder die Feinde auf dem Schlachtfeld. Es gab die Sage, früher, in Friedenszeiten, hätten die Soldaten Heimaturlaub bekommen oder durften bisweilen die Kasernen verlassen, um in nahe gelegenen Ortschaften Vergnügungen nachzugehen. Boris' Kontakte mit der Zivilbevölkerung beschränkten sich auf Huren, die Quantenmagier im Lazarett sowie einige Aasgeier, die ein zu forsches Tempo angeschlagen hatten und den abziehenden Truppen in die Arme gelaufen waren. Es war ihm ein Rätsel, was dagegensprechen könnte, Aasgeier und Quantenmagier umzubringen. Andererseits gab es Bauern, die könnten als unschuldige Opfer durchgehen, wie er sich mit leichtem Unbehagen eingestand. Denen bekam das Zusammentreffen mit der Armee selten gut, und es war egal, ob es sich dabei um eigene oder gegnerische Truppen handelte. Der Durchzug einer ausgehungerten Kompanie endete nicht gut für Bauern. Zum Glück besaßen die meisten die Weitsicht, rechtzeitig ihre Höfe und Dörfer zu verlassen. Allerdings – dieser Gedanke kam Boris zum ersten Mal – kehrten sie danach zu ihren ausgeplünderten Behausungen zurück. Und ein Winter ohne Lebensmittel konnte sehr lang werden … oder sehr kurz.

Aus diesem Grund beschloss Boris, *erst* herauszufinden, um wen es sich bei den beiden Männern handelte, und sie *danach* anzugreifen. Er setzte Olga auf den Boden, stellte die Provianttaschen ab, befreite sich von den Gurten von Yegors Trage und lauschte in den Wald.

»Sehr gut, eine Pause«, seufzte Lew und setzte sich auf einen Baumstamm. »In meinem Alter sollte man Gewaltmärsche durch die Wildnis auf ein Minimum beschränken.«

Auch die anderen waren erfreut über diese frühe Rast, Olga begann, Feuerholz zu suchen und Ilja bereitete ein zweites Frühstück vor. Ein leises Klappern ließ Boris vermuten, die Fremden taten das Gleiche. Er hoffte, sie würden beim Essen genauso gern reden wie seine Weggefährten. Sprachen sie von der Ernte – waren es Bauern. Sprachen sie vom Ausrauben – Wegelagerer. Einfache Sache. Boris verzog den Mund – er war *kein* Idiot.

»Majestät, es gibt eine Sache, die mir Kopfzerbrechen bereitet, seit Ihr sagtet, ein Doppelgänger säße anstatt Euch auf dem Thron«, begann hinter ihm Lew ein Gespräch.

»Er ist eine Marionette«, sagte der Zar bitter, »ein Handlanger, und als Erstes müssen Wir herausfinden, wer die Drahtzieher sind. Ein Feind, den man nicht kennt, ist schwerlich zu besiegen.«

»Ja«, gab Lew zu und hob die Hände, »eine Tatsache, der zu widersprechen mir fernliegt. Die Frage, die mich beschäftigt, ist anderer Art, *privater*, wenn Ihr mir erlaubt, sie zu stellen.«

»Nur zu, Graf Tolstoi, fragt ruhig.« Der Zar holte tief Luft, es klang wie ein resigniertes Seufzen. »Seht die Gesellschaft, in der Wir reisen, die Uns hungrig und erschöpft erlebt hat, die Uns einmal umbringen möchte, um Uns im nächsten Augenblick ihre unerschütterliche Treue zuzusichern. Wenn die Natur ruft, ist ein Baumstamm das Einzige, was Uns ein wenig Privatsphäre gewährt. Welche Frage privater Natur sollte Uns derzeitig kompromittieren?«

»Nun ja«, antwortete Lew zögernd, sein Bart raschelte, als er sich am Kinn kratzte. »Der Doppelgänger vermag vielleicht die Bediensteten zu täuschen, meinethalben jeden in Eurem Gefolge, die gesamte Entourage. Dessen ungeachtet kann ich mir nicht vorstellen, dass Eure Gemahlin keinen Unterschied bemerkt.«

Boris hatte die Unterhaltung nur mit halbem Ohr verfolgt, ihn interessierte mehr das Gespräch der anderen Reisenden. Sie hatten nicht viel geredet, bis auf ein genervtes *Beeil dich* herrschte Schweigen. Hinter ihm wurde es auf einmal ebenfalls still. was er merkwürdig fand. Nach seinem Verständnis der Regeln der Gesprächsführung müsste der Zar mit reden dran sein – oder Olga, um ihn zu beleidigen. Nichts davon passierte. Schließlich kam es Boris so seltsam vor, dass er sich umdrehte. Seine Weggefährten saßen um ein kleines Lagerfeuer herum. Keiner rührte sich, alle starrten den Zaren an, dessen Gesicht feuerrot leuchtete. Langsam schlug er die Hände vors Gesicht. Seine Schultern zuckten, und er schien in sich zusammenzusacken. Olga sah Boris hilflos an, dann Lew und abschließend wieder den Zaren. Boris war genauso ratlos wie sie, er konnte sich beim besten Willen nicht erklären, was mit dem Zaren los war. Hatte er Rauch ins Auge bekommen?

»Es geht ihr bestimmt gut«, sagte Olga und rutschte unbeholfen hin und her. »Sie tun ihr bestimmt nichts.«

»Äh, ich glaube nicht ...«, begann Lew, brach ab, ohne den Satz zu beenden.

»Oder ... oder glaubst du etwa ... sie ...« Olga rückte näher an den Zaren heran, hob eine Hand, so als wollte sie ihm tröstend über den Arm streichen. Ein paar Sekunden verharrten ihre Finger in der Luft, dann zog sie sie zurück, versteckte sie in den zu langen Ärmeln des alten Mantels und drückte beide Hände gegen ihre Brust. »Oder glaubst du, sie haben sie totgemacht?«

»Tod der *Zarin*, was? Das könnte dir so passen!«, schrie der Zar sie an.

Olga zuckte erschrocken zurück. »Das ... das meine ich nicht.« Sie krümmte den Rücken, als wollte sie sich einigeln, und schaute den Zaren mit großen Augen bekümmert an. Dieser sprang auf, ballte die Fäuste, rang nach Luft und ging zitternd auf und ab. Boris konnte diese seltsame Szenerie nicht weiterverfolgen, im Lager der anderen tat sich ebenfalls was und er musste sich konzentrieren, um zu hören, was dort geredet wurde.

»Du bist dir sicher, dass ich nicht mit nach Cöln kommen soll?«

Der zweite Mann lachte. *»Du willst bloß in den Salon dieser Natalja, dabei sollte man meinen, du hättest die Schnauze voll von Russinnen.«*

»Ich will nicht wie die anderen enden.«

Boris war versucht, näher heranzuschleichen, nicht nur, um die Unterhaltung besser belauschen zu können, sondern weil ihm beide Stimmen bekannt vorkamen, andererseits wollte er die Situation in seinem Lager nicht unbeaufsichtigt lassen.

»Das haben wir geklärt. Ich brauche dich hier. Du passt auf unsere Betriebsanlagen auf und ich sorge für neues Investitionskapital. Und ich habe nicht vor, unser Geld im teuersten Bordell der Stadt zu verprassen.«

Das klang nach zwei harmlosen Händlern. Boris wusste nicht, wo Cöln lag, aber wenn es eine größere Stadt war – und das musste Cöln sein, wenn es dort mehr als nur ein Bordell und zudem ein teures gab –, lag sie weit weg.

»Außerdem, warten wir mal ab, ob uns dieser Linus St. Maur nicht ein Luftschiff schickt und die Ware abholen lässt. Ich werde ihm telegrafieren.«

»Ach Kind«, seufzte Lew hinter Boris. »Der Tod seiner Gemahlin wäre freilich das schrecklichste Schicksal, davon hätte man gewiss gehört.«

»Oh«, sagte Olga. »Du meinst, sie muss Babys mit den anderen Zaren machen.«

»Wir werden ungefähr ein Jahr brauchen, bis wir die nächste Ernte einfahren können«, ging das Gespräch der Geschäftsleute weiter. *»Ich schätze, den Gewinn müssen wir investieren, danach machen wir einen drauf. Wir werden die Puppen tanzen lassen. Ich verspreche dir, du wirst sie alle haben können. Du wirst danach nicht mehr laufen können.«*

Die Geschäftsleute lachten.

»Unsere Frau ist die Liebe Unseres Lebens!«, schrie der Zar.

Boris wünschte sich, der Zar würde leiser schreien. Die beiden Händler waren nicht taub.

»Es war keine politische Hochzeit. Wir sind Seelenverwandte. Wir sind einander ehrlich zugetan!«

»Eins sag ich dir, ich will Rothaarige. Am liebsten gleich im Dutzend.«

»Und du? Was tust du so, als ob dich das nichts angeht?«, richtete sich die Wut des Zaren gegen Boris, der nicht verstand, weshalb. »Was drehst du deinen Kopf weg? Sieh Uns an, wenn Wir mit dir reden!« Der Zar baute sich vor ihm auf. »Oder endet deine viel beschworene Treue, wenn dein Herrscher zum Hahnrei wird?«

»Nein, mein Herr«, erwiderte Boris demütig. »Es ist nur ...«

»Es ist nur *was*?«

»Dahinten sind Händler ...«

»Soso, diesmal also Händler und kein Hinterhalt?«

»Nein, mein Herr, nur Händler.«

»Und sie rasseln nicht mal mit den Säbeln? Laden keine Pistolen? Wetzen sie wenigstens die Messer?«

»Nein, mein Herr, sie reden über Huren.«

Der Zar und Boris waren gleichermaßen von der Ohrfeige überrascht. Der Zar fluchte und hielt sich seine schmerzende Hand, Boris strich sich verwundert über die Wange.

»Das war nicht sehr diplomatisch«, sagte Ilja.

»Man zwingt sie dazu«, jammerte der Zar unglücklich. »Wahrscheinlich benutzen sie Olga als Geisel.«

»Olga?«

»Unsere Tochter, du Idiot! Nicht diese Anarchistin dort!«

Im Wald hinter ihnen war es auf einmal still.

»Sie haben uns gehört«, stellte Boris fest.

»Wage es ja nicht, Unsere Gemahlin zu beleidigen«, sagte der Zar und richtete drohend den Zeigefinger auf ihn. Im anderen Lager schnaubten Pferde und kurz darauf donnerten Hufe auf dem Pfad.

»Sie kommen.«

»Himmel Herrgott noch mal! Mann, wovon redest du?«

»Die Händler, mein Herr. Sie haben Eure Majestät schreien gehört und sind soeben auf dem Weg hierher. Sie werden gleich da sein.«

Einen Augenblick lang sah es so aus, als wollte der Zar weiterschreien, dann wurde das Hufgetrappel so laut, dass es alle hörten.

»Oh nein!«, rief Olga aus, und alle beeilten sich, in

Deckung zu gehen, griffen schnell nach ihrem Gepäck und kauerten sich ins Unterholz. Boris zog Yegor hinter einen umgestürzten Baumstamm und wartete auf die fremden Reiter, von denen einer eine Vorliebe für Rothaarige hatte.

Olga

Olga hatte nie einen Zar weinen sehen.

»Es geht ihr bestimmt gut«, machte sie den Versuch, ihn zu trösten. »Sie tun ihr bestimmt nichts, oder ...?«

»Ach Kind«, seufzte *Graf* und sah sie mit einem Blick an, der zu sagen schien, *dafür bist du zu klein.* Als wüsste sie nicht, was Männer und Frauen miteinander taten: sie machten Babys. Manchmal ohne küssen.

»Sie haben uns gehört«, sagte Boris in den Tobsuchtsanfall des Zaren hinein. »Sie kommen.«

Kurz darauf hörte Olga herangaloppierende Pferde.

»Oh nein«, rief sie aus. Sie hatten mitten auf dem Pfad gerastet und ein Feuer entfacht. Die Provianttaschen lagen verstreut herum. Die Pferde würden das Essen zertrampeln. Schnell zog sie die Taschen aus der Gefahrenzone, Boris kümmerte sich um Yegor. Die anderen versteckten sich im Unterholz, darum tat sie es ebenfalls – man konnte nie vorsichtig genug sein, selbst wenn es unsinnig war, bei derart deutlichen Spuren, wie sie sie hinterlassen hatten. Womöglich hielten die Reiter sie für Wegelagerer.

Vielleicht dachten sie das tatsächlich, auf jeden Fall brachten sie die Pferde abrupt zum Halt, als sie das kürzlich verlassene Lager erblickten. Aber die beiden Reiter waren keine Händler. Olga erkannte sie als Erste und hätte beinahe aufgeschrien. Sie schlug rechtzeitig die Hände vor den Mund. Es waren Johann und Aldin. Johann brauchte nur einen kurzen Blick, um sie in ihrem Versteck zu entdecken, und er erkannte sie ebenfalls.

»Verdammte Scheiße!«, fluchte er und hielt plötzlich eine Pistole in der Hand. Er zielte auf Olga. Unfähig, sich zu rühren, gab sie ein Wimmern von sich.

»Boris«, wisperte sie.

Boris schnellte vor, warf sich in die Schusslinie. Johanns Pferd scheute, bäumte sich auf und ein Huf traf Boris am Kopf. Boris taumelte, ein Schuss löste sich aus Johanns Waffe, die Kugel streifte Olgas Mütze.

»Weg hier«, brüllte er Aldin zu, bekam sein Pferd unter Kontrolle und gab ihm die Sporen. »Den schnappen wir uns ein andermal.«

Die beiden Aasgeier flohen im gestreckten Galopp, Aldin drehte sich im Sattel um und feuerte auf Boris. Er verfehlte ihn.

»Sie dürfen nicht entkommen!«, schrie der Zar und sprang aus seinem Versteck.

Er zog die Pistole aus dem Gürtel und schoss. Die Aasgeier waren bereits zu weit entfernt. »Verdammt!«

Boris stand auf dem Pfad und sah in die Richtung, in der Johann und Aldin verschwunden waren, die linke Hand gegen seinen Hals gepresst.

»Majestät, Ihr habt es wieder getan.«

»Kerl, wovon redest du?«

Zwischen Boris' Fingern quoll Blut hervor, ein unaufhaltsamer Strom.

»Ihr habt mich erschossen«, sagte er und die Worte klangen, als kämen sie von sehr weit her. Für einen kurzen Augenblick wankte Boris, bevor er scheinbar wieder Halt fand, dann stürzte er wie ein Stein.

Boris' Tod

Olga

»Nein!«, schrie Olga.

Sie rannte zu Boris, der auf dem Boden lag und sich nicht rührte. Seine Hand war schlaff herabgesunken und aus einer großen Wunde am Hals schoss unaufhörlich Blut.

»Schnell, wir müssen ihm helfen.«

Keiner rührte sich. Boris' Blut quoll ihr über Hände und Arme. Die Blicke des Zaren wanderten von Boris zu der Waffe in seiner Hand, er betrachtete sie, als würde er sich fragen, wie sie dahingekommen sei.

»Wir können die Wunde verbinden!«, schluchzte sie. *Graf* und Ilja eilten herbei, Ilja nahm seinen Schal ab.

»Es ist die Halsschlagader«, sagte er beklommen, als er ihn Olga reichte. »Die kann man nicht abbinden, ohne ihn zu erwürgen.«

Das war ihr egal. Sie musste es wenigstens versuchen. Boris schnappte nach Luft, als sie den Schal festzog. Sie hörte sofort auf damit, presste ihn wieder auf die Wunde. Sie würde so lange hier sitzen, bis sie sich geschlossen hätte. Dann würde Boris aufstehen und sie beide würden nach Sibirien gehen. In ihr Haus. Und wenn er zu schwach dazu wäre, würde sie es bauen. Es war bestimmt nicht so viel Blut, wie es aussah.

»Kind«, sagte *Graf* bekümmert und ging neben ihr in die Hocke, legte einen Arm um ihre Schultern.

Boris' Augenlider flackerten, ein letztes Zittern ging durch seinen Körper, dann erschlaffte er, die Augen blicklos in den Himmel gerichtet. Olga drückte weiter die Wunde zu. Er war nicht tot. Es war wie im Blausteinlager. Da hatte er auch wie tot gewirkt. Sie musste nur lange genug warten, dann käme er wieder zu sich.

»Er ruht sich nur aus«, sagte sie zu *Graf* und Ilja.

»Kind«, wiederholte *Graf* und übte einen Druck auf ihre Schulter aus, als versuchte er, sie von Boris wegzuziehen.

»Nein! Lass mich. Ich muss die Wunde abdrücken.«

»Olga, Kindchen, er ist tot.«

»Er wacht gleich auf! Wir müssen nur warten!«

»Wir können nicht warten«, sagte der Zar. »Johann wird Verstärkung holen. Sie werden zurückkommen.«

»Majestät«, mahnte Ilja vorwurfsvoll. »Dieses Kind hat einen unermesslichen Verlust erlitten …«

»Nein, habe ich nicht. Er ist nicht tot.«

»… wäre da nicht Mitgefühl angebracht? Es sollte Zeit für ein anständiges Begräbnis sein. Er hat es verdient.«

»Ein Begräbnis?«, fragte der Zar. »Wie denn? Mit bloßen Händen ein Loch im gefrorenen Boden ausheben?«

»Da hat er leider recht«, seufzte *Graf*. »Wir machen ihm ein Grab aus Ästen. Holz. So als ob er sich jederzeit ein Feuer anmachen könnte.«

Olga schüttelte *Grafs* Arm ab und beugte sich zu Boris.

»Wach auf«, flüsterte sie ihm ins Ohr. »Die anderen wollen weiter. Wenn du lieber schlafen willst, dann sollen sie ohne uns weitergehen. Ich bleibe bei dir und warte, bis du wieder gesund bist, ja?«

»Gut«, sagte der Zar. »Setzt ihr euer Leben aufs Spiel, indem ihr ein Begräbnis abhaltet. Dann trennen sich unsere Wege. Wahrscheinlich das Beste für alle. Gut möglich, dass man euch in Ruhe lässt. Wir hingegen sind nicht nur für Unser eigenes Leben verantwortlich, sondern für das Wohlergehen einer ganzen Nation.«

»Majestät«, versuchte Ilja zu beschwichtigen.

»Nein. Geht ihr nach Perm. Es ist nicht weit. Wir schlagen Uns nach Petersburg durch.«

»Petersburg?«, entfuhr es Ilja. »Seid Ihr verrückt geworden?«

»Vergiss nicht, was du bist, Knecht!«, entgegnete der Zar scharf. »Wir haben eine Ahnung, dass Unsere Anwesenheit in Petersburg von äußerster Dringlichkeit ist. Und nun … dürfen Wir um Unseren Mantel bitten?«

»Schaut mal«, sagte Olga. »Da kommt schon kein Blut mehr. Die Wunde ist verheilt.«

Sie nahm kurz den Schal weg. Sein Hals sah furchtbar aus, aber es sickerte tatsächlich nur ganz wenig Blut heraus. Um nichts zu riskieren und um nicht sehen zu müssen, wie zerfetzt der Hals aussah, drückte sie den Schal wieder mit einer Hand auf die Wunde, die andere schob sie unter seinen Kopf, damit er es bequemer hatte.

»Unseren Mantel! Wir meinen es ernst.«

»Olga …« *Graf* rüttelte sie an der Schulter.

»Boris, magst du aufwachen?«

Er gab keine Lebenszeichen von sich, doch die Energieleitungen pulsierten, sogar stärker als zuvor, das bedeutete doch, dass er nicht tot war, oder? Außerdem spürte sie etwas in seinem Nacken, einen kleinen Knoten unter der Haut, der vibrierte und Wärme ausstrahlte.

»Olga!« *Graf* klang dringlich.

»Weißt du, ich kann jetzt lesen. Ich werde es dir beibringen. Wenn du willst.«

Graf stand langsam auf.

»Bitte, Majestät, wir …«

»Aus dem Weg!«, schrie der Zar – so laut und wütend, dass Olga sich nach ihm umsah. Der Zar, immer noch mit der Waffe in der Hand, stieß *Graf* unsanft zur Seite, holte aus und schlug Olga den Griff der Pistole gegen die Schläfe.

»Boris!«, rief Olga, als sie zu sich kam.

Er antwortete nicht. Alles schaukelte. Es war nicht der gleichmäßige Rhythmus von Boris' kraftvollen Schritten, der sie wiegte, wenn sie auf seinem Arm saß.

»Es ist alles gut«, sagte Ilja sanft. »Ruh dich aus.«

So, wie ihr der Kopf wehtat, war *ausruhen* eine wunderbare Idee. Sie sank auf den Schlitten zurück. Seltsam, *Yegors* Schlitten.

»Nein!« Mit einem Mal fiel ihr alles wieder ein. Der Zar

hatte auf Boris geschossen. Boris lag blutend im Wald, er würde sterben, wenn sie nichts unternähmen. Die anderen wollten ihn zurücklassen.

Sie sprang auf und rannte los.

»Olga, nicht!«, rief Ilja und nahm zusammen mit *Graf* die Verfolgung auf.

Es war Ilja, der sie einholte. Sie schlug um sich, als er sie festhielt.

»Sieh es ein«, bat er und bemühte sich, ihren Tritten auszuweichen. »Es ist zu spät. Er ist tot. Es ist bereits einen Tag her. Wir können nichts mehr für ihn tun.«

»Es tut mir so leid.« *Graf* hatte sie erreicht, blieb ein Stück hinter Ilja stehen, wo ihn ihre Tritte nicht erreichen konnten.

»Ihr habt ihn liegen gelassen.«

Olgas Widerstand erstarb.

»Er war zu schwer. Ich bin ein alter Mann, und Ilja ist gleichfalls nicht der Jüngste.«

»Ich habe es geschafft.« Sie erinnerte sich, wie sie ihn vor den Aasgeiern gerettet hatte, ganz zu Beginn ihrer Freundschaft, als sie nicht einmal seinen Namen gekannt hatte. Sie begann hemmungslos zu weinen.

Graf und Ilja gaben ihr Zeit, sich zu beruhigen, und kehrten dann mit ihr zu ihren Sachen zurück. Ilja griff die Tasche und hängte sie sich um. Olga wunderte sich, warum es nur eine war, doch kümmerte es sie im Grunde nicht. Ihr war alles egal. Egal, dass sie den alten Mantel nicht mehr trug. Egal, dass ihr Kopf schmerzte. Selbst dass Boris' Mörder, der Zar, fort war, hatte keinerlei Bedeutung. Der Zar – fort, die große Provianttasche auch, die beiden alten Männer allein ... man musste nicht zwei und zwei zusammenzählen können, um zu wissen, was passiert war. Doch da fehlte einer.

»Yegor!«, rief sie aus. »Wo ist Yegor?« Sie sah sich nach ihm um. »Er hat ihn auch umgebracht!«

»Nein«, sagte *Graf*, »hat er nicht. Seine Majestät hat

deinen Mantel genommen, die Verpflegung und ist fortgegangen.«

»Aber wo ...?«

»Wir wissen es nicht. Yegor war plötzlich verschwunden.«

»Wir müssen ihn suchen ...«

»Das haben wir getan«, sagte Ilja. »Wir haben alles abgesucht, stundenlang. Nicht die kleinste Spur von ihm, nicht einmal Fußabdrücke. Als hätte er sich in Luft aufgelöst.«

Graf nahm ihre Hand und zog sie mit sich, als sie weitergingen. Olga war zu unglücklich, um zu protestieren. Jetzt war auch Yegor tot. Am liebsten wäre sie ebenfalls gestorben. Verzweifelt riss sie sich den Verband vom Kopf und setzte stattdessen ihre Mütze wieder auf.

Die nächsten Tage nahm Olga so gut wie nicht wahr, weigerte sich, Schreiben zu üben, weigerte sich zu essen. Alles, was sie sah, machte sie noch trauriger: Wenn Ilja der Gruppe voranging und einen Weg durch den Schnee bahnte anstatt Boris, wenn *Graf* seine Taschenuhr aufzog, denn sie wusste, da befanden sich kleine Zahnräder drin, so wie in Boris' Arm. Als sie die erste Eisenbahn sahen, versuchte Ilja sie für *den großen schwarzen Samowar,* wie er die Lokomotive bezeichnete, zu begeistern. Sie hob die Schultern und wollte die Lokomotive nicht einmal ansehen.

Nach Erreichen der Schienen kamen sie schneller voran. Manchmal lag eine Verwehung über den Gleisen, der größte Teil der Strecke war jedoch schneefrei. Olga war es nicht mehr wichtig, ob sie schnell oder langsam waren. Warum auch, wo sollte sie hin? Sibirien? Ohne Boris? Nach Perm? Es hatte dort einmal jemanden gegeben, der sie gerngehabt hatte, doch die Ochrana hatte sie umgebracht.

Kleine Schraube

Olga

Damals war es Olga sehr schlecht gegangen. Dabei hätte alles so gut laufen können. Ihre Tasche war voll mit der wertvollsten Beute, die sie jemals gemacht hatte. Sie glaubte, einem Trupp Soldaten entkommen zu sein, der an ihr vorbeigaloppierte und sie nicht entdeckte, weil sie sich rechtzeitig hinter einem Strauch versteckt hatte. Sie glaubte, einem Luftschiff entkommen zu sein, das trotz der rotierenden Propeller nahezu lautlos dicht über die Baumwipfel hinwegglitt. Sie freute sich über ihr Glück, bis sie erkannte, dass man gar nicht hinter ihr her war. Die Luftschiffe und Soldaten waren vielmehr auf der Flucht. Wie die Dämonen das Loch in die Wirklichkeit sprengten, durch das sie in diese Welt kamen, sah sie nicht, aber sie hörte es. Ein hohes Sirren, gefolgt von einem Zischen, schrecklicher als jede Explosion. Sekunden später jagte eine Druckwelle übers Land, riss sie zu Boden und gleich nach der Druckwelle folgte eine blaue Feuerwand, die keine Hitze ausstrahlte und sie dennoch verbrannte. Sie konnte sich nicht erinnern, wie sie danach zu sich kam und weiterlief, sie musste es getan haben, denn sie erwachte in Perm. Sie lag in einem sauberen Bett – und litt Schmerzen.

»Es ist gut«, sagte eine Frauenstimme. »Ich weiß, es tut weh, gleich lässt es nach.«

»Mhm«, machte Olga furchtsam.

»Du brauchst keine Angst zu haben. Du bist in Sicherheit, unter Freunden.«

»Hat sie schon gesagt, wo sie die Verbrennungen herhat?«, fragte eine unbekannte Männerstimme.

»Das braucht sie nicht zu sagen«, antwortete die Frau. »Wir wissen beide, wo sie sich die geholt hat, wir waren beide dort.«

»Das meine ich nicht, sondern ob sie beschreiben kann, wo diese verdammte Anlage steht?«

»Männer!«, erwiderte sie.

»Wo *was* liegt?«, murmelte Olga undeutlich ins Kissen. Sie lag auf dem Bauch. Ihr Rücken fühlte sich an, als stünde er in Flammen.

Sie spürte einen Stich im Oberarm, die Schmerzen ließen nach.

»Ruh dich aus, Liebes, das hat Zeit.«

Olga versuchte, ein Auge zu öffnen. Eine Frau saß neben ihrem Bett, ihr blondes Haar war von grauen Strähnen durchzogen und zu einem Zopf geflochten. Der Mann stand neben der Tür und als er merkte, dass Olga ihn anblickte, kam er herüber und ging vor dem Bett in die Hokke, den missbilligenden Blick der Frau ignorierend.

»Na, wie geht es dir?«, fragte er freundlich.

»Aua«, murmelte sie.

»Das tut mir leid. Kannst du dich vielleicht erinnern, wo du warst, als das passiert ist? Du hattest Ventile bei dir. Hast du dich verletzt, als du sie abgebaut hast?«

»Nein, die Dämonen waren das. Die haben blaues Feuer gelegt.«

»Und wo, weißt du, welche Himmelsrichtung? Waren Flüsse in der Nähe? Berge?«

»Das war im Wald!«

»Ja, schon, aber ...«

»Es ist genug, Radik«, ging die Frau dazwischen. »Lass sie sich ausruhen. Wirklich, wie soll sie wissen, wo es liegt? Sieh, in was für einem Zustand sie angekommen ist.«

»Sie mag vielleicht nicht wissen, wie sie vom Lazarett hierhergekommen ist«, sagte der Mann und stand auf. »Aber ...«, er hob Olgas Tasche mit ihren Beutestücken auf und hielt sie hoch, »sie ist *dort* gewesen. Auf dem *Rück*weg war sie zu krank. Auf dem Hinweg nicht.«

»Die gehört mir«, beschwerte sich Olga, schloss die Augen und schlief ein.

Mitten in der Nacht wachte sie auf und fühlte sich nicht mehr ganz so elend. Sie tastete nach ihrer Tasche und stellte fest, dass so gut wie nichts fehlte. Nur eines der Teile war nicht mehr da: ein massiver Zylinder, ohne Zeiger, Regler oder etwas anderem, was nach Technik aussah. Der machte nichts weiter als wehzutun, wenn man ihn zu lange in der Hand hielt.

Wahrscheinlich hatten der Mann und die Frau den Zylinder als Bezahlung genommen.

Sie krabbelte aus dem Bett, sah sich um. Sie befand sich in einer Dachkammer, Unter der Schräge stapelten sich leere Kisten, ließen gerade so viel Platz, dass ein Bett in den Raum passte. Durch ein kleines Fenster fiel Licht, und als sie hinaussah, stellte sie fest, dass es von einer Straßenlaterne stammte. Sie musste in einer richtigen Stadt sein. Unten auf der Straße huschte eine Gestalt vorbei. Olga stellte sich auf die Zehenspitzen, um besser sehen zu können. Es war ein Mann, die Mütze tief ins Gesicht gezogen. Die Gestalt verschwand aus ihrem Blickfeld, und kurz darauf ertönte unten im Haus ein leises, kurzes Klopfen. Zunächst dachte sie sich nichts dabei. Einige Minuten später huschte erneut jemand, das Straßenlicht vermeidend, auf das Haus zu und wiederum erfolgte gleich danach ein Klopfen. Wer waren diese Leute? Was wollten sie hier? Ihre Beute kaufen? Sie ihr wegnehmen? Sie hörte, wie die Haustür geöffnet und wieder geschlossen wurde. Neuankömmling und Gastgeber redeten nicht miteinander. Olga schlich zur Tür der Dachkammer. Drückte vorsichtig die Klinke und musste feststellen, dass die Tür verschlossen war. Sie bekam es mit der Angst zu tun. Warum hatte man sie eingesperrt? Um sie an Dämonen zu verfüttern? Sie rüttelte an der Tür. Vergeblich. Sie rannte zum Fenster, schaute nach links und rechts. Links befand sich ein weiteres Fenster. Sie holte ihre Tasche, kletterte aufs Dach, drückte die Glasscheibe ein und stand in einer weiteren

Dachkammer, mit Kisten vollgestellt. Nur ein schmaler Gang war frei. Auch diese Tür war abgeschlossen, doch jemand musste sie einmal aufgebrochen haben, Der Rahmen um den Riegel herum war gesplittert und man hatte ein Stück Metall davorgeschraubt. Sie brauchte ein Werkzeug, um die Schrauben herauszudrehen. Eine Kopeke wäre gut, doch Olga hatte keine. Auf dem Boden lag nichts herum, war ihr weitergeholfen hätte. Sie durchsuchte ihre Tasche. Aus einem der Teile ragte ein winziger Hebel, mit ihm ließen sich die Schrauben herausdrehen. Sie öffnete die Tür, erblickte einen winzigen Flur, von dem vier Türen abgingen, und eine schmale, steile Stiege nach unten. Sie schlich die Stufen hinab. Auf halber Höhe klopfte es zum dritten Mal an der Tür. Olga hielt inne, drückte sich wo weit wie möglich in den Schatten.

»Wir sind beinahe vollständig«, hörte Olga den Mann flüstern, der wissen wollte, wo sie die Sachen gestohlen hatte.

Der Besucher trat wortlos ein und beide verschwanden im Inneren des Hauses. Olga wartete, bis alles still war, und schlich dann weiter. Unten angekommen, stand sie einer fensterlosen Wohn- und Schlafküche. In der einen hinteren Ecke befand sich ein Ofen, in der gegenüberliegenden ein Bett. An der Wand ein Schrank und in der Mitte ein Tisch und zwei Stühle. Links neben der Stiege war die Wohnungstür, gegenüber eine mit Vorhang abgetrennte Kammer. Olga schlich hin, lauschte und, weil auch dort alles still war, schaute hinein. Ein winziger Raum, den das Bett fast vollständig ausfüllte. Davon abgesehen war er leer. Wo waren der Mann, die Frau und ihre drei Besucher? Durch das Fenster ausgestiegen? Es war verriegelt, vielleicht hatten sie es von außen verschlossen. Sie kletterte auf das Bett, entriegelte das Fenster und beugte sich hinaus. Es führte auf eine schmale Gasse. Es wurde ihr unheimlich zumute. Menschen lösten sich nicht in Luft auf. Nur Dämonen taten das. Sie bekam Angst. Da hörte sie aus dem Nachbarraum ein gedämpftes Geräusch. Wenn es nicht das Magenknurren eines Dämons war, könnte es ein Stühlerücken sein. Sie ging zurück. Die Wohn- und Schlafküche war nach wie vor menschenleer, aber jetzt sah Olga einen feinen Lichtschein, der durch die Ritzen in den Dielen drang, und als sie genauer hinschaute, sah sie, dass es sich um eine Luke im Boden handelte. Sofort schlich sie hin und drückte ihr Ohr an den Spalt. Stimmen. Aha, dahin waren sie also verschwunden.

Mehrere Leute redeten durcheinander, bis ein Mann laut »Ruhe!« forderte und sagte: »Genosse Stahlhammer, wir fühlen uns geehrt. Wie schön, dass du es geschafft hast. Das ist unser neues Mitglied, Genosse Eisenfaust.«

Olga war erleichtert. Das klang nach Menschen. Menschen mit komischen Namen.

»Ah, du bist also der, dem die Flucht aus dem Lazarett gelungen ist.«

»Dank Genossin Eisenrads Hilfe«, antwortete Radik. »Und einer Lungenentzündung, die mich lange genug von Phase zwei des Experimentes ausschloss. Gar nicht so leicht, eine zu bekommen, wenn man sie braucht. Als sich der Krankenbereich geleert hatte und man weniger Leute brauchte, hat Genossin Eisenrad mich unter das Personal geschmuggelt, das nach Hause geschickt wurde. Ohne sie wäre ich nicht hier, sondern verreckt wie all die anderen armen Schweine, als man sie an die Quantenmagie anschloss. Wassilisa, ich kann dir gar nicht genug danken.«

»Keine Namen!«, sagte Stahlhammer streng.

»Entschuldigung. Ich meine Genossin Eisenrad.«

Die hatten alle mehrere Namen, das gefiel Olga.

»Schön, dass du zurück bist, Genossin Eisenrad«, sagte Stahlhammer. »Du hast hier gefehlt. Gibt es Neuigkeiten von deinem Mann?«

»Wir haben Nachricht erhalten, dass er im Arbeitslager ist. Also zumindest am Leben«, antwortete Wassilisa.

Ein Wummern gegen die Tür ließ Olga herumfahren und

hinter der Luke verstummten die Stimmen augenblicklich.

»Aufmachen! Polizei!«

Einen Moment lang dachte Olga an Flucht. Raus aus dem Fenster? Auf der Straße waren die Polizisten. Zurück nach oben auf das Dach? Dann würde sie Radik und vor allem Wassilisa, die so nett zu ihr gewesen war, im Stich lassen. Geistesgegenwärtig zog sie den Tisch über die Luke und eilte danach zur Tür, die den schweren Schlägen nicht lange standhalten würde. Sie schloss auf und die hereinstürmenden Beamten rannten sie beinahe über den Haufen. Die Polizisten begannen den Raum zu durchsuchen, zwei rannten die Stiege hoch, zwei ins Nachbarzimmer. Ein Polizist mit schwarzem Schnurrbart und Orden an der Uniform blieb in der Mitte der Schlafküche stehen und überließ seinen Untergebenen, alles auf den Kopf zu stellen.

»Mama ist nicht da«, sagte Olga.

Der Polizeioffizier drehte sich um und sah Olga mit durchdringendem Blick an.

»Wo ist er?«

»Der Mann? Mit Mama fortgegangen.«

»Mach mich nicht wütend!« Er packte Olga am Kragen ihres Nachthemdes und riss sie hoch.

»Ja«, erwiderte sie und gab sich Mühe, mindestens genauso eingeschüchtert auszusehen, wie sie sich fühlte. »Mama hat den Mann wütend gemacht, da hat er sie geschlagen. Als sie weggerannt ist, ist er ihr nach. Sie hat nämlich gesagt, sie würde die Polizei holen. Geht es Mama gut? Ist sie bei Ihnen?«

Die Polizisten aus dem Nachbarzimmer kamen zurück.

»Da ist niemand«, sagten sie. »Das Fenster stand offen.«

»Oh, ich muss es zumachen«, sagte Olga. »Mama meint, es muss verriegelt sein. Einmal hat ein Mann versucht, da einzusteigen und wollte Babys machen.«

Inzwischen hatten die Polizisten die Durchsuchung der Dachkammern beendet und kamen die Stiege heruntergerannt.

»Niemand«, sagte der eine. »Aber wir haben das hier gefunden.«

Er hielt Olgas Tasche und holte eines ihrer Beutestücke raus. Ein Ventil mit viel Messing und einer schönen runden Uhr, die nur einen Zeiger hatte.

»Was ist das?«, donnerte der Offizier und ließ sich das Ventil reichen.

»Nicht kaputt machen«, flehte Olga, »die muss ich zurückgeben.«

»Was ist das?«

»Das ist ganz, ganz wertvoll und der Mann, dem es gehört, wird Major genannt. Ich soll es sauber machen. Von außen glänzt es schon schön, nicht wahr?«

»Du?«, fragte er beißend, »du bekommst Wertvolles zum Reinigen anvertraut?«

»Weil sonst niemand wollte. Ich glaube, ein Uhrmacher ist sogar gestorben. Es macht nämlich krank. Schau mal.« Sie drehte sich um, zog ihr Nachthemd ein Stück runter, zeigte dem Polizisten ihre verbrannten Schultern.

»Ich glaube, es ist ansteckend. Es tut sehr weh. Und wächst. Gestern war es nur halb so groß.«

Sie schielte über ihre Schulter. Vielleicht glaubte ihr der Polizeioffizier nicht, allerdings hielt er das Ventil jetzt mit spitzen Fingern und gab es dem Polizisten zurück. Dieser ließ es schnell in der Tasche verschwinden, die er anschließend auf Armeslänge von sich weghielt.

»Sonst nichts?«, fragte der Offizier seine Untergebenen.

Sie verneinten. Der Offizier brummte.

»Hm, wieder mal falscher Alarm. Wir gehen.«

In der Tür, die schief in den Angeln hing, blieb er stehen.

»Und du, schaff diese Sachen aus dem Haus. Sie gefährden die öffentliche Sicherheit.«

Olga nickte artig. Als die Polizisten fort waren, schloss sie die Tür, was einige Anstrengung erforderte, bis sie sich wieder verriegeln ließ. Kaum hatte sie es geschafft, rumorte es unter den Dielen und der Tisch rumpelte, als die

Luke einen kleinen Spaltbreit geöffnet wurde. Zwei Augen blitzten im Dunkel.

»Wer ist das?«

Kurz darauf fand sich Olga im Keller wieder. Sie saß auf einem Stuhl, um sie herum vier Männer, einer von ihnen Radik – und Wassilisa. Alle starrten sie finster an, nur Wassilisa lächelte ihr aufmunternd zu.

»Soso, das ist also die kleine Diebin, die euch zugelaufen ist und das hier bei sich hatte«, sagte Stahlhammer. Er hatte den fehlenden Zylinder aus Olgas Beute in der Hand, hielt ihn mit einem Ledertuch fest, um sich nicht zu verbrennen.

Olga fand, er sprach das Wort *Diebin* sehr abfällig aus.

»Das ist ein ehrenwerter Beruf«, verteidigte sie sich beleidigt. »Diebe stehlen von den Reichen. Alle anderen nehmen es von den Armen. Diebe nehmen nie alles mit, sondern nur so viel, wie sie tragen können. Besonders ehrenhaft ist es, die ganz Reichen zu beklauen, und ich werde eines Tages den Zaren persönlich bestehlen. Jawohl!«

Einen Augenblick lang herrschte Schweigen, dann fing Stahlhammer an zu lachen, und die anderen stimmten mit ein. Am Ende der Versammlung hatte man beschlossen, dass Olga bleiben dürfte und sie schenkte dem Arbeiterbund aus Dankbarkeit ihre gesamte Beute. Man plante, damit eine Druckerpresse zu kaufen. Außerdem wurde sie, weil sie darauf bestanden hatte, auch einen neuen Namen zu bekommen, auf Genossin *Vintik*, kleine Schraube, getauft.

»Wenn was nicht funktioniert, sucht man nur nach dem großen Fehler«, erklärte Radik, so als könnte sie gekränkt sein, weil ihr Name nicht so gewaltig wie die der anderen klang. »Keiner denkt an die kleine Schraube. Wenn sie nicht da ist, bricht alles zusammen.«

Ein paar Wochen lang war Olga glücklich. Sie lebte mit Radik und Wassilisa in dem kleinen Haus, war dabei, als die Druckmaschine aufgebaut und das erste Flugblatt gedruckt wurde. Wassilisa hatte das Gesicht eines Mannes gezeichnet, und man erklärte ihr, der Schriftzug darüber bedeute: *Tod dem Zaren*. Sie durfte beim Verteilen der Flugblätter helfen. Sie fühlte sich als vollwertiges Mitglied des kleinen Widerstandsbundes. Und das Leben mit Radik und Wassilisa fühlte sich wie Familie an. Sie erfuhr, dass Radik ein entflohener Soldat war und Wassilisa mit einem Mann verheiratet war, der in Sibirien in einem Lager arbeiten musste. Er war ebenfalls ein Anarchist und vor fünf Jahren verhaftet worden. Wassilisa arbeitete als Krankenschwester in einem Hospital, auf dessen Stufen sie Olga gefunden hatte. Beide, Wassilisa und Radik, redeten nicht gern darüber, wo sie sich kennengelernt hatten. Besonders Wassilisa nicht. Sie sagte dann: »Ein Ort, an dem schreckliche Dinge geschehen. Du bist so klein. Das musst du noch nicht wissen.« Als ob Olga noch nie schreckliche Dinge gesehen hätte. Oder noch klein wäre.

»Ich bin zwölf«, erklärte sie Wassilisa dann immer. Aus Radik bekam sie mehr Information heraus, wahrscheinlich redete er gern, dennoch musste sie sich das meiste zusammenreimen. An dem Ort, über den sie nicht gern sprachen, hielt man viele Menschen gefangen, man machte sie erst gesund, um anschließend fürchterliche Sachen mit ihnen anzustellen. Was genau, das wollte nicht mal Radik sagen. Er war einer der Gefangenen und Wassilisa sollte ihn gesund machen. Am Anfang hatten beide nicht gewusst, wie schlimm es wirklich sein würde, erst nachdem ein gemeinsamer Freund abgeholt wurde, bekamen sie es nach und nach heraus. Der verschwundene Freund gehörte zu den Ersten, die den Krankenflügel verlassen mussten. Wassilisa durfte danach nicht mehr zu ihm, aber sie erfuhr genug, um schreckliche Angst zu bekommen und den Entschluss zu fassen, so viele wie möglich davor zu bewahren, das Schicksal ihres Freundes zu teilen. Letztendlich hatte sie nur Radik retten können. Den Ärzten fiel auf, dass Wassilisas Patienten langsamer gesund wurden als die, die von anderen Schwestern betreut wurden. Darum gehörte sie zu den Ersten, die nach Hause geschickt wurden, als man weniger Krankenschwestern brauchte. Sie machte einen der Pfleger tot, Radik nahm dessen Platz ein und verließ den bösen Ort. »Ein wirklich übler Kerl«, versicherte Radik, als er sah, wie Olga entsetzt die Augen aufriss. »Einer, der auf der *anderen Seite* gearbeitet hat, der die Gefangenen quälte.«

Der Ort, wo dieses Lazarett sich befand, war geheim. Man brachte sie in verschlossenen Wagen zurück. Nach ihrer Heimkehr berichtete Wassilisa den Anarchisten alles, was sie über das Lazarett wusste, deswegen hatte man sie ja dorthin geschickt. Sie konnte Lagepläne des Gebäudes anfertigen, die Gesichter der Verantwortlichen zeichnen, beschreiben, wie es bewacht wurde, nur konnte sie nicht sagen, wo es lag. Als sie Olgas Verletzungen sah, hat sie diese sofort wiedererkannt. Diese Art von Blasen und Verbrennungen hatte sie bisher nur im Lazarett gesehen. Nachdem sie die Stücke in Olgas Tasche entdeckt hatten, waren sie sicher, Olga müsse dort gewesen sein. Der kleine Zylinder, den Radik Quantenakkumulator nannte, rief exakt die gleichen Blessuren hervor, wenn man ihn zu lange in der Hand hielt.

»Wie macht er das?«, fragte Olga, gebannt von der Erzählung und überrascht, dass ihre Geschichte für den Polizeioffizier nicht vollkommen frei erfunden war.

»Er speichert eine Energie, die den Æther selbst in Schwingung versetzt«, sagte Radik. »Stahlhammer sagt das zumindest, frag mich nicht, was das genau bedeutet. Wassilisa denkt, dass dieser schwingende Æther entweder giftig auf den menschlichen Körper wirkt oder dass er das Gewebe mitschwingen lässt. Vielleicht kommen die Brandblasen von so einer Art Reibungshitze. Es heißt, wenn man dem vibrierenden Æther zu stark ausgesetzt ist, dann reißt es einen auseinander.«

»Oh!«, rief Olga aus. »Wir müssen ihn vergraben, diesen Quantenaktuh ... Zylinder.«

»Keine Sorge«, beruhigte Radik sie. »Der ist gut isoliert und wahrscheinlich müsste man den Inhalt schon trinken oder einatmen, damit das passiert.«

Es beruhigte Olga tatsächlich. Schließlich hatte sie den Zylinder lange mit sich herumgetragen und war nicht explodiert.

»Was ist Æther?«, fragte sie nach einer Weile. »Und warum darf der nicht schwingen?«

»Keine Ahnung«, gestand Radik. »Also, warum er nicht schwingen darf. Stahlhammer sagt, Æther ist das, was sich zwischen uns – die Erde meine ich damit – und der Sonne befindet, oder zwischen Sonne und Mond. Zwischen allem eigentlich. Ohne Æther wäre es dunkel, weil das Sonnenlicht nicht zu uns kommen könnte.«

Wenn Wassilisa von der Arbeit nach Hause kam, setzte sie sich oft hin und zeichnete. Olga sah ihr gern dabei zu, auch wenn es nur Männergesichter waren und alle sehr grimmig dreinblicken.

»Warum malst du nie was Schönes?«, fragte sie.

Wassilisa lachte.

»Wenn du willst, dann zeichne ich dir was Schönes, nachher. Wie wäre es mit einem Schaf?« Sie strich Olga über den Kopf. »Das hier sind böse Männer«, redete sie weiter, »die für den Zaren arbeiten. Wir schicken die Zeichnungen zu anderen Arbeiterbünden, damit sie sie identifizieren können, oder zeigen sie den Leuten, damit sie wissen, vor wem sie sich in Acht nehmen müssen.«

Radik füllte drei Tassen am Samowar und setzte sich lachend zu ihnen.

»Unsere Wassilisa ist richtig begabt, was?«

Olga schlürfte vorsichtig an ihrem heißen Tee und nickte.

»Als ich sie das erste Mal zeichnen sah, war ich auf der vollkommen falschen Fährte«, fuhr er vergnügt fort.

»Ach komm, Radik. Lass gut sein.«

»Nein, wirklich, ich dachte, sie wäre unsterblich verliebt.«

»Radik, bitte. Ich meine es ernst. Das ist nicht zum Lachen.« Sie sagte es beinahe drohend und fügte leise hinzu: »Ich hatte ihn trotzdem gern.«

»Ich mag es, wenn Leute andere Leute gernhaben«, sagte Olga und hoffte, dass Wassilisa sagen würde, sie hätte sie gern.

»Er war unser gemeinsamer Freund«, redete Radik leise nach einem kurzen Blick auf Wassilisa weiter. »Der, den sie als erstes geholt und umgebracht haben. Eines Tages habe ich gesehen, wie Wassilisa ihn zeichnete und dachte, sie wäre in ihn verliebt. Aber ...« Er brach ab.

»Zeichnest du nur Leute, die du nicht lieb hast?«, fragte Olga.

Wassilisa seufzte.

»Unter den Gefangenen war einer, der war deutlich älter als die anderen. Ich vermutete, dass er kein normaler Soldat wie die anderen war, sondern ein in Ungnade gefallener General oder Politiker. Einer, der vielleicht Verbündete hatte, die auf unserer Seite stünden.«

»Und? War er?«

»Nein.« Sie schüttelte den Kopf. »Zumindest haben wir nichts über ihn herausgefunden. Keiner kannte ihn. Wahrscheinlich war er nur ein weiteres armes Schwein.«

Sie presste die Lippen aufeinander, wandte das Gesicht von Radik ab. Ihre Augen schimmerten feucht, eine Träne rann ihr über die Wange. Sie wischte sie heimlich weg.

»Na ja«, sagte sie und versuchte abgeklärt zu klingen. »Er hat es hinter sich.«

In ihren Augen sammelten sich noch mehr Tränen, sie stand schnell auf, wandte ihnen den Rücken zu und tat so, als müsste sie am Herd etwas richten.

»Wahrscheinlich hat er nicht lange gelitten. Er muss so um die fünfzig gewesen sein und wenn schon … wenn schon die jungen Männer wie die Fliegen gestorben sind … Ich denke, es ist schnell gegangen.«

Olgas Glück endete so schnell, wie es begonnen hatte. Sie kam vom Einkaufen zurück, den Korb voll mit Brot und Rettich, den sie singend hin und her schwenkte, aber bevor sie in die Gasse einbog, in der Wassilisas Haus stand, merkte sie, dass etwas nicht stimmte. Viele Menschen standen herum und alle starrten in die Richtung, aus der Schreie, Poltern und Pferdewiehern zu hören war. Die Richtung, in der ihr Zuhause lag.

»Was ist los?«, fragte sie ängstlich eine Frau neben ihr.

»An deiner Stelle würde ich verschwinden«, raunte diese ihr zu und ließ darüber hinaus nicht erkennen, ob sie Olga überhaupt bemerkt hatte. Aus dem Gemurmel der anderen Passanten hörte sie heraus, die Ochrana würde ein Widerstandsnest ausheben. Als sie begriff, was das bedeutete, kamen die Uniformierten um die Ecke geritten. Im gestreckten Galopp, sie gaben den Pferden die Sporen und die Menschen brachten sich mit einem Sprung in Sicherheit. Olga wurde von den Fliehenden zu Boden geworfen und wäre beinahe unter die Hufe des ersten Pferdes geraten. Im letzten Augenblick zog sie ihre Beine an und wurde gleich darauf von dem getroffen, was der Reiter hinter sich herschleifte. Erst als er ihrem Blickfeld entschwand, erkannte sie, was es war. Ein menschlicher Körper. Die Finger unter die Schlinge gekrallt, die man ihm um den Hals geworfen hatte. Der schwarze Sack über den Kopf dellte sich an einer Stelle ein, weil der Mensch darunter verzweifelt nach Atem rang. Bevor sie wirklich begriffen hatte, was sie da eben gesehen hatte, waren schon drei weitere Ochrana-Agenten an ihr vorbeigeprescht. Hinter jedem Pferd hing ein Mensch. Erst beim letzten wurde ihr bewusst, dass das ihre Freunde waren.

Dass sie starben. In diesem Moment. Sie stieß einen Schrei aus, der im Getöse unterging, sprang auf, um wenigstens beim letzten zu erkennen, um wen es sich handelte. Wassilisa? Radik? Stahlhammer oder einer der anderen? Es war zu spät. Die Reiter waren fort. Doch der Aufruhr war nicht vorbei. Vorsichtig wagte sie es, sich durch die Menge hindurch bis zur Ecke zu drängeln, von wo aus sie Wassilisas Haus sehen konnte. Drinnen wütete die Geheimpolizei. Kleider, Möbel und Kochgeschirr flogen auf die Straße. Man wuchtete die Einzelteile einer Druckerpresse durch die Tür. Im Haus brüllte jemand: »Fünf haben wir. Fehlt noch das Mädchen.«

Olga ließ den Korb fallen, drehte sich um und rannte um ihr Leben.

Major Rysakow

Olga

»Perm wird dir gefallen«, sagte Ilja und setzte sich neben sie. Olga wusste, dass er sich bemühte, sie aufzuheitern und sie war ihm dankbar dafür, nur halfen seine Anstrengungen nicht. Sie hob dennoch den Kopf und zwang sich zu einem Lächeln.

»Wir könnten dort Piroggen essen«, sagte sie, weil es das Erste war, was ihr einfiel. Sie hatte bisher nicht oft erlebt, freundlich behandelt zu werden, und wenn man ihr weiterhin ansehen konnte, wie unglücklich sie war, würde er bestimmt aufhören, nett zu sein.

»So klein und so viel Hunger«, lachte er. »In Perm wirst du so viel essen können, wie du willst.«

Sie saßen auf einem kleinen Hang, machten eine Pause und aßen Mehlsuppe. Seit Boris nicht mehr das Tempo vorgab, kamen sie langsamer voran und die Anzahl der Pausen stieg an. Der Hang gehörte zu einer Schneise, die man für die Eisenbahn in den Wald geschlagen hatte. Ein paar Meter unter ihnen glitzerten Schienen unter einer dünnen Schneeschicht hervor.

»Morgen müssten wir die Brücke erreichen«, sagte *Graf*. Er wirkte erschöpft. »Wenn nichts dazwischenkommt, sind wir übermorgen in Perm.«

»Und dann gibt es Piroggen.«

»Ja«, sagte Olga und hoffte, nicht ganz so traurig und teilnahmslos zu klingen, wie sie sich in Wirklichkeit fühlte.

In der Ferne ertönte ein Quietschen.

»Nanu?«, machte Ilja und alle hoben die Köpfe, um zu lauschen.

Das Geräusch wurde lauter. Etwas näherte sich auf der Bahntrasse.

»Schnell«, sagte Ilja und sie packten eilig ihre Sachen zusammen und versteckten sich im Wald.

Die Fahrzeuge, die auf den Schienen aus Richtung Perm kamen, waren Olga unbekannt und sahen merkwürdig aus. Auf jeden Fall waren das nicht Iljas *schwarze Samoware,* sondern allenfalls *kleine Wasserkessel.* Sie besaßen nur eine Bodenplatte, vier Räder und einen großen Hebel, den jeweils zwei Ochrana-Agenten unermüdlich auf und ab bewegten. Es waren insgesamt drei *kleine Wasserkessel,* die ersten beiden transportierten Geheimpolizisten, der letzte ein Pferd, einen großen Kaltblüter, der so ruhig dastand, als wäre es für ihn das Natürlichste auf der Welt, dass Menschen *ihn* durch die Gegend kutschieren.

»Draisinen?«, murmelte *Graf* verwundert. »Was machen die hier und warum Draisinen?«

Ilja warf ihm einen strengen Blick zu und *Graf* zuckte zusammen, als hätte er sich verplappert.

Olga fragte sich das Gleiche. Warum benutzten sie so seltsame Fahrzeuge, wenn sie die Eisenbahn hätten nehmen können? Als die drei *kleinen Wasserkessel* an ihnen vorbei und schon fast hinter einer Biegung verschwunden waren, rief einer der Agenten eine Warnung und Olga hörte leise das Dampfen einer Lokomotive. Kurz darauf erklärte sich zumindest eine Aufgabe der *kleinen Wasserkessel.* Die Männer sprangen herunter und hoben die Fahrzeuge von den Schienen. Olga hielt gerade nach der Dampflok Ausschau, als Ilja leise und erschrocken fluchte.

»Duck dich!«, befahl er und drückte Olgas Gesicht in den Schnee.

»Was ist ...«, fragte *Graf.*

»Später!«

Olga fand, dass Ilja sich übereifrig verhielt. Ihr Versteck war gut, die Ochrana würde sie nicht entdecken. Und wer sollte sie schon von der vorbeifahrenden Eisenbahn aus sehen? Allerdings waren weder Ilja noch *Graf* an ein Leben auf der Flucht und unter freiem Himmel gewohnt, und zu viel Vorsicht war besser als zu wenig. Donnernd, pfeifend und schnaufend raste der Zug an ihnen vorbei. Ilja hielt ihren Kopf sogar dann noch nach unten gedrückt, als er schon längst vorbeigerauscht war. Er ließ sie erst wieder los, als wirklich keine Gefahr mehr bestand und auch die Ochrana und die Draisinen nicht mehr zu sehen waren.

»Was haben die hier gewollt?«, rätselte Olga.

»Keine Ahnung«, sagte Ilja betont gleichmütig – Olga vermutete, um darüber hinwegzuspielen, dass er eben ein feige gewesen war – und zuckte mit den Schultern. »Wir sollten uns beeilen, weiterzukommen.«

Am nächsten Tag kehrten die Ochrana-Agenten mit ihren *kleinen Wasserkesseln* zurück. Es war am späten Vormittag und diesmal hatten Olga, Ilja und *Graf* die Pause gerade beendet. *Graf* machte ihr Zeichen, sie sollte in Deckung gehen. Sie verbarg sich hinter einem Busch und sah, wie die beiden Männer sich ebenfalls versteckten. Als die Draisinen in Sichtweite waren, erkannte sie, dass auf dem ersten Wagen ein Mann saß, der aufstehen wollte und vom Nachbarn wieder auf die Bank gezogen wurde. Sie wunderte sich und erkannte plötzlich, dass diese beiden Männer keine Uniformen trugen. Es waren keine Ochrana-Agenten, es waren Aasgeier. Johann und Aldin.

Mit einem Mal war ihr alles klar: Sie waren hier, um Boris zu holen. Um ihn auseinanderzubauen und seine Einzelteile zu verkaufen. Deswegen hatte Ilja nicht gewollt, dass sie sich die keinen Wasserkessel genauer ansah. Er hatte Johann und Aldin erkannt. Da fuhr auch schon die letzte Draisine vorbei und auf der Ladefläche stand ein Mann, der Uniform nach zu urteilen, der ranghöchste Ochrana, und neben ihm lag ...

»Boris!«, rief sie aus und begriff sofort, welchen Fehler sie gemacht hatte.

Boris rührte sich nicht, natürlich nicht, er war tot. Ein paar der Geheimpolizisten drehten die Köpfe und der ranghöchste Agent hob die Hand. Auf sein Zeichen hin quietschten die Bremsen.

Oh nein! Sie hatte *Graf* und Ilja in Gefahr gebracht. Sie musste sich etwas einfallen lassen. Sie waren nur zwei harmlose alte Männer, die nicht schnell rennen konnten.

»Tod dem Zaren!«, schrie sie und sprang hinter dem Busch hervor.

Damit hatte sie die alleinige Aufmerksamkeit der Ochrana. Olga drehte sich um und rannte in den Wald. Die Ochrana stürmte ihr hinterher. Hoffentlich hatten Ilja und *Graf* genügend Zeit, sich in Sicherheit zu bringen. Nach den ersten Metern merkte sie, dass ihr Plan nicht besonders durchdacht war. Sie kam in dem hohen Schnee zu langsam voran und hinterließ eine überdeutliche Spur, in der ihre Verfolger schnell aufholten. Sie kam keine zehn Meter weit, da wurde sie gestellt. Zwei Männer packten sie und alles Strampeln und Treten half nicht. Hoffentlich hatte es wenigstens *Graf* und Ilja geholfen.

»Major, wir haben sie«, erstatteten die Geheimpolizisten Meldung, als sie Olga vor dem ranghöchsten Agenten wieder auf die Füße stellten.

Olga überlegte fieberhaft eine Ausrede, es fiel ihr nichts ein, und sie konnte nur auf Boris starren. Er rührte sich nicht. Seine Augen starrten blicklos in den Himmel. Dennoch sah er so aus, als könnte er jeden Moment den Blick vom Himmel abwenden und sie ansehen.

»Ich nehme nicht an, dass du mir sagen kannst, wo der Zar ist«, sagte der Ochrana-Major.

Olgas erster Gedanke war, wenn sie die Gegend nach dem Zaren absuchen würden, weil sie glaubten, er wäre mit ihr zusammen, dann fänden sie *Graf* und Ilja.

»Er ist da lang«, sagte sie und zeigte die Schienen entlang in Richtung Perm. »Er hat einen Vorsprung. Wenn wir uns beeilen …«

Der Major schien ihr gar nicht richtig zuzuhören, er musterte sie eingehend, halb nachdenklich, halb belustigt, von oben bis unten. Nach einer Weile gab er den ersten beiden *Wasserkesseln* den Befehl vorauszufahren, um danach seine Musterung fortzusetzen. Auf seinen Lippen breitete sich ein Raubtierlächeln aus.

»Ich bin erstaunt«, sagte er. »Du musst Olga sein. Ich war mir ehrlich gesagt nicht sicher, ob es dich wirklich gibt.«

Olga starrte ihn an. Nun gut, ihren Namen hatte Johann ihm verraten, was hatte der Aasgeier erzählt? Womit hatte sie ihm solchen Respekt eingeflößt? Vielleicht durch die Befreiung des Blausteinlagers? Es war eine Heldentat gewesen, auch wenn der Verdienst eher Boris gebührte.

»Die beiden Halunken sagten, ihr wärt eine kleinere Gruppe gewesen. Fünf. Demnach fehlen drei. Einer davon sah aus wie Ihre Majestät Zar Nikolaus II.«

Olga schielte zur Seite, sie brauchte einen Plan.

»Die Wölfe haben sie gefressen.«

»Ich habe meine Männer weggeschickt. Ich dachte, das wäre ein deutliches Zeichen, dass ich nicht euer Feind bin.«

Das stimmte ... fast. An dem Hebel standen noch zwei.

»Ich will die Draisine nicht allein nach Perm fahren«, sagte der Ochrana-Major, der ihre Gedanken erraten hatte. »Ich bin nur an dem interessiert, der wie der Zar aussieht. Die beiden anderen sind mir gleichgültig. Es ist nur ein Akt der Höflichkeit, sie mitzunehmen. Es ist ein weiter Weg. Ich könnte die beiden losschicken, sie zu suchen.« Er wies auf die Agenten am Hebel. »Ich schätze, sie sind in der Nähe. Mich interessiert nur der Mann, der sich als Zar ausgibt.«

Olga presste die Lippen aufeinander, der Geheimpolizist seufzte, stand auf und rief: »Majestät? Ich bin es, Ihr kennt mich, ich bin Major Rysakow!«

Das war also Rysakow? Der, dem die Aasgeier Boris verkaufen wollten? Der, den der Zar unbedingt sprechen wollte? Wenn der Zar in der Nähe gewesen wäre, hätte er sich gemeldet. Dafür kam *Graf* aus dem Wald.

»Er ist nicht hier«, sagte der alte Mann und kam

vorsichtig den Hang hinunter. »Nach der Begegnung mit den Banditen änderte er seinen Plan. Er sagte, er müsse dringend nach Petersburg.«

Hinter *Graf* machte sich Ilja ebenfalls auf den Weg, Rysakow war zu verblüfft, um ihm viel Beachtung zu schenken, er starrte *Graf*

an, als würde er seinen Augen nicht trauen.

»Ihr seid ...«

»Ja«, meinte der alte Mann. »Lew Nikolajewitsch Graf Tolstoi. Es freut mich, dass Ihr von mir gehört habt, das heißt, wenn es in literarischer Hinsicht erfolgte.«

Rysakow reichte *Graf* eine Hand und half ihm auf die Draisine. Olga nutzte den Moment, kauerte sich neben Boris und strich ihm über das Gesicht.

»Ich habe in vielerlei Hinsicht von Euch gehört«, erwiderte der Major.

»Ach Boris«, schluchzte Olga dicht bei seinem Ohr. »Ich wünschte, du wärst hier.« Sie nahm seine linke Hand und drückte sie. Sie fühlte sich kalt an, aber nicht so kalt, wie sie erwartet hatte. Was würde Rysakow mit ihm machen? Ihn auseinanderbauen? Und hatte sie die geringste Chance, ihn daran zu hindern? Nein, sie würde weder ihn noch die beiden anderen Geheimpolizisten überwältigen können.

»Und wer ist Euer Begleiter?«, fragte Rysakow und sah zu Ilja. Der hatte den Abhang fast bewältigt und kämpfte damit, die Tasche freizubekommen, die sich an einem Strauch verfangen hatte.

»Das ist der Maler Ilja Jefimowitsch Repin«, stellte *Graf* ihn vor.

»*Das*«, sagte Rysakow, »überrascht mich fürwahr.«

»Zu Diensten«, sagte Ilja, kletterte zu ihnen auf die Draisine und schien nicht zu wissen, was er von dem Major halten sollte. »Darf ich fragen, warum?«

»Nicht jetzt«, antwortete Rysakow, »das klären wir in Perm. Ich hoffe, Sie können mir einige Fragen beantworten.«

»Wenn Sie ...«, begann Olga zögernd und sah zu dem Ochrana-Agenten, einer von jenen, die ihre Freunde vom Arbeiterbund umgebracht hatten, und kämpfte gegen die Tränen. »Wenn Sie Boris auseinandergebaut haben, darf ich ihm dann ein Grab machen?«

Was für eine dumme Frage. Er war einer der Ochrana, die waren genauso schlimm oder schlimmer als Dämonen. Wahrscheinlich hatte er sich, nachdem Johann von ihr erzählt hatte, an das kleine Mädchen erinnert. Das Mädchen, das entkommen war, die kleine Schraube. Er würde sie hinter ein Pferd binden und durch die Stadt zu Tode schleifen. Sie könnte höchstens bitten, neben Boris begraben zu werden. Rysakow sah sie an, sein Blick kalt und unergründlich. Schließlich wandte er sich ab und befahl seinen Leuten loszufahren.

Sie kamen schnell voran, der Wald lichtete sich und links und rechts neben der Bahnstrecke erstreckten sich weite Felder, die unter der unberührten Schneedecke friedlich schlummerten. Nach ein paar Stunden überquerten sie die Kama. Ihr kaltes Wasser floss träge dahin. Eisschollen trieben auf der Oberfläche, schoben sich knirschend übereinander, brachen und das Krachen klirrte in der klaren Winterluft. Am Horizont lag Perm. Auf der anderen Seite des Flusses gab Rysakow den Befehl zum Halt.

»Nur eine kurze Unterbrechung«, sagte Rysakow zu *Graf* und setzte ein Lächeln auf, das keinerlei Herzlichkeit ausstrahlte. »Es geht gleich weiter.«

Weitere Agenten kamen, scheinbar wie aus dem Nichts. Sie hatten hinter einem kleinen Wäldchen auf sie gewartet. Sie führten einen Wagen mit sich, der von dem großen braunen Kaltblüter gezogen wurde.

»Ist Karel bereits da?«, fragte Rysakow einen seiner Männer.

»Noch nicht eingetroffen«, antwortete der Agent.

»Gut. Lasst ihn nichts anfassen, bevor ich nicht zurück

bin. Was ist mit den Aasgeiern?«

»Warten in Perm. Wie Sie befohlen haben.«

Der Name *Karel* kam Olga vage bekannt vor, aber sie war viel zu entsetzt, um einen Gedanken daran zu verschwenden: Die Agenten begannen damit, Boris abzuladen.

»Seid vorsichtig«, sagte sie kläglich, »tut ihm nicht weh.«

Die Männer taten so, als wäre sie gar nicht da. Als sie Boris auf den Karren verfrachtet hatten, wollte sie hinterherspringen, Rysakows Griff um ihre Schulter hinderte sie daran.

»Bitte«, sagte sie leise und wusste, wie unsinnig es war, einen Ochrana um etwas zu bitten, »darf ich bei ihm bleiben?«

Der Ochrana antwortete nicht, sondern drückte sie einfach wieder auf den Boden zurück und gab den beiden am Draisinenhebel das Zeichen zum Weiterfahren.

Graf seufzte und strich Olga über die Wange. Quietschend setzte sich die Draisine in Bewegung, nahm Fahrt auf und der Karren mit Boris entschwand Olgas Blicken.

»Da, wo er jetzt ist, spürt er es nicht mehr«, versuchte *Graf* sie zu trösten.

Danach fiel für eine Weile kein Wort. Erst kurz vor der Stadt sagte Rysakow: »Er ist nicht tot.«

Olga fuhr herum, starrte ihn an.

»Ich weiß nicht, was mit ihm ist«, fuhr der Ochrana fort, nachdenklich den Blick auf die Stadt am Horizont gerichtet. »Es gibt mir ein paar Rätsel zu viel, gleichwohl weiß ich eins: Er ist am Leben. Seinen Tod hättet ihr nicht überlebt.«

»Fühlen Sie sich als meine Gäste«, sagte Rysakow und winkte einen Diener herbei. »Ich wünsche, dass Sie Ihren Aufenthalt hier genießen.«

Sie standen in der Eingangshalle einer Villa. Die Fenster schmückten schwere Brokatvorhänge, in einem Kronleuchter flackerten Teslalampen und der Boden zeigte ein Muster aus buntem Marmor. Gegenüber der Eingangstür prangte in einem goldenen Rahmen ein Bild, das Zar Nikolaus II. zeigte.

»Zu viel der Güte, Major«, sagte *Graf.* »Wir möchten Eure Freundlichkeit nicht über Gebühr beanspruchen, ein Gasthof wäre durchaus angemessen.«

»Bedaure«, erwiderte Rysakow, »ich muss darauf bestehen. Ich hoffe, Sie missverstehen es nicht als Arrest, wenn doch, muss ich es in Kauf nehmen. Ich kann Sie nicht gehen lassen. Die Sicherheit unseres Landes hängt davon ab. Womöglich sogar seine Existenz.«

Graf und Ilja sahen sich an. Rysakow gab dem Diener ein paar Anweisungen und schickte ihn fort.

»Jedenfalls scheint Ihr ein Bewunderer meiner Arbeit zu sein«, sagte Ilja und wies in Richtung des Bildes. »Ich erinnere mich, wie ich es gemalt habe.«

»Ich bin ein Bewunderer des *Zaren*«, gab Rysakow schroff zurück, klang jedoch freundlicher, als er fortfuhr: »Aber in der Tat habt Ihr vor einiger Zeit mein Interesse an Eurer Arbeit geweckt.«

Ein Ochrana-Agent durchquerte den Raum, trat zu Rysakow und flüsterte ihm ins Ohr.

»Die Aasgeier«, stöhnte er. »Ja, bezahlt sie und dann werft sie raus. Lasst sie beschatten. Ich will über alles informiert werden. Wohin sie gehen, mit wem sie Kontakt aufnehmen, was sie planen.« Er wandte sich wieder *Graf* und Ilja zu. »Verzeihen Sie die Unterbrechung. Ihre Zimmer werden bald gerichtet sein. Nutzen wir die Zeit bis dahin, um ein paar Fragen zu klären, wenn Sie mir bitte folgen würden.«

Olga sah sich verstohlen nach Fluchtmöglichkeiten um. Der Ochrana hatte sie anscheinend vergessen.

»Du auch!«, sagte er ungeduldig und schob sie vor sich her.

An den Wänden von Rysakows Arbeitszimmer befanden sich hohe, dunkle Regale, bis unter die Decke mit Büchern gefüllt. In einer Ecke standen Gemälde auf dem Boden und auf seinem riesigen Schreibtisch lagen zusammengerollte Dokumente und ein in Leder gebundenes Buch. Eine Schreibtischlampe war die einzige Lichtquelle im Raum. Der Ochrana bat *Graf* und Ilja, in zwei Sesseln vor seinem Schreibtisch Platz zu nehmen, goss ihnen aus einer Karaffe ein und setzte sich schließlich selbst.

Olga, der er weder einen Platz noch was zu trinken angeboten hatte, sah sich eingeschüchtert um. Ilja nahm die braune Flüssigkeit dankend entgegen, aber *Graf* schien sich unwohl zu fühlen. Seine Blicke wanderten wiederholt zu dem einzelnen Buch auf dem Tisch und er presste die Tasche mit seinen Habseligkeiten gegen die Brust. Olgas Gedanken kreisten nach wie vor um eine Flucht. Sie musste sich einen Plan ausdenken, wie sie Rysakow und die Wache vor der Tür ablenken, sich dann mit Ilja und *Graf* davonstehlen und an der Geheimpolizei auf dem umzäunten Grundstück vorbeikommen könnte.

»Wie ich sehe, erkennt Ihr es wieder«, sagte Rysakow mit kaltem Lächeln und legte eine Hand auf das ledergebundene Buch.

»Das ist mein Roman!«, brach es aus *Graf* heraus.

»Das weiß ich, Graf.«

»Bitte«, *Graf* streckte die Hand aus, »es muss sich um eine Betrügerei handeln. Jemand missbraucht meinen Namen.«

Rysakow schob *Graf* wortlos das Buch hin und ließ ihn dabei nicht aus den Augen. Neugierig kam Olga näher und warf einen Blick auf den Titel.

»Auf ... Aufer ...«, las sie.

»Auferstehung!«, unterbrach *Graf* sie, vollkommen außer sich. »Das ist mein Roman!«

Er schlug die ersten Seiten auf, las ein paar Zeilen, blätterte hastig weiter, las wieder und schlug es schließlich am Ende auf.

»Das ist mein Buch«, sagte er. »Aber das kann nicht sein. Es ist noch unveröffentlicht. Wer wagt es ... Es ist ja nicht einmal fertig geschrieben!«

»Bitte erklärt es mir, Graf«, sagte Rysakow leise.

»Erklären?« *Graf* hielt es beinahe nicht im Sessel. Er kramte in seiner Tasche und holte sein inzwischen recht mitgenommenes Notizbuch heraus. »*Das* ist mein Buch!«, rief er. »Ich schreibe seit nahezu zehn Jahren daran.«

»Wenn Sie bitte die erste Seite aufschlagen würden, Graf.«

Graf tat es.

»Ja, Autor: *Lew Nikolajewitsch Graf Tolstoi.* Es ist ...«

»Weiter unten, bitte.«

»Fünfte Auflage. Neunzehnhundertund...« *Graf* brach ab und starrte die Seite fassungslos an.

»Neunzehnhundertundacht«, vollendete Rysakow den Satz für ihn.

»Aber das ist ja ...«

»Ja, genau. Das ist elf Jahre in der Zukunft.«

Graf schaute auf, sah zu Ilja, dann zu Olga, als könnten die es ihm erklären.

»Ein Trick«, sagte er. »Eine Betrügerei. Oder ein Fehler des Setzers. Wo habt Ihr das überhaupt her?«

»Ich brachte es kürzlich von einem ... *Besuch* im Empire mit«, sagte der Ochrana-Major. Er lehnte sich zurück, sein Gesicht verschwand im Schatten, nur in seinen Augen, mit denen er unbeirrt *Graf* fixierte, blitzte ein Widerschein auf. »Naturgemäß hielt ich einen Betrug oder Schlamperei zunächst ebenfalls für die einzig mögliche Lösung«, fuhr er aus dem Dunkel fort, seine Hand auf der Schreibtischplatte, die Finger trommelten einen lautlosen Takt. »Zumal der Inhalt nichts von Bedeutung enthält. Nur Ihr üblicher staatsschädigender Sermon, mein lieber Graf.«

Niemand beachtete Olga. Die drei Männer waren alle mit dem Buch beschäftigt. Sie hatte Wichtigeres zu tun. Fliehen und Boris retten.

»Gleichwohl«, redete Rysakow weiter, »war ich der Einzige, der dieses Buch zu kennen schien. Weitere Exemplare ließen sich nicht auftreiben. Und nun, da Ihr mir Eure Urheberschaft dieses Machwerkes bestätigt habt ...«

Olga spähte aus dem Fenster. Boten die Ziersträucher im Garten genügend Deckung? Rysakow wollte zu Boris fahren. Vielleicht nahm er eine Kutsche, dann könnte sie sich im Kutschkasten verstecken.

»Da ist noch was«, sagte der Major. »Etwas, von dem mir erst heute aufgegangen ist, dass es von Bedeutung sein könnte. Wenn Sie die Güte hätten, eine Seite weiterzublättern.«

Graf tat es.

»Die Widmung«, sagte er, starrte auf die Zeilen und reichte das Buch an Ilja weiter, der ihm neugierig über die Schulter geschaut hatte.

»Was ist ein Heim ohne Bücher«, las dieser vor. »Für Boris und Olga. In Erinnerung an eine gemeinsame Reise.«

Währenddessen hatte sich Olga unauffällig in Richtung der Bilder bewegt. Sie waren groß und lose an die Wand gelehnt. Ein idealer Platz, um sich zu verstecken. Die anderen schienen sie vollkommen vergessen zu haben. Von einem Bild war der obere Teil zu erkennen. Ein wolkenumtoster Himmel, spritzende Gischt und zwei Menschen. Ein Mann und eine Frau. Sie sahen glücklich aus, er streckte voller Freude die Arme aus, lächelte und hielt die Hand der jungen Frau, die zurücklächelte und ihren Hut festhielt, damit der Wind ihn nicht fortblies. Olga stand mit offenem Mund da, vergaß für einen Moment ihr Fluchtvorhaben. Der Mann sah aus wie Boris. Vorsichtig schob sie das Bild davor beiseite, um es besser betrachten zu können. Boris und die unbekannte Frau standen in der Brandung, eine große Welle umspülte ihre Beine. Sie strahlten sich an und waren glücklich. Ja, Boris sah wirklich glücklich aus. Zitternd presste sie die Lippen aufeinander und ihre Augen füllten sich mit Tränen.

»Ah«, war von hinten Rysakows Stimme zu hören und sein Stuhl knarrte über den Boden, als er aufstand.

»Das Phantom Olga führt uns zielstrebig zum nächsten Mysterium.«

Er ging zu ihr, holte das Bild hervor und kehrte mit ihm zum Schreibtisch zurück.

»Wenn ich hierzu Ihre Meinung hören dürfte, meine Herren«, sagte er und hielt es hoch, damit der Schein der Lampe darauf fiel. Olga rannte hinterher.

»Es ist ein Meisterwerk«, sagte Ilja leicht ratlos.

»Es ist Boris!«, platzte es aus Olga heraus. »Schaut nur. Es ist Boris.«

»Wie amüsant, dass Ihr es für ein Meisterwerk haltet«, spottete der Major. »Werft bitte einen Blick auf die Signatur.«

Ilja erhob sich, um sie zu lesen.

»Repin«, sagte er verblüfft und sank in den Sessel zurück. »Das Bild ist von mir. Ich habe es gemalt.«

»Und das Datum?«

»Neunzehnhundertunddrei«, antwortete Ilja und rieb sich die Stirn.

Von einer Sekunde zur anderen war Olga alles klar. Natürlich, das war die Auflösung, warum waren die drei Männer nicht darauf gekommen? Das Bild kam aus der Zukunft. Jagte der Zar nicht einem Plan für eine Zeitmaschine hinterher? Aber Pläne und Zeitreisen waren vollkommen egal, wichtig war, dass das Bild aus der Zukunft bewies, Boris lebte. 1903 würde er ausgelassen und wieder ganz Mensch sein und Ilja Modell stehen. Vor lauter Glück heulte sie Rotz und Wasser und schnäuzte sich in den Ärmel ihres Mantels. Rysakow drehte das Bild um, um Ilja und *Graf* die Rückseite zu zeigen. Olga wollte lieber Boris sehen, sie hätte das Bild stundenlang anstarren können, sie rannte um den Schreibtisch herum, um noch einen Blick auf Boris werfen zu können.

»Würden Sie bitte diese Widmung lesen?«, sagte Rysakow.

Olga war so aufgeregt, dass sie nicht stillstehen

konnte. Boris würde wieder gesund werden, ein Leben ohne quantenmagische Technik führen können. Gut, mit einer unbekannten Frau. Ilja hatte *sie* vielleicht nur nicht gemalt, weil sie sich nicht ins Wasser getraut hatte. Und – es wurde besser und sie klatschte vor Aufregung in die Hände – Rysakow wollte Boris nachher auseinanderbauen ... das war nicht schlecht, wie sie gedacht hatte. Das war gut. Das war sehr gut. Er würde das Metall und die Energieleitungen entfernen, und Boris würde zu sich kommen und gesund sein.

»Darf ich mitkommen?«, bettelte sie den Ochrana an und schaute mit großen Augen zu ihm auf. »Bitte. Ich bin ganz still. Ich will dabei sein, wenn er aufwacht.«

Rysakow runzelte für einen Moment ärgerlich die Stirn und schob sie unsanft zur Seite.

»Der Mann ist Eigentum der Regierung«, sagte er, »und kein Kinderspielzeug.«

Olga widersprach nicht, nicht nur, weil sie klug genug war, einen Ochrana-Agenten nicht zu reizen, sondern weil sie voller Gewissheit war, dass alles gut enden würde. Sie hatte die Zukunft gesehen. Ein Bild der Zukunft. Boris würde überleben. Sie ging zu Ilja.

»Wer ist die Frau?«, fragte sie und fühlte neben all der Freude ein wenig Eifersucht aufkeimen.

Ilja wirkte bedrückt, *Graf* ebenfalls. Hatten die beiden nicht verstanden, was das Bild bedeutete? Sie alle würden überleben. Nicht nur Boris. *Graf* würde sein Buch fertig schreiben und Ilja in ein paar Jahren dieses Bild malen.

»Ilja«, drängte sie, weil er nicht antwortete. »Wer ist diese Frau? Kennst du sie? Ist das Boris' Freundin? Ich hoffe, sie ist nett und mag mich. Boris wird mich nicht fortschikken, wenn er eine Freundin hat, oder?«

»Ich denke ...«, sagte Ilja und blickte zur Seite. »Ich denke, das bist du. In ein paar Jahren. Wenn du älter bist.«

Olga jauchzte vor Freude und schlug die Hände vor den Mund. Sie war *jetzt* ein kleines Mädchen, aber 1903 wäre sie groß. Boris würde überleben, sie würde überleben und sie wären zusammen. Sie umarmte erst Ilja, danach *Graf*.

»Gut, meine Herren«, sagte Rysakow und stand auf. »Wie Sie mitbekommen haben, wartet eine Verabredung auf mich. Die Zimmer dürften inzwischen hergerichtet sein und Sie können es sicherlich kaum erwarten, sich zurückzuziehen. Ein Diener wird Sie hinbringen. Ich habe zudem Anweisungen gegeben, Ihnen ein Mahl zuzubereiten. Wenn Sie mich entschuldigen würden.«

Boris

Die flüchtenden Aasgeier trieben ihre Pferde an, drehten sich in ihren Sätteln und feuerten auf ihn. Boris fürchtete, die Kugeln könnten Olga treffen. Er blieb auf dem Weg stehen, machte sich zur Zielscheibe, um Olga Deckung zu geben. Wenn er starb, würden sie beide aufhören zu existieren, doch wenn eine Kugel sie träfe, bliebe er allein zurück.

»Sie dürfen nicht entkommen!«, schrie der Zar und sprang aus seinem Versteck. »Sie dürfen Perm nicht erreichen!«

Seine Waffe lud sich auf. Als der Zar schoss, waren die Aasgeier außerhalb der Reichweite. Die Kugel traf Boris von hinten im Hals. Blut schoss hervor, aus Reflex presste er die Wunde ab, obwohl er wusste, es wäre vergebens. Ihm begannen die Sinne zu schwinden.

»Ihr habt es schon wieder getan, mein Herr«, sagte er.

»Kerl, wovon redest du?«, fragte der Zar.

»Ihr habt mich erschossen.«

Es erschien Boris, als kämen seine Worte von sehr weit her, als wäre seine Stimme bereits ein paar Schritte vorausgegangen, auf dem Pfad, der in den Tod führte. Sein Sturz und der Aufprall auf dem Boden schienen nichts mit ihm zu tun zu haben.

»Nein!«, rief seine Halluzination. Sie eilte an seine Seite. Es tat ihm leid, das Haus in Sibirien würde er nicht bauen.

Die blaue Energie drängte sich in jeden Winkel, aus dem sein Bewusstsein sich nach und nach zurückzog. Seine Wahnvorstellung gab den Kampf gegen die Quantenmagie nicht auf, sie sorgte dafür, dass er seine letzten Momente als Mensch erlebte. Olga drückte seine Halsschlagader ab, sodass sein menschlicher Körper in eine gnädige Ohnmacht entlassen wurde und Boris den Sieg des alles verschlingenden Blaus nicht miterleben musste.

Der Tod war nicht, was er erwartet hatte. Stimmen hallten durch die Ewigkeit. Leider nicht die seiner Halluzination.

Soldat Boris!

Die Stimme Major Rysakows. Er wurde an der Schulter gerüttelt.

Ich weiß, dass du lebst. Mach die Augen auf, das ist ein Befehl!

Mussten sogar Tote Befehlen gehorchen? Boris versuchte zu blinzeln. Währenddessen schob sich eine Hand in seinen Nacken, betastete die Stelle, wo jemand ihm einst ein kleines Gerät eingesetzt hatte.

»Die Gefahr ist vorüber«, sagte der Major zu ihm. »Wir können es wagen, ihn mitzunehmen.«

Er zog Boris' Lider hoch, sah ihm in die Augen.

»Soldat Boris«, befahl er. »Steh auf!«

»Ich bin kein Soldat«, versuchte Boris ihn über seine Entlassung aus dem Dienst informieren. Seine Worte wurden ein undeutliches Murmeln.

»In Ordnung«, sagte Rysakow zu jemandem, den Boris nicht sehen konnte. »Holt das Pferd. Wir ziehen ihn bis zur Draisine.«

Boris hätte gern gewusst, wo seine Halluzination ist. Er vermisste sie.

»Olga?«, fragte er.

Rysakow zog eine Augenbraue hoch. Statt einer Antwort drang seine Hand in das Innenleben von Boris' künstlichem Arm vor. Er schob seine Finger an Zahnrädern und

Energieleitungen vorbei, beinahe, als würde er etwas suchen.

»Ah!«, machte der Major zufrieden.

Das Letzte, was Boris hörte, war das Klicken eines kleinen Schalters, dann hörten die Welt und er auf zu existieren.

Der Zeitzwilling

Olga

Rysakows Diener führte *Graf* und Ilja zu Zimmern im ersten Stock. Olga wollte mit hineinschlüpfen, doch der Diener sagte: »Du nicht«, und zog sie fort. Über eine schmale Stiege ging es nach oben unters Dach. Der Diener öffnete die Tür einer kleinen Kammer und schob Olga hinein. Sie hatte vor, zurück zu Ilja oder *Graf* zu schleichen, aber Rysakows Diener sperrte sie ein. Sie bekam Angst. Sie schaute sich nach Fluchtmöglichkeiten um. Es gab weder Fenster noch Luken, doch die Dachziegel lagen offen. Nach einigen Versuchen gelang es ihr, einen Ziegel herauszutreten. Sofort geriet der Schnee auf dem Dach ins Rutschen, fiel durch das Loch und begrub sie unter sich. Sie kämpfte sich frei und kletterte sofort nach draußen. Das vereiste Dach bot ihren Füßen keinen Halt, sie glitt ab und nur die Regenrinne rettete sie. Nachdem sie sich von dem Schreck erholt hatte, wagte sie einen Blick nach unten. Der Boden kam ihr weit entfernt und sehr hart vor. Bei ihrer Ankunft hatte das Haus nicht so hoch gewirkt wie von der Regenrinne aus, die bedenklich knirschte. Vielleicht wäre es klüger gewesen, sich nicht aufs Dach zu wagen. Sie streckte sich, um wieder hineinzuklettern – das Loch befand sich außerhalb ihrer Reichweite. Sie rutschte zur Regenrinne zurück und spähte vorsichtig über den Rand. Nichts, woran man sich festhalten konnte. Sie kroch an der Dachkante entlang, hoffte darauf, eine bessere Stelle zu finden. In der Ferne hallten Schüsse.

Sie war ein paar Meter weit gekommen, als das Schneebrett erneut in Bewegung geriet. Die kleine Lawine erfasste sie, riss sie vom Dach. Während sie stürzte, war sie verwundert darüber, jetzt zu sterben, wo sie doch die Zukunft gesehen hatte. Die Zukunft in Form eines Bildes – gemalt von Ilja.

Ihr Sturz war nicht tief. Sie landete auf einem Balkon und wurde unter Schnee begraben. Olga strampelte mit den Beinen, um freizukommen. Im Zimmer hinter dem Balkon knarrte Parkett, Schritte näherten sich der Balkontür, der Vorhang wurde beiseitegeschoben und Rysakow tauchte auf. Olga hielt den Atem an und rührte sich nicht. Vom Dach rutschte weiterer Schnee. Beruhigt wandte sich der Major ab. Jemand klopfte an.

»Herein«, sagte Rysakow.

Olga hob vorsichtig den Kopf und schaute durch die Glasscheibe in Rysakows Arbeitszimmer. Das Bild aus der Zukunft, das Bild von ihr und Boris, lehnte wieder an der Wand. Die Tür öffnete sich. Zwei Geheimpolizisten kamen herein, zwischen sich einen Mann, der sich kaum auf den Beinen halten konnte. Als sie ihn losließen, sackte er zu Boden.

»Wir haben ihn«, verkündete einer der Männer. »Er saß in einem Erdloch.«

»Mehr Respekt, meine Herren«, sagte Rysakow streng. »Wegtreten.«

Die Wachen gingen. Der Mann auf dem Boden setzte sich mit Mühe auf, sah sich verwirrt um, schien weder zu wissen, wo er war, noch den Major zu erkennen. Es war der Zar.

»Ich hoffe, Majestät verzeihen die rüde Behandlung«, sagte Rysakow, half ihm aufzustehen und führte ihn zu dem Ledersessel, in dem eben Ilja gesessen hatte.

»Ich bin erfreut, Euch in meiner Obhut zu haben. Schon zweimal wart Ihr mir anvertraut. Beim ersten Mal wurde unser Luftschiff vom Riss im Raum-Zeit-Kontinuum erfasst, danach verlor sich Eure Spur. Beim zweiten Mal wusste ich Euch bei in einer Einheit, die leider vom osmanischen Heer aufgerieben wurde.«

»Wir waren in einem Luftschiff?«, fragte der Zar.

Der Major nickte.

Der Zar runzelte die Stirn.

»Wir sind aus der offenen Luke gerissen worden«, murmelte er. »Wir stürzten. Wir kamen im Wald zu Uns. Dann ...«, er hielt inne, »... dann wurden Wir gefangen genommen, von ... *von Unseren eigenen Truppen.*«

Empört richtete es sich im Sessel auf, starrte Rysakow an.

»Majestät mögen mir verzeihen«, sagte der Major. »Störungen im Ætherfeld machten eine Landung unmöglich. Ich musste eine Rettungsmission starten und gleichzeitig Eure Identität verbergen. Ich ließ die Truppen nach einem Doppelgänger suchen. Als ich die Nachricht erhielt, Ihr seid gefunden, war es zu spät, die Kompanie, die euch eskortierte ...«

»Eskortierte?«, entrüstete sich der Zar. »Man sperrte Uns wie einen gemeinen Verbrecher in eine Kiste!«

»Diese Einheit ist leider nicht eine der besten gewesen. Innerhalb der Armee wird sie die *Idioteneinheit* genannt. Sie hatte den Befehl, Euch vor aller Augen zu verbergen. Zu meinem Bedauern reichte das nicht aus. Die Osmanen müssen davon erfahren haben und setzten ihr Heer auf Euch an. Ich rechnete mit dem Schlimmsten, Majestät. Ich hielt Euch für tot, bis zwei Leichenfledderer versuchten, mir gegen eine Aufwandsentschädigung den Aufenthaltsort eines gewissen Soldaten zu verraten. Im Verhör gaben sie fernerhin an, ein Zarendouble befände sich bei dem Soldaten.«

»Eines gewissen Soldaten? ... Sie meinen ... Boris?«

»Jawohl, Majestät. Seit einem Jahr fehlte jede Spur von ihm. Seit der Explosion des Versuchlazaretts. General Kasparow und meine Wenigkeit wollten ihn vor dem Zugriff der Briten in Sicherheit bringen. Er ist Russland größtes Militärgeheimnis, nicht auszudenken, wenn er in die Hände des Feindes fallen würde. Aber Euer Vertrauter, Graf Sokolow, entpuppte sich als Verräter. Sie griffen uns an, Kasparow wurde getötet und der *Blaue Krieger* BK 1/403 wart fortan wie vom Erdboden verschluckt.«

»Boris«, sagte der Zar und klang, als wollte er protestieren.

Das passte gar nicht zum Zaren, allerdings schien Rysakow ebenfalls einen Tadel in der Stimme gehört zu haben.

»Es vereinfacht vieles, ihn BK 1/403 zu nennen«, sagte Rysakow.

Der Zar widersprach nicht.

Die Glasscheibe fing an zu beschlagen und zuzufrieren, Olga wischte vorsichtig ein kleines Guckloch frei. Der Zar saß zusammengesunken in dem Sessel, Rysakow hinter seinem Schreibtisch und betrachtete ihn abwartend.

»Ich habe ihn erschossen«, sagte der Zar bedauernd.

Rysakow lächelte.

»Mitnichten, Majestät. BK 1/403 hat es überlebt. Und ...«, er beugte sich vor, seine Augen blitzten, »wenn wir diesem Rätsel auf die Spur kommen und das Problem mit den Autoexplosionen lösen, dann ... dann, Majestät, werden wir die Feinde Russlands nicht nur zurückdrängen, wir werden sie vom Antlitz der Erde tilgen!«

Olga hoffte, der Zar würde Rysakow sagen, dass Boris kein Soldat mehr sei und er ihn in Ruhe lassen solle. Als er wollte, dass Boris bei seinem Namen genannt wurde, hatte sie ihn beinahe nett gefunden, doch der Zar schwieg.

»Wir müssen nach Petersburg«, sagte er stattdessen.

»Nieder mit den Ausbeutern«, beschwerte sie sich leise.

»Majestät können keinesfalls nach Petersburg!«, sagte Rysakow entschieden.

»Warum nicht? Wir müssen die Regierungsgeschäfte wieder übernehmen. Unsere Frau erwartet Unsere Rückkehr.«

»Eure Frau weiß nicht einmal von Eurer Abwesenheit. Sie wähnt Euch auf dem Thron und an ihrer Seite. Und im gewissen Sinne seid Ihr das.«

Der Zar sprang auf. »Wie dürfen Wir das verstehen?«

»Setzt Euch, Majestät. Russland wird in diesem Augenblick von Euch regiert, oder – um genauer zu sein, von einer Version von Euch. Man nennt es Zeitzwilling. Die Briten sind darauf gekommen. Sie arbeiten weiterhin an der Rekonstruktion von Maxwells Kontinuumsverzerrer. Nach Auswertung der Informationen, die mir vorliegen, bin ich zu dem Schluss gekommen, dass während Eures Aufenthaltes im Empire versucht wurde, einen Zeitzwilling von Euch zu erschaffen.«

»Aber ... warum?«

»Unbestreitbar um die Version von Euch auf den Thron zu setzen, die Bereitschaft zu Zugeständnissen zeigt. Mir wurde zugetragen, Euer Zeitzwilling wäre bereit, über eine Kapitulation zu verhandeln ...«

»Niemals!«, rief der Zar aus.

Rysakow grinste.

»Ja«, bestätigte er. »Niemals! Auch mir widerstrebt es, unter britischer Knute zu leben. Zudem mir bekannt ist, dass mein Todesurteil bereits von Queen Victoria unterzeichnet ist. Ich hoffe, dieses Schriftstück eines Tages – nach unserem Sieg über das Empire und das Osmanische Reich – als Trophäe an die Wand zu hängen.«

»Wir haben ebenfalls ein Schriftstück.« Der Zar holte etwas aus der Tasche und reichte es Rysakow. »Es ist von Uns an Euch adressiert. Wir können uns nicht erinnern, diese Botschaft aufgesetzt zu haben. Stammt sie womöglich vom ... wie nanntet Ihr ihn ... Zeitzwilling? Was können Wir uns darunter vorstellen?«

»Euer Gegenstück aus einer anderen Zeitlinie«, antwortete Rysakow und las gleichzeitig die Zeilen. »Sehr hilfreich, wenn man große Aufgaben vor sich hat, oder einen ... Platzhalter braucht. Man könnte ein anderes Ich zur eigenen Hinrichtung schicken. Sehr praktisch. Oder eben einen gefügigen Zeitzwilling gegen das Original austauschen.«

»Wer ist das Original?«, fragte der Zar. »Wir – oder Unser Gegenstück in Petersburg?«

»Schwer zu sagen, Majestät! Ich glaube, es ist nicht nach

Plan gelaufen. Vermutlich ist die Technik der Briten nicht ausgereift. Umso dringlicher werden sie nach den Plänen des Arabers suchen.«

Er wedelte mit dem Schriftstück.

»Das hier ist der letzte Hinweis. Alles, was noch fehlte. Ihr, Majestät, seid in Sicherheit, der Prototyp des *Blauen Kriegers* ist wieder in unseren Händen und die Pläne der Zeitmaschine sind zum Greifen nah. Ich werde heute Abend nach Cöln aufbrechen, um die Pläne sicherzustellen.«

In diesem Augenblick klopfte es, Rysakow rief »Herein« und ein Geheimpolizist betrat den Raum.

»Was gibt es?«

»Die Schießerei in der Innenstadt.«

»Ja, was ist damit?«

»Die örtliche Polizei feuert auf einen Dämon, der angeblich über der Stadt schweben soll.«

»Ein Dämon?«, spottete der Major. »Abergläubisches Pack!«

»Einige unserer Leute haben ihn auch gesehen. Er ist mit blauen, pulsierenden Geschwüren übersät, hat nur ein Bein und schreit um Hilfe. Ganz offensichtlich bittet er Prinzessin Olga um Beistand.«

Yegor, dachte Olga und hielt nach ihm Ausschau. Diese Bewegung musste Major Rysakow gesehen haben. Er eilte zur Balkontür, riss sie auf und zerrte Olga in das Zimmer.

»Verräterin, Anarchistin und obendrein Spionin!«

Olga kauerte auf dem Boden, hielt ihre Ohrenklappen fest und sah von Rysakow zum Zaren. Sie war überzeugt, ihre Zukunft gesehen zu haben. Sie würde am Meer stehen. Mit Boris. Rysakow würde sie nicht an ein Pferd binden und durch die Straßen von Perm schleifen, bis sie tot war. Hoffentlich verbrachte sie die Zeit bis dahin nicht in einem Ochrana-Kerker. Wenn dem Zaren die Entscheidung über ihr Schicksal überlassen wurde, konnte sie sich glücklich schätzen, wenn es nur bei Kerkerhaft blieb und nicht andere Bestrafungen hinzukämen. Ob sie den Generalstraferlass herausholen sollte, den der Zar ihr ausgestellt hatte?

»Sie weiß zu viel«, sagte Rysakow.

Der Zar strich sein wirres Haar glatt.

»Es könnte sein, dass wir sie brauchen«, sagte er. »für den Fall, dass es Probleme mit Bo… mit BK 1/403 gibt. Sie hat einen … beruhigenden Einfluss auf ihn.«

»Ein Druckmittel könnte sich als hilfreich erweisen«, stimmte Rysakow zu. »Er mag dumm wie Stroh und gehorsam wie ein Schaf sein, gleichwohl könnte ihn die Konfrontation mit Karel unkontrollierbar machen.«

»Karel?«, fragte der Zar. »Den Namen haben Wir schon mal gehört. Von ihm haben die Leichenfledderer Homunkel gekauft.«

»Ja«, bestätigte Rysakow, »damit verdient Karel zurzeit sein Geld. Er war zu wertvoll, um ihn zu eliminieren, und zu gefährlich, um ihn unbeaufsichtigt zu lassen. Bis vor einem Jahr leitete er als Magister Karelius Trismegistos das Versuchslazarett. Und es war kein Sonntagsspaziergang, was man da mit BK 1/403 angestellt hat.«

»Verstehe«, murmelte der Zar und musterte Olga ausdruckslos.

Denk an das Bild, sagte sich Olga, *alles wird gut.*

»Sperren wir sie ein«, sagte der Zar. »Sie kann Uns nützlich sein. Später bleibt Zeit, um zu entscheiden, was der gerechte Lohn für ihre Taten ist.«

»Eine weise Entscheidung«, stimmte Rysakow zu. »Im Keller dieses Hauses befinden sich geeignete Räumlichkeiten.«

»Hm«, machte der Zar. »Stehen andere Möglichkeiten zur Verfügung? Wir haben … BK 1/403 erlebt, zahm wie ein Lamm, solange er sie in Sicherheit wähnt. Vielleicht werden wir die beiden zusammenführen müssen. Ich fürchte, er könnte außer Kontrolle geraten, wenn sie dann nach Kerker aussieht.«

»Auch gut«, sagte Rysakow und rief die Wache herein. »Bringt sie in die Kammer zurück, kettet sie diesmal an. Und lasst mein Pferd satteln, ich breche unverzüglich nach Cöln auf.« Zum Zaren gewandt fügte er hinzu: »Ich werde mich um BK 1/403 kümmern. Euch wird man ein Zimmer herrichten. Ihr werdet Euch nach den erschöpfenden Strapazen ausruhen wollen.«

Olga saß wieder in der Kammer und versuchte, ihren Fuß durch die Eisenmanschette um ihren Knöchel zu zwängen. Durch das Loch im Dach wehte eisiger Wind und die Schüsse in der Stadt schienen näher zu kommen. Sie hatte Angst um Yegor. Boris und sie würden überleben, das Bild bewies es – ebenso Ilja, er musste das Bild schließlich malen und Graf sein Buch beenden. Aber Yegor? Olga zerrte an der Kette, sie war gerade so lang, dass sie einen kleinen Ausschnitt des Himmels sehen konnte. Wolkenfetzen trieben vorbei, die Propeller eines Luftschiffes dröhnten, Menschen brüllten und Yegor schrie verzweifelt. Sie sah ihn nicht. Es war ihr egal, warum er fliegen konnte. Womöglich hatte die Ochrana Yegor an das Luftschiff gefesselt und schleifte ihn hinter sich her. Oder es kam daher, dass er die blauen Sachen gegessen hatte und jetzt hing er hilflos zwischen Himmel und Erde, zwischen Dämonen- und Menschenwelt, und man versuchte ihn zu erschießen. Aber Yegor war kein Dämon, oder, wenn er sich tatsächlich in einen verwandelte, dann einer, der nichts dafür konnte. Olga rüttelte an ihren Fesseln. Aussichtslos. Dann mussten Ilja und Graf ihn retten. Wo blieben die beiden nur? Saßen sie in ihren Zimmern, genossen ein Festmahl, ohne sich zu fragen, wo sie steckte, ob jemand daran gedacht hatte, auch ihr Essen zu bringen? Sie stampfte so kräftig sie konnte mit beiden Füßen auf den Boden. Wenn sie Glück hatte, lagen Grafs oder Iljas Zimmer direkt unter ihr, die beiden würden scharfsinnig darauf schließen, wer diesen Radau verursachte und nach oben eilen. Wenn sie Pech hatte, lag das Zimmer des Zaren darunter und der käme zu dem Schluss, sie wäre wesentlich lästiger als nützlich.

»Hör auf damit, oder ich komme rein!«, rief die Wache vor der Tür.

Für Olga war das keine Drohung. Sollte er ruhig reinkommen. Er durfte sie nicht schlagen, sonst könnte Boris wütend werden. Und vielleicht fiele ihr eine Geschichte ein, mit der sie sich rausreden könnte. Ihre große Stärke – meistens. Draußen rief ein vermeintlicher Dämon nach Prinzessin Olga, und hier war eine Olga. Sie hatte sich schon einmal überzeugend als Zarentochter ausgegeben. Wenn das schiefging, blieb ihr die Möglichkeit, die Wache zu überwältigen. Darum trampelte sie weiter, machte so viel Lärm wie möglich.

Die Tür wurde aufgeschlossen und die Wache kam herein.

»Ich habe gesagt, du sollst ruhig sein«, sagte der Mann wütend und holte aus, um ihr eine kräftige Ohrfeige zu geben.

»Ich bin Prinzessin Olga!«, sagte sie schnell. »Hörst du nicht, draußen ruft einer nach mir. Der Zar wird dich bestrafen, wenn du seine Tochter schlägst.«

»Du und Prinzessin?«, spottete er, doch zumindest verharrte seine Hand in der Luft. »Dann bist du ganz schön groß für deine zwei Jahre.«

»Ein Zeitzwilling!«, rief sie aus. »Ich komme aus der Zukunft. Leider ist die Zeitmaschine kaputt, deswegen gibt es mich zweimal.«

Im Flur knarrten Dielen. Waren das Ilja und *Graf*? Hatten sie ihr Trampeln gehört? Olga musste ihnen Zeit verschaffen und den Wachposten ablenken.

»In Wirklichkeit gibt es mich dreimal!«, redete sie weiter, sagte das Erstbeste, was ihr in den Sinn kam.

Hinter der Wache tauchte eine vermummte Gestalt auf, bewaffnet mit einem Kerzenhalter. Leider hörte die Wache ebenfalls das Knarren und fuhr herum. Olga sprang dem Mann mit aller Kraft in den Rücken, er taumelte und dem Vermummten reichte es, um mit dem Kerzenhalter zuzuschlagen. Die Wache sank zu Boden.

»Unsere Tochter«, stöhnte eine vertraute Stimme und ihr Retter zog sich etwas vom Kopf, was verdächtig wie ein Kissenbezug mit zwei Löchern für die Augen aussah. »Alles, was recht ist, aber da sei der Himmel vor.«

»Zar?«, sagte Olga verblüfft.

»Pst«, machte der Zar, packte die Wache an den Füßen und zog ihn so weit in die Kammer, dass sich die Tür schließen ließ. »Und für dich immer noch *Zar* Nikolaus II.«

»Aber warum ...?«

»Du bist ein Quälgeist«, sagte der Zar und begann, die Taschen der Wache nach dem Schlüssel abzusuchen. »Hilf Uns, reiß das Laken in Streifen, wir brauchen Fesseln und Knebel. Wie gesagt, du magst eine respektlose, fehlgeleitete Anarchistin sein, aber ihr, du und Boris, habt Uns im Wald gerettet und euer Essen mit Uns geteilt, ungeachtet des Umstandes, dass ihr euch keinen Vorteil davon versprechen konntet. Wir sind nicht undankbar. Wir vertrauen Rysakow und Wir brauchen ihn, aber was er mit dir vorhat, hast du nicht verdient. Und Boris gleichfalls nicht. Wir wissen nicht, ob Wir Rysakow auf lange Sicht davon abhalten können, dich hinzurichten oder zu foltern, um Boris gefügig zu machen.«

Der Zar fand den Schlüssel, befreite Olga und kettete die Wache an.

»So«, sagte der Zar und wischte sich über die Stirn, »jetzt knebeln wir ihn.«

»*Graf* und Ilja«, flüsterte Olga. »Man wird glauben, sie hätten mich befreit.«

»Keine Sorge. Wir waren den ganzen Abend bei ihnen und können bestätigen, dass keiner das Zimmer verlassen hat.«

»Danke«, murmelte Olga verlegen.

Der Zar schaute nicht auf, war ganz darauf konzentriert, die Stoffstreifen festzuknoten, über sein Gesicht huschte ein Lächeln.

»Kannst du auch was für Yegor tun?«, fragte Olga. »Ich

glaube, er schwebt über der Stadt und die Leute schießen auf ihn.«

Das Lächeln verschwand. »Der Soldat, der Uns in der Kiste durchs Land geschleift hat?«

»Es war nicht seine Schuld.«

»Hm. Wir werden sehen, was Wir tun können. Dringlicher ist, dich unbemerkt aus dem Haus zu bekommen.«

»Und Boris zu befreien!«

»Ja, und Boris zu befreien.«

Kurz darauf versammelten sich Olga, der Zar, *Graf* und Ilja im Zimmer des Zaren. Der Zar und Ilja spielten zum Schein Schach, für den Fall, jemand käme überraschend herein, und Olga hielt sich unter dem Bett des Zaren versteckt und aß Piroggen.

»Zeitzwilling?«, fragte Graf, nachdem Olga und der Zar von dem Gespräch mit Rysakow berichtet hatten. »Meint Ihr, man hat Euch verdoppelt oder eines von Euren Ichs kommt aus der Zukunft?«

Ilja beugte sich vor, um die Gesichtszüge des Zaren eingehend zu mustern. Seine Haare waren geschnitten, der Bart frisch gestutzt, er trug saubere Kleidung, allerdings waren ihm die Strapazen der letzten Wochen deutlich anzusehen.

»Ich hatte des Öfteren die Ehre, dass Eure Majestät mir Modell standen«, sagte Ilja und suchte nach Gemeinsamkeiten oder Unterschieden im Gesicht. »Zuletzt vergangenes Frühjahr. Die wahre Kunst der Malerei ist es, genau hinzusehen. Ich habe stets denselben Mann porträtiert, ob einer von beiden aus der Zukunft oder einer anderen Zeitlinie kommt ... Ich weiß es nicht.«

»Wenn es diese Zeitmaschinen-Pläne wahrhaftig gibt«, fragte *Graf*, »was werdet Ihr dann mit ihnen machen? Sie vernichten?«

»Zweifelsohne!«, antwortete der Zar entrüstet. »Dringlicher denn je. Glaubt Ihr, Uns steht der Sinn danach, Uns tiefer in den Schlingen dieses ... dieses Zeitschluckaufs zu verfangen?«

Perm

Boris

So überraschend, wie die Bilder verschwunden waren, kamen sie zurück. Und nicht nur Bilder, auch Geräusche und Gerüche. Es roch nach Politur und Schmieröl, er hörte den Wind, Pferde und die Stimme eines Mannes. Boris hatte sich den Tod anders vorgestellt, und vor allem hatte er geglaubt, nachdem er sein Leben lang treu gedient und alles über sich hatte ergehen lassen, er käme nicht in die Hölle. Trotzdem war er in der Hölle erwacht. Die Stimme des Teufels würde er überall wiedererkennen, sogar wenn sie damals ausschließlich Deutsch gesprochen hatte und nicht – wie jetzt – Russisch.

»Haben Sie nicht gesagt, Sie hätten ihn wieder aktiviert?«, sagte Magister Karelius. »Theoretisch sollte er einsatzbereit sein. Oder ist der Schalter defekt?«

Nein, flehte Boris stumm, *ich will nicht ins Lazarett*, dann erkannte er mit Grauen, es würde nicht von vorne beginnen: seine Tortur wurde fortgesetzt. Noch hatte er einen Arm und zwei Beine, die man ihm abschneiden konnte, Ohren und Zunge zum Verstümmeln, Augen zum Ausstechen.

»Das ist dein Fachgebiet, Karel. Er war schon so, als ich ihn gefunden habe. Ich hatte ihn nur zur Sicherheit ausgeschaltet.«

Auch diese Stimme erkannte er. Sie gehörte Major Rysakow, der ihn aus dem Lazarett befreit hatte. Was machte er hier?

»Er ist lange nicht gewartet worden«, sagte Magister Karelius, »da kann alles Erdenkbare defekt sein. Und diese Wunden ...« Der Wissenschaftler streckte seine Finger nach ihm aus, griff nach seinem Hals, »... dafür habe ich keine Erklärung.«

Wo blieb Olga? Warum erschien sie ihm nicht? Vielleicht

käme sie, nachdem der Major Magister Karelius getötet hätte. Das war Major Rysakows Plan gewesen, das hatte er zum General gesagt: *Und Karelius? – Der ist danach dran.* Was sollte das anderes bedeuten als *umbringen*?

»Dann finde eine«, sagte der Major. »Wozu halte ich sonst meine schützende Hand über dich?«

Nein, der Major machte keine gemeinsame Sache mit diesem Teufel. Der Major war freundlich zu ihm gewesen, hatte ihn beim Namen genannt, ihn befreit. Er deutete die Worte nur falsch. Wo blieb Olga, um es ihm zu erklären, um ihn auf ihre rätselhafte Art dazu zu bringen, das Richtige zu tun? In der Ferne dröhnten die Motoren eines Luftschiffes. Würden sie wieder Brandgranaten werfen?

Der General war tot. Seine Soldaten feuerten auf das Luftschiff. Boris rannte – wie man ihm befohlen hatte –, erreichte den Wald. Das Luftschiff stellte das Feuer ein, nahm die Verfolgung auf. Dann erfüllte plötzlich ein hohes Zischen die Luft und vom Lazarett breitete sich eine blaue Halbkugel aus, die mit rasender Geschwindigkeit anwuchs. Sie verschluckte das Luftschiff, es verbrannte binnen Sekunden, verbrannte Soldaten, Wälder und alles Lebende. Als die leuchtende Kuppel nahezu den halben Himmel ausfüllte, hörte sie auf, sich aufzublähen, schickte eine Schockwelle übers Land und fiel in sich zusammen. Sie hinterließ eine glasige Einöde. Boris rappelte sich auf. Die Kartusche leuchtete so hell, als könnte sie jeden Moment explodieren. Alle seine Systeme und Sinne knisterten vor Überlastung. Orientierungslos, halb blind und halb taub irrte er umher. Seine Energieleitungen drohten zu bersten, doch sie strahlten keine Wärme aus. Schon war sein rechter Arm steif und die Beine knirschten bei jedem Schritt. Es war sein Glück, dass er über etwas stolperte, was Wärme abgab. Ein Mädchen, bewusstlos, halb tot, mit verbranntem Rücken, der vor Hitze glühte. Er setzte sie auf seinen Arm, marschierte weiter, nicht wissend wohin und unfähig, einen klaren Gedanken zu fassen. Als er auf eine seine Armee-Einheit traf, musste er sie zurücklassen.

»Mädchen sind hier nicht erlaubt!«, raunzte ihn sein Kompaniechef an, nachdem er Boris' Marschbefehl gelesen hatte. Er war nicht erfreut, Boris wieder aufnehmen zu müssen.

Weil es ihm befohlen wurde, setzte Boris das Mädchen ab und ließ es zurück. Die Kompanie zog weiter, Lagerfeuer mussten es übernehmen, das Festfrieren seiner Gelenke zu verhindern.

Ein jäher Krampf wischte die Bilder fort. Holte ihn in das düstere Labor zurück, in dem Rysakow und Karelius sich über ihn beugten.

»Olga!«, rief er aus.

Das Mädchen, dass er nach der Explosion des Lazaretts gefunden hatte ... das war Olga gewesen.

»Schon wieder«, lachte der Major. »Nur ruhig, Soldat. Die ist bei mir.«

Magister Karelius hantierte an Drähten, die in der dunklen Masse steckten, die seine Wunde an der Halsschlagader verschlossen, und wieder schoss ein Blitz durch Boris' Körper.

»Olga!«, schrie er aus Leibeskräften. Man hatte ihn zurück in die Hölle geholt, er brauchte seine Halluzination dringender denn je. Ketten klirrten und Leder quietschte. Diesmal war es ein Tisch aus blankem Metall und kein Bett, an das man ihn gefesselt hatte, nackt, bereit für die nächste Quälerei, nach der den Teufeln der Sinn stand. Er kämpfte gegen die Fesseln an. Raus! Nur raus aus der Hölle. Er hatte sein Soll an Leiden erfüllt.

»Soldat«, die Stimme des Majors klang strenger. »Olga geht es gut.«

»Genau«, stimmte Magister Karelius zu, »und wir wollen, dass es so bleibt.«

Nein, Boris war kein Trottel, er verstand die Drohung.

Die Ledermanschetten um seine Hand- und Fußknöchel hielten seiner Sorge um Olga nicht stand. Magister Karelius wurde bleicher als der Tod. Riss vor Angst die Augen weit auf, wich zurück – einen Schritt, weiter kam er nicht. In Boris' Fausthieb lag die Verzweiflung seines gesamten Lebens, jeder Schmerz, den man ihm zugefügt hatte. Der Kopf des Teufels platzte wie ein Kürbis. Als auch der Rest des Körpers eine unförmige breiige Masse war, kamen die Ochrana-Agenten hereingestürmt.

Als Boris wieder zu Sinnen kam, stand er in einem Berg von Leichen. Er sah an sich herunter, sah auf die Toten und wusste nicht, ob es Realität oder Albtraum war, nur dass es keinen Unterschied machte. Erschöpft fuhr er sich übers Gesicht, schloss die Augen und atmete tief durch, dann suchte er nach seiner Kleidung. In dem Raum, in dem man ihn gefangen gehalten hatte, standen technische Geräte, keines hatte seinen Kampf mit den Dämonen heil überstanden. Jetzt musste er seine Halluzination finden. Er durchsuchte die gesamte Anlage, ein kleines, umzäuntes Areal. Neben dem Gebäude, in dem man ihn gefangen gehalten hatte, gab es Soldaten-Unterkünfte und einen Stall. Keine Spur von Olga. In der Ferne hörte er Gewehrschüsse. Er musste sich beeilen. Vor dem Stall hatte er einen Kaltblüter gesehen, kräftig genug, ihn zu tragen. Er band ihn los und schwang sich auf seinen Rücken. Boris wusste, wo er seine Halluzination suchen musste: da, wo er sie zurückgelassen hatte – wo sie ihm zuletzt erschienen war. Er konnte sich nicht an einen realen Ort erinnern – noch nicht –, aber zur richtigen Zeit würde sich alles fügen.

Während Boris auf Perm zugaloppierte, sah er das Luftschiff. Es warf keine Brandbomben, jagte keinen Trupp Soldaten, sondern wagte trotz des starken Windes ein Ankermanöver. Das Bodenpersonal hatte alle Hände voll zu tun, ein Passagier wartete darauf, seine Reise antreten zu können. Boris hätte es nicht beachtet, wenn nicht Schüsse aus dieser Richtung zu hören gewesen wären. Neben dem Luftschiff sah er einen Menschen: er stürzte nicht, hing an keinem Seil, sondern schwebte in der Luft. Ein Mensch mit nur anderthalb Beinen: Yegor. Ja, Yegor war von Tag zu Tag leichter geworden. Hatte er die Fesseln, mit denen Boris ihn an der Trage gesichert hatte, selbst gelöst? Warum, wenn er seinen Flug nicht kontrollieren konnte? Eine Windböe drückte Yegor gegen die Hülle des Luftschiffes, bedrohlich nah bei den rotierenden Propellern. Er schrie um Hilfe, und nicht nur das, er schrie nach … Olga. Ein Zeichen, dass Boris etwas zu erledigen hatte, bevor er seine Halluzination wiederfinden konnte: Yegor retten. Er lenkte das Pferd nach rechts und hielt auf das Flugfeld zu. Das Bodenpersonal hatte das Luftschiff inzwischen einigermaßen unter Kontrolle, der Bugkegel näherte sich dem Trichter an der Spitze des Ankermastes. Aus Perm kam ein anderer Reiter mit dem gleichen Ziel wie Boris. Es war der Major und er erreichte das Flugfeld mit einigem Vorsprung.

»Major Rysakow«, rief Boris.

Der Major sah kurz zu ihm hin, gab dann Anweisungen an das Bodenpersonal. Yegor krallte sich in die Außenhülle des Auftriebkörpers. Zu seinem Glück erstarben mit einem Rattern die Motoren, die Propeller kamen zum Stillstand. Nun musste man Yegor nur noch nach unten bekommen. Er rutschte an der Außenhülle ab und der Luftstrom presste ihn gegen die Gondel.

»Du brauchst Ballast!«, rief Boris ihm zu.

Yegor wurde unter die Gondel gesogen. Seine Finger fanden keinen Halt, der Wind schob ihn mit wachsender Geschwindigkeit auf das Heck zu. Wenn er über es hinausgeblasen würde, wäre er verloren. Plötzlich ging eine Klappe auf, um einen Korb runterzulassen, der die Passagiere aufnehmen sollte. Yegor prallte gegen die Klappe, wurde an ihr vorbeigewirbelt und bekam den Arm eines Luftschiffers zu fassen. Es riss den Mann aus der Luke und sofort stürzten er und Yegor zu Boden, langsamer als im freien Fall, doch nach wie vor zu schnell.

»Zu viel Ballast!«

Den Aufprall sah Boris nicht, die Bodenmannschaft versperrte ihm die Sicht, dafür hörte er ihn. Knochen gingen zu Bruch. Inzwischen hatte Boris das Flugfeld erreicht. Vom Bodenpersonal zogen einige ihre Waffen; bevor sie jedoch anlegen und zielen konnten, mussten sie sich mit einem Sprung vor den dröhnenden Hufen des Kaltblüters in Sicherheit bringen. Die Menge teilte sich und gab den Blick auf die Mitte des Feldes frei. Dort standen der Major und der Aasgeier Johann. Über dem zerschmetterten Körper der Luftschiffers schwebte Yegor, hielt seine Position dadurch, dass er sich am Arm des Toten festklammerte.

»Es geht Olga gut«, rief der Major Boris zu.

»Ja«, antwortete Boris, galoppierte weiter, schnappte sich Yegor und klemmte ihn sich unter den Arm.

»Du bist ein ... Freund«, sagte Yegor mit zitternder Stimme.

»Olga schickt mich«, erwiderte Boris und wartete auf die Eingebung, wo er seine Halluzination finden würde.

Die Bodenmannschaft feuerte auf sie. Kugeln pfiffen Boris um die Ohren.

»Nicht schießen!«, befahl der Major. »Ihr Idioten! Stellt sofort das Feuer ein!«

Boris erinnerte sich, Olga wollte Yegor in ein Hospital bringen. Hospitäler waren nichts anderes als Lazarette, eben nur für Zivilisten, und Lazarette waren Orte der Hölle. Wie also konnte Olga das gemeint haben? Zugegeben – es arbeiteten nicht nur Dämonen dort. Auch Krankenschwestern, auch ... Wassilisa. Sie war gut zu ihm gewesen. Jetzt wusste Boris, wo er Olga finden würde: Wo er sie als kranke, verletzte Halluzination zurücklassen hatte. Er wendete das Pferd. Auf dem Flugfeld wurde die Passagiergondel mit Johann und dem Major durch die Luke gehievt.

Man kam mit der Ausarbeitung der Fluchtpläne nicht gut voran. Alle Ideen, sei es Olga als Küchenmädchen zu verkleiden oder sie in einer großen Reisetasche aus dem Haus zu schmuggeln, verwarf man und schließlich unterbrach Rysakows Rückkehr die Überlegungen. Der Zar öffnete die Tür einen Spaltbreit, um lauschen zu können, was sich als überflüssig erwies, denn der Major brüllte lautstark.

»Das Luftschiff, zu welcher Flotte gehört das?«

»Es ist aus Cöln«, antwortete eine Wache. »Wir haben in Erfahrung bringen können, dass es diesen Aasgeier an Bord nehmen und gleich wieder ablegen soll.«

»Gut, ich werde mitfliegen. Ich breche sofort auf. Du trommelst alle Leute zusammen. Der *Blaue Krieger* ist ausgebrochen. Fangt ihn wieder ein, nehmt jeden verfügbaren Mann dazu. Erschießt ihn, wenn es sein muss, allerdings frühestens in ein paar Stunden.«

»Zu Befehl.«

»Ich meine es ernst«, Rysakows Stimme überschlug sich. »Stellt ihn, haltet ihn auf, aber kein Schuss vor Sonnenaufgang!«

»Zu Befehl, Herr Major!«

»Ich stelle jeden Einzelnen persönlich an die Wand, der sich nicht daran hält.«

»Verstanden, Herr Major!«

»Gut. Ich habe keine Zeit, um zu packen. Es ist äußerste Eile geboten.«

Mit diesen Worten stürmte er aus der Eingangshalle, bestieg sein Pferd und galoppierte davon.

»Boris ist aufgewacht«, jauchzte Olga. »Er hat sich befreit. Wir werden ein Haus in Sibirien haben und das Meer sehen.«

»Und jetzt?«, fragte *Graf*.

»Pst!«, machte der Zar und lauschte.

Die Wache beeilte sich, die Befehle weiterzugeben,

und große Unruhe entstand. Sie dauerte nicht länger als zehn Minuten, dann waren alle davongeritten. In der Villa herrschte Stille. Olga kroch unter dem Bett hervor. Alle vier sahen sich an und schlichen zur Tür.

»Sie haben uns vergessen«, sprach *Graf* aus, was alle dachten.

»Oder Wichtigeres zu tun«, gab Ilja zu bedenken.

»Ich wusste es«, jauchzte Olga, »alles wird gut.«

»Wir sollten es ebenfalls versuchen«, sagte Ilja zu *Graf*. »Das Vertrauen des Zaren in Rysakow in allen Ehren, ich für meinen Teil möchte mein Glück nicht allzu sehr auf die Probe stellen.«

»Mein lieber Ilja, Ihr sprecht mir aus der Seele. Was ist mit Euch, Majestät? Wollt Ihr mit uns kommen?«

»Nein, Wir bleiben. Momentan sind Wir nirgendwo sicherer als in diesem Haus. Wir begleiten Euch nach unten. Packt Eure Sachen zusammen.«

Graf, Ilja und Olga schlichen davon, um ihre Taschen zu holen. Olga besaß nichts, dafür hatte sie eine bessere Idee. Unbemerkt schlüpfte sie in Rysakows Arbeitszimmer. Ein Haus braucht ein Buch und ein Bild, um zu einem Heim zu werden, Iljas und *Grafs* Worte. Sie steckte Grafs Roman ein, griff nach einem Brieföffner und holte sich Iljas Bild. Es war sehr groß, sogar aus dem Keilrahmen geschnitten und zusammengerollt würde es aus ihrer Tasche herausragen. So schnitt sie nur den wichtigen Teil heraus: Sie und Boris in der Brandung … sie und Boris *glücklich*. Und natürlich Iljas Unterschrift mit der Jahreszahl. Auf der Rückseite des Teils, das im Rahmen verblieb, stand etwas geschrieben, allerdings in Schreibschrift. Darin war sie nicht so gut, *Graf* hatte ihr nur Druckbuchstaben beigebracht und außerdem blieb keine Zeit. *Graf* und Ilja kamen zurück. Leise verließ sie das Arbeitszimmer und schlich in den ersten Stock.

»Wo warst du denn schon wieder?«, fragte der Zar. Unter dem Arm trug er ein graues Bündel.

Stolz zeigte Olga das Bild. »Ich hoffe, du bist nicht böse, Ilja. Und *Graf*, deinen Roman habe ich auch mitgenommen. Den werde ich Boris vorlesen, wenn wir zu Hause in Sibirien sind.«

Weder *Graf* noch Ilja sahen glücklich aus.

»Habe ich was falsch gemacht?«

»Nein Kind, hast du nicht«, sagte er traurig, strich ihr sanft über die Wange.

»Ihr müsst los«, drängte der Zar.

In der Eingangshalle trafen sie auf einen Diener, der tatsächlich Anstalten machte, ihnen den Weg zu versperren.

»Die Herrschaften gehen aus? Davon wurde mir nichts gesagt.«

»Es ist spät«, sagte der Zar, in diesem Moment souveräner Monarch bis in die Bartspitzen. »Du kannst dich zurückziehen. Wir begleiten die Herrschaften hinaus.«

Der Diener verbeugte sich und ließ sie allein.

»Nun heißt es wohl Abschied nehmen«, sagte der Zar, als sie an der Tür standen, und er klang beinahe bedauernd.

»Wahrscheinlich nur ein Abschied auf *Zeit*«, erwiderte *Graf*.

Der Zar verzog den Mund zu einem schiefen Grinsen.

»Euer Humor ist beinahe so aufsässig wie Eure Schriften, mein lieber Graf.«

Graf erwiderte das Lächeln, nur weniger schief, und verbeugte sich. Ilja tat es ihm nach.

Die drei wandten sich zum Gehen, der Zar winkte Olga zurück. Aus seiner Tasche holte er einen der Energiefresser, den die Aasgeier verwendet hatten, um sich vor den schädlichen Auswirkungen des Blausteinlagers zu schützen, und gab ihn ihr. Olga sah den Zaren fragend an.

»Pass auf, dass niemand so ein Gerät in Boris' Nähe benutzt«, sagte er, »das löst seine Krampfanfälle aus. Er braucht keinen Arzt. Und noch etwas ...«, er reichte ihr das graue Bündel. »Wir wissen, dass du entdeckt hast, was Wir ... was ich im Futter versteckt habe. Ich habe mir erlaubt, einen Teil davon zurückzubehalten. Der Rest und der Mantel sollen dir gehören. Es ist eine höhere Belohnung, als Uns … als mir ursprünglich vorschwebte, aber es ist in Ordnung. Behalt es. Finanzier nur keine Anarchisten damit.«

Olga starrte den Zaren fassungslos und mit offenem Mund an. Dann schlang sie hastig ihre Arme um seinen Bauch. Der Zar tätschelte ihr den Kopf.

»Da ist noch etwas«, sagte er langsam. »Ich bin mir sicher, wir sind uns schon begegnet.«

»Du musst dich irren …«

»Vielleicht kennen wir uns aus einer anderen Zeitlinie – oder ich erinnere mich an die Zukunft. Ich habe das Gefühl, dass du und Boris einmal sehr wichtig sein werdet und dass ihr beide an Bord des Luftschiffes wart, das über den britischen Inseln in den Riss im Raum-Zeit-Kontinuum geraten ist …«

»Ich war noch nie in einem Luftschiff«, sagte Olga.

Olga wollte die Suche nach Boris da beginnen, wo sie ihn zuletzt gesehen hatte, beim Lager der Ochrana vor der Kamabrücke. Der kürzeste Weg dahin führte durch die Stadt. Dort wäre es am leichtesten, bei Gefahr unterzutauchen, und aus ihrer Zeit als Widerstandskämpferin kannte sich Olga gut genug aus, um sich nicht zu verirren. *Graf* und Ilja beschlossen, sie einen Teil des Weges zu begleiten, bis zum Anwesen eines Adligen, von dem *Graf* meinte, er würde ihm und Ilja Unterschlupf gewähren.

Die Stadt befand sich in Unruhe, an allen Ecken und Enden sammelten sich Soldaten und Polizisten. Die Bürger schauten aus Fenstern oder standen vor Häusern, um herauszufinden, was der Aufruhr bedeutete. Zwei alten Männern und einem kleinen Mädchen schenkte niemand Beachtung. Die vertrauten Gassen weckten in Olga traurige Erinnerungen. Obwohl sie wusste, dass alles gut enden würde, wurde ihr schwer ums Herz. Besonders, als sie an

Wassilisas Haus vorbeikamen. Es stand noch. Hinter dem Fenster war es dunkel, die neuen Bewohner waren nicht zu Hause oder schliefen.

»Was hast du?«, frage Ilja.

»Ich habe mal hier gewohnt«, sagte Olga bedrückt. »Die Soldaten haben alle totgemacht.«

»Deine Familie?«, erkundigte sich *Graf* mitfühlend.

»Ich weiß nicht«, gestand Olga. »Ich habe mich nicht getraut zu fragen, ob sie meine Familie sein möchten. Weißt du, Wassilisa hat gesagt, sie kann keine Kinder bekommen und da dachte ich, ich könnte ihr Kind sein. Sie hat nie geschimpft oder gesagt, ich wäre gar kein echtes Kind.«

»Kein echtes Kind?«, fragte *Graf*. »Was meinst du damit?«

»Na, ein Soldatenbastard«, erklärte Olga. »Wenn sich Erwachsene beim Babymachen nicht küssen, dann bekommt die Mamma einen Soldatenbastard und hat das Baby überhaupt nicht lieb.«

Ein paar Straßen weiter lag das Hospital, in dem Wassilisa gearbeitet hatte. Ein paar Mal hatte Olga sie von der Arbeit abgeholt, hatte in dem Torbogen auf sie gewartet. Ohne zu merken, was sie tat, nahm Olga *Grafs* Hand und hielt sich an ihm fest. Olga drehte den Kopf, als sie an dem Torbogen vorbeigingen. Sie hatte fast den Eindruck, jemand stünde im Schatten. Sie schaute schüchtern zu Ilja hoch und weil er sie anlächelte, traute sie sich, auch seine Hand zu nehmen.

»Sie wäre bestimmt gern deine Mutter gewesen«, sagte Ilja mit belegter Stimme.

Plötzlich bewegte sich tatsächlich etwas im Dunkel des Torbogens.

»Olga?«

Verwirrt drehte sie sich um. Wer rief ihren Namen? Wer konnte sich in Perm an sie erinnern?

»Olga, bist du es wirklich?«

Im Schatten des Hospitals stand eine Gestalt, die sich zögernd aus dem Dunkel löste.

Im ersten Moment traute Olga ihren Augen nicht.

»Mama!«, rief Olga, war so überrascht, so glücklich, dass sie sie Mama nannte, obwohl sie nicht wusste, ob sie das durfte. »Wassilisa«, verbesserte sie sich. Sie ließ *Graf* und Ilja los und rannte zurück, Wassilisa ging in die Hocke, breitete die Arme aus und drückte Olga an sich.

»Ich dachte, du wärst tot!« Sofort schossen Olga Tränen in die Augen.

»Das dachte ich von dir genauso, mein kleines Schräubchen.«

Auch Wassilisa schluchzte. Das musste bedeuten, dass sie sie gerngehabt hatte.

»Aber wie …? Ich habe gesehen, dass …«

»Ich war nicht dort«, sagte Wassilisa und hörte nicht auf, Olga fest an sich zu drücken. »Die meisten anderen haben sie getötet, und auch zwei Genossen aus Petersburg. Ich war nicht zu Hause. An diesem Tag hatte ich erfahren, dass mein Mann lebt und mich mit ihm außerhalb der Stadt getroffen.«

»Olga …«, drängte *Graf* beunruhigt. »ich fürchte, Ärger kommt auf uns zu.«

Es stimmte, der Lärm kam näher. Gerufene Befehle hallten von den Hauswänden wider, Fensterläden wurden hastig zugeschlagen und verriegelt, Trupps von Geheimpolizisten rannten durch die Gassen und über das Kopfsteinpflaster klapperten Pferdehufe.

»Ich muss Boris retten«, sagte Olga und löste sich aus der Umarmung. »Wir wollen nach Sibirien und ein Haus bauen. Vorher muss ich verhindern, dass der Major ihn auseinanderbaut. Weil, Boris hat einen Arm, da sind Zahnräder drin …«

Unmerklich änderte sich Wassilisas Gesichtsausdruck. Sie hielt Olga auf Armeslänge von sich entfernt und sah sie mit weit aufgerissenen Augen an. Als Olga die Veränderung bemerkte, wusste sie nicht, was sie zu bedeuten hatte.

»Ein gemeinsamer Freund«, versuchte *Graf* es zu erklären. Auch ihm schien die Veränderung aufgefallen zu sein. »Es ist kompliziert.«

»Sie kommen auf uns zu«, murmelte Ilja beunruhigt. »Wir sollten Deckung suchen, bis sie vorbei sind.« Er fasste den Torbogen ins Auge.

Wassilisa stand auf. Sie zitterte. Ein paar Geheimpolizisten bogen um die Ecke, rannten an ihnen vorbei, ohne ihnen die geringste Beachtung zu schenken.

»Man könnte meinen, sie sind auf der Flucht«, sagte *Graf*.

Boris! Halt an! Nicht so schnell!

Das war Yegor. Die Ochrana hatte ihn nicht totgeschossen und ... Boris war bei ihm.

»Boris!«, rief Olga aus Leibeskräften.

»Prinzessin!«, antwortete Yegor.

Olga schaute besorgt zu Wassilisa, die langsam ein paar Schritte zurückwich – zurück in den Schatten des Torbogens. »Nicht in echt Prinzessin. Das habe ich nur gesagt, damit niemand Yegor wehtut.«

Boris

Boris galoppierte durch die Gassen von Perm, auf der Suche nach seiner Halluzination. Er hatte sich Yegor mit einem Streifen Stoff an den Gürtel gebunden, so konnte er sich mit beiden Händen an der Mähne des Kaltblüters festhalten. Yegor schrie jedes Mal auf, wenn es um eine Ecke ging. Für Boris war es das erste Mal, dass er auf einem Pferd saß, und er fand es problematischer, als er angenommen hatte. In der Stadt wimmelte es von Uniformierten. Ganz offensichtlich machten sie Jagd auf ihn, immerhin ohne Schusswaffen zu benutzen. Wenn es trotzdem einer tat, wurde ihm die Waffe von seinen Kameraden aus der Hand geschlagen. Auf diese Art stellten sie keine Gefahr für ihn dar. Als ihm ein Trupp den Weg versperrte, wollte er das Pferd zum Halten bringen, um nicht bei einem blitzartigen Stopp über den Kopf des Tieres geschleudert zu werden.

»Boris! Halt an! Nicht so schnell!«, schrie Yegor.

Boris hörte seine Halluzination seinen Namen rufen.

Die Mauer aus Geheimpolizisten beeindruckte den Kaltblüter nicht. Er galoppierte weiter und die Männer versuchten sich mit einem Sprung in Sicherheit zu bringen. Nicht allen gelang es, dafür war die Gasse zu eng. Die, die noch stehen konnten, ergriffen die Flucht und Boris – oder vielmehr das Pferd – trieb sie vor sich her.

»Prinzessin!«, rief Yegor.

Er fand seine Halluzination, wo er sie damals zurückgelassen hatte: vor dem Eingang des Hospitals. Zu guter Letzt hatte das Schicksal Mitleid mit ihm. Bei ihr waren Lew, Ilja und ... eine Gestalt, die in den Schatten des Torbogens zurückwich. Es gelang Boris, das Pferd in Richtung der kleinen Gruppe zu lenken. Als er auf ihrer Höhe war, sprang er ab. Der Kaltblüter blieb stehen, Yegor schrie erschrocken auf. Das alles interessierte Boris nicht. Er hatte seine Halluzination wieder – das war alles, was zählte. Er nahm sie in die Arme, um ganz sicher zu sein, dass sie wirklich da war. Lew und Ilja sahen ihn an. Er ignorierte ihre Blicke und gab sich Mühe, die Gestalt im dunklen Torbogen nicht zu bemerken. Sie machte ihm auf eine sehr seltsame Art Angst. Nicht die Art Angst, die einem auf Schlachtfeldern überfiel.

Lew trat an seine Seite. »Boris?«

Er war nicht bereit, wieder die Augen zu öffnen und Olga loszulassen.

»Boris?«

Olgas Herz schlug wild, sie strahlte Wärme aus ... und die Hoffnung auf eine Zukunft. Die Hoffnung, die letzten Jahre, die ihm geblieben waren, in Frieden verbringen zu können.

»Boris?«, versuchte Lew zum dritten Mal seine Aufmerksamkeit zu erhalten. Nur widerwillig öffnete Boris ein Auge und sah ihn an. Hinter Lew bewegte sich die Gestalt im Schatten.

»Was ist mit Yegor?«, fragte Lew.

Boris riss den Stoffstreifen vom Gürtel und drückte ihn Lew in die Hand.

»Er fliegt«, sagte er.

»Wir müssen Yegor zu einem Arzt bringen«, sagte Olga, »oder ...«

»*Damit* könnt ihr zu keinem Arzt«, kam die Stimme aus dem Torbogen. Eine Stimme aus der Vergangenheit. Die Stimme, die er oft in seinem Kopf gehört hatte: *Pst, es ist ein Geschenk.* Sein Herz begann zu rasen.

»Weißt du, wen ich getroffen habe?«, fragte Olga.

Seine Halluzination forderte von ihm, sich der Gestalt und dem, was ihm Angst machte, zu stellen. Er nickte. Hob den Kopf und sah in das Dunkel. Ein Lichtschein spiegelte sich auf dem Straßenpflaster, wurde von blondem Haar aufgefangen. Er öffnete den Mund, um ihren Namen zu sagen – *Wassilisa* –,da riss sie die Augen weit auf, presste die Hände vor den Mund, um einen Schrei zu unterdrücken.

»Ich bin zum Monster geworden«, gestand er leise.

»Du bist kein Monster«, widersprach Olga. »Du bist mein Held! Gehen wir jetzt nach Sibirien?«

Olga

Boris hatte ihre Frage Gehen wir jetzt nach Sibirien? offenbar als Aufforderung verstanden, denn er stand auf und nahm sie auf dem Arm. Vor dem großen Pferd hielt er einen Moment inne und sie freute sich, denn sie wollte sich verabschieden.

»Können wir Wassilisa Auf Wiedersehen sagen?«, fragte sie hoffnungsvoll.

Boris nickte, schien sie jedoch nicht verstanden zu haben, denn er schwang sich auf den Rücken des Pferdes, das sofort lospreschte. Sie traute sich nicht zu protestieren.

Wenn er sofort nach Sibirien wollte, hätte er sie womöglich zurückgelassen. Sie schaute zurück und winkte *Graf*, Ilja, Yegor und Wassilisa zu.

»Auf Widersehen!«, rief sie.

Graf und Ilja winkten zurück und Yegor rief: »Leb wohl, Prinzesschen.« Wassilisa sprang aus dem Schatten, rannte ihnen ein paar Schritte hinterher und blieb stehen. Es wirkte, als wollte sie etwas rufen. In diesem Augenblick bogen sie um eine Ecke und alle vier verschwanden außer Sichtweite. Olga wischte sich heimlich ein paar Tränen aus dem Gesicht. Sie hatte noch nie so viele Menschen gekannt, die sie gernhatten.

Sie brauchten eine Weile, bis sie die Mauern von Perm hinter sich gelassen hatten. Die Stadt war voller Ochrana und Soldaten, aber niemand schaffte es, sie an der Flucht zu hindern, auch die Barrikaden nicht, die eilig in den Gassen errichtet wurden. Anstatt zu stoppen, ließ Boris das große Pferd einfach über sie hinwegspringen. Bei der Landung kam es ihr ein paarmal so vor, als fiele Boris beinahe vom Pferd, doch es entpuppte sich als Trick. Mit seiner freien Hand hielt er sich in der Mähne fest und traf mit der Schulter, einem Stiefel oder mit dem Kopf die Soldaten, die hinter der Barrikade Stellung bezogen hatten. Knochen gingen zu Bruch und die Getroffenen lagen stöhnend auf dem Boden. Boris hatte sich den Weg freigekämpft, ohne jemanden totzumachen. Sie war unglaublich stolz auf ihn.

Erst als Perm schon lange hinter ihnen lag und weit und breit kein Verfolger in Sicht war, hielt er an. Er glitt vom Pferd und atmete erleichtert auf.

»Wir sind in Sicherheit«, sagte sie, obwohl sie dem großen Pferd bedenklich nah war. Pferde machten ihr Angst und die Hufe dieses Tieres waren größer als ihr Kopf – ihr Kopf samt Mütze.

»Du bist ein liebes Pferd, nicht wahr?«, sagt sie zu dem Tier, berührte es kurz und vorsichtig mit einer

Fingerspitze an den gewaltigen Nüstern. Von seinem Maul tropfte Schaum und Dampf stieg von seinem Körper auf. Im Osten begann der Himmel sich aufzuhellen. In ein paar Stunden würde die Sonne aufgehen.

»Hast du Hunger?«, fragte sie das Pferd. »Soll ich dir beim Grassuchen helfen?« Sie schaute zu Boris. »Für uns haben wir nichts zu essen. Ich suche uns Schnecken, ja? Oder …« sie beugte sich runter, um unter den Bauch des Pferdes schauen zu können. In ihrem Dorf hatte niemand ein Pferd besessen, im Nachbardorf hatte der Voigt gleich vier gehabt und seine Kinder hatten damit geprahlt, Stutenmilch zu trinken und davon so stark zu werden, dass sie es mit Dämonen aufnehmen könnten.

»Nein«, stellte sie fest und richtete sich wieder auf, »keine Milch.«

Boris nahm die Zügel und setzte sich in Bewegung, marschierte Richtung Sonnenaufgang.

»Hat das Pferd einen Namen?« fragte Olga und blinzelte schläfrig. »Können wir es *Brauner* nennen? Ich finde, das ist ein schöner Name für ein Pferd. Wenn wir ein Dorf finden, kaufen wir uns was zu essen. Ganz viel. Und wenn du das Haus baust, helfe ich. Ich bin nämlich überhaupt nicht unnütz. Ich bastle ein Regal für *Grafs* Buch und lese dir abends daraus vor. Und ich mache einen Rahmen für Iljas Bild. Das hängen wir über den Kamin. Wir werden einen Kamin haben, oder? Für Brauner bauen wir eine Weide, da kann er essen, soviel er mag, und herumlaufen, wenn ihm danach ist, und wir bleiben für immer zusammen, ja?«

»Ja«, sagte Boris leise und glücklich.

Boris

Seine Halluzination gähnte.

»Du wirst nie im Leben darauf kommen, wen ich in Perm getroffen habe«, redete sie sich in den Schlaf. »Schade, dass wir so schnell wegmussten. Glaubst du, dass uns

Ilja und *Graf* und Yegor in Sibirien besuchen kommen? Ich fände das schön. Ist Sibirien sehr groß? Vielleicht müssen sie uns eine Weile suchen. Liegt Sibirien am Meer? Weißt du, ich habe die Zukunft gesehen. Darum wusste ich, dass alles gut ausgehen wird. Ilja sagt, die Frau auf dem Bild wäre ich, wenn ich groß bin – also noch größer als jetzt. Ich bin ja zwölf und mit zwölf ist man erwachsen. Dabei will ich gar nicht noch größer werden. Ich finde, zwölf zu sein, ist das Beste, du nicht auch? Wie schade, dass Wassilisa nicht mitgekommen ist. Dann hätte sie die Frau auf dem Bild sein können.«

Sie kuschelte ihren Kopf an seinen Hals. Im Osten schob sich die Sonne über den Horizont, tauchte Boris' Welt in ein wärmendes, sanftes Rot. Es war ein Zeichen. Endlich würde er Frieden finden, würde nicht länger einsam sein. Er korrigierte seine Marschrichtung, hielt genau auf die Sonne zu.

»Sie hätte deine Freundin sein können«, murmelte seine Halluzination halb im Schlaf.

Epilog – Das Bild der Zukunft

Wassilisa

Die Schüsse hatten Wassilisa auf die Straße gelockt. Vom sicheren Torbogen aus versuchte sie herauszufinden, hinter wem die Ochrana her war. Sie hatte sich um ihren Mann gesorgt, der sich in den Wäldern versteckt hielt, seit ihm die Flucht aus dem Arbeitslager gelungen war, und wäre nie im Leben darauf gekommen, wem die Schüsse in Wahrheit galten. Jemandem, von dem sie geschworen hätte, er wäre tot. Jämmerlich verendet auf den Operationstischen eines geheimen Versuchslazaretts. Jemanden, den sie gerngehabt hatte.

Dabei hätte sie auf Überraschungen vorbereitet sein sollen: Nicht nur, dass der berühmte Graf Tolstoi an ihrem Versteck vorbeilief, er wurde von einem Findelkind begleitet, von dem sie ebenfalls geglaubt hatte, es wäre tot. Ermordet von der Ochrana.

»Ich muss Boris retten«, sagte Olga und löste sich viel zu früh aus der Umarmung.

Wassilisa überlegte, dass sie morgen ihren Mann suchen müsse. Nicht nur, um sich zu vergewissern, dass es ihm gut ging, sondern um ihn um sein Einverständnis zu bitten, ein Kind zu adoptieren.

»Wir wollen nach Sibirien und ein Haus bauen«, riss Olgas vertrauter und unermüdlicher Redeschwall sie aus ihren Gedanken. »Vorher muss ich verhindern, dass der Major ihn auseinanderbaut …«

Wie aufgeregt sie immer ist, dachte Wassilisa, *wie begeistert – und so mager.*

»Weil, Boris hat einen Arm«, redete Olga weiter, »da sind Zahnräder drin …«

Was hatte sie gesagt? Einen Arm? Zahnräder? Wassilisa schüttelte den Kopf. Warum musste sie auf einmal an den

Soldaten aus dem Lazarett denken? Viele hießen Boris. Und während ihres Einsatzes im Versuchslazarett hatte sie nur Gerüchte gehört. Gerüchte über künstliche Gliedmaßen, die ihre Träger in seelenlose Maschinen verwandeln und übermenschliche Kräfte verleihen sollten. Wassilisa war hart im Nehmen und brach nicht bei jeder Gelegenheit in Tränen aus, doch wenn sie an ihren ehemaligen Patienten und sein Schicksal dachte, wurden ihre Augen feucht – aus Mitleid ... so versuchte sie sich zumindest einzureden. Nur aus Mitleid.

»Ein gemeinsamer Freund«, sagte Graf Tolstoi.

»Sie kommen auf uns zu«, murmelte Graf Tolstois Begleiter »Wir sollten Deckung suchen.«

Damit hatte er recht. Die Kampfgeräusche kamen näher. Obwohl – es hörte sich nicht nach Kampf an. Eher nach Flucht und Verfolgung. Plötzlich tauchten Ochrana-Agenten auf, rannten sie beinahe über den Haufen. Ihre Gesichter zeigten Furcht. Die Ochrana hatte Angst? Vor wem? Die Osmanen waren zu weit entfernt.

»Man könnte meinen, sie sind auf der Flucht«, stellte Graf Tolstoi fest.

Jemand rief um Hilfe: »Boris! Halt an! Nicht so schnell!«

»Boris!«, schrie Olga so laut, als wollte sie die gesamte Stadt auf sich aufmerksam machen.

Und dann tauchte er auf. Ihr tot geglaubter Patient. Er hatte die Experimente überlebt. Wenn man es *Leben* nennen konnte, was seinen Körper antrieb. Jetzt verstand sie den Ausdruck des Entsetzens auf den Gesichtern der Ochrana. Er ritt auf einem massigen Pferd, einem der berüchtigten Kaltblüter der Armee, gezüchtet, um unter heftigem Beschuss Ruhe zu bewahren und die schwersten Lasten zu ziehen. Ross und Reiter füllten die Gasse aus, schirmten das Licht der Straßenlaternen ab. Der künstliche Arm schrammte an einer Wand entlang, Funken stoben und in seinem Inneren glühte und pulsierte es in dem unnatürlichen Blau des Æthers. Diese Kampfmaschine hatte nichts mit dem unglücklichen Patienten zu tun, der ihr Mitleid erregt hatte. Wassilisa wollte Olga aus der Gefahrenzone ziehen, wenn sie Glück hatten, galt der Auftrag dieser Maschine nicht ihnen und sie kämen lebend davon, doch es war zu spät. Anstatt sich in Sicherheit zu bringen, sprang dieses unbedarfte Kind Ross und Reiter entgegen. Das Pferd wich dem Mädchen aus, die Kampfmaschine sprang von seinem Rücken, ging vor Olga in die Hocke, riss sie zu sich und ... Wassilisa glaubte, ihr Herz würde stehen bleiben. Ihr Herz blieb nicht stehen, genauso blieb das Krachen von kleinen Kinderknochen aus, mit dem sie fest gerechnet hatte. Die Kampfmaschine zerquetschte Olga nicht. Es sah eher aus, als würde der Mann sie umarmen – und sie ihn.

Graf Tolstoi trat zu Boris. »Boris!«

Der Graf schien keine Angst zu haben, weder vor der Kampfmaschine noch vor deren mitgeschleiftem Gefangenen, der aussah, als wäre er einem jener Märchen entsprungen, die man Kindern erzählte, um sie zu ängstigen.

»Boris!«

Und Boris ... er hielt die Augen geschlossen, drehte unmerklich den Kopf weg. Eine Geste, die sie an ihren einstigen Patienten erinnerte. Konnte es sein, dass dieser Mann noch irgendwo in diesem Körper steckte?

»Boris!«

Erst beim dritten Mal reagierte er, öffnete kurz ein Auge, zog die Schultern hoch.

»Was ist mit Yegor?«, fragte Graf Tolstoi.

Er kannte Boris, er kannte dieses schwebende blaue Wesen, wusste sogar dessen Namen ...

Boris riss einen Stoffstreifen vom Gürtel und drückte ihn dem Grafen in die Hand. Was sie für Fesseln gehalten hatte, diente nur dazu, das blaue Wesen vom Davonfliegen zu bewahren.

»Er fliegt«, sagte er.

Sogar diese kurze Antwort passte zu dem Mann, den sie einst gepflegt hatte.

»Wir müssen Yegor zu einem Arzt bringen«, sagte Olga. Wie immer war sie bemüht, sich um alle zu kümmern, niemanden zu vergessen, keinen allein zu lassen, »oder …« Olga schaute sich nach ihr um.

»*Damit* könnt ihr zu keinem Arzt …«, sagte Wassilisa. Sie hätte eine Erklärung hinzugefügt, wenn Boris nicht beim Klang ihrer Stimme zusammengezuckt wäre. Kaum wahrnehmbar – wie all seine Gesten. Sie hatte damals gelernt, die winzigen Zeichen zu erkennen, sie zu deuten … zu mögen.

Wassilisa war weder leicht zu erschüttern noch in Angst zu versetzen, dennoch wurde ihr schwindlig. Sie erinnerte sich, wie er sie damals in den Arm genommen hatte, genauso vorsichtig, wie er es eben mit Olga getan hatte, darauf bedacht, ihr nicht wehzutun, und dankbar für die Zuneigung, die man ihm entgegenbrachte.

»Weißt du, wen ich getroffen habe?«, fragte Olga begeistert.

Boris hob den Kopf, schaute zu ihrem Versteck … schaute sie an. Er wusste, wen Olga ihm vorstellen wollte, er wusste, dass sie hier war – wahrscheinlich schon die ganze Zeit –, und er erinnerte sich an sie.

Dieser Blick – trotz Æther und künstlichem Arm –, trotz allem, was man mit ihm angestellt hatte, es war der Mensch, den sie einst gerngehabt hatte, mit dem sie ihrem Ehemann untreu gewesen war. Sie konnte gerade noch einen Schrei unterdrücken.

Bevor sie sich wieder unter Kontrolle hatte, war Boris aufgestanden, hatte sich Olga auf den Arm gehoben und saß auf dem Rücken des monströsen Pferdes. Als wäre dies sein Zeichen, preschte das Tier davon, ohne angetrieben worden zu sein. Olga war davon überrascht worden. Sie streckte sich, um über seine Schulter zu sehen, winkte ihnen zu und rief: »Auf Wiedersehen!«

Zu spät viel ihr ein, dass sie zu Boris etwas hätte sagen sollen, ihm erklären, dass sie sich nur erschrocken hatte.

Ihm und Olga anbieten, sie zu verstecken, ihnen helfen, ihre Flucht zu planen. Sie war nicht bereit, die beiden so überstürzt wieder aus ihrem Leben zu lassen. Als sie endlich reagierte, war es zu spät.

Ilja

Ilja sah Boris und Olga hinterher und Olgas Gruß – *Auf Wiedersehen* – lastete schwer auf ihm. Vielleicht war es gut, dass sie keine Zeit gehabt hatten, sich richtig von ihnen zu verabschieden, dass sie nichts von der Widmung auf der Rückseite des Bildes wussten.

»Ist es richtig, dass wir ihr nichts gesagt haben?«, fragte er seinen Freund.

Lew Nikolajewitsch schwieg lange, bevor er antwortete. »Wahrscheinlich wird ihnen bald auffallen, dass Boris auf dem Bild …« Er brach ab.

»Ich hätte es ebenso wenig über mich gebracht, ihr zu sagen, dass, selbst wenn sie einen Weg fänden, die Quantenmechanik zu entfernen, Boris dennoch kein neuer Arm wachsen würde. Dass ich nicht ihre *Zukunft* gemalt habe, sondern die Zukunft, die ich mir für sie *gewünscht* hätte.«

»Die Widmung?«, fragte Lew Nikolajewitsch.

Ilja schüttelte den Kopf. »Ich glaube nicht, dass sie auf dem Teil ist, den sie ausgeschnitten hat.«

Die beiden Freunde schwiegen eine Weile, lauschten auf die Schüsse, die durch die Straßen hallten. Trafen sie ihr Ziel? Oder blieb Olga und Boris ein wenig Zeit? Ein wenig Glück und Frieden in Sibirien?

Lew klopfte Ilja auf die Schulter, als Zeichen, sich erst um Yegor und dann um ihre eigenen Angelegenheiten zu kümmern. Olgas tot geglaubte Freundin drehte sich zu ihnen um. Ein Teil ihrer Gesichtsfarbe war zurückgekehrt, doch sie wirkte blass und erschüttert.

»Er hat es überlebt«, sagte sie leise und eher zu sich als zu irgendeinem anderen, auf jeden Fall nicht zu Lew

Nikolajewitsch oder Ilja Jefimowitsch, am ehesten meinte sie Yegor, denn sie hob den Kopf und schaute ihn an, mit einem Blick, als fände sie weder die pulsierenden blauen Geschwüre noch die Tatsache, dass er schwebte, seltsam.

»Versprich mir eins, Ilja Jefimowitsch Repin«, sagte Lew und sah zu, wie Wassilisa vorsichtig nach Yegor griff und ihn auf den Boden zog. »Wenn du in fünf Jahren das Bild malst, lass die Widmung weg. Dann können auch wir beide eine Weile glauben, dass alles gut ausgeht. Schreib nicht auf die Rückseite: *In Gedenken an Boris und Olga. Wir werden euch nie vergessen. Mögt ihr in Frieden ruhen.*«

»Ja«, sagte Ilja so heiser, dass Lew ihn kaum verstehen konnte, »das verspreche ich.«

Welche Freiheit! (1903)
Ilja Jefimowitsch Repin (1844–1930)

Personenregister

Boris Sergejewitsch Soldat in der Armee des Zaren. Im Alter von 48 musste er an einem geheimen, quantenmagischen Projekt als Versuchskaninchen teilnehmen. Seitdem ist sein rechter Arm rein mechanisch

Olga Vollwaise. Ihre Eltern waren Leibeigene, die von zaristischen Truppen umgebracht worden sind. Sie sympathisiert revolutionären Gedanken und Arbeiterverbänden.

Aasgeier, die Bezeichnung für Leichenfledderer, die den Heeren folgen, um die Toten und Verletzten zu berauben.
Johann Weißhaupt, Anführer einer Aasgeierbande, die mit gekidnappten Menschen ein Bergwerk und das *Blausteinlager* betreibt
Wolfgang, Johanns Bruder, Aasgeier
Aldin, Aasgeier
Francis, Aasgeier
Jean-Claude, Aasgeier
Ibrahim, Aasgeier
Ismael, Aasgeier
Mirkan, Aasgeier
Magister Karelius Trismegistos, Chefquantenmagier, baut später unter dem Namen **Karel** Homunkel in Perm
Tachyon, Quantenmagier, verlor durch Boris ein Auge.
Uljana, rothaarige Prostituierte
Wassilisa, Krankenschwester
General Kasparow, General
Graf Sokolow, Diplomat
Radik, Soldat
Zar Nikolaus II / Nikolaus Alexandrowitsch Romanow, auf der Flucht
Ilja Repin, wird zunächst für Tolstois Knecht gehalten
Lew Nikolajewitsch Graf Tolstoi, von Olga *Graf* genannt
Yegor, schwer verwundeter Soldat
Iwan, Gefangener im Blausteinlager
Pawel Petrowitsch Poljakin, Gefangener im Blausteinlager
Leutnant Orloff, Kurier des Zaren
Major Sergej Michailowitsch Rysakow, russischer Hochstapler und Agent der Ochrana*
Rasul at-Tabari, persischer Magitroniker und Erfinder
Lord Magnus, im Besitz der Pläne der Zeitmaschine

Weitere Bände der Serie

Band 2 – Die Zeitmaschine des Arabers

Der Zeitzwilling des Zaren Nikolaus II. schickt Boris nach Cöln, um den Bau einer Zeitmaschine zu verhindern. Zu Boris' Erstaunen scheint man ihn in Cöln zu kennen …

Band 3 – Der Plan der Zeit

Das Raum-Zeitkontinuum ist beschädigt und nur Boris kann die Welt retten. Boris findet, die Welt, solle ihre Angelegenheiten selbst in Ordnung bringen. Er hätte lange genug seinen Kopf für sie hingehalten. Es ist schon schlimm genug, dass Rebellen ihn und Olga gefangen nehmen …

Band 4 – Kinder des Æthers

Yegor ist verwundet und wird in ein Sanatorium gebracht. Noch in der gleichen Nacht ereignet sich dort eine Explosion. Boris versucht herauszufinden, was mit seinem Freund passiert ist. Währenddessen verschwinden in Cöln Kinder und ein alter Feind zeigt Interesse an Olga …

Band 5 – Der Zeitenspringer

(in Vorbereitung)

»Wenn du nicht artig bist, kommt der Zeitenpringer und nimmt dich mit!« Auf schmerzliche Art finden Boris und Olga heraus, dass der *Zeitenspringer* keine Sagengestalt ist, sondern sehr real. Und nicht nur das: sie sind ihm bereits begegnet, wenn auch unter anderem Namen. Er ist auf einem Rachefeldzug und es srört ihn nicht, wenn die Welt mit ihm endet.

Besuchen Sie Boris & Olga

auf der Webseite: jspieweg.de/Boris

Gratis Kurzgeschichten

Der Patient der Anarchistin
Wassilisa arbeitet verdeckt, um die Pläne der Regierung auszuspionieren. Einer der Patienten erinnert sie an ihren Mann, obwohl er in fast allem das genaue Gegenteil von ihm ist.

Olga und der Telegrafenmann
Olga malt ein Bild und möchte es Boris als Telegramm schicken.

Im Salon
Adele ist nicht begeistert, dass ihr aufgetragen wurde, Boris wie einen Ehrengast zu behandeln und lässt es ihn spüren.

Außerdem:
- Weitere Kurzgeschichten
- Illustrationen, Fotos, Videos und Walpaper
- Hintergrundinformationen und Glossar
- Boris & Olag-Quiz
- Die Welt von Clockwork Cologne

Weitere Bücher der Autorin

Rattenauge

Patrik, an den Rollstuhl gefesselt, lebt mit neun Mädchen in einer leer stehenden Lagerhalle. Die Kinder gleichen einander, als wären sie Spiegelbilder ...

Irina, obdachlos und Bomben bastelnd, bewohnt eine Welt, die nur sie wahrnimmt. Sie hat dem Froschkönig den Krieg erklärt ...

Viktor Winter, ein renommierter Wissenschaftler, findet eine Kinderleiche in seinem Büro. Mit Erschrecken erinnert sie ihn an ein Jahre zurückliegendes Ereignis ...

Heinrich Lyth, sein Herz liegt in eisernen Banden. Es raubt ihm die Kraft zu leben. Bis ein Kind seine Hand ergreift ...

Marga Schutz vergisst manchmal, dass sie eine alte Frau ist. Dann empfängt sie einen unsichtbaren Gast und bewirtet ihn mit Schneebeeren.

Krimiserie Deserteur Alexej

Der Held ...
Mit Leib und Seele diente Alexej der russischen Eliteeinheit SOBR. Er bekämpfte Terroristen, befreite Geiseln und beschützte Unschuldige.
Er war ein Held!

... der zum Mörder wurde.
Eine einzige Tat kostete Alexej alles: Heimat, Zukunft und Seelenfrieden. Seitdem zieht er auf der Flucht entwurzelt durch Deutschland – ein Ausländer ohne Aufenthaltserlaubnis, der für eine warme Mahlzeit Aushilfsarbeiten übernimmt.

Die Vorgeschichte
Am falschen Ende der Hoffnung

Die Erben des Deserteurs
Langballigau. Ein beschauliches Fischerdorf an der Ostsee. Der Mord liegt erst wenige Wochen zurück. Nach und nach wird Alexej die Tragweite seiner Tat bewusst. Wie viel Leid hat er den Angehörigen seines Opfers zugefügt? Zunächst glaubt er noch, er könne damit umgehen und sorgt sich, wie er über den Winter kommen soll. Er ist froh, als er bei Bauer Petersen gegen Kost und Logis Handlangerdienste verrichten darf, und ahnt nichts von Petersens Hintergedanken. Dem Bauern kommt ein Russe ohne Papiere, ohne Zuhause sehr gelegen. Alexej passt vortrefflich in seinen Plan. Wenn nicht auf die eine, dann auf die andere Art ...

Glossar

James Clerk Maxwell

(13.06.1831 bis 05.11.1879)

Die Arbeiten des schottischen Physikers gehören zu den wichtigsten Leistungen der Mathematik und Physik des 19. Jahrhunderts. Die *maxwellschen Gleichungen* bildeten die Grundlagen der Elektrizitätslehre und des Magnetismus. Maxwell bewies, dass sich elektromagnetische Wellen mit einer konstanten Geschwindigkeit ausbreiten, und zwar mit $3*10^8$ Metern pro Sekunde, der Lichtgeschwindigkeit. Er postulierte, Licht sei eine Form von elektromagnetischer Strahlung.

Seine wichtigsten Arbeiten befassten sich mit der *kinetischen Gastheorie*, die Aussagen trifft, wie Temperatur und Druck die Bewegungen von Molekülen beeinflussen. In diesem Zusammenhang entwickelte er ein Gedankenexperiment, welches unter dem Namen *maxwellscher Dämon* bekannt wurde.

Maxwellscher Dämon

1871 veröffentlichte Maxwell ein Gedankenexperiment, mit dem er den zweiten Hauptsatz der Thermodynamik infrage stellte. Dieser besagt: Der Wärmefluss findet immer von heißen zu kalten Körpern statt und nie umgekehrt. Um den Ursprungszustand wieder herzustellen, z.B. zwei unterschiedlich warme Gase nach der Vermischung zu trennen, muss Energie aufgewendet werden. Dadurch ist ein *Perpetuum mobile zweiter Art* unmöglich.

Maxwells Gedankenexperiment beschreibt einen mit Gas gefüllten Behälter. Eine Trennwand verhindert, dass einzelne Gasmoleküle von der einen Hälfte in die andere wandern. In dieser Trennwand ist eine Tür und würde man sie so öffnen und schließen können, dass sie in der einen Richtung nur schnelle Moleküle, und in der anderen nur langsame durchlässt, hätte man kurz darauf unterschiedliche Temperaturen in den beiden Hälften (die man für eine Wärmekraftmaschine verwenden könnte). So ließe sich mehr Energie gewinnen, als dem System zugefügt wurde. Und man hätte ein *Perpetuum mobile zweiter Art.*

Die Bezeichnung maxwellscher Dämon kommt daher, dass in diesem Gedankenexperiment ein Wesen, dass die Moleküle erkennen könne, dass Öffnen und Schließen der Tür steuert: ein Dämon. Allerdings stammt die Bezeichnung Dämon nicht von Maxwell, die erhielt das hypothetische Wesen 1874 von **William Thomson**, dem späteren **Lord Kelvin**.

Æther (Physik)

Der Æther ist eine hypothetische Substanz, von der man annahm, sie fülle den Weltraum aus. Da man die Welleneigenschaften von Licht erkannt hatte, brauchte man ein Medium, durch das es sich ausbreiten konnte. So wie bei Ozeanwellen, wo keine Wassermoleküle über die Meere wandern, sondern den Wellenimpuls weitergeben.

Mit der Postulierung des Æters löste man das Problem, wie das Licht sich ausbreitete, aber zugleich ergaben sich unlösbare Widersprüche. Einerseits musste der Æther ein materieller Festkörper sein, um den Impuls weiterzugeben, andererseits durfte er keinen Einfluss auf die Bewegung der Himmelskörper haben, wie zum Beispiel einen durch Reibung verursachten Geschwindigkeitsverlust. Weder Modelle mit einem *mitgeführten Æther,* was keine Reibungsverluste bedeutet hätte, noch mit einem *ruhenden Æther,* der sich mit der Aberration (Ablenkung) des Lichtes vereinbaren ließe.

1894/1895 versuchte **Albert Einstein** den Æther in seine Überlegungen mit einfließen zu lassen. 1905 veröffentlichte er mit der *speziellen Relativitätstheorie* ein Modell, das den Æther nicht widerlegte, aber überflüssig machte. 1920 schrieb Einstein: *»Die spezielle Relativitätstheorie schließe den Äther nicht notwendigerweise aus, da man dem Raum physikalische Qualitäten zuschreiben müsse, um Effekte wie Rotation und Beschleunigung zu erklären.«*

Paul Dirac postulierte 1930 den *Dirac-See.* Dieses (inzwischen widerlegte) Modell beschreibt das Vakuum als »See« aus Teilchen mit negativer Energie. Seiner Auffassung nach konnte der Dirac-See als *quantenmechanischer Æther* interpretiert werden.

2006 erwähnte der Astrophysiker **George Smoot** in seiner Nobelpreisrede, dass das Bezugssystem, in dem kosmische Mikrowellenstrahlung isotrop ist, als Æther bezeichnet werden könne.

Die Nobelpreisträger **Robert B Laughlin** und **Frank Wilczek** vertreten die Auffassung, dass, im Hinblick auf das Quantenvakuum, auch in der modernen Physik noch von einem Æther gesprochen werden kann.

Ochrana

Ochrana war der inoffizielle Oberbegriff für die verschiedenen Geheimdienste und die Geheimpolizei im zaristischen Russland. Offiziell hießen sie Ochrannoje otdelenie, was Sicherheitsabteilung bedeutet. Sie wurde 1881 von Zar Alexander III gegründet. Man vermutet die Ochrana hinter den fingierten *Protokollen der Weisen von Zion*, die vortäuschten, es gäbe eine jüdische Weltverschwörung. Vermutlich sollte mit dieser Fälschung die Machtposition Zar Nikolaus II gestärkt werden.

Lew Nikolajewitsch Graf Tolstoi

(28.08.1828 bis 07.11.1910)

Lew Tolstoi, in deutsch auch Leo Tolstoi, entstammt einem russischen Adelsgeschlecht und war das vierte von fünf Kindern. Mit neun Jahren wurde er Vollwaise. Mit sechzehn, im Jahre 1844, begann er das Studium der orientalischen Sprachen, wechselte bald darauf in die juristische Fakultät und brach das Studium 1847 schließlich ab. Er hatte das Familiengut Jasnaja Poljana geerbt, mit ihm 350 Leibeigene und widmete sich lieber Landreformen, um die Lage dieser Leibeigenen zu verbessern. 1851 diente er als Fähnrich in der zaristischen Armee und nahm am Krieg im Kaukasus teil. Nach Ausbruch des Krimkrieges 1854 erlebte er den Belagerungskrieg der Festung Sewastopol. Die realistischen Berichte über diesen Krieg (Sewastopoler Erzählungen) machten ihn als Schriftsteller bekannt. 1857 und 1860/61 bereiste Tolstoi westeuropäische Länder, besuchte Künstler und Pädagogen. Nach seiner Rückkehr kümmerte er sich verstärkt darum, Dorfschulen nach Vorbild Rousseaus einzurichten. 1872 erschien sein Schulbuch »Alphabet«, die Überarbeitung von 1875 wurde mit einer Auflage von 1,5 Millionen Exemplaren gedruckt und in mehrere Sprachen übersetzt.

1862 heiratete Tolstoi die deutschstämmige Sofia Andrejewna, mit der er 13 Kinder hatte.

1882 erkannte er, dass das Elend der Arbeiter das der Bauern noch übertraf, und versuchte daraufhin der Landflucht entgegenzuwirken, indem er Hilfe für Bauern organisierte, die von Missernten betroffen waren.

Tolstoi lehnte Rauchen, Alkohol und die Jagd ab und ernährte sich vegetarisch. Er besuchte inhaftierte Kriegsdienstverweigerer und setzte sich wiederholt und oft erfolgreich für religiös und politisch Verfolgte ein. Der Druck auf ihn wuchs, seit 1882 stand er unter Polizeiüberwachung. Einige seiner Schriften wurden gleich nach der Veröffentlichung verboten, andere durften nur zensiert erscheinen. Man brachte das Gerücht in Umlauf, er sei geistesgestört.

1901 wurde Tolstoi von der orthodoxen Kirche exkommuniziert, in seiner Erwiderung an die Kirchenleute schrieb er: *»Die Lehre der Kirche ist eine theoretisch widersprüchliche und schädliche Lüge, fast alles* *ist eine Sammlung von grobem Aberglauben und Magie.«* Tolstoi war der Auffassung: *»Echter Glaube besteht nicht darin, an Wunder, Sakramente und Rituale zu glauben, sondern an das eine Gesetz, das für alle Menschen der Erde Gültigkeit besitzt"* (aus „Über das Leben" 1887). Hundert Jahre später bat ein Urenkel Tolstois, die Exkommunizierung rückgängig zu machen. Der **Patriarch Alexij II** lehnte ab: *„Ich denke nicht, dass wir das Recht haben, einem vor einhundert Jahren gestorbenen Menschen eine Kirche aufzudrängen, von der er sich zu Lebzeiten selbst losgesagt hatte. Lew Tolstoi ist ein Genie der russischen Literatur, aber in seinem Werk gibt es Schriften mit antichristlichem Charakter."*

Tolstoi lehnte die sozialistischen Bestrebungen im Sinne einer Diktatur des Proletariats ab, er setzte auf beständige, moralische Werte, bedingungslose Nächstenliebe und Gewaltlosigkeit. Er stand im Briefwechsel mit **Mahatma Gandhi**, der Tolstoi als seinen Lehrer bezeichnet.

Ilja Repin, *»Tolstoi in seinem Arbeitszimmer«,*
1891, Staatliches Literaturmuseum, Moskau, Russland

Ilja Jefimowitsch Repin

(24.07.1844 bis 20.09.1930)

Der Maler Ilja Repin gilt als der bedeutendste Vertreter der russischen Realisten. Er war ein Meister der Farbe, berühmt für seine ungeschönten, lebensnahen Menschendarstellungen und wurde der Tolstoi der Malerei genannt. In vielen seiner Werke prangert er die sozialen Missstände an, unter denen das Volk zu leiden hat. In seinen späteren Arbeiten widmet er sich historischen Darstellungen oder Porträts berühmter russischer Komponisten und Schriftsteller. Der Philosoph **Wassili Rosanow** sagte: *»Es sei wirklich schrecklich, unter Repins Pinsel zu kommen. Wen er 'abgetastet' hat, der kann seine Seele nicht verbergen.«*

Mit dem Schriftsteller **Lew Tolstoi** verband ihn eine 30-jährige Freundschaft. Unter Tolstois Einfluss wurde Repin Vegetarier bzw.

Veganer und schloss sich 1908 seinem Protest gegen die Todesstrafe an. Drei Jahre zuvor hatten die Geschehnisse des »Blutigen Sonntags« den sensiblen Maler tief erschüttert und er hielt auf Leinwand fest, wie Demonstranten auf dem Weg zum Zaren erschossen wurden.

Trotz vieler Gemeinsamkeiten mit Tolstoi war die Freundschaft mit ihm nicht unproblematisch. Repin bekannte, dass er in Tolstois hypnotisierender Gegenwart nicht wagte, ihm zu widersprechen und erst hinterher in Gedanken Dispute mit ihm führte.

Ilja Repin, *»Selbstbildnis«,*
1887, Tretyakov Galerie, Moskau, Russland

Nikolaj Alexandrowitsch Romanow

(06.05.1868 bis 17.07.1918)

Nikolaj Alexandrowitsch Romanow war als Nikolaus II. der letzte Zar Russlands.

Im Alter von 19 Jahren wurde Nikolaus zur Preobraschenski-Garde geschickt und absolvierte seine Offizierslaufbahn. Nikolaus empfand diese Zeit als befreiend, fand Gefallen an der Kasinokameraderie und fühlte sich zeitlebens unter Offizieren wirklich aufgehoben.

1984 heiratete er seine »Jugendliebe« **Prinzessin Alix von Hessen-Darmstadt,** eine Enkelin von **Queen Victoria**. Mit ihr hatte er fünf Kinder. **Olga** (*15. 11.1895), **Tatjana** (*10. 06.1897), **Maria** (*26.06.1899), **Anastasia** (*18.06.1901) und **Alexej** (12.08.1904).

Nikolaus II. Regierungszeit begann 1897 nach dem überraschenden Tod seines Vaters. Sein Regierungsstil war autokratisch und kurz nach seiner Thronbesteigung erteilte er den liberalen Kreisen, die auf Reformen und mehr Demokratie hofften, eine Absage. Russland besaß weder eine geschriebene Verfassung noch ein Parlament. Nikolaus II. hörte nicht auf seine Berater und Minister, hielt an den halbfeudalen Verhältnissen in seinem rückständigen Land fest. Die politische Opposition wurde mithilfe der Ochrana brutal unterdrückt. Seine Innenpolitik war auch von Antisemitismus geprägt, zwischen 1903 und 1906 fanden allein an die 600 Pogrome statt.

1905 breitete sich eine Streik- und Demonstrationswelle über das Land aus. Eine friedliche Demonstration endete in einem Blutbad, als Soldaten und Ochrana auf die Menschenmenge schossen.

Der Ausbruch des 1. Weltkrieges traf Russland unvorbereitet. Der Zar verfügte zwar über das größte Heer der Welt, doch es war mangelhaft ausgebildet und schlecht ausgerüstet.

Anfang 1917 war die Lage in Russland bis zum äußersten gespannt. Täglich kam es zu Massenprotesten, Demonstrationen und Streiks, an der Front war die Moral der Truppen äußerst schlecht. Nikolaus II. lehnte die Forderung des Parlaments, eine Regierung mit Mehrheit der Duma zu ernennen, ab. Als die bürgerlichen Parteien daraufhin dennoch eine provisorische Regierung vorbereiteten, löste Nikolaus II. das Parlament auf und erließ einen Schießbefehl gegen die Aufständischen. Anstatt den Befehl auszuführen, begannen Militär und Polizei zu meutern und schlossen sich den Demonstranten an.

Schließlich dankte Nikolaus II. am 15.03.1917 zugunsten seines Bruders, **Michail Alexandrowitsch Romanow,** ab. Im Chaos der Abdankung vergaß man, Michail darüber zu informieren. Michail wollte seine Machtbefugnisse der provisorischen Regierung übergeben und sei bereit, die Thronfolge anzutreten, wenn das Volk in geheimen Wahlen dafür entscheiden sollte.

Die provisorische Regierung bekam Russlands drängendste Probleme nicht in den Griff, zog sich unter anderem nicht aus dem 1. Weltkrieg zurück, was eine der größten Forderungen der kriegsmüden Bevölkerung war. Das führte zur *Oktoberrevolution,* in der die Bolschewiki an die Macht kamen. Im Frühjahr wurde die Familie des Zaren von den Bolschewiki nach Jekaterinenbug gebracht und dort in der Villa Ipatjew inhaftiert. Am 17.07.1918 wurden sie von ihren Bewachern erschossen.

Ilja Repin, *»Porträt von Zar Nikolaus II.«,*
1896, Tretyakov Galerie, Moskau, Russland

Zeitschiene

	1898	1862	
	1897	1861	
Das Versuchslazarett explodiert	1896	1860	
Beginn des Experiments *Blauer Krieger*	1895	1859	
Yegor wird Soldat; Krönung Nikolaus II.; Tod des Zaren Alexander III.	1894	1858	Maxwell löst den Super-GAU aus
	1893	1857	
	1892	1856	
Baubeginn Transsibirische Eisenbahm	1891	1855	Krönung Alexander II.
	1890	1854	
	1889	1853	Beginn des Krim-Krieges; Boris kommt in die Armee
	1888	1852	
	1887	1851	
	1886	1850	
	1885	1849	
	1884	1848	
	1883	1847	Boris wird geboren
	1882	1846	
Tod des Zaren Alexander II.	1881	1845	Alexander III. wird geboren
	1880	1844	Ilja Repin wird geboren
	1879	1843	
	1878	1842	
	1877	1841	
	1876	1840	
	1875	1839	
	1874	1838	
	1873	1837	
	1872	1836	
	1871	1835	
	1870	1834	
	1869	1833	
Nikolaus II. wird geboren	1868	1832	
	1867	1831	James Clerk Maxwell wird geboren
	1866	1830	
	1865	1829	
	1864	1828	Lew Tolstoi wird geboren
	1863		